역사상 가장 영리한 미술품 위조범의 고백

위작 × 미술시장

CAVEAT EMPTOR

위작 × 미술시장

역사상 가장 영리한 미술품 위조범의 고백

켄 페레니 지음 · 이동천 옮김

🦅 라의눈

호세에게 바칩니다

차례

1993년 런던에서

나는 참나무로 장식된 은행 접견실에서 20분 넘게 기다렸다. 유행성 독감에 걸린 지 이틀째라 고열에 시달리고 긴장까지 됐다. 빨리 끝내고 호텔방으로 돌아가서 자고 싶은 마음뿐이었다.

어제 나는 해러즈백화점Harrods에 있는 고급스러운 은행에 들러 직원에게 현금 9만 달러가 적힌 출금표를 건넸다. 그들은 처리하는 데 하루가 걸린다고 했다.

마침내 접견실 문이 열렸고 지친 내가 고개를 들자 은행 직원 세 명이 시큰둥한 얼굴로 들어오는 게 보였다. 한 직원이 진지한 표정으로 뉴욕시 전화번호부만 한 돈 꾸러미를 테이블에 올리고 내게 차갑게 물었다.

"세어보시겠습니까?"

바클레이스은행Barclays Bank 로고가 찍힌 비닐 꾸러미는 완전히 밀봉된 상태였다. 비닐 사이로 종이끈으로 깔끔하게 묶인 20파운드 지폐 묶음이 가지런히 쌓여 있는 게 보였다.

"됐습니다."

대답을 하자마자 서명할 펜과 서류가 내 앞에 놓였다. 뚱한 표정의 세 직원은 여행을 위해 샀던 캔버스 사파리 숄더백에 돈 꾸러미를 구겨 넣는 나를 말없이 경계하며 지켜보았다. 자리에서 일어나 가려는데 한 매력적인 여성이 문가에서 머리를 쑥 내밀고 부드러운 목소리로 말했다.

"조심하세요!"

따뜻한 침대가 그리워 해러즈백화점을 나와 나이트브리지Knightbridge 지하철역으로 바로 내달리자 숄더백 사이로 돈 꾸러미가 삐져나왔다. 마침 여행객에게 소매치기를 조심하라는 안내 방송이 흘러나왔다. 나는 숄더백 덮개로 돈 꾸러미를 최대한 덮으려 했으나 스트랩과 버클이 영 닿지 않았다. 나는 숄더백을 몸 쪽으로 바짝 당기고 뛸 수밖에 없었다.

호텔로 돌아온 나는 아스피린 두 알을 먹고 침대에 쓰러졌다. 목이 아파서 침을 삼키는 것조차 힘들었다. 뼛속까지 한기가 스며들어 플로리다에 있는 내 집에서 일광욕을 하고 싶다는 생각이 간절했다. 침대에 누워 화장대 위에 올려놓은 돈 꾸러미를 뚫어져라 쳐다보았다. 이는 며칠 전에 크리스티Christie's 경매회사가 내 해러즈백화점의 계좌로 송금한 돈으로, 얼마 전 그들에게 판매를 위탁한 벌새 두 마리의 그림 값이었다. 그림을 위조하는 직업을 갖게 된 게 얼마나 행운이었는지, 여러 해 전에 어떻게 시작했는지를 떠올리며 나는 잠이 들었다.

1

캐
슬

맨해튼의 조지 워싱턴 브리지George Washington Bridge 바로 건너편에 있는 뉴저지New Jersey주 버건 카운티Bergen County는 포트 리Fort Lee, 잉글우드 Englewood, 팰리세이즈 파크Palisades Park, 에지워터Edgewater 등과 같은 소도 시로 이루어졌다. 오늘날 포트 리는 팰리세이즈 클리프를 따라 쭉 뻗은 환상적인 위치에 있으며 맨해튼으로부터 널리 퍼진 고층 빌딩이 잔뜩 들어섰지만, 허드슨강과 팰리세이즈 클리프는 내 어렸을 때 기억처럼 여전히 아름답다. 1950년대만 해도 그곳에는 고층 빌딩이 없었다. 이 소도시들은 시골 마을에 가까웠고 수십 년 동안 어떠한 변화조차 없는 옛 모습 그대로였다.

나는 포트 리 바로 옆에 있는 전형적인 중산층 동네인 팰리세이즈 파크에서 자랐다. 아버지는 저지 시티Jersey City에 있는 아메리칸 캔 컴퍼니American Can Company에서 기계 공구와 틀 제작자로 일했다. 동료들은 아버지가 천재이며 불가능한 일을 해낸다고 말했다. 어려운 기계 문제에 부딪쳐 속수무책일 때면 모두들 아버지에게 도움을 구했다.

나는 오래된 학교에 다녔는데 학교 외관은 마치 고딕 양식의 요새 같았다. 교실에는 패널 보드를 한 벽, 초록색 유리 흑판, 잉크병을 넣도록 구멍이 뚫린 낡은 나무 책상이 있었다. 책상에는 짓궂은 학생들의 이름이 이니셜로 새겨졌으며 그중 가장 오래된 것은 20세기 초까지 올라간다. 나는 학교 수업이 너무 싫었고 항상 수업 중에 공상에 빠지거나 그림을 그리다 혼났다. 마음 맞는 친구들과 기발한 커닝 방법을 개발해 시험장에서 커닝을 해서 낙제를 면하는 속임수로 은근슬쩍 한 학년씩 올라갔다.

1950년대 팰리세이즈 파크의 생활은 오늘날의 농촌과 별반 다르지 않다. 비록 낙후된 곳이지만 큰 다리 하나만 건너면 택시와 고층 건물, 시속 160킬로미터로 움직이는 수많은 사람이 있는 맨해튼이라는 신세계가 펼쳐진다. 나는 어릴 때부터 뉴욕이 세상의 중심이라고 생각했다. 뉴욕에는 뭐든지 다 있고, 뭐든 될 수 있으며, 뉴요커들은 특별한 사람들이라고.

방학 때는 시칠리아 혈통의 친척들이 저지 시티에서 건너와 이탈리아식 만찬을 벌였다. 할머니는 나와 사촌들에게 팔레르모에서 보낸 시절의 이야기를 들려주고 이탈리아식 누가바인 토로네torrone를 주셨다. 토로네 하나하나가 아름답게 장식된 작은 상자에 포장되고 상자 뒷면에는 이탈리아 유명 화가의 그림이 인쇄되어 있었다. 그림은 황금색 잎

사귀 모양의 액자로 둘러싸여 있어서 마치 박물관에서 봤던 명화의 미니어처를 보는 듯했다. 나는 책상 위에 이 작은 상자를 일렬로 진열했고 그 명화들의 아름다움에 깊이 빠져들었다.

포트 리로 하이킹을 가지 않고서는 방학을 잘 보냈다고 할 수 없었다. 거기서 우리는 하루 종일 절벽을 탐험하고 놀라운 장소도 방문했다. 그곳은 어느 날 나의 인생을 변화시켰고 내 미래 사업의 기초를 다져주었다. 포트 리의 변두리로 강이 내려다보이는 절벽에 위치한 오래된 사유지의 주차장은 산비탈을 따라 천천히 내려가 아래쪽의 강길River Road까지 이어졌다. 낭떠러지 부근 빈터에는 하늘을 배경으로 홀로 솟아오른 신비한 집이 서 있었다.

이 집의 구조는 중세의 탑 모양의 고층 건물과 매우 비슷하며 3층 정도로 으스스한 분위기였다. 어린 우리들은 절벽 옆으로 경사진 빈터에서 놀았는데 거기는 곳곳이 기이한 모습의 폐허로 등나무 덩굴과 밑동에서 가지를 많이 치는 관목으로 뒤덮였다. 전망대, 허물어진 성벽, 방치된 일련의 절벽 암석을 뚫은 동굴과 바위굴도 있었다.

주민들은 이곳을 친근하게 "캐슬The Castle"이라고 불렀다. 온갖 기이하고 환상적인 이야기가 이곳을 중심으로 나왔다. 그중에 하나는 이곳에 나치 스파이가 살았다는 이야기로, 2차 세계대전 때 강에 있던 군함 사진을 찍은 게 발각되어 붙잡혀서 총살을 당했다고 한다.

시간이 빠르게 지나갔다. 나는 알파벳도 못 외운 채로 중학교를 졸업했다. 이래서는 영원히 고등학교를 졸업할 수 없다는 생각에 나는 기술학교에 들어가 출판업자가 될 공부를 하기로 결심했다. 바로 15살

때쯤인 이 시기에 나는 이 신비한 집의 내부를 보게 되었다.

어느 날 포트 리에 사는 친구와 놀다오는 길에 캐슬의 빈터를 지나오다 갑자기 별난 남자와 마주쳤다. 그는 헐렁한 트위드 재킷을 입고 약간 잿빛이 도는 숱 많은 머리에 볼러 해트Bowler hat를 썼다. 그는 나에게 쾌활하게 인사를 건네고 나와 말을 나누었다.

"캐슬에 사세요?" 나는 그에게 물었다.

"아니, 나는 시내에 살아. 이곳 예술가들을 위해 일을 할 때만 오는데, 그들이 여기 캐슬에서 지내." 그는 돈 루보Don Rubow로 '예술가 조수 겸 기술자'라고 자신을 소개했다. 신났던 일은 그가 나에게 케슬의 내부를 구경하자는 거부하기 힘든 제안을 한 것이다. 돈은 나를 데리고 건물 옆 대문으로 들어가 계단을 통해 2층으로 올라갔다. 이어서 바람이 잘 통하는 큰 방으로 들어갔는데 천장은 높고 벽면은 오래된 나무패널을 댔다. 세월에 마모된 골동품 고가구는 방을 더욱더 우아하게 만들었다. 나의 시선은 벽면에 오목하게 들어간 통유리 창에 끌렸다. 창문을 통해 맨해튼과 허드슨강의 멋진 풍경이 한눈에 펼쳐졌다.

방 안에 있는, 예술가가 사용한 물건들이 주는 멋진 느낌이 내 주의를 끌었다. 작업대에는 물감, 팔레트, 붓이 가득 담긴 커피통이 펼쳐져 있었고 옆으로는 물감이 튄 제도용 책상이 있었다. 미완성된 스케치와 드로잉을 벽면에 압정으로 아무렇게나 고정해놓았다. 발코니로 이어진, 양쪽으로 여닫는 프랑스식 도어가 채광창 역할을 했다. 방 맞은편에, 벽면을 채운 화려하게 조각된 오래된 장식장에는 오디오 시스템이 설치되어 있었다. 또 다른 벽면은 책으로 가득 찬 붙박이 책장이었다. 모든 게 내 시선을 온통 빼앗았지만 누가 저토록 많은 책으로 뭘 하는지 이해할 수 없었다. 주방으로 사라졌던 집주인은 탄산음료 두 컵을 들고 나타났다. 돈 루보는 42세로 온아한 말투의 비트족 예술가 겸 철학가로 그리니치빌리지에 살았다. 그는 이곳 캐슬에 사는 사람들이 뉴욕에서 왔으며 여기에 디자인 작업실을 차렸다고 했다. 예술가들이 마침 사업차 모두 뉴욕에 나갔다고 설명해주었다. 그는 이어서 예술과 미술용품에 대하여 떠들었지만 나는 별로 관심이 없었고 주변을 둘러보며 이런 곳에 산다면 얼마나 멋질까 생각했다.

가려고 돈에게 고맙다는 인사를 건네자 그는 또 놀러오라고 했다. 일주일 후 별다른 생각 없이 나는 숲 속에 난 길을 통해 캐슬에 갔다. 막 들어가려고 하는 순간에 차 한 대가 와서 집 주변에 멈췄다. 차 문이 열리고 펼쳐진 광경에 나는 깜짝 놀랐다. 햇볕에 검게 탄 멋진 남자가 완전히 벌거벗은 채로 걸어 나왔다. 그는 차 안에서 커다란 목욕 수건을 꺼내 몸에 두르고 카이사르 대제처럼 큰 걸음으로 성큼성큼 집으로 걸어갔다. 몸을 숨겼기에 나를 본 사람이 없어서 다음에 다시 오는 편이 낫겠다는 마음이 들었다.

나는 삶에 무척 싫증 났다. 내가 다닌 베르겐 기술학교, 일명 버번 기술학교는 놀랍게도 아첨쟁이와 비행 청소년을 전문적으로 받는 쓰레기장이었다. 정신병원 같은 곳으로, 소년원에서 갓 출소한 아이들이 그곳에 바로 왔다. 확실히 범죄 심리를 기르는 데 최적화된 요람이었다. 입학한 학생들의 표준 교육과정은 다음과 같다.

A) 도박

B) 흡연

C) 음주

이 학교의 좋은 점은 낙제생이 거의 없다는 것이다. 오히려 누가 시험을 통과하지 못한다면 그는 전교생의 엄청난 자랑거리가 되었다. 단점이라면 그들이 준 졸업장이 화장실에서 엉덩이 닦는 용도 외에는 쓸모가 없다는 것이다. 그 학교 졸업생을 고용할 만큼 멍청한 회사는 아주 적었다. 나는 학교에서 2년 동안 기술을 배웠지만 전원이라고 적힌 버튼을 누르는 것 말고는 인쇄기 사용법을 전혀 알지 못했다. 예정대로 수업이 진행됐지만 머지않아 아이들끼리 물건을 집어던지는 집단 히스테리로 교실은 난장판이 됐다. 책상이 바로 창문 밖으로 날아가고 교사들은 신경쇠약에 걸렸다.

1966년에 내 유일한 관심사는 고장 난 빈티지 자동차를 구입해서 친구들과 함께 수리해서 여자아이들을 태우는 것이었다. 열일곱 살에 처음으로 나는 고물차 한 대를 가졌는데, 내연기 역화가 일어나는 클러치가 닳은 로버Rover였다.

마침 그때는 학생 운동의 시대로 히피의 반문화 운동이 힘을 얻어가는 가운데 나도 하루빨리 '의식을 활성화하고turn on, 새로운 깨달음을 얻고tune in, 세속에서 이탈하고drop out(미국의 심리학자 티모시 리어리Timothy Leary가 환각 경험을 묘사한 표현으로, 1960년대 히피 반문화 시대의 슬로건이 됐다─역주)' 싶었다. 영국 록밴드가 미국을 휩쓸었고 센트럴 파크의 가장 넓은 잔디밭 십 메도Sheep Meadow에서 히피들의 집회가 열렸다. 수천 명의 히피가 음악을 연주하고 대마초를 피우며 새로운 철학운동을 통해 자신을 표현하고 평화, 사랑, 자유를 받아들였다.

그해 가을, 차를 몰고 포트 리의 메인 스트리트를 지날 때였다. 캐슬 아래에 있는 리버 로드로 이어지는 가파른 내리막길 쪽으로 회전하는데 같은 방향의 인도를 따라 걷는 두 남자가 눈길을 끌었다. 그중 한 명은 볼러 해트 모자를 쓴 돈 루보였다. 길가에 차를 세우고 유리창을 내린 채 그의 이름을 불렀다. 그가 차로 와서 안을 들여다보았다. 오랜만에 만나는 것이었다. 그는 나에게 안부를 묻고 캐슬을 지나가는지 물었다.

내가 답하기도 전에 두 사람은 차에 올라탔다. 나는 운전을 하면서 돈과 근황을 이야기하기에 바빠 미처 뒷좌석에 앉은 돈의 친구를 신경 쓰지 못했다. 막 차에 올라탈 때 돈이 그를 캐슬 꼭대기층에 사는 토니 마사치오Tony Masaccio라고 소개해주었다. 나는 그를 운전석 거울로 제대로 봤을 때 깜짝 놀랐다. 그는 20대 중반으로 놀라울 정도로 잘생겼다. 내 눈에는 그가 영화배우 같았고 어디선가 본 적이 있는 듯했다. 나는 갑자기 생각이 났다. 그는 바로 그해 초에 캐슬 밖 작은 길에서 봤던 그 사람으로, 완전히 벌거벗은 채로 차에서 뛰어나와 집으로 걸어갔던 그 사람이었다.

나는 내리막길을 지나 캐슬로 이어지는 숨겨진 좁은 길로 들어갔다. 캐슬 앞에 차를 세웠을 때 생각지도 않게 토니는 나에게 들어오라고 했다. 나는 그를 따라 캐슬 3층에 있는 허름하면서도 매혹적인 스위트룸으로 갔다. 침실을 지나는데 여기저기 아무렇게나 내던져진 여자 속옷과 벽에 걸린 현대 미술품 몇 점이 보였다. 토니는 나를 좀 편안하게 해주려했으며 거실 소파에 앉기를 권했다. 그는 내가 돈과 어떻게 아는 사이인지 매우 궁금해했다. 나는 그에게 무척이나 무료한 내 생활은 물론 어려서부터 캐슬 부근 빈터에서 어떻게 놀았는지, 현재는 직업 전문학교에 다니고 있으며 곧 영원히 그곳에서 해방될 것이라는 이야기를 했다. 무슨 일을 하느냐는 내 질문에 토니는 아무 생각 없이 "매디슨 애비뉴 광고회사"의 파트너라고 답했다. 우리가 이야기를 나누는 동안에도 그는 계속 이런저런 일을 했다. 어쩌다 그와 함께 주방까지 들어갔는데, 주방 테이블 위 벽에는 무솔리니의 두상을 그린 오래된 2차 세계대전 포스터 한 장이 붙어 있었다. 무솔리니의 강렬한 눈빛 아래 토니는 피망과 소시지를 썰어 저녁을 준비했다.

토니 마사치오는 굳이 누군가에게 자신이 이탈리아인이라고 말할 필요가 없었다. 그의 육감적인 지중해풍의 외모가 모든 것을 말해주었다. 피부는 올리브색이고 입술은 와인색이었다. 쳐다보면 빨려들 것만 같은 검은 색의 촉촉한 눈동자와 널찍한 얼굴, 윤기 나는 숱 많은 검은색 머리, 그리고 머리부터 발끝까지 부티가 넘쳐흘렀다. 그가 담배에 불을 붙일 때 사용하는 성냥갑만 해도 플라자 호텔 오크 룸이나 칼라일 카페의 로고가 들어가 있었다.

"차차"라는 애칭으로 불린 토니는 마음을 홀리는 신비감과 원시적 매력을 풍기는 데다 15세기 화가 마사치오의 후손이었지만 마피아의 발상지로 알려진 브루클린의 레드 훅 Red Hook에서 나고 자랐다. 평소 그는 조이, 토미, 바비, 비니 같은 평범한 이름의 사람들이 있는 술집을 편안해하는 그런 사람이었다.

토니는 어린 시절 폭력 문화와 이탈리아의 옛 전통에 빠져 살았다. "유명한" 도박꾼이었던 그의 아버지는 브루클린에 택시 회사를 소유하고 있었다. 거리의 클럽이나 모퉁이 술집은 모두 토니에게 일상생활의 한 부분이었다. "수장 샐리"라는 별칭으로 불린 삼촌 살바토레 무사치오Salvatore Mussachio(혈연관계가 분명했지만 토니 가족과는 성의 철자를 다르게 사용했다)를 통해서도 그의 가족은 마피아와 연줄이 있었다. 이러한 성장 배경은 토니의 성격에 큰 영향을 끼쳤다. 그의 말이나 행동에서 미묘하지만 확실하게 조직폭력배의 흔적이 드러났다.

토니는 캐슬이 아래층을 쓰는 톰 달리Tom Daly[1]라는 예술가의 작업실이라고 설명했다. 그가 들려준 이야기는 이랬다. 톰 달리는 아트 스쿨인 아트 스튜던츠 리그Art Students League에서 유명 포스터 디자이너 피터 맥스Peter Max[2]를 만났고 이 둘은 상업 예술가들 사이에서 크게 두각을 나타냈다. 두 사람은 달리 앤드 맥스 스튜디오를 차렸고 아주 빠르게 매디슨 가에서 성공을 거두었다. 그들은 독창적인 아르누보 스타일에 사이키델릭한 요소를 더한 일러스트와 레터링을 당대 예술시장에 선보였다.

당시 톰은 바디페인팅이라는 기발한 아이디어를 떠올렸다. 그는 아름다운 여성들의 알몸에 일러스트나 그림을 디자인하고 캘리그래피를 했다. 그는 몸 전체를 페인팅한 금발 미녀로 포스터를 제작했다. 포스터

---

1 **톰 달리**(1938~?) 화가, 일러스트레이터.
2 **피터 맥스**(1937~) 화가, 팝 아티스트, 독일계 이민자. 1960년대에 새로운 문화 흐름을 보여주는 팝 아트 작품을 많이 남겼다.

의 제목은 그녀의 이름인 완다Wanda로, 깜깜한 배경 속에서 옆으로 누워 있는 그녀에게 위에서 한줄기 빛이 내려와 그녀의 몸에 그려진 바디페인팅을 부각시켰다. 이 포스터는 톰에게 명망 있는 아트 디렉터 상을 안겨주었을 뿐만 아니라 세계에서 가장 유명한 포스터 중 하나가 되었다.

하지만 톰과 피터의 동업 관계는 오래가지 못했다. 언제나 피터 한 사람이 모든 공을 가로챘기에 톰은 더 이상 참을 수가 없었다. 끔찍한 다툼 끝에 그들의 동업관계는 끝났다. 톰은 홀로서기를 통해 상업 예술가로 큰 성공을 거두었고 포춘 500대 기업들과 일했다.

한편 피터는 자신의 인지도를 높이기 위해 홍보 회사에 돈을 지불하고 신문 사교란에 자신을 히피 예술의 지도자로 날조하기에 바빴다. 피터는 포스터 디자이너 및 상업 예술가였지만 진정한 예술가로 인정받고 싶어 했다.

"프랭크 스텔라나 래리 리버스처럼 말이지." 토니가 설명했다.

"그럼 다들 피터를 어떻게 생각하는데요?" 내가 순진하게 물었다.

"무슨 농담하는 거야!" 토니가 웃음을 터뜨렸다. "엄청 경멸하지."

토니는 나더러 맨해튼에 자주 나가느냐고 물었다. 친구하고 같이 그리니치빌리지 가는 것을 좋아한다고 말하자 그는 다음 날 저녁에 같이 가자고 제안해 나를 또 한 번 놀라게 했다.

금요일 저녁에 나는 캐슬로 가서 토니를 태우고 맨해튼으로 향했다. 그리니치빌리지의 가을밤은 아름다웠다. 길가에 줄줄이 있는 레스토랑과 클럽에 들어가려는 사람들로 좁은 골목길이 가득 찼다.

토니는 쿨하고 세련된 사람이었다. 지나쳐온 갤러리의 현대 미술 작품에 대해 모르는 것이 없었다. 작가의 이름은 물론 작업실이 어디인지 도 꿰고 있었다. 물론 내가 이러한 주제로 그와 대화를 이어간다는 것 자체가 불가능했지만 듣는 것만으로도 잔뜩 흥분되었다. 그의 세계는 멋지고 자극적이었으며 나도 거기에 끼고 싶었다.

토니가 인기척 없는 그리니치빌리지 주변으로 계속 데려갔기에 나 는 좀 어리둥절했다. 나를 또 파크 애비뉴 사우스 17번가에 있는 맥시 스Max's라는 환한 조명 하나가 켜진 술집으로 이끌었다. "토니!" 우리가 안으로 들어가자마자 바에 있던 사람들이 일제히 외쳤다. 이곳은 분명 히 토니와 매우 익숙했다. 예전에 내가 학교 친구들과 갔던 그리니치빌 리지의 여러 클럽과도 전혀 달랐다.

바의 풀 네임은 맥시스 캔자스 시티Max's Kansas City로 아트 바 겸 레스 토랑이며 예술가, 에이전트와 딜러들이 어우러져서 거래가 이루어지는 곳이었다. 야심 찬 무명 예술가들이 거물들을 만나러 몰려드는 마법 같 은 공간이었다. 예술가로 성공하고 싶다면 꼭 가서 평가를 받아야 하는 곳이었다. 맥시스 벽에는 현대 미술 작품이 걸려 있으며 몇몇 작품은 천장에 매달려 있었다. 거의 매일 밤마다 온갖 다양한 유명인사와 록 스타, "상류사회 인사들", 제트족(제트기로 자주 여행하는 부자–역주)들이 몰렸다. 더 말할 것도 없이 앤디 워홀Andy Warhol[3]과 그의 슈퍼스타들은 바의 비밀스러운 공간에서 놀았다.

---

3 **앤디 워홀**(1928~1987) 미국 팝 아티스트의 교황, 인쇄물 제작자, 영화 제작자로 시각주의 예 술 운동의 선구자이다. 구두 일러스트로 성공한 후에 세계적인 화가, 아방가르드 영화감독, 레 코드 프로듀서, 작가가 되었다.

토니를 따라 북적거리는 바로 가서 그의 친구들과 합류했다. 토니는 물감이 잔득 묻은 청바지를 입은 예술가부터 고급 정장을 입은 광고 회사 간부들까지 모르는 사람이 없었다. 그리고 미녀들이 계속해서 그에게 다가가 몇마디 얘기를 나누거나, 귀에다 비밀을 속삭이거나, 살며시 그의 엉덩이를 움켜쥐었다. 정말 모두가 토니를 좋아했다.

내가 아직 미성년자라는 사실은 토니에게 문제가 되지 않았다. 그는 나에게 술을 주문해주었고 우리는 함께 단독 룸으로 향했다. 그는 앞으로 몸을 기울이더니 최근에 섹스한 적이 있느냐고 지나가듯 물었다. 아무런 대답도 못하자 다른 질문을 했다. "그럼, 약 해본 적 있어?" 아직 없다고 솔직히 말할 수밖에 없었다. 토니는 웃으며 전혀 아랑곳하지 않고 술집 안을 둘러보았다. 그리고 일어나서 전화 한 통 하고 오겠다며 나갔다.

20분 후 매우 특이한 분장을 한 사람들이 무더기로 들어와서 우리 룸을 지나 곧장 레스토랑 뒤쪽에 있는 룸으로 향했다. 잠시 후 모랫빛 금발에 파란 눈동자의 호리호리한 미녀가 우리 곁에 앉았다.

캐시는 토니의 여자 친구로 캐슬에 머무를 때가 많았다. 패션 잡지에서만 보던 여자가 눈앞에 있으니 놀라서 말이 나오지 않았다. 그녀가 코트를 벗자 몸에 붙는 미니드레스 차림에 가늘고 긴 우아한 팔다리가 드러났다. 캐시는 페리 스트리트에 아파트가 있고 그리니치빌리지의 부티크에서 일하며 부업으로 모델일도 했다. 어리둥절하며 자리에 앉는 그녀의 표정에 대한 대답으로 토니는 나를 뉴저지 토박이라고 소개했다.

저녁으로 캔자스시티식 스테이크를 먹은 후, 우리는 웨스트사이드 고속도로를 타고 포트 리로 향했다. 캐슬로 돌아와 거실에서 빈둥거렸다. 캐시는 팀 하딘Tim Hardin의 레코드를 틀고 와인 한 병을 땄다. 나는 두 사람의 매력에 푹 빠져 맥시스에서 보낸 밤을 잊지 못했다. 다음 날 저녁 파티에 와서 톰 달리도 만나고 모두 함께 주말을 같이 보내자는 토니의 제안에 나는 믿기지가 않았다. 캐시도 꼭 오라고 당부하며 나보고 소파에서 자면 된다고 했다.

당시 나는 말라서 몸무게가 겨우 45킬로그램밖에 안 되는 멋모르는 어린애에 불과했다. 본래 이들과 전혀 다른 세계의 사람들이었다. 토니와 캐시처럼 세련된 사람들이 나 같은 머저리에게 관심을 가진다는 것 자체가 상상할 수 없는 일이었다.

다음 날, 캐슬로 가자 토니가 오랜 세월 못 만났던 친구처럼 나를 환영해주었다. 에디트 피아프Edith Piaf의 노래가 흘러나오는 가운데 청바지에 맨발인 토니가 나를 주방으로 이끌었다. 마침 그는 냄비에 라자냐lasagna를 만들려고 준비 중이었다. 여러 병의 와인, 쐐기 모양의 치즈 조각, 페이스트리 상자가 널브러져 있었다. 직접 만든 토마토소스 향기가 집에 가득 찼다.

캐시가 거실로 나를 불렀다. 팬티에 토니의 셔츠만 걸친 그녀의 길고 늘씬한 다리는 매우 아름다웠다. 커피 테이블에는 예술, 패션과 사진에 관련된 몇몇 책들이 놓여 있었다. 캐시는 편안하게 소파에 웅크리고 있었고 나는 큰 안락의자에 앉았다. 몇 마디 나눈 다음 그녀는 나에게 한 권의 책을 추천하였는데, 바로 내 인생에서 처음으로 읽은 예술

서적이다. 에로틱한 드로잉으로 유명한 19세기의 삽화가 오브리 비어즐리Aubrey Beardsley[4]에 관한 책이었다.

해질녘이 되자 강물 위로 빛이 퍼지면서 창밖이 푸르스름하게 변했다. 캐시가 테이블에 양초를 켤 때 마침 톰 달리가 왔다. 문 두드리는 소리가 들리고 바로 빨강 머리가 사방으로 정신없이 삐죽삐죽 솟은 남자가 들어왔다. 발끝까지 닿는 검은색 벨벳 망토를 두른 그는 예술가라기보다는 록스타처럼 보였다. 같이 온 사람은 이름이 진으로, 보이시한 헤어스타일에 엄청 마르고 섹시한 모델이었다. 그녀는 노란색 원피스 짧은 치마를 입었는데 치마에는 검은색 큰 문양과 동그랗게 뚫린 구멍이 있었다.

서로 인사를 나눈 후, 토니는 우리에게 그가 준비한 풍성한 이탈리아식 저녁 식사를 대접했다. 나는 식사 중에 오간 이야기를 하나도 못 알아들었다. 그들이 말하는 뉴욕과 예술계에 대한 대화는 내가 전혀 이해할 수 없는 것이었다. 나는 알아듣는 척 미소를 지었다. 파티가 끝나고 톰과 진은 아래층으로 내려갔고 캐시가 나에게 베개와 담요를 가져다주었다. 그녀는 가운을 펼쳐 아름다운 알몸을 보여주고는 토니와 함께 침실로 사라졌다.

다음 날, 토니는 주 중에 다시 와서 자고 가라고 했다. 이번에는 톰과 함께 대마초를 피울 것이라고 했다. 한 번도 대마초를 피워본 경험이 없던 나는 무척 기대가 되었다.

---

4 **오브리 비어즐리**(1872~1898) 영국의 일러스트레이터. 작가. 그의 단색 잉크 그림은 일본 판화인 우키요에(浮世繪)의 영향을 받아 그로테스크하고, 퇴폐적이며 에로틱하다.

약속한 밤에 예정대로 캐슬에 갔다. 토니와 함께 나는 톰이 있는 층으로 갔다. 방에는 촛불이 밝혀져 있어서 무슨 비밀 의식에 온 것만 같은 기분이었다. 마치 내가 정식으로 캐슬에 가입이라도 하는 자리인 듯했다. 톰 달리가 아름다운 앤티크 자수가 놓인 실크 가운을 걸치고 낡은 안락의자에 느긋하게 누워 있는 모습은 동방의 군주를 연상시켰다. 예쁜 금발의 예술학교 학생이자 시인인 조이스가 그와 함께 있었는데, 그녀는 톰의 작업을 돕기 위해 매일 오후에 왔다. 옆에 다른 여자아이는 그녀의 친구였다.

토니가 먼저 대마초에 불을 붙이고 사람들에게 돌렸다. 조이스는 레코드를 틀고 내 옆에 앉았다. 그녀는 최대한 길게 빨아들이고 숨을 멈추면 된다고 했다. 머지않아 한 번도 경험해본 적 없는 분명하고도 섬세한 쾌락이 온 몸에 퍼졌다. 우리는 밤이 깊도록 음악을 듣고 크게 웃으며 대마초를 돌려 피웠다.

나는 소파에 누워 난생 처음 느끼는 황홀감을 천천히 음미했다. 창밖으로 별을 응시하며 이 느낌이 영원히 끝나지 않기를 바라며 가능한 오랫동안 깨어 있고 싶었다. 나는 집 전체가 우주 항공기로 우리를 우주로 쏘아 올려 날아가고 있다고 상상했다.

토니 덕분에 완전히 새로운 세상이 내 앞에 열렸다. 그는 시내로 나가 예술계 사람들과 어울렸고, 나를 데리고 소호SoHo에도 갔다. 소호는 거리마다 버려진 오래된 창고들이 가득한 로어 맨해튼lower Manhattan(맨해튼의 가장 남쪽-역주)에 있는 지역인데 얼마 전부터 예술가들이 작업실과 거주 공간으로 삼기 시작했다. 갤러리와 카페, 부티크들이 들어오고 있었다. 토니는 갤러리 주인들을 많이 알았고 예술가 친구들의 작업실에도 나를 데려가주었다. 나는 토니와 함께 하는 모든 시간이 좋았고 창의적인 사람들이 주류 사회에 의존하지 않고 자기 방식대로 일하면서 살아가는 모습을 난생 처음 목격했다.

그때까지만 해도 나는 톰 달리를 잘 몰랐지만 그의 작품을 보고 싶었다. 어느 날 토니를 만나기 위해 캐슬의 계단을 올라가는데 음악 소리가 들렸고 톰의 공간에 문이 열려 있었다. 인사를 하려고 문틈으로 얼굴을 내밀었다. 톰은 소파에 누워 담배를 피우며 영화 〈남과 여A Man and a Woman〉의 사운드 트랙을 듣고 있었다. 그는 나에게 들어오라고 손짓했다. 내가 작품을 보고 싶어 하는 것을 알고는 포스터 몇 장을 보여주기 시작했다. 그러고 나서 지나가는 말로 대마초를 피우겠는지 물었다.

"물론이죠," 나는 잔뜩 들떠서 대답했다. "자주 하세요?"

"가끔," 그가 대답했다. "너는? 지난번이 처음이었나?"

"네. 진짜 좋았어요." 내가 대답했다. 톰은 내 말에 웃음을 터뜨리고는 장식장으로 가서 호일로 감싼 벽돌 모양의 꾸러미를 꺼냈다. 나는 그가 대마초 덩어리를 조금 떼어 나에게 선물처럼 건네는 모습을 놀라우면서도 기쁜 마음으로 바라보았다.

"학교 졸업하면 뭘 할 계획이지? 뭐가 되려고?" 톰이 내게 물었다.

"아무 계획도 없어요. 직업이 무슨 필요가 있어요? 혁명이 일어나기 직전인데."

톰은 아무런 계획이 없는 것은 괜찮지만 적어도 미래를 위해 대마초를 마는 방법쯤은 기본으로 익혀둬야 한다고 했다. 그는 서랍에서 종이를 꺼내더니 대마를 얼마나 사용하고 어떻게 말아야 하는지 자신만의 방식을 시연했다. 내가 처음 그를 따라 완성하자 톰은 잘되는지 시험해 보자고 했다. 그렇게 내 인생에서 가장 별난 사람에 대한 본격적인 관찰이 시작되었다.

톰 달리는 호색꾼이었다. 섹스를 하고 약에 취하는 것이 가장 큰 인생 목표였다. 본래 나이는 스물일곱이었지만 사실은 10대 하이틴으로, 상황에 따라 어른의 마스크를 썼다. 그밖에 그는 해괴한 옷차림을 하고 나가서 사람들을 기겁하게 만드는 것을 즐겼다. 그는 약에 취했을 때 신형 무스탕 스포츠카를 운전했는데 캐슬로 이어지는 좁다란 길가의 나무에 부딪히는 바람에 차에는 움푹 파이고 긁힌 상처투성이였다.

톰은 대부분의 사람들이 원하는 것들에 대한 욕망이 전혀 없는 비물질적인 사람이었다. 섹스와 킬로그램 단위로 구입하는 대마초, 박스로 사들이는 위스키를 제외하고 그가 유일하게 탐닉하는 것이 있다면 방을 돌아다니면서 에이전트와 잔뜩 열 내가며 통화할 수 있도록 해주는 약 9미터 길이의 전화선과 소중한 서가에 꽂을 책을 구입하는 것이었다.

토니가 아래층으로 내려왔을 때 톰과 나는 대마초를 나눠 피우면서 웃고 있었다. 톰은 서가에서 책을 꺼내 자신이 가장 좋아하는 화가 제임스 앙소르James Ensor[5]의 작품을 보여주고 있었다. 앙소르는 20세기 초에 활동한 벨기에 화가로 기이한 축제 의상을 입은 사람들을 주로 그렸

---

5 **제임스 앙소르**(1860~1949) 벨기에의 판화가, 화가. 평생을 벨기에 북서부에 있는 오스텐드에서 살았다. 벨기에의 표현주의와 초현실주의에 중요한 영향을 끼쳤다. 예술가 모임인 LesXX와 깊은 관련이 있다.

다. 톰이 즐겨 입는 옷하고도 비슷했다. 토니는 맨해튼으로 캐시를 데리러 간다면서 나더러 같이 가겠는지 물었다. 차도를 벗어날 때 토니가 톰을 어떻게 생각하느냐고 물었다.

"진짜 멋지죠!" 톰이 준 대마초를 보여주면서 내가 외쳤다.

"그래. 톰은 완전 미친놈이지." 토니가 말했다.

조지 워싱턴 다리 톨게이트에 다다랐을 때 토니는 직원에게 통행료를 건네려는 듯이 한 손을 내밀더니 얼빠진 그녀의 얼굴에 빈손을 흩뿌리고는 냅다 액셀을 밟았다. 우리는 웃으면서 내뺐고 다리 중간에 이를 때까지 여자의 고함 소리를 들을 수 있었다.

나는 토니가 자신이 일한다는 "매디슨 애비뉴 광고회사"에 일하러 가는 것을 한 번도 본 적이 없었다. 그에게 맨해튼에 볼 일이란(톰의 새 무스탕으로) 캐시를 데리러 가는 것과 때때로 톰의 포트폴리오를 에이전시에 전달해주는 것이 전부인 듯했다.

내가 캐시를 데리러 가는 토니와 동행할 때면, 우리 셋은 으레 리틀 이탈리아로 향했고 헤스터 스트리트Hester Street에 있는 빈센트라는 음식점에서 토니의 불량배 친구들과 소라 요리를 먹었다. 캐시는 내가 자신에게 반해 있는 것을 재미있어 했고 가끔 예고도 없이 토니가 보는 앞에서 나의 허리를 껴안고 나에게 키스를 하기도 했다. 토니는 전혀 개의치 않았다. 오히려 기절할 듯 황홀해 하는 내 모습을 구경하는 것을 즐겼다.

토니의 문화수준이 약간 부족했다면, 톰과 시간을 보내기 시작하면서 나는 새로운 수준의 문화적 깨달음에 도달했다. 그때까지만 해도 나는 책 한 권도 읽어본 적이 없었으며 학교 현장 학습으로 박물관에 딱 한 번 가봤을 뿐이었다. 문학이니 예술이니 하는 것은 턱시도를 입고 오페라를 보고 캐비아를 먹는 상류층 지식인들을 위한 것이라고만 생각했다.

톰은 이 모든 것을 확 바꿔놓았다. 거의 매일 저녁 그와 대마초를 피우면서 그에게서 이야기를 들었다. 그는 지식창고나 다름없었다. 예술, 역사, 문학에 대해 모르는 것이 없었다. 정말 똑똑해보였다. 그가 모르는 답이라고는 없었다. 모른다면 만들어내기라도 할 터였다. 그는 내가 만나고 싶었던 그런 사람이었다. 나는 톰의 영향으로 머지않아 볼테르, 발자크, 도스토옙스키의 책을 읽고 티치아노, 렘브란트[6], 미켈란젤로 같은 대가들의 작품을 감상하기 시작했다.

캐슬과의 우연한 인연은 내 인생 최고의 선물과도 같았다. 그곳은 우주 에너지가 모이는 중심지였다. 나는 아찔할 정도로 행복했다. 캐슬과 새로 사귄 친구들에 대해 생각하느라 밤에 잠도 오지 않았다. 어머니는 내게 생긴 변화를 이해하지 못했다. 캐슬에는 주말마다 토니가 맥시스에서 초대한 손님들로 파티가 열렸다. 거기에는 항상 톱 패션모델, 예술가, 배우, 심지어 록스타까지 포함되었다. 나는 나대로 내 몫을 다하기 위해 운전대를 잡고 톰과 토니에게 뉴저지 일대를 구경시켜주었고, 특히 그들이 너무 취해서 차까지 걷지도 못할 지경이면 맥시스

---

6 **렘브란트 하르먼손 판 레인**(Rembrandt Harmenszoon van Rijn, 1606~1669) 바로크시대 네덜란드 화가. 유럽 미술사에서 가장 위대한 화가이자 판화가 중 한 사람으로 네덜란드의 미술사에서 가장 중요한 화가이다. 그는 네덜란드의 황금시대를 불러온 장본인이다.

로 가서 태우고 귀가시켰다.

그리고 톰은 누구라도 사귀고 싶은 최고의 친구였다. 실컷 대마초를 피우게 해주고 내 생일 선물로 마르키 드 사드Marquis de Sade의 『줄리에트Juliette』 한 권을 주었을 뿐만 아니라 내가 여자와 잘 수 있도록 애써주었다! 10대에게 이보다 더 좋은 친구가 어디 있겠는가?

1967년은 흥미진진한 해가 될 것이 분명했다. 베트남 전쟁이 나라를 산산조각 냈다. 그해 봄 센트럴 파크에서 시위, 단합대회와 히피족 모임이 열렸다. 나는 마침내 고등학교를 졸업했지만 졸업장은 아무짝에도 쓸모가 없었다. 놀랍게도 토니와 조이스 그리고 검은 망토를 입은 톰이 졸업식에 와주었다. 그들은 강당 맨 첫째 줄에 앉아 내가 졸업장을 받는 차례에 환호성을 질렀다. 졸업식이 끝난 후에는 맥시스로 데려가 저녁을 사주었다.

쓸데없는 졸업장을 들고 사회로 나가 평생 인쇄기를 돌리며 살겠다는 생각은 하지도 않았다. 당분간은 캐슬에서 사람들과 어울리며 미술 공부를 하는 것만이 내 유일한 관심사였다. 메트로폴리탄 미술관보다 미술 공부의 교과 과정을 앞서가기 좋은 장소가 있을까? 톰과 토니에게 그곳은 가장 이상적인 만남의 장소였다. 나는 매주 일요일 오후마다 그들의 현장 학습에 따라갔다. 토로네 상자에서 본 명화 같은 그림들을 마침내 실제로 볼 수 있었고 신기하게도 그곳에 진열되어 있던 초기 유럽 가구에 관심이 생겼다. 이는 앞으로의 내 삶에서 중요한 역할을 하게 된다.

새로이 배운 미술 지식을 어떻게 활용할지는 알 수 없었지만 메트로폴리탄 미술관 나들이를 통해 미술관과 갤러리에 대한 두려움이 사라졌고 미술을 주제로 한 대화에도 참여할 수 있게 되었다. 게다가 톰이 자신의 작업 모습을 얼마든지 구경해도 된다고 허락해주었다. 그는 붓질 한 번 한 번이 연속되면서 하나의 작품으로 완성되는 모습을 보여주었다. 나는 바로 눈앞에서 펼쳐지는 창조 과정에 매료되었다. 초자연적인 영감에 의해 그림이 완성되는 줄 알았는데, 간단한 과정을 계속 진행해서 이루어지는 것이었다.

～

1960년대 후반, 베트남 전쟁은 미국에게 최대 악몽이 되었다. 학교를 졸업하자마자 징병 검사가 나를 기다리고 있었다. 뉴저지 뉴어크 Newark에 신고를 해야만 했다. 검사 결과 신체 및 정신적으로 하자가 없다고 판단되면 바로 그 자리에서 입대해 신병 훈련소를 거쳐 베트남으로 파병되는 것이었다.

신속한 대책이 필요한 상황이었는지 톰이 답을 내놓았다. 그는 그리니치빌리지의 마약 관련 가게에서 나를 위해 구입한 『징병을 피하는 101가지 방법』이라는 풍자적인 안내서를 주었다. 그 책에는 징병 검사관들이 병역 수행에 부적합하다고 판단하도록 만드는 온갖 터무니없는 제안이 가득했다. 혼잣말하기, 눈알 굴리기, 팔에 주사 자국 만들기, 치마 입기 등. 하지만 이런 방법으로 부적격 판정을 받으면 징집 카드에 경멸 섞인 범주로 분류된다고는 경고도 들어 있었다. 이를테면 1-Y

는 '신체 및 정신 손상'에 해당하고 4-F는 '고질적인 사악함'을 뜻한다고 했다. 또한 나중에 취직할 때 회사에서 징병 검사 결과를 확인하는 것이 필수이고 이런 경멸 섞인 범주로 분류된 사람은 취직이 어렵다고도 경고되어 있었다.

책은 읽었지만 징병 검사에서 어떻게 대처할지 감이 잡히지 않았다. 부적격 판정을 받을 수 있는 방법을 찾으려고 머리를 쥐어짰다. 책에서 제안한 방법의 99퍼센트는 터무니없었지만 중요한 것은 그 원리였다.

날씨마저 칙칙한 공포의 그날 아침에 나는 다른 청년들과 함께 뉴저지의 해컨색Hackensack에서 뉴어크행 육군 모병 버스를 탔다. 버스로 이동하는 내내 녹슨 공장과 정유공장, 쓰레기처리장이 자리한 산업단지가 끝없이 펼쳐져서 더욱 암울했다.

버스는 낡은 동네에 위치한 지저분하고 아무런 표식이 없는 건물 앞에서 멈추었다. 안으로 들어간 후 안내된 교실에서 군복 입은 말 많은 노땅이 우리를 열정적인 애국지사처럼 대했다. 그리고 나서 적성 검사 시험지를 나눠주었다. 4페이지 분량이고 과학과 수학, 역사 문제가 있었다.

지금부터 시작이라는 생각으로 일부러 낮은 점수를 받았다. 점수가 심하게 낮아서 정신과의사와의 면담을 위해 사무실로 안내되었다.

의사는 처음에 학력과 배경에 관련된 몇 가지 질문을 했다. 그러더니 은근슬쩍 적성 검사 질문으로 옮겨가 그렇게 낮은 점수가 나오는 경우는 드물다고 했다.

"전 시험을 잘 본 줄 알았는데!" 나는 대답했다.

정신과의사는 내 대답에 만족하고는 좀 더 개인적인 특징과 관련된 질문을 했다.

"마약한 적 있습니까?" 그가 물었다.

"네." 나는 대답했다.

"어떤 종류?" 의사는 좀 더 자세한 대답을 원했다.

"대마초, LSD, 환각제." 나는 솔직하게 털어놨다.

"얼마나 자주?" 그가 물었다.

"매일요." 나는 그에게 확실하게 말했다.

의사는 신중하게 모든 대답을 기록하더니 솔직하게 물었다. "정신과 치료를 받은 적이나 입원 경험이 있습니까?" 이쯤에 이르러 나는 분노가 폭발했다. "사람을 뭘로 보고! 제가 무슨 쓰레기인 줄 아세요?!"

의사는 보고서에 차분하게 내 반응을 기록했다. 미소로 고맙다고 하더니 대기실로 안내했고 나는 그곳에서 다른 두 명과 함께 한 시간 동안 앉아 있었다. 그들은 좀비처럼 보였고 여기가 어디인지 전혀 의식하지 못하는 듯했다. 만약 연기를 한 거라면 대단히 훌륭했다.

마침내 내 이름이 불리고 복도를 따라 안내된 방에는 심각한 표정의 장교가 책상 뒤에 앉아 있었다. 그는 고개를 들어 나를 한번 쳐다보더니 종이 한 장을 들었다. "켄, 유감이네", 눈으로 내용을 한번 훑고는 내게 말했다. "현재 미군은 자네의 복무에 관심이 없네. 몇 주 안으로 등급표가 우편으로 갈 걸세." 나는 애써 실망스러운 표정을 지으며 자리를 떴다. 어서 빨리 건물 밖으로 나가고 싶었다.

몇 주 후, 우편으로 징병 카드를 받았는데 굵은 글씨로 1-Y라고 쓰여 있었다. 버번 기술학교의 졸업장에 1-Y 등급 판정을 받은 신체검사 결과까지. 완벽했다. 그 누구도 나를 고용하고 싶지 않을 터였다. 나는 엄청난 실패자임이 자명했고 과연 인생이 어디로 흘러갈 것인지 알 수 없었다. 하지만 톰의 책으로나 미술관 나들이로 그림을 연구하면 할수록 어떻게 그려진 그림인지 더 잘 알게 되었다. 눈앞에서 가장 간단한 요소로 분해되는 느낌이었다.

당시 내 인생에서 유일하게 의미 있는 것이라고는 그림을 보는 일뿐이었다. 어찌된 일인지 나는 그림이 그려진 이치를 이해할 수 있었다. 거부할 수 없는 힘이 나를 끌어당기며 나도 똑같이 그릴 수 있다고 말해주는 듯했다.

그해 여름, 톰에게 나의 이러한 느낌을 말하고 나서 내 예술 인생은 시작되었다. 톰은 작업실을 한 바퀴 돌고나서 오래된 물감과 붓 몇 개를 가져왔다. 옛 거장들의 명화부터 시작해 기존 작품을 따라 그려보라고 했다. 책 몇 권을 뒤지더니 렘브란트가 그린 예수의 초상화부터 시작해보라고 권했다.

처음 해보는 일이었지만 나는 처음부터 붓과 물감 사용법을 알고 있었다는 듯이 색깔과 색조, 질감을 제대로 이해하며 렘브란트의 그림을 그려냈다. 너무 들떠서 빨리 톰에게 보여주고 싶었다. 당장 캐슬로 달려갔다. 톰은 그림을 보고 감탄하면서 우리 어머니에게 전화까지 했다. 어머니는 마침내 나에게 삶의 방향을 제시해줄 수 있는 좋은 사람들을 캐슬에서 만났다는 사실에 기뻐했다.

톰은 곧바로 내가 모방할 수 있는 또 다른 그림들을 찾아주었고, 나는 그림을 그릴 때마다 새로운 가르침을 얻었다. 머지않아 하나가 끝나면 빨리 새로운 그림을 시작하고 싶을 정도로 강박증 비슷한 증세가 나타났다. 이것은 나에게 커다란 전환점이 되었다. 그림 그리는 일은 나에게 삶의 목적을 주었다. 이제 징병 검사에서 1-Y 등급을 받은 사실이 그리 나쁘게 느껴지지 않았기에 센트럴 파크에서 새로운 반전 시위가 있던 다음 날 징병 카드를 태워버렸다.

이어서 톰은 LSD에 취해 있을 때 우리 둘 다 좋아했던 두 화가에 대한 책을 건넸다. 기이하고 우화적인 그림을 전문으로 그리는 초기 플랑드르 화가 히로니뮈스 보스Hieronymus Bosch와 피터르 브뤼헐Pieter Bruegel[7]이었다. 솔직히 보스 또한 약에 취한 상태로 그림을 그렸다고 해도 과장은 아닐 것이라고 생각한다. 나는 지체 없이 두 사람의 그림을 따라 그리기 시작했다.

어느 날 토니가 맥시스의 안쪽 룸에서 어울리던 여자 두 명을 집에 데려왔다. 그 두 여자는 바로 앤디 워홀의 영화 〈트래시Trash〉와 〈이미테이션 오브 크라이스트Imitation of Christ〉, 〈배드Bad〉에 나온 배우였다. 바로 그녀들은 워홀의 슈퍼스타라고 불렸던 안드레아 펠드먼Andrea Feldman과 제랄딘 스미스Geraldine Smith였다. 안드레아는 24시간 내내 약에 취해 완전히 판타지에 빠져 살았다. 그녀는 LSD를 400번도 넘게 해봤다고

---

7 **피터르 브뤼헐**(1525~1569) 브라반트 공화국의 화가. 북유럽 르네상스의 대표적 화가. 태어난 마을의 이름을 따서 성을 브뤼헐이라고 했다. 초기에는 '민간 전설'이라는 속담 등을 주제로 한 그림을 그렸다. 그 후로 네덜란드에 대한 에스파냐의 억압을 종교적 소재를 통해 극적으로 표현했다. 또한 그는 애정과 유머를 담아 농민 생활을 사실적으로 그린 풍속화로 '농민의 브뤼헐'이라고 불렸다

주장했다. 반면 제랄딘은 쿨했고 온전히 통제 가능한 상태였다. 마른 몸매에 아름답고 섹시한 제랄딘은 검붉은 머리카락에 조각 같은 얼굴이었고 속이 훤히 들여다보여 상상할 필요가 없는 망사 미니드레스를 입고 왔다.

그녀들은 도시를 떠나 휴식을 취하고 싶었다. 캐슬의 빈방 하나에 자리를 잡았으며 나와도 금방 친해졌다. 두 사람은 정말 재미있었다. 오래지않아 나는 막 수리를 끝낸 낡은 메르세데스 벤츠에 그녀들을 태우고 돌아다녔다. 같이 약을 하고 데어리 퀸Dairy Queen에 밀크셰이크를 사먹으려고도 다녔다. 이때 내 운명은 이미 정해졌고 절대 "정상적인" 삶을 살 수 없게 되었다.

2

안녕! 맨해튼

신은 톰 달리를 완벽한 타이밍에 완벽한 장소에 있게 했다. 캐슬에서 그는 환각의 왕이었다. 똑똑하고 돈 많고 재능 넘치는 그는 술과 섹스, 마약의 천국에서 살았다. 그런 세상이 제 발로 그에게 찾아왔다.

어느 날 오후 집에서 낡은 메르세데스-벤츠를 튜닝하고 있는데 톰에게서 전화가 왔다. 최대한 빨리 캐슬로 오라고 했다. 나눠야 할 중대한 소식이 있다면서, 안드레아와 제랄딘도 있을 것이라고 했다.

저녁을 먹은 후, 어머니의 눈을 피해 포트 리로 출발했다. 어머니는 캐슬에서 지적인 토론 이상의 것이 이루어지고 있다고 의심하기 시작한 터였다.

톰의 방으로 들어가 보니 그가 제랄딘과 함께 오목하게 들어간 벽면에 놓인 테이블에 앉아 있었다. 그는 테이블에 놓인 커피 캔에 넣이 빠진 듯했다. 내가 다가가자 맞은편에 앉으라고 손짓했다.

"그게 뭐예요?" 그의 관심이 쏠린 커피 캔을 가리키며 물었다.

"열어봐." 그가 명령했다. 놀랍게도 안에는 미세한 초록색 가루가 꽉 차 있었다.

"이게 뭔데요?" 나는 물었다. 차오Ciao!

"키프Kief. 최고급 대마초지. 선물 받은 거야!" 톰이 말했다.

우리는 자연스럽게 담배를 말아 피우기 시작했고, 톰은 캐슬에서 〈안녕! 맨해튼Ciao! Manhattan〉이라는 언더그라운드 영화가 촬영될 것이라고 말했다. 언더그라운드 영화계의 마릴린 먼로라고 불리는 에디 세즈윅 Edie Sedgwick이 주연이었다. 토니는 제작자들이 캐슬을 촬영지로 관심을 가지도록 만들었고, 키프는 캐슬에서 촬영을 허락한 톰에게 호의로 선물한 것이었다.

톰의 화장실에서 안드레아가 부르는 소리가 들렸다. 그녀는 무수히 많은 옷을 입어보는 동안 나더러 옆에 있으면서 의견을 말해달라고 했다. 그러고는 LSD를 갖고 있느냐고도 물었다. 청바지에서 포일에 쌓인 것을 꺼낸 다음 여과지를 나누었다. 드디어 옷을 골라 입은 안드레아와 함께 나는 메인 룸에 있는 톰과 제랄딘에게로 갔다. 무엇에 취했는지 알 수 없지만 이미 취해버린 톰은 소파에 등을 대고 누워 천정을 바라보는 제랄딘에게 뭔가 말하고 있었다.

안드레아는 메리 마틴Mary Martin이 불렀던 영화 〈피터팬Peter Pan〉 OST 레코드판으로 우리를 즐겁게 해줄 생각이었다. 그녀는 그 앨범을 트는 것을 좋아했다. 특히 'I'm Flying'과 'I Won't Grow up'은 그녀가 가장 좋아하는 곡이었다.

LSD 효과가 나오기 나타나자 안드레아는 자신이 피터팬이라고 믿게 될 때까지 레코드를 계속 틀고 노래를 불렀다. 그녀는 약물에 취해 환각에 빠지면 분명한 현실적인 위기를 겪었다. 그녀는 환각 상태에서 현실을 전혀 구별하지 못했다.

그때 우리는 톰을 바퀴 달린 작업실 의자에 앉혔다. 메리 마틴이 부른 'I'm Flying'이 흘러나올 때마다 우리는 톰이 앉은 의자를 밀면서 방 안을 휘젓고 다녔다. 밤이 깊어가는 가운데 LSD로 인해 의식은 천 배나 더 선명해졌다. 톰의 얼굴 모공이 하나하나 다 보이고 안드레의 머리카락을 셀 수 있을 정도였다. 모든 것이 그로테스크할 정도로 왜곡되었고 한 순간은 미친 듯이 재미있다가 또 곧바로 미친 듯이 무서워졌다. 현실보다는 꿈에 더 가까웠다.

다음 날, 나는 톰과 앉아서 전날 밤의 이미지나 인상에 대한 잡담을 나눴다. 톰은 그것을 그림으로 담으면 멋진 작품이 될 것이라고 했고, 나아가 캐슬의 초현실적이고 환각적인 모습을 그려보라는 제안도 했다. LSD에 취했을 때 사람들과 사건들이 어떻게 보이는지 히로니뮈스 보스 같기도 하고 피터르 브뤼헐 같기도 하게 그려보라는 것이었다. 이는 내가 직면한 첫 번째 도전으로, 남의 작품을 모방한 모작이 아니라 스스로 그림을 창조해야만 했다. 남은 여름 내내, 현실과 가상 속 인물과 풍경을 스케치했다. 그것들을 전부 다 합쳐서 걸작을 탄생시킬 터였다.

〈안녕! 맨해튼〉은 언더그라운드 영화의 고전으로 자리 잡았다. 이는 에디 세즈윅의 실제 생활을 영화화 한 것이다. 에디 세즈윅은 1967년에 이미 뉴욕 시 언더그라운드 사회의 신비로운 존재가 되었다. 젊고 화려하고 아름다운 그녀는 보스턴의 유서 깊은 가문 출신으로 60년대에 뉴욕에 와서 앤디 워홀을 만났다. 두 사람의 만남은 팝아트 언더그라운드 문화의 시작에 불꽃을 당겼다. 패션과 미술에 대한 두 사람의 아이디어는 그 후 수십 년 동안이나 유행에 영향을 끼쳤고, 에디는 〈안녕! 맨해튼〉으로 절정기를 맞이했다.

앤디 워홀은 〈안녕! 맨해튼〉 제작에 관여하지 않았고 오히려 매우 냉소적인 반응을 보였다고 한다. 앤디 워홀의 팩토리에서 만든 다른 영화들을 작업했던 그의 친구 척 웨인Chuck Wein과 존 팔머John Palmer가 촬영을 맡았다.

촬영 소식이 퍼지자 비바Viva, 에릭 에머슨eric Emerson, 폴 아메리카Paul America 등 워홀 팩토리에 소속된 이들의 절반이 캐슬로 몰려왔다. 안드레아와 제랄딘은 이미 캐슬에 자리를 잡은 상태였다. 비트족 시인 리오넬 골드바트Lionel Goldbart는 기타와 선글라스, 봉고 드럼과 함께 찾아왔다. 그는 큰 키에 핸섬하고 대단히 지적이었으며 가망 없을 정도로 심각한 헤로인 중독이었다. 그가 연구하고 있는 새 역법曆法이 "우리가 아는 세상을 완전히 바꿀 것"이라고 호언장담했다.

척 웨인과 존 팔머는 한 무리의 리무진을 거느리고 나타났다. 에디 세즈윅을 비롯한 배우들, 촬영 스태프, 친구들이 타고 있었다. 트럭 두 대가 촬영 장비를 끌고 뒤따랐다. 조명, 카메라, 의상이 가득 담긴 상자들이 톰의 방 아래층에 위치한, 잔디밭 쪽으로 향한 방으로 옮겨졌다.

에디와 친구들이 캐슬의 여러 방에 자리 잡은 후 파티가 시작되었고 며칠간 계속되었다. 톰의 작업실에서 요란한 음악소리가 울려 퍼지고 출장음식 담당자들이 쟁반에 담긴 음식과 와인을 박스째로 가져왔다. 톰이 에디를 소개해주었는데 매우 멋지고 섹시하다는 생각이 들었다. 그녀는 한가운데에 커다란 금색 지퍼가 달린 라임그린색 미니드레스를 입고 있었다. 크고 부드러운 두 눈이 빠져들게 만들었다. 그녀에게는 사람을 홀리는 매력이 있었다. 에디는 매우 다정했지만 어조가 지나치게 부드럽고 낮아서 금방이라도 잠들 것만 같았다. 바닥에 알약이 널브러져 있는 게 신경 쓰였다. 나는 톰과 함께 샌드위치와 샐러드가 차려진 뷔페 테이블로 갔다.

"왜 알약이 바닥에 잔뜩 떨어져 있어요?" 내가 톰에게 물었다.

"아, 그거. 자기가 좋아하는 데니쉬 페스트리를 가져오지 않았다고 에디가 던진 거야." 톰이 대답했다.

촬영 스태프들이 카메라 등의 촬영 장비를 설치한 후 괴상한 의상을 입은 사람들이 캐슬 주변에 나타나기 시작했다. 존 팔머에게 영화의 줄거리를 들으니 이해가 되었다. 시나리오에 따르면 에디는 지하 조직의 미스터리한 멤버로부터 맨해튼을 떠나 "접선지"로 설정된 캐슬로 가라는 지시를 받는다. 그녀는 그곳에서 "비행접시를 탄 사람들", 즉 우주에서 온 친절한 존재들을 만나고 그들이 그녀에게 지구를 구하는 방법을 가르쳐준다. 그럴 듯한 이야기라는 생각이 들었다. 하지만 외계인 설정으로 흔한 화성인뿐만 아니라 카우보이, 드랙퀸, 서커스 곡예사, 군인, 패션, 모델, 그리고 도대체 정체가 뭔지 알 수 없는 사람들까지도 전부 외계인으로 등장한다는 사실은 이해되지 않았다. 앨런 긴스버그도 사제복을 입고 목걸이를 한 동양의 신비주의자로 변장하고 에디를 맞이했다.

톰의 작업실에서 긴 시간 촬영이 있은 후, 클라이맥스 부분에 이르렀을 때 척 웨인은 사제복을 벗고 완전한 알몸이 된 앨런 긴스버그를 따라 모두들 벼랑에 있는 동굴로 가자고 했다. 다 같이 앨런을 따라 쾌락주의 구호를 외치는 장면을 촬영하기 위해서였다.

토니는 이 모든 흥미진진한 장면을 다 놓쳤지만, 영화 촬영에는 관심도 없었다. 대신 그는 에디를 포함한 두 명의 모델과 함께 위층 침실에서 그만의 영화를 찍는 중이었다. "게다가", 내가 그의 방문을 노크하고 아래층으로 내려와 뭘 좀 먹지 않겠느냐고 묻자 토니가 대답했다. "앨런 긴스버그가 거시기를 덜렁거리며 돌아다니는 꼴은 더 이상 보고 싶지 않아!"

여름이 끝나기 전, 토니는 나이트클럽 일렉트릭 서커스Electric Circus에서 열린 개봉 시사회에 초대되었다. 최고의 사이키델릭 디스코 클럽으로 알려진 그곳은 약을 복용하지 않고도 환각 상태에 빠지게 해주는 조명 쇼를 선보인다고 광고했다.

톰과 토니, 조이스와 나는 그런 광고 따위는 무시한 채로 LSD를 복용한 후 일렉트릭 서커스가 있는 세인트 마크스 플레이스St. Mark's Place로 향했다. 클럽 안은 "딴 세상 같은" 기이한 의상을 입은 유명 인사들과 언더그라운드의 엘리트들로 가득했다. 메인 룸으로 들어가 보니 촬영 때와 똑같은 목걸이와 사제복 차림의 앨런 긴스버그가 있었다. 귀가 멍해질 정도로 시끄럽게 'Eight Miles High'와 'Light My Fire'가 울려 퍼지는 가운데 우리는 2층으로 올라가 구석에서 바닥에 앉아 있는 〈안녕! 맨해튼〉 팀을 만났다. 편집 과정에서 삭제된 영상이 벽에 나오고 있었다. 그곳에는 에디도 있었다. 큰 눈을 가진 인형처럼 꾸민 그녀는 눈부시도록 아름다웠다. 청바지에 등이 훤히 드러나 보이도록 깊이 팬 타이트한 상의를 입고 있었다. 노출된 등에는 붉은 립스틱으로 휘갈겨 쓴 그녀의 전화번호가 보였다.

∾

1968년, 당시 토니의 여자 친구였던 바버라는 키가 크고 세련된 아름다운 여자로 붉고 긴 생머리에 주근깨가 있었다. 모델인 그녀는 매우 트렌디한 부티크 패러퍼네일리어Paraphernalia의 디자이너와 결혼한 적이 있었다. 어느 날 밤, 뉴욕 북부 여행에서 막 돌아온 토니와 바버라는 맥시스에서 톰과 나에게 조지 호수Lake George에 있는 미술관에 방문한 이야기를 들려주었다. 그 미술관은 1930년대의 유명 오페라 가수 마르셀라 셈브리치Marcella Sembrich의 여름 별장으로 그녀가 살아생전에 수집한 앤티크 제품과 미술품으로 가득했다. 그중 대부분은 부유한 팬들로부터 선물 받은 것이었다. 큰 것 한 방을 간절히 원하던 토니는 그 박물관을 털자는 아이디어를 냈다. 그 후 얼마 지나지 않아 톰에게서 전화가 왔다. '알 만한 그 사람'으로부터 전화를 받았다면서 그날 저녁에 캐슬로 오라고 했다.

그날 밤 톰과 함께 불침번을 섰다. 새벽 1시, 우리는 도로 끝에서 헤드라이트 두 개가 천천히 집으로 다가오는 것을 발견했다. 발코니로 나가서 차가 다가오는 모습을 숨죽이며 지켜보았다. 차에서 내린 토니는 입이 귀에 걸려 있었다. 두 팔을 벌리고 연극의 한 장면처럼 거창하게 인사를 했다.

꽉 끼는 검은색 가죽바지와 터틀넥으로 멋지게 차려 입은 바버라가 차에서 내려 한가로이 출입구가 있는 계단으로 걸어갔다. 할리우드 영화도 저렇게 멋진 한 쌍의 미술품 도둑을 캐스팅할 수는 없으리라. "해냈구나!" 방으로 들어오는 토니에게 톰이 외쳤다. 바버라는 평온하기 그지없는 표정으로 푹신한 의자에 앉아 담배에 불을 붙였다.

톰, 토니와 함께 나는 차가 있는 곳으로 나갔다. 차는 전리품이 담긴 상자로 꽉 차 있었다. 전부 집으로 옮겨 포장을 풀어서 톰의 작업대에 펼쳐 놓았다. 우리의 눈앞에는 눈부신 보물이 있었다. 파베르제가 만든 아름다운 러시아 담배 케이스, 티파니 책상용 램프, 랄리크의 유리컵, 바버라가 그 예쁜 손으로 일일이 신문지로 감싼 세브르 도자기 그릇 세트, 그리고 18세기 프랑스산 시계와 러시아산 성화, 심지어 초기 청동기 시대 작은 조각상들까지 보였다. 하지만 숨 막히는 광경은 바버라가 엄청나게 아름다운 18세기의 여인용 부채 컬렉션 포장을 풀었을 때 나타났다.

"별거 아니었어." 토니가 말했고, 톰은 대마초에 불을 붙였다. 토니는 조지 호수에 있는 한 모텔에 체크인한 다음 밤이 될 때까지 기다렸다가 미술관에 갔다고 설명했다. 그들은 잘 보이지 않는 곳에 차를 세우고 미술관 측면의 창문을 깨고 침입했다. 안으로 들어가서는 진열 케이스를 부수고 그들이 준비한 상자에 전리품을 손에 잡히는 대로 쓸어 담았다. 훔친 물건을 차에 싣고 깊은 어둠 속을 빠르게 질주했다.

우리는 벼락 맞은 듯이 깜짝 놀랐다. 완전히 흥분한 토니는 위험하기까지 했다. 나는 가급적 그를 피해 페르시아 고양이처럼 평온해 보이는 바버라와 시간을 보냈다.

불행히도 토니는 자신의 생각처럼 일을 깔끔하게 처리한 것이 아니었다. 몇 주 동안 우리는 공포에 떨면서 지냈다. 우선 그는 계획대로 훔친 차를 사용한 것이 아니라 형 소유의 차를 썼다. 그리고 미술관을 털기 전에 조지 호수에 있는 모텔에서 미술관에 대한 질문을 엄청나게 많이 던져서 의심까지 샀다. 그들은 그의 자동차 등록번호를 기록해두었다. FBI는 그의 자동차 등록번호를 추적하고 브루클린에 사는 그의 가족을 찾아갔다.

FBI는 맥시스에도 나타났다. 캐슬로 찾아오는 것은 시간 문제였다. 우리는 피해망상증에 가까운 충격 상태에 놓였다. 톰은 토니에게 당장 떠나라고 했지만 토니는 우선 물건을 일부라도 팔아야 한다고 고집 부렸다. 당연히 FBI는 캐슬에도 찾아왔다. 톰은 심장이 멎을 정도로 놀랐지만 토니를 한동안 보지 못했다는 말로 FBI의 수사를 방해하는 데 성공했다.

놀랍게도 바로 그 순간 토니는 50번가의 3번대로 Third Avenue를 따라 걸으면서 한 딜러와 협상을 하고 있었다. 딜러는 자신이 매우 핫한 물건을 보고 있다고 정확하게 짐작했다. 전부 합쳐서 20만 달러, 혹은 그 이상이었다. 하지만 토니는 겨우 만 달러만 받았다. 그래도 당시에는 엄청난 액수처럼 느껴졌다. FBI가 들끓는 바람에 토니는 캐슬로 돌아올 수가 없었다. 토니와 바버라는 멕시코로 떠나 한동안 잠수를 타기로 결정했다.

상황이 잠잠해지자 나는 몇 달 전에 시작한, 거장의 스타일로 캐슬을 그린 작품을 완성했다. 스케치는 대부분 캐슬에서, 색칠은 차를 수리하던 집 차고에서 작업했다. 톰은 하루라도 빨리 그림을 보고 싶어했다. 기존의 그림을 모방하지 않은, 특별히 그의 아이디어로 그린 나의 첫 번째 작품이기 때문이었다. 그림을 가져가기로 한 저녁에 톰은 "캐슬 사람들"을 불러 모았다. 다 같이 마리화나를 피우는 가운데 드디어 그림이 공개되었다. 결국 시리즈의 첫 번째 작품이 되는 이 그림은 강, 절벽, 상상의 건물이 있는 보스의 초현실주의적인 배경에 인물, 사물, 상징이 들어간 환영과도 같은 장면이었다. 그림을 보고 모두 크게 놀랐다. 나에게 그런 재주가 있으리라고는 아무도 상상하지 못했다. 톰은 놀라서 할 말을 잃었다. 안드레아는 그녀를 "뿅 가게" 만드는 그림이라고 했다. 리오넬 골드바트는 나를 한쪽으로 부르더니 묻고 싶은 게 딱 하나 있다고 했다.

"뭔데요?" 나는 물었다.

"너는 어느 별에서 왔니?" 그가 말했다.

한편 국경 남쪽의 목가적인 풍경을 묘사하는 엽서와 편지가 멕시코로부터 꾸준히 도착했다. 토니와 바버라는 그곳에서 일광욕을 하고 마가리타를 마시며 유유자적했다. 정말 두 달도 지나지 않아 천국 같은 은신 생활에 문제가 생겼다는 사실이 토니의 콜렉트콜로 전해졌다. 이 야긴즉슨 마사틀란Mazatlan의 호텔에 머물고 있는데 돈이 다 떨어져 빈털터리 신세에 마약도 떨어지고 데킬라도 떨어졌다는 것이었다.

마사틀란의 호텔에 체크인하기 사흘 전, 토니와 바버라는 한적한 해변으로 드라이브를 갔다. 그들은 자동차 조수석 앞 글러브 박스에 도피 자금을 넣어둔 채 누드로 수영을 즐겼다. 그렇게 즐겁게 노는 사이 차 안의 모든 짐을 다 도둑맞았다. 도둑은 "그날 밤만이라도 어떻게 버티라"는 뜻인 듯 운전석에 50달러를 남겨두었다. 토니와 바버라는 당장 돈이 필요했다. 톰과 내가 수백 달러를 송금해주었고 그들은 곧 귀갓길에 올랐다.

그들은 뉴욕으로 돌아와서 이스트 15번가의 엘리베이터 없는 5층 아파트에 자리를 잡았다. FBI는 토니를 체포할 수 있으리라는 희망을 품고 정기적으로 토니의 가족들을 찾아왔다. 하지만 서서히 FBI의 관심도 줄어들었다. 아이러니하게도 조지 호수 미술관 강도 사건 담당자의 사무실은 토니와 바버라의 아파트에서 두 블록밖에 떨어져 있지 않았다. 한 번은 토니가 자신이 범인이 아니라고 설득하기 위해 공중전화로 담당자에게 전화를 걸기까지 했다!

~

1969년 어느 날, 토니와 어퍼 이스트 사이드Upper East Side의 카페에 있는데 그가 파크 버넷 갤러리Parke-Bernet Galleries(나중에 소더비로 바뀌었다)에 전시 중인 유럽 예술품 컬렉션을 보러 가자고 했다. 그가 도둑질해서 팔았던 것들이 있을지도 모른다는 것이다.

밖에는 일부 이중 주차된 다수의 기사 딸린 리무진이 세워져 갤러리 입구를 알려주고 있었다. 나는 그곳이 경매 회사라는 것도 모른 채 그저 토니를 따라 엘리베이터를 타고 2층으로 올라갔다. 문이 열리자 눈부신 미술품으로 가득한 방들이 나왔다.

이때 나는 처음으로 미술계 부자들을 언뜻 봤다. 그들은 일제히 한가롭게 경매장을 거닐고 있었다. 여자들은 고급 맞춤복을 입고 숨죽인 어조로 속삭였다. 한쪽 팔에 요크셔테리어를 안은 여자는 18세기에 만들어진 게임 테이블을 사려고 생각 중인 친구와 이야기를 나눴다. 흠잡을 데 없이 차려입은 멋진 남자들은 벽에 걸린 아름다운 그림을 살폈다.

토니 덕분에 하게 된 이 경험은 나에게 확실히 돌파구를 제공했다. 나는 비싼 옷을 사 입고 자주 이곳을 찾아 골동품과 그림을 연구하는 한편, 예술에 박식하고 고상한 척하는 이들과 어울리면서 그들의 행동을 관찰하고 경매도 지켜보았다. 무엇보다도 내가 매료된 것은 경매장의 분위기였다. 가는 세로줄 무늬 양복을 입은 은발의 경매사 양 옆에는 경매 보조인이 있었고 몬테카를로 카지노의 딜러를 연상시켰다. 실내는 화려하고 열띤 분위기였고 세련되게 차려입은 젊은 여인들이 전화 경매에 참여했다. 미술품들이 바로 눈앞에서 수만 달러, 심지어 수십만 달러에 팔리는 모습은 그저 놀라울 뿐이었다. 몇 점이라도 소유할 수 있다면 소원이 없을 것 같았고 소수들만의 특별한 세계에 나도 속하고 싶었다.

나의 초기 유럽 가구에 대한 관심은 톰과 토니와 함께 메트로폴리탄 미술관에 가본 후로 생겼고 지금은 순수한 열정으로까지 발전했다. 그리고 정말 좋았던 것은 큰 보상이었다. 나는 파크 버넷 갤러리 방문을 통해 이러한 가구들의 스페셜 경매가 있다는 사실을 알게 되었다. 카탈로그를 구입하고 경매에 참석하며 이와 관련된 시장에 대해 많은 것을 배웠다. 나는 또한 이 분야를 전문으로 하는 미술품 딜러들과도 안면을 텄다. 곧, 나는 시골 골동품 상점을 돌며 초기 가구를 헌팅했다. 좋은 물건을 발견하면 사들인 다음 뉴욕의 미술품 딜러들에게 팔아 이득을 남겼다.

하지만 내 인생에서 정말 중요한 사건은 빈티지 자동차에 대한 강박적인 사랑 때문에 일어났다. 그동안 힘들게 복구한 아름다운 1955년식 MG-TF I 을 1936년식 고물 벤틀리 스포츠 살룬Bentley Sports Saloon과 바꾼 것이다. 나는 토글스위치와 게이지가 말끔하게 자리한 벤틀리의 호두색 베니어판 대시보드와 값비싼 가죽 인테리어에 매료되어 넋이 나갔다. 스포츠카 동우회 친구들의 도움으로 벤틀리를 집까지 견인했다.

벤틀리를 집 앞 차도에 세우자, 아버지가 집에서 달려 나와 후드를 열어보더니 화를 냈다. 거대한 직렬 6기통 엔진의 절반이 여러 부분으로 분해되어 있었다. 몇 달 동안 아버지의 지시를 받으며 가진 돈을 전부 쏟아 붓고 괴물 벤틀리를 수리했지만 그렇게 돈과 시간을 투자한 가치가 있었다. 우리 친구들은 차를 몰고 그리니치빌리지를 누비며 맥시스에 폼 나게 주차하는 것을 좋아했다.

벤틀리는 엄청난 즐거움을 선사했지만 머지않아 감당하기가 어려워졌다. 기름을 엄청 먹는 것은 둘째 치고 부품에도 천문학적인 돈이 들어갔다. MG의 배선단자는 단돈 5달러였는데 벤틀리는 75달러나 들었고 소음기는 무려 600달러였다. 발전기나 변속기 같은 중요한 부품이 고장 났다가는 그야말로 끝장이었다.

그래도 나는 어찌어찌 벤틀리를 계속 몰고 다녔다. 어느 화창한 날, 조지 워싱턴 다리로 이어지는 거리로 들어섰다가 기막힌 행운을 만나게 되었다. 포트 리 고등학교에서 가장 예쁜 여학생이 시내에 가려고 히치하이킹을 하고 있었다. 방향을 돌려 차를 세우고 백미러로 쳐다보면서도 그 상황을 믿을 수가 없었다. 딱 달라붙는 청바지에 낡은 스웨트셔츠sweatshirt를 입은 예쁜 여학생이 짙은 커피색 머리칼을 바람에 흩날리며 내 차로 달려왔다.

린다는 17살로 끝내주게 아름다운 여학생이었다. 호리호리한 몸매에 키는 175센티미터나 되었다. 가끔 토니와 나는 포트 리에서 그녀가 걸어가는 모습을 본 적이 있었다. 한 번은 토니가 팰리세이드 대로 한가운데에서 유턴으로 차를 세워 이탈리아 남자만의 매력으로 그녀를 유혹하려고 한 적도 있다. 토니가 온갖 수단을 다 동원했지만 아무 소용없었다. 린다는 그저 미소만 짓고 가던 길을 갔다.

그런 그녀와 한 차를 타고 59번가로 이어지는 다리를 기분 좋게 지나고 있다니. 린다는 브래지어 태우기bra-burning 행사에 참여하기 위해 센트럴 파크에 간다고 했다. 나도 속옷을 싫어해서 입지 않는다고 말했다. 서로 공통점도 많고 단순히 우연한 만남이 아니라는 생각에 린다와 나는 전화번호를 교환했고 연애의 소용돌이에 빠졌다.

린다는 포트 리의 고급 고층 아파트에서 아버지와 살았고 모델을 꿈꾸는 여학생이었다. 나는 수업이 끝난 그녀를 벤틀리에 태워 캘러한스 드라이브 인Callahan's Drive-In에 찾아가서 핫도그와 감자튀김을 사먹었다. 그런 다음 캐슬에 가거나 강이 내려다보이는 경치 좋은 공원에 갔고 자동차 뒷좌석으로 뛰어들어 몇 시간이고 키스와 애무를 했다.

벤틀리 뒷좌석에서 그녀와 함께 하면서 한 달이라는 달콤한 시간이 흘렀다. 벤틀리를 유지하느라 항상 빈곤 상태에 시달리는 것만 빼면 완벽한 삶이었다. 골동품 가구를 되팔아 버는 돈은 족족 돈 먹는 하마 같은 벤틀리에 들어갔다. 벤틀리를 다시 손보고 연애도 계속 이어가야만 했기에, 나는 돈만 벌 수 있다면 뭐든 할 준비가 되어 있는 상태였다. 나의 마음을 조종하여 나쁜 짓을 하게 할 힘을 지닌 톰은 한 번 더 답을 가지고 있었다.

3

101
가지 미술품 위조 방법

톰은 자신의 도서 컬렉션에 더할 새롭고 흥미로운 책을 한없이 찾아 서점을 배회하는 것을 좋아했다. 어느 날 저녁, 재정 상태를 걱정하는 나에게 그가 스트랜드서점에서 막 구입한 책을 보여주었다. "봐, 돈 벌 줄 아는 사람이야!"라는 말과 함께. 그것은 1930년대와 40년대에 활동한 네덜란드의 명화 위조범 한 판 메이헤른Han van Meegeren[8]에 관한 책이었다. 그는 특히 17세기 네덜란드 거장 베르메르의 위작을 잘 만들었다. 판 메이헤른은 프랑스 지중해 리비에라의 별장에 살 정도로 성공을 거두었다. 2차 세계대전 당시 프랑스가 점령당했을 때 나치에 그림을 팔기 시작한 것을 보면 성공이 그의 사고방식에도 영향을 끼친 게 분명

---

8 **한 판 메이헤른**(1889~1947) 네덜란드의 화가, 그림 위조범.

했다. 그리고 그는 별 볼 일 없는 이들은 상대하지 않았고 히틀러의 최측근 중 하나인 헤르만 괴링에게 그의 작품을 팔았다.

하지만 판 메이헤른은 전쟁이 끝난 후 몰락했다. 연합군이 나치가 약탈한 보물을 압수하는 과정에서 거래명세서 목록과 함께 베르메르 작품 몇 점이 발견되었는데, 판 메이헤른이 판매자로 리스트 되어 있었다. 이 가련한 사람은 적에게 국보를 팔아넘긴 반역죄로 기소 당했다. 정말 아이러니하게도 그는 오로지 자신이 예술가라는 말로 자신을 옹호했을 뿐이었다. 하지만 법정은 그의 말을 믿지 않았다. 판 메이헤른이 교도소에서 자신이 위조했던 명화를 그려 보여서야 관계자들이 믿었다.

판 메이헤른에 관한 책은 우리에게 강한 인상을 남겼다. 이 책은 네덜란드 예술가가 뛰어난 두뇌로 범죄를 계획하고 조종했는지를 폭로했을 뿐만 아니라, 위조 기술을 어떻게 사용하여 위작을 제작하였는지를 디테일하게 파헤쳤다. 위조의 기본 원칙들, 예를 들어 위조한 명화의 평면이나 지지체로 옛날 무명작가의 값싼 진짜 그림의 캔버스와 캔버스 와구stretcher(캔버스 천을 잡아당기는 모서리를 확장할 수 있도록 고안된 나무틀로 회화를 지탱해주는 보조물-역주), 나무패널을 사용한 것을 설명했다. 또한 크랙과 굳은 물감을 위조하는 기술까지 나왔다.

나는 그 책을 읽은 후, 하나의 계획이 내 머리 속에서 여러 요인의 배합으로 형태를 갖춰갔다. 첫째, 책에 설명된 기술적 원리는 간단해서 내 능력 범위 안에서 실현 가능했다. 솔직히 대부분 일반 상식에 약간의 상상력만 합쳐진 것이었다. 둘째, 내 초현실주의 그림에 영감을 얻기 위해 메트로폴리탄 미술관에 가서 브뤼헐의 작품을 살펴볼 때마다, 근처에 있는 16세기 플랑드르 화가들이 그린 초상화 컬렉션에 주의했다. 가로 25cm에 세로 30cm 정도의 작은 크기로, 매우 단순해 보여서 나도 그릴 수 있으리라는 확신이 들었다.

세 번째이자 결정적인 요인은 파크 버넷 갤러리를 방문한 결과로 나타났다. 그곳에서는 옛 명화들의 실물을 만져볼 수 있었는데, 미술관이라면 꿈도 꿀 수 없는 일이었다. 메트로폴리탄 미술관에 있는 것과 비슷한 플랑드르 화가들의 초상화 몇 점을 연구했다. 벽에서 떼어내어 중요한 뒷면을 관찰하여 정확하게 어떤 재료에 그려진 그림인지 확인했다. 나는 그것들 대부분 동일한 형태의 얇은 나무패널에 그려졌다는 점에 주의했다. 내가 헌팅해서 뉴욕의 딜러들에게 파는 17세기 가구의 서랍 밑바닥과 똑같은 나무패널임을 알 수 있었다.

기회가 무르익었을 때, 나는 값싼 3류 초기 유럽 고가구로부터 적당한 패널 세 개를 간신히 구했다. 그리고 메트로폴리탄 미술관으로 가서 몇 시간이고 플랑드르 초상화를 연구하고, 그들 그림들의 도판이 수록된 도록을 구입했다. 나는 그림들 중 상당수에 나타나는 비슷한 특징에 주의했다. 얇은 입술과 길고 곧은 콧날, 중세 헤어스타일, 그리고 지극히 가볍고 여린 천상의 표정으로 매우 단순하게 표현된 초상화라는 점이었다.

오리지널을 모델로 삼고 언젠가 보았던 톰이 쓴 방식을 활용했다. 나는 스케치한 초고에서 매 오리지널 모델들의 특징을 조금씩 가져와 상상의 16세기 인물의 초상화 몇 점을 그럴듯하게 완성할 수 있었다.

그 다음에는 패널을 적당한 크기로 자르고 가장자리를 세심하게 문지르고 석고가루를 얇게 칠한 후 마지막으로 패널에 스케치를 옮겼다. 이때 나는 다시 톰이 자신의 작품에서 하던 대로 스케치를 오려서 패널에 대고 베껴 그리기 방식을 활용했다.

그리고 2주 동안 어머니의 성화에 시달렸지만, 나는 차고에서 나가지 않았다. 벤틀리를 튜닝하거나 초상화를 그리거나 했다. 마침내 세 점을 완성했고 2주 동안 햇볕에 "구울" 준비가 되었다.

물감이 충분히 굳은 후에는 크랙을 만드는 작업이 기다리고 있었다. 메트로폴리탄 미술관에서 주목한 결과 나무패널에 그린 그림이라고 전부 크랙이 있지는 않으며 크랙이 있는 경우에는 미세한 크랙이 망 형태로 독특하게 존재했다. 전문가들이 "균열craquelure"이라고 부르는 것이었다.

판 메이헤른에 관한 톰의 책에서는 위조범들이 때때로 바늘로 그림에 크랙을 새기기도 한다고 되어 있었다. 아버지의 공구함에서 조각가용 바늘을 가져와 받침대로 세워진 돋보기와 램프 아래에서 사람의 머리카락만큼 미세한 크랙을 새기기 시작했다. 각 패널에 "망grid"을 새겨넣는 데 며칠이 걸렸다.

다음 단계는 크랙의 색을 어둡게 만드는 것이었다. 옛날 그림의 자연스러운 크랙은 검은 색인데, 오랜 세월 미세한 먼지가 쌓이고 바니시 층의 색깔도 변했기 때문이다. 조금의 비누와 물을 섞은 가루 물감으로 씻은 후, 그림의 표면을 닦아 전체 망 형태가 제대로 드러나게 하면 된다.

나는 시중에서 판매되는 평범한 바니시와 갈색으로 산화된 쇠녹을 섞은 착색제로 "골동품" 바니시를 만들었다. 이렇게 만든 바니시를 바르고 며칠간 햇볕에 말린 다음, 위조한 그림의 뒷면과 앞면, 가장자리까지 꼼꼼하게 먼지를 문질러 발랐다.

최종 완성작에 나는 매우 흥분됐다. 메트로폴리탄 미술관에서 봤던 진짜와 완전히 똑같았는데, 특히 내가 가장 애를 쓴 세 번째 초상화가 최고였다. 아마 50세쯤 된 남자의 초상화였다. 그는 가슴에 주름진 검정색 튜닉을 입었고, 맨 아래에는 마치 창턱에 올려놓은 듯한 손가락 몇 개가 보였다. 수도사처럼 자른 머리에 성자처럼 평화로운 표정이었다.

벤틀리가 고장 난 상태라 더 이상 지체할 시간이 없었다. 광고 우편이 들어 있었던 빈 노란색 마닐라 봉투에 그림을 넣고 뉴욕으로 향했다.

나는 시내로 향하는 8번가행 A 트레인에서 어느 미술품 딜러를 찾아갈지 결정해야 했다. 렉싱턴 대로 근처 이스트 57번가에 르네상스 작품을 거래하는 세련된 갤러리를 소유한 에프론이라는 괴팍한 구두쇠 노인네가 떠올랐다.

에프론의 갤러리에는 언제나 초기 유럽 가구와 태피스트리, 회화 작품이 많이 진열되어 있었다. 일전에 새로운 거래처도 만들 겸 그에게 가구 몇 점을 팔려고 했던 적이 있다. 나는 들어가서 사진을 보여주며 고가구를 팔려고 한다고 말했다. 그는 잠깐 사진을 보더니 가격을 물었다. 적당한 금액을 이야기했지만 곧바로 그만 가보라고 했다. 손해 볼 것 없다는 생각으로 한 번 더 찔러보기로 했다.

지하철에서 내려 57번가를 따라 동쪽으로 걷는데 자신감이 떨어지기 시작했다. 경험이 풍부한 전문가에게 내가 만든 작품을 보여줘야 한다는 현실에 나는 충격을 받았다. 갤러리에 가까워질수록 용기가 나지 않았지만 두 눈을 질끈 감고 문을 열었다. 마치 저번처럼 노인네가 거기에 있었다. 봉투에서 살짝 그림을 꺼내면서 팔고 싶다고 했다.

그는 끔찍할 정도로 못생긴 얼굴을 잔뜩 찌푸리더니 잠깐 멈추고서 그림을 뚫어지게 쳐다본 후 나를 다시 한번 쳐다보았다. 하지만 이번에는 나가라고 하지 않고 놀랍게도 17세기 볼로네즈Bolognese 테이블에 앉으라고 하는 것이었다. 맞은편에 앉은 그는 한마디도 하지 않고 그림을 들어 면밀히 살폈다. 나는 거기에 앉아서 무심한 척 실내를 가만히 응시했다. 벽은 고블랭Gobelin 태피스트리로 덮었고, 조형미 넘치는 액자에 끼워진 초기 이탈리아 그림이 골동품 이젤에 진열되어 있었다. 장식장은 16세기 진주광택이 나는 도자기와 청동기, 골동품으로 가득했다.

에프론은 여전히 아무 말이 없었다. 좌대에 놓인 로마 황제의 대리석 흉상 몇 점이 눈이 띄었다. 흉상의 텅 빈 눈동자가 나를 빤히 쳐다보는 것 같아 손에서 진땀이 나기 시작했다. 에프론은 천천히 차가운 태도를 누그러트리고 호의적인 태도로 온갖 질문을 던졌다. 내가 누군지, 그림을 어떻게 구했는지 등. 미리 계획한 스토리도 없었기에 "숙부에게서 그림 몇 점을 상속 받았다"라는 말밖에 떠오르는 게 없었다. 그가 그림에 정말로 관심이 있다는 게 확실해지자 나의 자신감이 회복되었다.

"또 어떤 그림을 가지고 있죠?" 그가 물었다. 나는 가상의 네덜란드 풍경화 두 점에 대해 간단히 묘사하고 더 이상 말하지 않았다.

에프론의 갤러리는 우리 뒤로 복도와 방이 미로 같은 구조를 이루고 있었다. 그는 그중 한 곳으로 가자고 제안했다. 보존 혹은 복원실처럼 보이는 방을 지나쳤는데 화가용 앞치마를 입은 70대 여성이 보였다. 르네상스 시대의 작품들이 가득 보관된 뒷방에 도착하자 그는 나에게 이탈리아산 기다란 사각 테이블 앞에 놓인 골동품 의자에 앉으라고 했다. 이번에는 잠깐 기다리라는 말과 함께 그가 그림을 가지고 문을 닫고 나갔다.

문을 통해 그가 앞치마 두른 여성과 이야기하는 소리가 들렸다. 내 그림에 대한 대화를 나누는 게 분명했다. 목소리가 낮아지고 병을 밀치는 소리가 들리자 더럭 겁이 났다. 그림에 무슨 테스트를 하는지 미심쩍었다. 두려움을 억누르려고 최선을 다했다. 20분 정도를 기다린 것 같은데 영원처럼 느껴졌다. 나는 순진하게도 아마도 그들이 내 속임수를 알아채고 경찰이 올 때까지 시간을 버는 거라고 생각했다.

마침내 에프론이 돌아와 자리에 앉자 내게 말했다. "이거 참. 멋진 작은 그림이긴 한데 별로 귀한 작품은 아니네. 이걸 사야 할지 말아야 할지 모르겠네. 얼마 생각하고 있나?" 순식간에 두려움이 사라졌다.

"1,200달러요." 나는 자신만만하게 대답했다.

"말도 안 돼!" 그가 항의했다.

나는 어깨를 으쓱하고 자리에서 일어나려고 했다. 더 이상 기다리는 것도 지쳤으니 그만 가보겠다는 뜻이었다. 그는 기다리라고 하고는 추가적인 협의를 위해 복도로 나갔다. 그가 나가 있는 동안 벽을 보니 내가 팔려고 가져온 작품과 동일한 시대에 그려진 플랑드르 초상화 두 점이 걸려 있었다. 한 점은 물감이 대부분 벗겨져서 그림보다 나무패널이 더 많이 드러나 훼손이 심한 상태였지만 골동품 고딕 액자에 끼워져 있었다. 스트레스가 심했지만, 나는 거래에서 저 그림을 가질 수만 있다면 다음 그림 위조에 필요한 나무패널은 물론 골동품 액자까지 확보하는 셈이라 생각됐다!

에프론이 돌아와 말했다. "1,200달러는 불가능해요. 이 그림 500달러 이상은 안 돼요." 나는 그가 나를 떠본다는 것을 알고 협상안을 내놓았다. "이건 어때요," 나는 망가진 플랑드르 초상화를 가리키며 "저기 걸린 저 그림하고 800달러 주시죠"라고 말했다. 그는 내가 그 그림을 원한다는 말에 어리둥절해했고, 나는 순간 어리석은 발언으로 괜한 의심을 산 게 아닌가 싶었다. 그래서 재빨리 덧붙였다. "팔고 나면 집의 벽이 허전해서 뭔가 걸어야 할 것 같아서 그래요." 그는 그림을 떼어 살피고는 고개를 저었다. 나는 결국 거래가 성사될 것을 알았기에 단호하게 입장을 고수했다. 에프론은 최대한 곤란하다는 표정을 지어 보이더니 마침내 백기를 들었다.

"할 수 없지 뭐. 현금으로 받고 싶죠?" 그가 물었다. 내가 고개를 끄덕였다. 그는 "그럼 잠깐만 기다려요"라고 말하고, 나에게 함께 앞쪽에 있는 방으로 돌아가자고 말했다. 그는 두 점의 그림을 테이블에 놓고 나더러 앉으라고 했다. 그는 다시 노부인과 함께 사라졌고, 노부인이 나를 수상쩍게 보는 게 언뜻 보였다. 나는 다시 기다리면서 그들이 소곤거리는 소리를 들어야 했다. 자리에 움츠리고 앉아 있는 동안 점점 불안해졌다. 에프론은 두어 번 들어와서 돈이 곧 준비될 것이라고 확인해주었다.

경찰차가 출동했다고 생각한 바로 그 순간, 나는 놀란 눈으로 검은 색 캐딜락 리무진이 갤러리 앞에 서는 것을 봤다. 운전기사가 차에서 내려 뒷문을 열자 검은색 옷에 값비싼 진주목걸이를 한 육감적인 금발 여성이 내렸다. 버크 버넷 갤러리에서 봤던 부자들과 같은 부류였다. 에프론이 문을 열고 여자를 맞이했다. 그녀는 나를 훑어보더니 에프론에게 "저 사람이야?"라고 물었다. 에프론이 고개를 끄덕였고 여자는 고급스러운 검은 핸드백을 열었다. 나는 그녀가 예쁘고 가느다란 손가락으로 지폐 뭉치를 꺼내는 모습을 기쁘게 바라보았다. 그녀는 벤자민 프랭클린이 그려진 100달러 지폐 여덟 장을 꺼내 말없이 나에게 건넸고 돌아서서 에프론의 볼에 키스를 하고 대기 중인 리무진으로 돌아갔다. 나중에 알게 된 사실이지만 그녀는 이 늙은이의 정부였다.

거래가 끝나자 에프론은 종이에 내가 알려준 가명을 적고 "남자 초상화"로 800달러가 지급되었다는 내용을 한두 문장으로 적었다. 내가 서명을 하자 그가 미소를 지으며 망가진 초상화를 건넸다.

이렇게 우리는 절친한 친구 사이라도 된 듯했고, 그는 내가 "숙부"가 남겼다는 말한 다른 그림으로 화제를 돌렸다. 다음에는 그 그림들도 꼭 가져오라고 신신당부하며 셔츠에서 금으로 된 커프스버튼을 떼어 내 손에 쥐어주면서 말했다. "잘생긴 청년이니 이것들을 가져요. 다른 그림들 가져오는 거 잊지 마시고." 그가 내 손바닥에 밀어 넣은 선물에 잔뜩 흥분된 나는 무슨 일이 있어도 꼭 더 많은 그림들을 가져오겠다고 철썩 같이 약속했다. 갤러리를 나와서는 엄청난 안도감을 느끼며 커프스를 하수구에 던져버리고 블루밍데일백화점으로 직행했다.

조금 전까지만 해도 나는 무일푼 빈털터리였다. 벤틀리 수리에 필요한 새 전압 조정기는 커녕 캘러한스에서 핫도그와 감자튀김을 사먹을 돈조차 없었다. 순식간에 내 주머니에 빳빳한 새 지폐 800달러가 있고, 겨드랑이에 진짜 골동품 그림과 액자를 끼고 있다니!

하지만 희열은 그리 오래 가지 못했다. 블루밍데일백화점에 들어가자마자 갑자기 에프론의 갤러리에 마닐라 봉투를 놓고 왔다는 게 떠올랐다! 거기에 내 진짜 이름과 주소가 적혀 있었다! 두려움에 휩싸여 백화점 회전문에서 곧바로 방향을 틀어 갤러리로 달려갔다. 문을 박차고 들어가자 에프론이 있었다. 그는 나를 보고 놀란 얼굴이었다. 눈 깜짝할 사이, 아까 앉아서 기다렸던 테이블 아래에 놓인 봉투를 찾아냈다.

"잊어버린 게 있어서요." 나는 증거를 주워 문으로 향하면서 해명했다.

"다른 그림도 잊지 말고⋯⋯."가 내가 들은 마지막 몇 마디 단어로, 문을 닫자마자 백화점으로 다시 달려가 세일하는 가죽 부츠를 샀다.

몇 달 후, 벤틀리의 엔진에서 수상쩍은 소음이 들리며 또 다른 골칫거리를 경고했다. 그래서 브루클린의 한 수집가가 벤틀리를 현금 4,000달러를 주고 사겠다는 제안했을 때, 나는 팔아서 현금을 쥐었고 가슴에 손으로 십자 성호를 그었다. 뜻밖의 횡재에 나는 런던에 여행을 가서 카나비 스트리트Carnaby Street와 피카딜리 광장Piccadilly Circus을 보기로 결정했다.

때는 1970년 2월이었다. 여권이 나온 후, 나는 나머지 "플랑드르" 초상화 두 점을 챙겨 짐을 싸고 아이슬란딕 항공Icelandic Airways 비행기 표를 예약했다. 항공사는 룩셈부르크까지 가는데 금방이라도 무너질 것만 같은 록히드 콘스텔레이션Lockheed Constellation 항공기를 이용하면 "약쟁이 익스프레스The Pothead Express"라고 불리는 "학생 요금"을 특별히 적용해주겠다고 했다. 귀가 찢어질 듯한 엔진 소리와 프로펠러 진동으로 뇌의 감각이 사라진 것만 같았다. 기내식은 K 휴대 식량(2차 세계대전 중 미군의 비상용 야외 전투 식량-역주)처럼 생겼다. 경험 많은 승객들은 배낭에서 과일과 샌드위치 꾸러미를 꺼냈다. 비즈와 부적이 주렁주렁 달린 목걸이를 하고 펑퍼짐한 원피스에 군화를 신은 스튜어디스가 통로를 다니면서 마리화나가 든 브라우니를 나눠 주었다. 아이슬란드를 경유한 세탁기처럼 요란한 우리 비행기는 룩셈부르크로 계속 날아갔고 총 비행시간은 열네 시간이었다. 비행기에서 내린 후 호텔에 투숙했지만 통 잠을 잘 수가 없었다. 머릿속에서 계속 비행기 프로펠러 소리가 들렸다.

다음 날, 기차를 타고 암스테르담으로 가서 며칠 동안 여기저기 돌아다녔다. 끔찍한 해협 횡단으로 영국에 가서 직접 런던의 크롬웰 로드Cromwell Road에 있는 아침 식사가 나오는 민박을 잡았다. 둘째 날, 난생처음 런던 탐험에 나섰다. 시내를 누비는 지하철과 이층버스 이용법을 바로 터득했다. 나는 이곳의 예술 갤러리와 카나비 스트리트에 있는 패션샵을 둘러보고 싶어 안달이 났다. 민박집 여주인이 내 관심사에 대해 알고는 소더비경매장을 둘러보라고 제안했다. 당시는 소더비가 뉴욕의 파크 버넷 갤러리를 인수하기 전이라 나는 소더비에 대해 들은 적이 없었다. 택시를 타고 뉴 본드 스트리트 34-35호Number 34-35 New Bond Street에 가서 올려다보니 인상적인 고딕 부흥 양식의 건물 입구에 "소더비경매장, 1744년 설립"이라고 쓰인 글씨가 보였다.

경매장 안에서는 19세기 유럽 회화 전시회가 열리고 있었다. 위풍당당한 전시실의 벽에는 캔버스가 **빽빽**하게 들어차 있었다. 일부 그림은 벽에 아무렇게나 기대어져 있었다. 몇몇 이탈리아어와 프랑스어를 쓰는 미술품 딜러와 컬렉터들이 벽에서 그림을 떼어내는 폼이 마치 노점에서 바나나 한 송이를 사는 쇼핑객과 같았다. 그 와중에 80대로 보이는 노부인이 눈에 띄었다. 그녀는 지나치게 화려한 모자를 쓴 채 자신의 수준과 동떨어진 그림을 향해 지팡이를 휘두르며 실내에 있는 모든 사람들을 교육시키듯 큰소리로 말했다. "어떤 일이 있어도 저 그림은 절대 안 사. 도저히 참을 수가 없어."

나는 노부인이 소리치는 동안 사람들에 섞여 눈앞에 있는 그림을 연구했다. 일부는 상태도 완벽하고 액자도 훌륭했다. 그밖에 가치는 상당하나, 노란색 바니시층이 거의 보이지 않을 정도로 낡거나 파손되어 세척이 필요한 작품들도 있었다. 한때는 대저택과 타운 하우스town house(주로 2~3층으로 된 좁고 높은 스타일의 단독주택이 여럿이 붙어 있는 형식의 주택–역주)의 벽을 위풍당당하게 장식했던 이 모든 그림들이 앞으로 경매를 통해 운명이 갈리고 오랜 시간 여정을 계속할 것이라는 생각에 흥분됐다.

런던은 계속 나를 신나게 했다. 세인트 제임스 광장에 위치한 크리스티경매장을 발견했는데 그곳에 화려하고 방대한 미술품이 나를 다시 한번 놀라게 했다. 거기서 나와서 킹스 로드로 향하니 수많은 골동품 상점이 나왔다. 한 곳에서는 앞으로 거래를 할 만한 미술품 딜러들을 만날 수 있었다. 다음 날, "플랑드르" 초상화 두 점 중 하나를 가져가서 전날 관심을 보였던 미술품 딜러와 만났다. 그는 가져온 그림을 하루 동안 놓고 가기를 요청했다. 다음 날 오후에 다시 들리자, 그는 가격을 제시했다.

한 시간 후, 수중에 300파운드가 불어난 채로 나는 고급 레스토랑에서 일주일 만에 처음으로 제대로 된 식사를 하면서 두 번째 거래를 구상했다. 신속하고 수월한 거래 덕분에 자신감이 붙었다. 이제 에프론과의 거래가 결코 운이 아니었음을 알았다. 다음 날, 나머지 초상화 하나를 들고 런던에서 가장 유명한 골동품 상점인 캠튼 패시지Camden Passage 로 갔다. 나로서는 이게 맨 처음 만든 위작인지라 얼마가 됐든 빨리 팔고 싶었다. 또 다시 관심을 가지는 미술품 딜러를 만날 수 있었고 그가 몇몇 동료들에게 그림을 보여주었다. 순식간에 내 주머니로 200파운드가 더 들어와 나를 황홀하게 만들었다.

3달 동안 런던의 모든 갤러리와 미술관, 골동품 상점을 빠짐없이 조사한 후, 영국 여행의 좋은 기억들을 가지고 미국에 돌아갔다. 하지만 시간이 바뀌어서인지 캐슬에서의 즐거움은 끝이 났다. 톰은 갈수록 알코올중독 문제로 심각해졌다. 그가 현실감을 잃어갔기에 나는 뉴욕에 있는 토니와 바버라의 아파트에서 보내는 시간이 많아졌다.

바버라는 내 예술적 발전에 큰 관심을 보였고, 그 다음 해까지 나는 그녀가 건 마법에 완전히 취해 있었다. 나는 그녀의 노예였다. 그녀의 말 한마디 한마디에 따랐고 그녀는 내 삶에 지대한 영향을 끼쳤다. 그녀는 내가 예술가가 되는 운명이라고 굳게 믿었다. 그녀는 나의 초현실주의 그림을 좋아하고 감탄도 했지만, 많은 시간과 열정을 들여 예술에 있어서 자아를 찾아 "진보"하고 현재 예술의 "흐름"에 참여하라고 나를 설득했다.

자아를 찾는 과정에서 고전하고 위기에 봉착할수록 바버라는 나에게 더 큰 관심을 쏟았다. 사랑스러운 그녀에게 속마음을 털어놓을수록 그녀는 더 진지하게 들어주었다. 그녀가 위안과 격려, 칭찬을 해줄수록 내 사랑도 깊어졌다. 내 마음 속에서 그녀는 완벽한 교양의 결정체였다. 멋지고 지적이고 박식한 인간의 전형이었다. 하지만 그리니치빌리지를 돌아다니고 아파트에서 차를 마시고 하는 우리의 나날은 바버라가 토니의 아이를 임신하면서 끝났다. 그들은 15번가를 떠나 조용한 시골로 이사했고 거기서 예쁜 딸을 낳았다.

어느 날, 신문을 보다가 구직란에서 "젊은 예술가"를 구한다는 광고가 눈에 띄었다. 징병 검사 결과가 걸리기는 했지만 그래도 전화를 걸어보았다. 그곳은 미술품 복원 작업실이었는데 광고를 올린 어윈 브라운Erwin Braun[9], 일명 소니Sonny는 업계 최고의 복원전문가 중 하나로 내로라하는 컬렉터, 갤러리와 일했다.

소니는 5번 대로에서 약간 떨어진 21번가의 로프트loft(공장이나 창고 같은 산업 공간에 마련된 칸이 나뉘지 않은 큰 공간-역주)에 위치한 그의 작업실에 들르라고 했다. 소니는 작업실에 도착한 내가 숄더백에서 꽤 괜

---

9 **어윈 브라운** 별명 소니(Sonny), 회화 복원전문가. 특히 미국 19세기 중반 허드슨 리버 화파 그림의 복원전문가이다.

찮고 예스러운 브뤼헐을 카피한 작은 복제품을 꺼내는 것을 보고는 즉석에서 나를 고용했다.

절반은 예술가이고 절반은 철학자인 소니는 유대인 특유의 풍자적이고 날카로운 위트가 있었다. 그는 그것을 직원들에게 가차 없이 휘둘렀다. 하지만 복원 실력만큼은 천재에 가까웠다. 실제로 '천재'의 정의가 무엇인가는 그의 작업실에서 항상 이루어지는 열띤 토론 주제이기도 했다.

소니는 수복修復화가in-painter로 훈련시킬 젊은 예술가들을 고용했다. 그들은 수리복원 과정에서 오래된 그림을 매만지고 고치는 역할을 맡았다. 그 자신도 뛰어난 수복화가였지만 그의 소중한 시간은 가장 중요하고도 위험한 작업인 오래된 그림의 클리닝 작업(명화 복원 작업 중 표면에 묻은 이물질을 제거하는 일—역주)에 써야 했기 때문이다. 그 말고는 누구도 감히 그림을 클리닝한다는 생각을 해보지 않았다. 변색된 바니시를 녹이는 강력한 용액을 제대로 사용하지 않으면 그림이 망가지기 때문이다.

소니는 나를 비롯한 세 명의 청년을 이젤 앞에 앉혀놓고 작업을 시켰고 자신은 선 채로 테이블에 놓인 그림을 클리닝 작업을 하면서 우리를 감시했다. 이런 환경이다 보니 우리는 소니의 재담을 계속 들어야만 했다. 그의 신랄한 재담은 날이 갈수록 점점 늘어났고, 클리닝 작업에 사용된 화학약품에 중독된 게 분명했다.

소니는 작업실에 들어오는 모든 사람을 의심했다. 작업실에는 수복되어 경매장에 출품되기만을 기다리는 지저분한 상태의 수복 이전의 그림이 잔뜩 있었다.

작업실 사람으로부터 중요한 작품의 상태에 대한 험담이나 비판적인 유언비어가 퍼져나가면 사업을 망칠 수 있었다. 그래서 소니는 직원들에게 기술적인 문제만 관여하라고 했다. 미술품 딜러들에게 그림에 대한 이야기나 소유자가 누구인지, 혹은 작업실에서 벌어지는 일에 대해서는 일체 입단속을 시켰다. 마치 CIA에서 일하는 기분이었다.

당분간 나는 진짜 직업을 가졌다. 일하기는 싫었지만 열심히 했고 또 빨리 배웠다. 소니와 작업실에서 일하는 다른 청년과의 사이가 벌어졌다. 그 사람은 뚱뚱하고 유머 감각이라고 전혀 없었으며 큰소리로 방귀를 뀌고 사람을 혐오했다. 그의 직함은 "하급 파트너 겸 어시스턴트"였다. 소니는 그를 대체할 사람으로 나를 유심히 살펴보기 시작했다. 전에 없이 그는 나에게 그림을 클리닝하는 작업을 옆에서 지켜볼 수 있도록 해주었다. 나는 소니가 오래된 그림의 표면에서 오래되어 변색된 바니쉬와 이전에 수복한 흔적을 제거하는 섬세한 작업에 매료되어 지켜보았다. 나는 작업의 모든 방면에 빠져들었고, 캔버스에 그렸든 패널에 그렸든 오래된 그림이 어떻게 체계적인 방법을 거쳐 수리 복원되는지를 배웠다.

소니가 견디기 어려운 성격이라는 사실은 나에게 별 문제가 되지 않았다. 하지만 그의 말도 안되는 말을 마음에 담아두고 일을 그만두는 사람들도 있었다. 하지만 나는 그가 무슨 말을 하면 면전에서 곧바로 받아쳤고 오히려 그런 점 때문에 소니는 나를 더 좋아했다. 한 번은 젊은 화가 중 한 명이 순진하게도 당시 대중적으로 잘나가던 한 예술가를

"천재"라고 칭한 일이 있었다. 약솜을 집어 던지더니 자신의 클리닝 테이블로부터 우리 쪽으로 성큼성큼 걸어왔다.

"그 머저리 같은 놈이 천재라고?" 그가 경멸하듯이 물었다. 우리는 어깨를 으쓱했다. 그러자 소니는 우리에게 천재의 공식적인 정의를 요약해주었다. 진정한 천재란 남들이 이해할 수 있는 수준을 넘어선 지적, 예술적 혹은 창의적 힘을 지닌 사람이라고 정의했는데 괜찮았다. 이어서 그는 얼마간의 기묘한 성격적 특성도 포함시켰다.

"천재는 돈이나 명성 따위에 신경 쓰지 않는다."(소니 또한 둘 다 없었다). "천재에게 중요한 것은 오로지 일뿐이다."(소니는 병적인 일중독이었다). "천재는 완전히 시간 개념이 없고 남의 시선을 전혀 의식하지 않는다!" (소니는 시간은 물론이고 무슨 요일인지도 모를 때가 태반이었고 차림새도 게으름뱅이처럼 하고 다녔다). 소니의 비판을 계속 듣고 있던 사람들은 하나의 결론을 피할 수 없었다. 그것은 소니와 천재가 의심의 여지없이 비슷하다!

소니의 말이 끝나고 무거운 침묵의 시간이 충분히 지난 후, 다들 소니와 천재의 유사성을 충분히 인식했을 때였다. 내가 불쑥 물었다. "이거 참, 당신이 천재라면 어째서 백만장자가 아닌 거죠?" 근처의 안내 데스크에 앉아 있던 소니의 아내가 콧소리로 맞장구를 쳤다. "그래요, 소니. 어째서 당신은 백만장자가 아닌 거죠?" 이에 소니는 하루 종일 입을 다물었다.

소니 밑에서 일한 것은 여러 시대 작품을 접촉하고 조사할 수 있었기에 내게 매우 중요했다. 나는 주요 미술학파가 사용한 모든 유형의 캔버스와 캔버스 와구를 알아볼 수 있게 되었다. 모든 종류의 나무패널과 크랙 패턴도 빠짐없이 다 보았다. 또한 50년 전 혹은 100년 전에 흔하게 사용된 모든 땜질식 수리복원 유형도 볼 수 있었다.

소니의 가르침을 받으며 나는 처음으로 전문가들이 그림이 진품임을 확인할 때 무엇을 살펴보는지 최초의 팁을 얻었다. 나는 그가 자외선을 오래된 그림의 표면에 비추어 예전의 리페인팅과 수복의 흔적을 찾아내는 것을 보았다. 가장 중요한 점은 게다가 오래된 그림에 도포된 바니시가 오리지널인지 감지할 수 있다는 것이다. 진짜 오래된 바니시는 자외선을 비추면 특유의 형광 그린색이 나타난다. 이러한 형광은 흉내 낼 수 없기에 전문가들은 오래됐다는 확실한 증거로서 종종 찾는다.

이 역시 내가 처음으로 미국 그림을 접한 것이다. 내 눈에는 지루해 보였지만 19세기 미국 그림이 미술시장에서 크게 인기를 얻으면서 가격이 천정부지로 치솟고 있었다. 큰 인기는 값진 그림을 찾을 수 있다는 희망에 탐욕스러운 젊은 미술품 딜러들로 하여금 유서 깊은 옛 도시를 뒤지게 했다. 나는 소니가 그림을 신속하게 클리닝하고 그 가치를 추정해서 말해주는 동안 도취되어 있는 그들의 모습을 지켜보았다.

그 사이, 소니의 피해망상증은 점점 심해져서 주변의 모든 사람을 분리할 방법을 찾았다. 곧 직원들은 물론 방문하는 미술품 딜러들에게도 작업실이 보이지 않도록 파티션을 세웠다. 그는 직원들이 자신을 배신하고 따로 작업실을 차려서 나갈 것이라고 확신했다. 결국 작업실 안은 작은 칸들로 나뉘었고 바닥의 마스킹테이프가 직원들이 출입 가능한 곳과 불가능한 곳을 말해주었다. 소니는 이를 어길시 "즉각 해고"될 것이라고 경고했다. 끝내 그는 안내 데스크를 담당하는 아내조차 석고 판으로 만든 상자 안에 있게 하고 상자에 뚫린 작은 네모 구멍을 통해 손님들과 대화하도록 했다. 정말이지 프로이드는 틀림없이 소니의 정신상태를 하루 종일 연구하기를 바랐을 것이다.

이때쯤, 나는 뉴욕 시내에 아파트를 구해야겠다고 생각했다. 11번가 모퉁이 쪽의 5번 대로 43번지에 위치한 스탠포드 화이트Stanford White가 디자인한 웅장한 건물의 원룸 아파트를 찾았다. 화장실이 복도에 있어서 월세가 110달러밖에 하지 않았다. 하지만 그런 단점을 덮어줄 만한 매력이 있었다. 천장이 높고 한쪽 벽 전체가 프렌치 도어로 되어 있었다. 그 문을 열면 벽돌로 된 낮은 벽으로 둘러싸인 작은 테라스가 나왔다. 11층이라 테라스에서 주변 지역이 훤히 내다보였다.

포트 리로 돌아가 2차 세계대전 때의 진짜 군용 지프차를 구했다. 페인트칠과 시리얼 넘버, 가스 캔 등 모두 원래대로였다. 보자마자 반했고 그 차를 타고 시내를 누비면 환상적일 것 같았다. 그리니치빌리지의 원룸 아파트에 살면서 밖에는 지프차가 주차되어 있다니 꿈만 같았다. 아파트 벽에 페인트칠을 하고 내 그림을 몇 점 걸었고 오리엔탈풍 러그도 구입하고 매트리스도 깔았다. 모든 준비가 갖춰졌다. 나를 가장 먼저 방문하고 나와 함께 그리니치빌리지를 돌아 본 친구 중 한 명은 미셸이었다. 톰을 통해 알게 된 그녀는 빨간 머리에 파란 눈동자를 가진 모델이었다. 미셸의 오빠이자 로큰롤 가수인 엘리엇은 맥시스에서 공연을 했다.

미셸과 나는 소호의 갤러리들을 둘러보고 브룸 스트리트 바Broome

Street Bar에서 햄버거 사먹는 것을 좋아했다. 다른 때에는 메트로폴리탄 미술관에 가서 그림을 자세히 살펴보거나 그녀가 어머니와 함께 사는 어퍼 이스트 사이드를 오랫동안 산책하기도 했다. 한번은 해질 무렵에 손을 잡고 5번 대로를 걷다가 57번가 근처의 큰 서점을 지나는데 눈길을 사로잡는 것이 있었다. 몇 달 전, 톰이 내가 그린 초현실주의 그림을 몇몇 미술 디렉터들에게 보여주었는데 그중 한 명이 델에서 일하는 사람이었다. 그는 내 그림을 마음에 들어 하면서 학생 혁명가들의 이야기를 쓴 냇 헨토프Nat Hentoff의 소설 『우리 자신의 나라에서In The Country of Ourselves』의 표지 그림을 그려달라고 부탁했다. 그림을 그려줬지만 책이 언제 출판되는지는 모르고 있었다. 서점 창문 사이로 그 책이 보였다. 백여 권이 카드로 만든 집처럼 쌓여 있었다. 우리는 그 앞에 서서 어린아이처럼 깔깔 웃었다.

시간이 갈수록 하루 종일 작업실에 갇혀 있어야 하고 일을 해야 한다는 사실에 견디기가 어려웠다. 그러던 차에 소니의 하급 파트너 겸 어시스턴트 덕분에 결론이 났다. 그는 평소 나와 소니가 잘 지내는 것을 싫어했다. 하지만 그는 너무 잦은 실수로 혼나기 일쑤였고 다들 그를 싫어했다. 그는 소니보다 출근이 빨랐기에 아침마다 작업실 문을 여는 일을 맡았다. 하루는 그가 나더러 아침에 출근할 때마다 자신에게 "아침 인사Good morning"를 꼭 하라고 했다. 단지 나를 기분 나쁘게 만들려는 말이라는 사실을 알기에 그냥 무시했다. 다음 날, 출근한 나는 아무 말 없이 자리에 앉았고 일을 했다. 그가 곧장 오더니 "할 말 없어?"라고 물었다. 나는 그를 올려다보며 "꺼져!"라고 했다. 그는 분노하며 그 자리에서 나를 해고했다. 당장 나가라고 했다. 한 시간 후, 출근한 소니는 어시스턴트에게 내가 어디 있는지 물었다. 어시스턴트로부터 "아침 인사Good morning"를 하지 않았다는 이유로 나를 해고했다는 말을 듣고 소니는 노발대발했다. 그는 그 자리에서 어시스턴트를 해고하고 나에게 다시 돌아오라고 애원했다. 나는 단호하게 거절했다. 모아둔 돈도 있는 데다 이미 그만두기로 마음을 굳힌 상태였다.

시간에 여유가 생긴 나는 파크 버넷에서 열리는 옛 거장들의 그림 전시회를 보러 다녔다. 이는 내가 네덜란드 회화로 영역을 넓혀가는 데 큰 도움이 되었다. 얀 반 고이엔Jan van Goyen[10], 살로몬 반 루이스달Salomon van Ruysdae[11] 같은 17세기 네덜란드 화가들의 강과 항구를 그린 그림에 끌렸다. 차가운 파란색과 초록색, 회색으로 강가에서 일하고 있는 사람들이 그려진 고요한 풍경이다. 네덜란드 화가들의 그림은 내가 충분히 그릴 수 있다는 확신이 들었을 뿐만 아니라 원본에 크랙이 없어서 패널에 크랙을 새겨 넣어야 하는 지루한 작업이 생략되는 장점까지 있었다. 나무패널 또한 그 시대 가구의 서랍 밑바닥에 흔히 사용된 것이었다.

원룸 아파트에 작은 제도대를 들여놓고 네 점의 그림을 완성했다. 세 점은 반 고이엔과 그와 비슷한 화풍을 가진 작가들의 이니셜과 날짜

---

10 **얀 반 고이엔**(1596~1656) 바로크시대 네덜란드 풍경화가이고, 다작을 한 예술가로 알려져 있다. 그의 작품은 현재까지 약 1,200여 점의 그림과 1,000점 이상의 스케치가 전하고 있다.
11 **살로몬 반 루이스달**(1602, 1603~1670) 네덜란드의 황금시대 풍경화가. 화가, 판화가, 제도기 술자인 야곱 반 루이스(1628~1682)의 삼촌으로 알려져 있다.

가 들어간 강 풍경이었다. 테라스는 그림을 햇빛에 말리고 굳히는 데 최적이었다. 그런 다음 착색제를 섞은 바니시를 엷게 발라 골동품 특유의 피막patina 효과를 냈다. 마무리 작업으로 어느 날 소니가 다루는 것을 본 적이 있는, "프랑스 흙French earth"이라는 신비한 이름으로 불리는 미세한 가루를 썼다. 마침내 그것이 화산암을 극도로 곱게 가루 낸 트리폴리석rotten stone이라는 사실을 발견했다. 이 가루는 상업적으로 기름과 섞어서 광택제로 사용되지만, 건조한 가루 상태로 불어주면 흐릿하게 먼지 쌓인 효과를 아름답게 창조했다. 그림마다 마지막에 피막 효과를 낸 다음, 문지른 "가루"를 입으로 후 불었다. 결과는 놀라웠다.

네 번째 그림은 에프론에게서 가져와 갖고 있던 패널에 그린 플랑드르 신사의 초상화였다. 얼굴에는 세월의 주름살이 미세하게 들어갔고 벗겨져가는 머리의 양옆을 회색 머리칼이 테처럼 둘러져 있었다. 목까지 버튼이 채워진 흔한 주름이 잡힌 튜닉을 입었고 보는 이를 냉정하게 응시했다. "가루" 작업을 한 후 골동품 액자의 패널에 도로 넣었다. 정말 놀라웠다. 액자가 그림에 마지막 효과로써 놀라운 시각적 믿음을 더해주었다.

소니의 작업실에서 일할 때, 나는 자동차 명문가의 자손 월터 P. 크라이슬러 2세Walter P. Chrysler Jr.를 알게 되었다. 취미로 매디슨 대로 북쪽에 갤러리를 소유하고 있었던 그는 언젠가 나보고 놀러오라고 했다. 그는 끊임없이 잃어버린 명화라고 생각되는 그림들을 가져와 수복을 맡겼다. 그는 터무니없는 낙관적인 태도로 자기 자신을 속이는 습관이 있었다. 이를테면 자신이 막 발견한 그림이 사실은 서명 없는 렘브란트나 티치아노[12], 베르메르[13]의 작품이라고 믿는 것이었다. 한마디로 그는 내 "플랑드르" 그림을 구매할 이상적인 후보자였다. 이번에는 그림과 함께 찍은 내 사진을 갤러리에 두고 왔다. 이름이 알려지길 바라지 않는 측근을 위해 그림을 처분하려고 한다는 사연과 함께. 크라이슬러는 미끼를 물었고 나에게 그림을 가져와보라고 했다. 다음 날, 나는 그림을 가져갔고 곧 그의 갤러리 뒷방에서 1,500달러의 현금을 받았다.

~

그날 이후로 나는 명작에 어울리는 좋은 액자는 아름다운 여인에게 있어서 생로랑Saint Laurent 진품과 같다는 사실을 이해하게 되었다. 지체하지 않고 곧바로 "네덜란드" 그림 세 점을 숄더백에 넣고 64번가와 렉싱턴 대로로 향했다. 얼마 전, 창가에 그림용 골동품 액자가 진열된 우중충한 2층 가게를 봤었다. 창문 위로 우아한 글씨체로 분명하게 "E. V. Jory 그림용 액자"라고 써져 있었다. 안으로 들어가니 18세기 프랑스 파리의 액자 가게로 시간 이동을 한 듯했다. 예스러운 세월의 흔적이 묻어나는 벽에는 값을 매길 수 없이 귀중한 아름다운 골동품 액자가 스

---

12 **티치아노 베첼리오**(Tiziano Vecellio, 1488~1490 사이~1576) 북이탈리아 피에베 디 카도레에서 출생한 화가로 르네상스 시대에 활동했다.

13 **요하네스 베르메르**(Johannes Vermeer, 1632~1675) 바로크 시대에 활동했던 네덜란드 출신 화가. 그는 네덜란드가 정치적, 경제적, 문화적으로 전성기를 구가하던 네덜란드의 황금시대에 활동했던 화가였다. 델프트에서 살면서 작품 활동을 했기 때문에, '델프트의 베르메르(Vermeer van Delft)'라고 부르기도 한다.

타일과 시대, 크기별로 걸려 있었다. 손님을 위해 가게 중앙에 놓인 궁정용 테이블과 한 쌍의 안락의자가 친근한 분위기를 풍겼다.

낡은 양복 차림에 작업용 앞치마를 한 주인은 나이가 80이 넘었는데도 완벽할 정도로 꼿꼿한 자세를 하고 있었다. 그의 파란색 눈동자와 은색의 머리카락, 멋진 콧수염이 매력적이었다.

가게 안을 돌아다니던 나는 따뜻한 조명에 그림용 골동품 액자의 금박과 젯소gesso(석고를 칠한 바탕―역주)가 반사되는 모습에 매료되었다. 그림을 꺼내 내가 그린 것이라고 솔직히 털어놓자 가게 주인은 몹시 감탄했다. 그는 어울릴 만한 액자가 있는지 한번 찾아보겠다며 그림을 두고 가라고 했다. 일주일 후 들렀을 때는 세 점 그림 모두 그림과 딱 맞는 시대적 특징을 간직한 아름다운 액자에 들어가 있었다. 빠졌던 퍼즐 한 조각이 완벽하게 맞춰진 셈이었다. 조리Jory 선생은 액자의 망가진 부분을 수리해주겠다고 했지만, 지금 있는 그대로가 좋다는 내 말에 이해한다는 듯이 미소를 지었다. 그 자신처럼 세월의 흔적을 아름다움으로 받아들이는 나를 보고 흐뭇해하며 우러나온 미소였다.

그날 이후, 조리 선생은 나에게 유럽식 그림용 골동품 액자를 제공해주는 유일한 공급원이자 18세기로부터 바로 왔다고 해도 될 법한 친구가 되었다. 파리에서 나고 자란 그의 집안은 루이 14세 때부터 그림용 액자를 만들었다. 루이 가족이 루브르 박물관에 간다면 그들의 조상이 만든 액자를 가리킬 수 있다.

오래전 조리 선생의 고객 중에는 프릭스 가문과 밴더빌트 가문, 카네기 가문이 있었다. 그가 많은 이러한 큰손들에게 만들어준 최상의 프랑스, 이탈리아 액자 복제품은 어디에든 있다. 마침내 그가 손수 만든 액자를 봤을 때, 나는 놀라서 말을 할 수 없었다. 나는 조리 선생이 소니의 경력이나 소니가 말하는 천재의 정의를 초월하는 사람이라는 것을 바로 알 수 있었다. 실제로 메트로폴리탄 미술관에 걸려 있는 티치아노의 〈비너스와 류트 연주자Venus and Lute Player〉가 담긴 플로렌스 액자도 전적으로 조리 선생 작품이었다.

하지만 다 오래전 일이었다. 이제 조리 선생은 그의 액자와 추억과 함께 홀로 낡은 가게에 앉아 있었다. 나는 약간의 여윳돈이 생길 때마다 곧장 조리 선생의 가게를 찾았다. 머지않아 치유할 수 없을 정도로 골동품 액자에 빠져들었다. 골동품 액자를 구입해 내 그림을 넣거나 조리 선생처럼 그냥 벽에 걸어두기도 했다.

나는 완벽한 장인인 조리 선생과 이 분야의 모든 기술에 대해 대화를 나누는 게 좋았다. 그는 조상 대대로 전해오는 최상의 액자를 만드는 정교한 비법을 계승했을 뿐만 아니라, 옛날 화가들의 작업 방식과 그들에 대한 지식에도 정통했다. 내 그림을 평가하면서 기술과 양식 측면에서 값진 조언을 많이 해주었다.

특별히 조리 선생은 내가 옛 거장들의 진짜 젯소를 만드는 방법을 정확하게 알고 있다는 사실에 주목했다. 하루는 나를 가게 뒤편에 있는 작업실로 데려갔다. 검댕으로 그을린 천장의 채광창이 빛을 비추고 있었다. 표면에 먼지가 붙어 있지 않은 데가 없었다. 가장 먼저 시선을 잡아끈 것은 환상적인, 오래된 공구세트였다. 몇 대에 걸쳐 내려온 것이 분명한 조각칼 세트가 기다란 작업대 위쪽 벽에 걸려 있었다. 젯소와 금박을 입혀야 하는 거대한 미완성 액자들의 그림자가 절반쯤 형체를 드러낸 유령처럼 벽에 걸렸다.

경이로운 눈길로 사방을 둘러보고 있는데 조리 선생은 캐비닛을 열어 내가 받았으면 하는 무언가를 보여주었다. 오래된 쨈 보관용 유리병 두 개였다. 빛바랜 뚜껑에는 바르 르 뒤크BAR-LE-DUC 보존 식품이라고 되어 있었다. 나는 어리둥절했다. 병 하나에는 하얀 가루가, 다른 하나에는 호박색琥珀色 결정체가 가득했다.

나는 조리 선생을 따라 다시 가게로 돌아왔다. 우리 앞쪽 테이블 위에 두 개의 병을 놓고 앉은 채 그가 설명했다. 한 병에 든 것은 영국 도버Dover의 화이트 클리프산産 석고 가루이고, 나머지 하나는 프랑스산 토끼가죽rabbit-skin 아교(토끼가죽에서 추출한 재료로 만든 아교—역주)였다. 이어서 조리 선생은 아주 먼 옛날부터 화가와 도금사鍍金師들이 진짜 젯소를 어떻게 만들었는지를 설명했다. 토끼가죽 아교를 만들려면 먼저 토끼가죽 결정체를 부드러워질 때까지 물에 담근다. 그런 다음 열을 가해 녹여서 아교를 만든다. 그 아교에 물과 석고 가루를 일정 비율로 섞으면 걸쭉한 하얀색 물질이 만들어진다. 그것을 캔버스나 나무패널에 물감처럼 바르고 말리면 유화 물감이나 금박을 입히기에 이상적인 표면이 된다.

나는 그의 설명을 열심히 듣기는 했지만, 과연 내가 젯소 하나 만들자고 저렇게 복잡하게 애를 쓸지 미지수였다. 물론 모든 측면에서 진품의 특징을 추구하고 싶었지만 젯소는 보이지도 않는 데다 시중에서 파는 라텍스를 주성분으로 하는 젯소도 쓸 만했다. 그래도 조리 선생의 가르침에 귀 기울이고 가슴 깊이 새겼다. 그가 한사코 권유하는 바람에 유리병 두 개와 대량의 석고 가루를 가져왔다.

미술용품 상점에서 사서 쓰던 제품이 떨어져 급하게 젯소가 필요했을 때, 조리 선생에게 배운 젯소 만드는 방법을 활용할 수 있는 첫 번째 기회가 왔다. 그의 설명을 되새기며 병 속의 재료로 아교를 만들어 물과 석고 가루를 섞은 후 연습 삼아 카드보드지 표면에 물감처럼 발라보았다. 나는 패널에도 발라 카드보드지와 함께 내 아파트 테라스에 내놓고 말렸다.

테라스에 다시 나가보니, 조리 선생의 방법으로 만든 젯소는 내가 그동안 했던 것보다 표면이 훨씬 단단하게 말라 있었다. 카드보드지에 시험해본 것은 어딘지 달라보였다. 나는 카드보드지를 들어서 살짝 구부리면 젯소에 크랙이 생긴다는 사실에 주의했다. 계속해서 카드보드지를 이리저리 움직이자 더 많은 크랙이 만들어졌다. 실내에서 말린 카드보드지에도 똑같이 해보았지만 같은 효과를 얻을 수 없었다. 온도가 낮아서 크랙이 생기지 않았다. 하지만 테라스에 내놓고 햇볕에 말리면 태양열을 흡수해서 카드보드지가 살짝 휘기 때문에 젯소에 자연스럽고 잘된 크랙이 나왔다.

조리 선생에게 이것에 대해 말을 했을 때, 우연히 나는 매우 소중한 정보를 얻을 수 있었다. 그는 크랙이 생기는 이유가 토끼가죽 아교 때문이라고 했다. 토끼가죽 아교는 열에 노출되면 대부분의 물질들이 부드러워지는 것과는 정반대로 인장引張 강도가 높아져서 깨지기 쉬운 특성이 있다고 설명해주었다. 토끼가죽 아교를 많이 써서 크랙이 생겼다고 조리 선생이 설명해주었지만 나는 비율을 그대로 유지하기로 했다.

그 후로 나는 조리 선생이 알려준 젯소만 사용했다. 하지만 그 쓰임새와 나무패널이나 캔버스에 진짜와 같은 크랙 만드는 방법을 다 알려면 한참 멀었다. 시간이 지나면서 크랙이 필요 없는 네덜란드 그림의 나무패널에 젯소를 사용했고, 남은 젯소는 여러 재료의 표면에 실험해보았다. 만약 내가 손쉽게 크랙 만드는 완벽한 방법을 알아낸다면, 그림 위조의 범위를 넓혀갈 수 있었다. 실험을 계속할수록 배움도 늘어났지만 기본적인 사실은 변하지 않았다. 열에 노출되면 젯소는 쉽게 깨졌고, 표면에 열이 남은 상태에서 힘을 가하거나 구부리면 크랙이 생겼다.

나는 오래된 진품 그림처럼 보이게 만드는 비결이 무엇인지 알고 싶었다. 그림들이 나에게 비밀을 알려줄 때까지 나는 미술관에서 몇 시간이고 그림을 보며 긴 시간 연구했다. 닳은 건지, 망가진 건지, 화풍인지, 먼지인지, 피막인지, 크랙인지? 물론 모든 요소들이 다 합쳐진 종합체라는 사실을 깨달았다. 새로운 비밀을 깨달을수록, 얼마나 교묘하게 진품과 똑같이 복제해내는지는 나에게 게임이 되었다.

부모님은 은퇴해 플로리다로 이사했고, 나는 정말 혼자 뉴욕에 남았다. 상실감에 방황하던 어느 화창한 날, 흥미진진한 소식이 들려왔다. 토니가 시골의 조용한 생활을 더 이상 견디지 못해 바버라와 헤어져 뉴욕으로 돌아와서 있을 곳을 구하고 있다는 이야기였다.

4

유니언 스퀘어

토니는 유니언 스퀘어Union Square 바로 옆에 위치한 브로드웨이 864번지의 로프트를 구했다. 앤디 워홀의 건물에서 반 블록, 맥시스 캔자스 시티에서 두 블록 떨어져 있으며 5번 대로에 있는 내 아파트에서는 조금만 걸으면 됐다.

　사이키델릭의 60년대가 끝나고 히피들도 사라졌다. 히피들의 모임도 더 이상 열리지 않고 반문화의 영적인 중심지였던 톰킨스 스퀘어 파크는 마약 중독자와 부랑자들의 소굴로 전락했다. 한때 나이트클럽 일렉트릭 서커스가 있었던 세인트 마크스 플레이스의 빌딩에는 이제 마약 중독자들을 위한 재활 센터가 들어섰다.

　깨어날 시간이었다. 에디 세즈윅은 캘리포니아에서 〈Eight Miles High〉(1960년대 후반 버즈Byrds라는 록밴드가 발표한 곡으로 '약에 취한 상태'

를 나타낸 가사로 히피들로부터 큰 인기를 얻었다-역주)를 몸소 실천하다 약물과다 복용으로 사망했다. 가엾은 안드레아 펠드먼은 5번 대로의 아파트 창문에서 뛰어내려 마지막으로 하늘을 "날아" 생을 마감했다. 톰은 여전히 캐슬에서 은둔 생활을 하고 있었다. 그곳 부지는 이미 팔렸고 고층 빌딩 공사를 위해 철거가 예정되어 있었다. 톰은 공사 인부들이 캐슬을 허물러 올 때까지 그곳에서 살기로 했다. 나를 처음 캐슬에 데리고 들어가 내 인생을 송두리째 바꾼 늙은 비트족 돈 루보도 죽었다. 내가 뉴욕 시내로 이사하기 직전이었다. 톰이 해준 마지막 이야기 중 하나가 돈의 애처로운 마지막 모습에 관한 것이었다. 톰의 말은 이러했다. "돈은 캐널 스트리트의 로프트에 살면서 아내와 네 아이들을 먹여 살리려고 닥치는 대로 미친 듯 일했는데 어느 날 갑자기 심장이 폭발해버린 거야!"

톰과 토니를 처음 만난 열일곱 살 때만 해도 나는 미래에 아무런 관심도 없었다. 그들의 세계는 내가 거절하기에는 너무도 흥미진진했다. 비록 돌이킬 수 없는 선택이었지만 그들과 함께 한 몇 년은 모든 것을 바꿔놓았다.

히피의 반문화 혁명은 실패했다. 1972년, 취업할 수 없는 기질을 가진 나에게 미래가 도래했다. 현실은 토니와 나에게 있어서 너무나도 가혹했다. 심각한 경제 침체로 뉴욕은 엄청난 타격을 받았다. 삶이 생존을 위한 투쟁으로 변했기에 우리는 갈수록 절박한 방법에 매달렸다. 나의 계획은 나의 유일한 수단, 다시 말해 미술로 이 어려운 상황을 헤쳐나갈 계획이었다. 토니는 종류나 형태를 막론하고 일이라면 무조건 거부했다. 대신 그는 맥시스에서 시간을 보내거나 깡패 친구들과 브루클린의 술집에서 어울리며 다음 건수를 궁리했다.

어쨌든 나는 토니가 뉴욕에 돌아와 그의 예전 생활로 돌아온 게 기뻤다. 적어도 내가 아는 토니는 오후 2시까지 자고, 일어나 두어 시간 동안 정신을 좀 가다듬다가 4시경에 카페에 갈 준비를 했다. 그리고 7시에 돌아와 10시에 술집 가기 전에 잠시 게으름을 피웠다. 새벽 3시에 비틀거리며 귀가했고 다음 날에도 똑같은 일과를 반복했다.

살이 좀 찐 것 이외에 토니의 멋진 외모와 매력에는 전혀 변화가 없었다. 그는 현대 미술계의 최상류층 사람들과 어울리며 소호에서 열리는 모든 파티와 갤러리 오프닝 행사에 초대받았다. 하지만 조지 호수의 미술관을 턴 후로 그의 행동은 갈수록 위협적으로 변했다.

그를 집으로 부르는 것은 재앙을 자초하는 일이다. 편하게 소파에 널브러진 그의 모습은 전혀 해가 될 것이 없어 보인다. 생각 없이 잠깐 나갔다 돌아오면 그는 똑같은 자세로 있다. 물론 당신은 그사이 그가 모든 서랍과 책상을 뒤져 어떤 신용카드나 수표책을 훔쳐낸 뒤라는 사실을 결코 알 수 없다.

이렇게 당한 사람이 한둘이 아니었다. 친구, 가족, 사업상의 지인 등 그 누구도 예외가 될 수 없었다. 토니는 피해자들이 개인적인 감정으로 받아들이지 않기를 바랐다. 실제 그는 자주 그들을 초대해서 저녁이나 술을 샀으며, 때로는 그들의 카드를 훔쳐서 계산하기도 했다. 그에게는 신용카드나 수표책이 어디에 있는지를 정확히 탐지하는 식스 센스가 있는 듯했다. 나는 다른 사람들이 이렇게 말하는 것을 들은 적이 있다.

뉴욕 시내로 이사한 후로 나는 파크 버넷에 다니며 공부를 계속했고 소호의 갤러리들도 다니기 시작했다. 예술적 자아를 "발견"하라고 한 바버라의 조언(나는 매주 그녀의 편지를 기다렸다)을 따르려고 애썼다. 나는 몹시 그림을 그리고 싶었고 예술가로 성공하고 싶었다. 초현실주의가 내게 맞지 않다는 결론을 내렸고, 당연히 그림 위조를 직업으로 생각하지 않았다. 예술에서 나의 미래를 찾는다면 반드시 눈앞의 예술운동에 합류해야만 했다.

1973년 여름, 토니와 맥시스에서 저녁 식사를 하며 지난해에 구상한 콘셉트를 대충 설명해주었다. 캔버스, 아크릴, 철 등 세 가지 재료로 제작한 스물네 점의 작품으로 하나의 컬렉션을 만들고 싶었다. 캔버스 작품은 커다란 추상화 여덟 점으로, 매 작품은 길이 3m에 넓이 2.4m 크기이다.

두 번째 작품은 직사각형 플렉시글라스 상자 여덟 개로 이루어지는데, 매 상자는 높이 1.2m, 넓이 90cm, 깊이 20cm 크기이다. 와구를 떼어낸 여덟 점의 캔버스 그림을 다 쓴 물감이나 붓, 헝겊 등 창작 과정에서 썼던 물품과 함께 플렉시글라스 상자에 넣는다. 그런 다음 상자들을 봉한다.

이 컬렉션의 세 번째 작품은 판금으로 만든 상자 여덟 개로 이루어지는데, 매 상자는 높이 1.2m, 넓이 35cm, 깊이 35cm 크기이며 이음새는 용접한다. 여기에도 붓, 물감 등을 함께 그림을 구겨 넣는다. 안에 든 그림을 상상하는 것만 시각화가 가능하다는 발상이다. 갤러리 전시 배치는 벽에 걸린 유화, 받침대에 진열된 아크릴, 바닥에 놓인 철

용기로 이뤄진다.

토니는 아이디어를 마음에 들어 했지만, 나에게는 공간과 자금 부재라는 두 가지 큰 장애물이 있었다. 토니는 주저 없이 자신의 집으로 들어오라고 했다. 침실을 제외한 로프트의 나머지 공간을 사용하지 않는데다, 월세를 받으면 도움이 될 터였다. 그는 또한 만약 내가 이 컬렉션을 같이 만들어낸다면 미술계 인맥을 동원해 이익을 낼 수 있도록 해주겠다고 제안했다. 물론 행동에 따른 자신의 대가도 요구했다.

그날 밤 토니의 제안을 생각해보았다. 더없이 좋은 귀한 기회라고 판단했다. 어쨌든 토니는 미술계의 모든 사람들을 아는데다 그의 로프트 공간이 첫 번째 문제를 해결해줄 수 있었다. 이제 오직 남은 것은 돈 문제이다. 컬렉션 재료를 구입하려면 적어도 2,000달러는 필요했다. 그만한 돈을 빠른 시간 내에 마련할 수 있는 유일한 방법은 내가 그린 "네덜란드" 그림 몇 점을 파는 것뿐이었다. 그중 세 점은 몇 달 전에 조리 선생이 액자를 만들어주었다. 만약 그림들을 팔게 되면 토니한테 이사를 가야겠다고 생각했다.

현금을 어떻게 마련할 계획인지 토니에게 내 작은 비밀을 말해주고 싶었지만 직감은 나를 막았다. 여전히 FBI가 그를 조사하고 싶어 하는데다, 내 그림을 본다면 팔자고 고집피울 게 확실했다. 만에 하나 일이 잘못되어 토니가 곤경에 처해서 미술관 강도 사건의 범인으로 지목된다면 내 다음 집은 토니의 로프트가 아니라 이스트강East River 바닥이 될 것이었다.

며칠 후 나는 움직일 준비가 되었다. 멀리 갈 필요도 없었다. 플레이스 대학교University Place바로 동쪽 거리는 전부 골동품 상점으로 많은 그림을 취급했다. 대부분 창문에 "오래된 그림 삽니다"라는 표지판이 붙어 있었다. 일주일 후 2,500달러 넘게 벌었다. 신의 손길이 나를 인도한다는 확신과 함께 지프에 짐을 싣고 유니언 스퀘어로 향했다.

토니의 로프트는 낡은 건물 2층으로 유대계 유제품 식당 위에 있었다. 그곳은 거의 텅 비어 있어서 거리가 내려다보이는 앞쪽 창문 두 개로 빛이 비치는 우중충한 창고와 다를 바 없었다. 가구라고는 테이블 하나와 낡은 의자 두 개, 손님용 의자로 쓸 수 있는 발판 사다리, 노이로제에 걸린 듯 쉬지 않고 흔들리고 덜컹거리는 냉장고가 전부였다. 토니는 주로 침실에서 생활했다. 온기가 있는 유일한 방이었다. 예전에 놀러왔을 때 보면 수상쩍게도 항상 방문이 닫혀 있었다.

기회가 생겨서 방안을 살짝 들여다보는데 토할 뻔했다. 침대는 토니가 직접 만든 말도 안되는 괴상한 평상 위에 올려 져 있었다. 바닥에서 대략 1.52m 높이였다. 침대 모퉁이에 옷과 베개, 담요가 산더미처럼 쌓여 있는데 천장에 절반가량 닿았다. 그를 따라 어디든 가는 오래된 무솔리니 포스터는 마치 성자의 사진처럼 침대 위쪽 더러운 벽에 삐딱하게 걸려 있었다. 다리가 세 개뿐인 테이블은 갓 부분이 망가진 램프로 받쳐 놓았다. 침대 아래에는 나머지 옷들이 쌓여 있었다. 바닥에 널브러진 병, 책, 도대체 뭐가 들어있는지 모를 상자들을 헤쳐야 침대에 갔다. 잠을 자려면 토니는 높은 침대로 뛰어올라가 굴을 파야 했다.

나는 원룸 아파트에서 가져온 매트리스를 로프트의 큰방 한쪽 벽에 붙였다. 하지만 토니의 지하 감옥에서 첫날밤을 보내야 한다는 사실에

울적해졌다. 이사를 계획하는 동안 토니는 지나가는 말로 우리와 같이 지낼 셋방을 사는 사람이 한 명 더 있을 수도 있다고 했다. 나는 아무래도 여자일 것이라고 짐작했지만 처음으로 진지하게 예술가의 길을 가려고 한다는 사실에 들떠서 까맣게 잊고 있었다.

토니와 테이블에 앉아 와인을 마시는데 토니는 나를 기분 좋게 해주려고 했다. 문이 열리는 소리에 놀라서 토니를 쳐다보았다. 토니는 미소를 지었고 나는 누구일까 궁금했다. 세상에서 가장 아름다운 미소를 지닌 아름다운 흑인 여자가 문으로 얼굴을 쏙 내밀고 나타나 나는 할 말을 잃었다. 그녀는 모델 포트폴리오를 의자에 내던지더니 내 무릎에 앉았다!

"켄 맞지?" 그녀가 웃으며 말했다. 나도 모르게 첫눈에 반한 그녀의 잘록한 허리를 두 팔로 안았다. 안드레아 서튼Andrea Sutton이 자기소개를 하고 있을 때, 나는 본 중에 가장 풍만한 입술에 잘 맞춰진 수많은, 빛나는 하얀 치아를 바라보았다.

형식적인 소개가 끝나자 안드레아는 영화 오디션을 보러 간 이야기를 했다. 내 무릎에 앉아 있는 게 더 편해진 것 같았다. 하루 중 처음으로 내가 웃자 토니도 아주 즐거워했다.

안드레아는 토니가 맥시스에서 만난 모델 겸 배우였다. 지난 한 달 동안, 지낼 곳이 필요할 때마다 그녀는 토니의 로프트에 불규칙적으로 머물렀다. 매우 활발한 성격으로 미소는 치명적이었으며 매끄러운 몸매는 마치 튜브에서 짜낸 것 같았다. 토니는 오후 일과를 위해 나갈 준비를 했다. 이스트 7번가의 러시아 목욕탕으로 가서 사우나와 마사지를 즐긴 다음 가장 좋아하는 에스프레소 바에 가서 신문을 읽었다.

안드레아가 음악을 트는 동안, 나는 자리에서 일어나 그녀에게 와인을 따라주었다. 테이블에 앉아 와인을 마시며 우리는 서로의 눈을 바라보며 미소 지었다. 우리가 이것들을 하기 전에 토니의 방문이 굳게 닫혔다.

A) 토니가 숨긴 마약을 훔칠까봐

B) 서로 옷을 벗을까봐

C) 곧장 침대로 갈까봐

안드레아는 확실히 이곳에 이사 와서 받은 충격을 완화시켜주었다. 어느 날 그녀는 최근 쫓겨난 친구가 버린 아름다운 아이리시 세터(적갈색의 사냥개—역주)를 데리고 왔다. 우리는 그리니치빌리지에서 개를 산책시키며 아름답고 한가로운 나날을 즐겼다. 한편 나는 작품 재료를 준비하기 시작했다. 트라이베카TriBeCa(로어 맨해튼 지역—역주)의 한 업자에게 철과 플렉시글라스 용기 제작도 부탁해놓았다.

불행하게도 안드레아는 결국 떠났다. 그녀는 영화에 캐스팅되어서 로스앤젤레스LA로 갔다. 나는 일에 완전히 몰두했고 오래지않아 판에 박히게 먹고 자고 그림 그렸다. 생애 첫 번째 미술 컬렉션을 창작한다는 멋진 전망에 위작은 까맣게 잊어버렸다. 가짜 그림을 그리던 날들은 사실상 지난 일이라고 확신했다.

토니와 나의 상황은 더 이상 좋을 수가 없었다. 일단 로프트의 위치가 완벽했고 토니의 인맥은 굉장했다. 사실상 작가이자 미술 평론가인 로버트 휴즈Robert Hughes가 이미 나를 주목하고 있었다. 토니는 로버트와 친구였고, 그를 통해 『오즈Oz』의 발행인인 리처드 네빌Richard Neville을 소개 받았다. 1972년 후반으로 당시 토니는 소호에 있는 로버트의 로프트에서 뉴욕을 방문 중인 런던에서 온 리처드를 만났다.

『오즈』는 1960년대에 리처드가 창간한 영국의 반문화를 선도하는 잡지였다. 짜증날 정도로 외설적이고 마약 중독을 지향하며 정치적으로 급진적인 『오즈』는 영국의 대중을 분노케 했다. 반문화 철학의 전형을 보여주고 일탈적 성행위를 조장했다. "항상 열려 있는 여자의 성기가 보내는 편지Letter from an Ever-Open Pussy" 같은 칼럼이나 동성애 속어의 풍자적 개요서인 "여왕의 토착어The Queen's Vernacular" 같은 기사가 특징이었다.

정치인과 왕족을 겨냥한 빈번한 우스꽝스러운 성적 풍자로 『오즈』는 결국 영국 정부의 분노를 사게 되었다. 여러 번의 경고가 무시되자 정부는 리처드와 편집자들을 음란죄로 고발했다. 재판일이 다가오자 런던에서 『오즈』를 지지하는 시위가 발생했다. 일부 폭력적인 시위도 있었고 존 레논John Lennon이나 오노 요코Ono Yoko 같은 유명인사들이 몰리기도 했다. 그사이 리처드는 구독자들에게 메릴리본 치안 판사 법원 Marylebone Magistrates' Court의 〈외설 법정 드라마Obscene Courtroom Dramas〉에 그들을 초청하는 정중한 초대장을 보냈다.

재판 당일, 리처드는 잡지의 언론과 표현의 자유를 옹호하면서 자신을 변호했다. 그와 편집자들은 재판에서 졌고 15년형을 선고받았다. 그러자 거리에서 폭동이 일어났고, 이 사건은 사법부의 심의를 통해 기각되는 놀라운 반전이 일어났다. 잡지는 정부에 의해 폐쇄되지 않고 계속 발행될 수 있었다. 그 사건에 영감을 받은 〈오즈〉라는 이름의 연극이 맨해튼의 이스트 빌리지East Village에서 잠시 공연되었다.

리처드와 로버트, 토니가 맥시스에서 술을 마시는 동안 리처드가 『오즈』의 "전위적인far-out" 표지로 쓸 만한 참신한 스타일을 찾고 있다고 말을 했다. 토니는 내가 오래전에 그린 초현실주의 그림이 그에게 안성맞춤이라고 했다. 캐슬에 대한 나의 느낌을 그린 것으로 5번 대로에 있는 내 원룸 아파트에 걸려 있었다. 리처드는 관심을 보이며 토니에게 로버트의 로프트로 그림을 가져오라고 했다. 그림을 보고 감명을 받은 리처드는 나를 직접 만나보고 싶어 했다.

다음 날, 소호에 있는 로버트의 로프트에 가서 로버트 휴즈와 리처드 네빌을 모두 만났다. 그림을 런던으로 보내 잡지 표지로 사용하기로 합의했다.

몇 달 후 『오즈』 잡지는 나왔고 표지는 대중들로부터 "역겹다"라는 평가를 받았으며 나는 즉시 뉴 본드 스트리트 근처에 있는 포털 갤러리Portal Gallery와 계약을 맺었다. 갤러리는 전시회를 열어주겠다고 했지만 나는 그런 기회를 이용할 위치가 아니었다. 게다가 나는 초현실주의 그림을 이미 접었고 좀 더 진지한 예술을 시작하고 싶었다. 결론은 로버트 휴즈에게 좋은 인상을 주었고 그는 앞으로의 내 창작에 관심을 보였다.

유니언 스퀘어에서는 가끔 앤디 워홀이 그의 빌딩으로 걸어가는 모습을 가끔 볼 수 있었다. 그는 매우 냉정한 눈길로 쳐다보았고 내가 그를 지나쳐 뒤돌아보면 가만히 서서 기다렸다. 그가 나를 만나고 싶어 한다는 것을 알아차렸지만 바보같이 기회를 놓쳤다. 그때는 그를 만날 시간이 많을 것이라고, 컬렉션이 완성되면 곧 로프트로 초대해야겠다고 생각했다.

그사이 로프트에는 꾸준히 친구들이 몰렸다. 조각가인 프로스티 마이어스Frosty Myers[14]가 자주 찾아왔다. 그의 대표작은 빨갛게 색칠한 길고 구불구불한 튜브로 맥시스의 바에 매달려 있었다. 줄리안 슈나벨Julian Schnabel[15]도 로프트에 찾아오는 손님 중 한 명이었다. 가끔 우리는 내 지프로 그리니치빌리지를 다니며 여자들을 꾀려고 했다.

물론 업타운에 사는 아름다운 모델 미셸도 빠뜨릴 수 없다. 그녀는 화보 촬영 틈틈이 들러서 나를 격려해주었다. 그녀가 토니로 하여금 나를 엄청 질투하게 자극한 것은 더없이 안타까웠다. 하지만 어느 날 오후 집으로 돌아와 자신의 침대에서 미셸이 가장 좋아하는 펜던트 목걸이를 발견한 토니는 화가 치솟아 그것을 나에게 던지며 다시 한번 자신의 침대로 기어들어왔다가는 고환을 묶어 매달아버리겠다는 고상한 표현을 썼다.

---

14 **프로스티 마이어스**(1941~) 미국의 조각가. 뉴욕 소호 맨해튼 근처에서 그의 작품을 볼 수 있다.
15 **줄리안 슈나벨**(1951~) 미국의 화가, 영화감독.

컬렉션 작업이 진행될수록(가진 돈이 점점 바닥날수록) 로프트는 진짜 예술가의 작업실처럼 보이기 시작했다. 임시로 만든 이젤에 기대어 놓은 커다란 그림들. 안에 그림이 구겨 넣어지기를 기다리는 철과 플렉시글라스 상자들. 나는 정말 흥분되었고 순전히 아드레날린으로 작업에 매달렸다. 구상중인 컬렉션을 절대적으로 확신하는 완벽한 믿음이 있었다. 아무리 로프트에서 생활이 열악해지고 빈털터리가 되어도, 컬렉션을 현실로 옮길 수만 있다면 톱밥을 먹으며 살 준비가 되어 있었다. 하지만 가장 궁핍한 생활 조건은 바로 목욕을 할 수 없다는 것이었다. 복도에 있는 화장실에는 세면대와 변기밖에 없었다. 토니는 조만간 실내에 욕조를 설치해 문제를 바로잡겠다고 약속했지만 나는 친구들의 집을 전전하며 가끔씩 샤워를 할 수밖에 없었다.

설상가상으로 유니언 스퀘어를 싫어한다는 점이 내 불행을 더했다. 창가에 앉아 밖을 쳐다 볼 때마다 아래로 펼쳐진 끔찍한 상업적 풍경에 신물이 났다. 물론 마음에 큰 희망을 품고 있기는 했지만 만약 컬렉션이 성공하지 못하면 어떻게 될까 궁금했다. 뉴욕에는 예술가를 꿈꿨지만 미술용품 상점의 점원이나 소호 식당가의 웨이터로 전락하는 이들이 많았다. 생각만으로도 끔찍했다.

가끔은 로프트 아래층에 위치한 식당으로 가서 아침을 먹었다. 고기 요리를 팔지 않는 전통적인 유대계 유제품 식당이었다. 식당에 앉아 김이 서린 창문 사이로 아침에 바쁘게 출근하는 사람들을 바라보았다. 하나같이 정장 차림에 멋진 헤어스타일을 한 사람들은 작은 어항에서 헤엄치는 금붕어를 연상시켰다. 하지만 그들은 학교도 졸업하고 취직도 한 "제대로 된" 사람들이었다. 매일 그렇게 살아야 한다고 생각하니 두려웠지만, 내가 살고 싶은 데로 살 수 없다는 것을 알게 될까봐 두려웠다.

겨울이 올 무렵 생활은 더욱 암울해졌다. 로프트 안은 얼어붙을 듯 추웠고 우리는 여전히 빈털터리였다. 만약에 토니 수중에 얼마간 돈이 생기면 순식간에 폭군으로 변하여 큰소리로 명령을 하거나 모두가 자신에게 아첨하기를 원했다. 그는 매일 저녁 나가서 술집과 고급 레스토랑에서 수백 달러를 썼다. 웨이터에게 소리치고 소란 피우는 것을 좋아했다. 나는 그가 항상 오래된 무솔리니 포스터를 가지고 있는지를 마침내 알았다. 그 자신이 빌어먹을 무솔리니가 되고 싶은 것이다!

어느 날 토니가 잔뜩 들뜬 상태로 돌아왔다. 술친구가 맥시스에서 팔로마 피카소Paloma Picasso(피카소의 딸이자 세계적인 주얼리 디자이너-역주)를 만났고, 토니와 그녀가 함께 점심 식사를 하도록 주선했다. 토니의 매력적인 모습에 그녀는 푹 빠졌다. 서로 전화번호도 교환했다. 뒤이어 데이트와 저녁 식사, 로맨틱한 연애가 이루어졌다.

정말이지 화려함 그 자체였다. 토니는 그녀의 막대한 재산, 아버지의 그림으로 가득한 아파트, 파리 여행, 로맨스 따위의 이야기를 들려주었다. 그는 황홀경에 빠졌다. 비행기로 세계를 다니면서 사는 삶에 대한 상상이 그의 머릿속에서 춤추고 있었다. 겨울에는 생 모리츠, 여름에는 프랑스 리베라에서 보내는 삶!

내가 월세를 어떻게 마련해야 할지 고심하고 있을 때, 둘 사이는 절정에 이르렀다. 팔로마는 일이 있어서 파리로 떠났고 토니는 여권 발급을 신청했다. 그녀는 일주일 안으로 전화할 것이고 항공사 데스크에는 그를 위한 비행기 표가 준비되어 있다. 토니는 기대감에 잔뜩 부풀었다. 한마디로 그냥 짐만 챙겨서 상류 사회의 새로운 삶을 향해 날아가기만 하면 되는 것이었다.

이 모든 게 토니가 나에게 스테이크를 사주면서 했던 이야기이다! 음식 값을 계산할 때 프랑스 지폐 뭉치와 달러를 조금 꺼내는 것을 보고 나는 기절할 뻔했다.

"어디서 났어?" 내가 기겁하며 물었다. 토니는 천하태평으로 그냥 젤로Jell-O(과일의 맛과 빛깔과 향을 낸 디저트용 젤리-역주) 한 그릇처럼 빛나게 웃으며 100달러 지폐를 꺼냈다. 추궁 끝에 토니는 이실직고했다. 팔로마가 파리로 떠나기 전날 밤을 함께 보냈는데, 침실에 잠깐 동안 혼자 남겨졌을 때 마침 침대 옆 바닥에 그녀의 핸드백이 놓여 있더라는 것이었다. 그는 본능적으로 가방에서 지폐를 꺼냈다. 달러로 바꿔서 하루 종일 쓰고 있던 것이었다. 안타깝게도 그녀의 전화도, 파리행 티켓도 없었다. 토니는 팔로마로부터 다시는 연락을 받지 못했고 전화와 메시지도 무시당했다.

그 돈은 금세 바닥이 났다. 토니는 팔로마에게 훔친 3,000달러로 한 달 치 월세 240달러를 냈다. 그슈타트와 생 트로페의 꿈도 희미해지고 현실적인 문제를 직면해야 할 때가 왔다. 냉장고는 여전히 히스테리를 부렸고 창문 사이로 심한 바람이 휘몰아쳤으며 추운 날씨 속에서 계속

남의 집을 다니며 목욕을 했다.

토니는 마치 보통 사람들이 차를 렌트하는 것처럼 무심코 차를 훔쳤다. 주차된 차들을 살피다가 식스 센스로 자신이 원하는 차를 정확하게 골라냈다. 대개 그가 원하는 차는 문이 잠겨져있지 않은 스테이션 웨건이었다. 그의 선택의 배후에는 이동 수단과 범죄 계획의 영구화라는 두 가지 목적이 이유가 되었다. 어느 날 난데없이 토니는 새 차가 생겼으니 드라이브를 하러 가자고 했다. 줄리안 슈나벨을 리틀 이탈리아에 있는 그의 작업실에 내려주고 가려는데, 토니가 줄리안의 로프트로 옮겨지기를 기다리고 있는 맞춤 제작 캔버스 왁구가 로비에 잔뜩 쌓여 있는 것을 발견했다. 토니는 순식간에 그것을 집어 차 위에 던져놓고는 액셀을 밟았다.

토니와의 생활은 현실에 대한 나의 시각을 왜곡시켰다. 정상으로 돌아가기 전까지는 모두가 그렇게 사는 줄 알았다. 필요에 의해 목욕 문제를 고심할 때, 그것은 더할 나위 없이 논리적인 방법으로 해결되었다. 테이블에 앉아 커피를 마시는데 토니가 보워리에 있는 버려진 점집 뒤편에서 낡은 욕조를 봤다고 말했다. 그는 그날 밤 막 훔친 차로 욕조를 훔쳐오자고 제안했다.

당시 나는 우울하고 빈털터리였으며 몸은 깡말랐고 지저분했기에, 제안이 터무니없고 기괴하다고 해도 문제가 안됐다. 싫어도 제안을 받아들일 수밖에 없었다. 결국 목욕을 하기 위해 욕조를 훔치는 것보다 더 사리에 맞는 게 있을까?

"좋아, 가요." 나는 자동으로 대답했다. 모든 부랑자와 루저들의 집으로 알려진 동네에 위치한 한때 점집의 응접실이었던 곳에 도착했을 때는 새벽 1시였다. 너무도 아이러니한 상황이었다. 점집 창문에는 거대한 손이 그려져 있고 손바닥에는 손금과 그 의미가 적혀 있었다. 내 삶은 어쩌다 이렇게 됐는지, 또 미래는 어떻게 될지 질문했다.

내가 손전등을 비추는 동안 토니가 공구를 들었다. 점집 문은 이미 누군가 발에 차여서 열린 상태였다. 악취가 풍기는 두 개의 방을 지났다. 매트리스와 빈 병, 쓰레기가 바닥에 널려 있었다. 토니가 욕실을 가리켰다. 물에 젖은 신문지더미로 막혀서 반쯤 닫힌 화장실 문을 열자 지독한 냄새가 새어나왔다. 손전등으로 비춰보니 한쪽 편에 낡고 더러운 욕조가 보였다.

렌치와 쇠지레대로 작업을 시작했다. 내가 손전등을 비추고 토니가 배관을 풀었다. 네 다리가 달린 크고 흉물스러운 욕조를 있는 힘껏 잡아당기고 흔들자 마침내 떨어졌다. 토니의 욕설과 외침 속에서 방들을 지나 거리로 욕조를 질질 끌고 갔다. 우리는 초인 같은 힘으로 한 번에 스테이션 웨건의 뒤쪽에 욕조를 싣고 차에 올라타 거리의 절반을 타이어에 불이 나도록 달렸다.

다음 날, 토니는 아래층 식당 주방장 두 명에게 부탁해 욕조를 들고 계단을 올라왔다. 적절한 기회에 토니는 그가 공사장 노동자였다는 사실을 모두가 알게 했다. 사실 10대 때 그는 브루클린 익스프레스웨이 Brooklyn Expressway에서 일한 적도 있고, "황소 새미Sammy the Bull"라는 별명으로 불리는 친구 그라바노Gravano에게 일자리를 소개해주기도 했다. 어쨌든 토니는 공구를 종류별로 가지고 있었고 욕조를 직접 설치할 것이라고 주방장들에게 말했다. 나가서 작업에 필요한 몇몇 잡동사니와 파이프도 구해왔다.

토니는 배수 파이프와 연결하려면 욕조가 높아야만 한다고 했다. 하지만 나는 과연 맞는 말인지 확신할 수가 없었다. 높은 데서 자는 것을 좋아한다고 그는 침대도 그런 식으로 높은 곳에 놓아뒀다. 나는 이 모두가 그의 무솔리니 콤플렉스의 또 다른 징후라고 봤다.

마침내 욕조 설치가 끝났다. 벽에 붙인 채로 1.2미터 높이의 직사각형 나무 상자 위에 올려놓았다. 욕조 안에 들어가면 탑 위에서 아래를 내려다보는 기분이었다. 토니는 수도배관을 가져온 후 욕조 바닥에서 상자로, 그리고 벽을 거쳐 배수관을 설치한 후 마지막에 그것을 복도 화장실의 배수관에 연결했다. 이 모든 것은 정신병원에서 탈출한 미치광이나 꿈꿀 법했다.

어느 춥고 흐린 겨울 날 오후, 암울한 기분으로 동네를 산책하다가 로프트로 향했다. 마침 그날 식사로 8번가의 값싼 음식점에서 맛없는 햄버거와 기름진 감자튀김을 먹은 터였다. 집으로 돌아가는 길에 나는 집에서의 화려한 목욕을 꿈꾸고 있었다. 욕조를 사용한 지 일주일밖에 안 되었지만 토니는 술 취한 채로 욕조에서 나오다가 거의 죽을 뻔했다.

유니언 스퀘어를 거쳐 모퉁이를 지나 브로드웨이로 접어드는데, 날이 어두워지고 있었다. 길에 인접한 문으로 들어가려는데 식당 문은 닫혔고 식당 안도 어두웠다. 평상시에는 없던 일이었다. 특히 저녁 시간에는 더더욱 그랬다. 계단을 올라가 로프트의 문을 열자 눈앞에 이상한 광경이 나타났다.

토니가 거기 어두운 방 한가운데 놓인 보조 의자에 앉아 있었다. 있지도 않은 누군가에게 애원하듯 양손을 내밀며 실성한 사람처럼 울고 웃는 게 보였다. 천천히 다가갔다. 그에게서 술 냄새가 진동했고 무척 고통스러워하고 있었다. "무슨 일이야?" 내가 묻자, 토니는 붉게 부풀고 멍든 팔을 보여주었다. 셔츠까지 올려서 몸 곳곳을 보여주었다. 나는 소스라치게 놀랐다. "대체 어떻게 된 거야?" 마침내 토니가 좀 진정하고 어떻게 된 일인지를 설명했다.

"자고 일어나서 목욕을 한 것뿐이야! 나는 아무 짓도 안 했다고!" 토니가 말했다. "목욕을 다하고 물이 빠지는 동안 테이블에서 커피를 마시는데 아래층에서 엄청난 폭발 소리가 들리는 거야. 바닥에서 다 느껴질 정도로! 그리고 모두가 고함치고 비명을 질렀어. 대체 무슨 일인가 싶었지! 가스레인지가 폭발했나보다 했어. 창밖으로 보니까 사람들이 다들 밖으로 뛰쳐나가는 거야. 곧바로 계단으로 우르르 몰려오는 소리가 들리더니 문을 쾅쾅 두드렸어! 건물에 불이라도 난 줄 알았어! 문을 열어보니까 야물커yarmulke(유대인 남자들이 쓰는 둥글납작한 모자―역주)를 쓴 주방장 두 놈이 엄청나게 큰 국자로 날 사정없이 때리는 거야! '대체 왜 그러냐?'고 고함을 질렀지만, 빌어먹을 놈들이 유대어로 욕하면서 계속 때렸어. 내 꼴을 좀 봐!" 그는 온몸의 부푼 자국을 더 보여주었다.

"어떻게 된 거야?" 나는 눈을 감고 물었다. 이때 토니는 더는 못하겠다는 듯이 욕조를 가리키며 술에 취한 채로 미친 듯이 웃기 시작했다. 말도 제대로 못하며 오직 손으로 병을 꽉 조이듯 배수관을 비트는 동작을 하더니 마치 모든 게 펑 터졌다는 듯이 두 손을 허공에 토했다.

그제야 이해가 되었다. 토니는 욕조가 부착된 나무 상자 아래의 배수관을 대충 연결한 것이었다. 그래서 목욕물이 빠질 때마다 물이 새어나와 바닥 밑으로 스며들었다. 건물의 층과 층 사이에 재를 깐 바닥이 있는데, 과거에 단열방음재로 쓰였던 방식이다. 아마 누수 된 물을 빨아들인 재가 나날이 무거워져서 천정이 버티기에 너무 힘들었다. 그날 오후 토니가 목욕을 다하고 욕조의 물을 뺄 때 한계점에 도달했을 것이다. 천정이 무너지면서 마침 아래층 식당에 가득했던 저녁식사 손님들은 홍수처럼 쏟아진 물과 회반죽, 재로 샤워를 했다. 토니가 욕조에 들어간 상태로 바닥이 무너져 내리지 않은 것이 기적이었다.

나는 망연자실했고 속까지 메스꺼웠다. 아래층 식당은 우리 집주인이었다. 헛소리를 하는 토니를 그대로 두고 자리를 떴다. 아래층으로 내려가 밖으로 나가서 창문을 통해 어두운 식당 안을 들여다보았다. 천정은 무늬를 찍어 넣은 오래된 주석 장식이었다. 피해 진원지에서부터 얇은 주석 판이 떨어져 나와 공중에 매달려 있었다. 그 아래 바닥에는 회반죽과 잔해를 쌓아 올린 더미가 있었다. 당연히 손님들은 건물이 무너지는 줄 알고 혼비백산해서 좁은 문으로 빠져나가려고 했을 것이다. 식당 전체가 난장판이었다. 나는 충격에 빠졌다. 당연히 쫓겨날 판이었다.

그곳에서 벗어나야 한다는 생각에 걷기 시작했다. 유니언 스퀘어를 가로질러 가니 앤디 워홀이 몇몇 친구들과 함께 커다란 검은색 리무진에 타는 모습이 보였다. 그는 다시 자리에 멈춰서 의도적인 시선을 보냈지만 나는 그냥 빨리 지나쳤다. 그의 눈길이 나를 따라 움직이는 것이 느껴졌다. 비현실적이고도 악몽 같은 느낌이었다. 그에게 다가가 무슨 일이 있었는지 말할 용기가 없었다.

다음 날, 집주인은 일주일 내로 나가라고 통보했다. 어디로 가야 한단 말인가. 내 작품은 다 어쩌고. 화가로 성공하겠다는 꿈이 그야말로 하수구로 빠져나가는 느낌이었다.

며칠 후, 식당은 수리 공사를 거쳐 다시 영업을 시작했다. 하루는 토니가 문제를 잘 해결할 가망이 있을지 이야기를 해보려고 주방장을 찾아갔다. 그가 부엌으로 들어서자 주방장은 큰 식칼로 당근을 썰고 있었다. 아직도 화가 안 풀린 그는 토니를 보자 흥분한 나머지 손가락 하나를 당근과 함께 자르고 말았다. 토니는 피가 사방에 튀기고 주방장이 고통에 비명을 지르는 모습에 곧바로 도망쳤다. 주방장은 곧장 병원으로 가서 잘린 손가락 끝을 봉합했다.

나는 더 이상 토니와 같이 생활하는 것을 참을 수 없었다. 돈도 거의 없는 데다 심리적인 고문에도 시달렸다. 토니는 자신의 방에 바리케이드를 치고 틀어박혔다. 며칠 동안 술에 취한 채로 주방장들에 의해 끌려나오기를 기다리고 있었다. 그후로 며칠 동안 나는 시내를 정처 없이 돌아다니며 추위에 떨면서 공중전화 부스 안에서 전화를 걸었지만 갈 데가 없었다. 아는 사람들은 모두 누군가와 같이 살고 있거나, 이미 아파트를 함께 쓰고 있었다. 눈과 차가운 거리, 아무런 수확도 없는 전화에 나는 절망했다.

어느 날, 작은 식당에서 커피를 마시며 모든 게 끝났다고 확신하고 있을 때였다. 계산을 하려는데 지갑 한편에 끼워놓은 신문지 조각이 눈에 띄었다. 뭔가에 끌려 그것을 꺼내어 펼쳐봤다. 5번가의 작업실과 지낼 곳을 찾을 때 보관해놓은 광고였다. "이스트 사이드 지역 주거전용 타운하우스, 일주일에 40달러, 이스트 68번가 35번지." 오래된 광고라 쓸모없을 게 뻔했지만 기왕에 헤매다 이스트 사이드까지 왔으니 가서 한번 보기나 하자고 했다.

매디슨 대로로 걸어가서 68번가로 갔다. 35번지는 매디슨 대로 바로 동쪽에 위치한 화려한 에콜 데 보자르École des Beaux-Arts 스타일의 타운 하우스로, 디자이너 할스턴Halston의 쇼룸을 겸한 부티크 매장이 바로 한 집 건너에 있었다. 얼어붙을 듯 강한 추위에 서서 어떻게 해야 좋을지 망설이며 그 집을 바라보았다. 이렇게 오래된 광고를 가지고 문의한다는 것이 바보처럼 느껴졌다. 유리에 철제 창살이 달린 커다란 문이 열리더니 학생처럼 보이는 젊은 사람 몇 명이 나와 웃고 떠들면서 나를 지나쳐 거리로 걸어갔다.

로프트로 돌아가 또 다른 잠 못 이루는 밤을 보낼 괴로움이 나에게 용기를 줬다. 화강암 계단을 올라가 청동으로 된 큰 초인종 버튼을 눌렀다. 초인종 소리와 함께 문이 열렸다. 높은 천장과 샹들리에, 커다란 대리석 벽난로가 있는 아름다운 대리석으로 장식된 로비로 들어섰다.

고급스러운 찰스 2세 책상 뒤에는 예의범절의 전형인 짙은 파란색 원피스를 입은 노부인이 앉아 있었다. 그녀의 정면에 위치한 벽난로 옆에는 잘생긴 젊은 남자가 편안한 윙체어에 앉아 있었다. 뭐하는 곳인지 쉽게 감이 잡히지 않았다. 책상으로 다가가 정중하게 빈방이 있는지를 물었다.

노부인과 젊은 남자, 두 사람이 나를 찬찬히 살폈다. "아니요. 지금
은 없어요." 노부인이 대답했다. 노부인은 나를 내쫓지 않고 어떤 종류
의 거처를 구하고 있는지, 무슨 일을 하는지를 물었다. 예술가라는 내
대답에 두 사람은 서로 흘깃 쳐다보았다. 자세한 사정은 조심스럽게 피
하면서 어쩔 수 없는 상황으로, 내가 사는 곳에서 지체 없이 나와야 한
다고 설명했다. 비록 노부인은 빈방이 없다고 딱 잘라서 거듭 말했지
만, 그곳의 임대 조건이나 거주 상황에 대해 자세하게 설명해주어 감동
을 받았다.

부인의 설명에 따르면 타운하우스는 "주거 클럽residential club"으로
1900년대 초반에 지어진 오리지널 그대로라고 했다. 임대용 방으로,
일부 방에는 화장실과 부엌이 딸려 있었다. 공용으로 원래 지하층에 있
는 부엌이 있었다. 위층에 있는 방들은 복도에 있는 화장실을 함께 사
용했고, 아래층 방들은 화장실이 딸려 있었다. 방마다 월세가 달랐다.
응접실이나 서재 등은 매우 웅장했고 마룻바닥에 대리석 벽난로, 루이
15세 스타일의 나무패널을 갖추었다. 다른 방들은 그만큼 화려하지는
않았으며 예전에 가정집 침실이었다. 가장 위층에 있는 하인용 숙소는
작고 아무런 장식이 없었다. 수십 년 전에 설치된 구식 엘리베이터가
눈에 띄는 유일한 "현대식" 편의 시설이었다.

노부인이 이 모든 것을 설명할 때, 나는 로비 주위에 진열된 훌륭한
가구에 주의했다. 아름다운 17세기 이탈리아식 길쭉한 사각 테이블에
는 세입자들의 우편물이 놓여 있었다. 한 쌍의 루이 15세 방패 모양의

의자 등받이가 달린 팔걸이의자 옆에는 값싼 램프를 받치고 있는 금박을 입힌 루이 16세의 콘솔이 있었다. 마무리로 부인은 유형별 방값의 견적을 제시했다. 맨 위층의 작은 방은 일주일에 40달러, 아래층의 큰 방은 두 배 금액이었다.

이 모든 것을 나에게 설명해준 사람은 파커Parker 부인이었다. 그녀는 그 집을 책임지고 있었고, 젊은 남자는 짐Jim으로 관리인이었다. 그 집은 퍼거슨 클럽Ferguson Club이라고 불렸다. 당시에는 빈방이 없어서 나는 낙담했지만 파커 부인은 5번 대로에서 약간 떨어진 68번가에 위치한 다른 클럽인 워런 클럽Warren Club을 알아보라고 권했다. 그녀는 거기에 빈방이 있을 거라고 하며, 덧붙여서 만약에 없으면 다시 오라고 했다.

매디슨 대로를 건너 5번가로 걸어갔다. 날씨도 춥고 바람이 쌩쌩 불었다. 주소지에 도착해보니 워런 클럽은 퍼거슨보다 소박한 외관을 지닌 커다란 타운하우스였다. 위치를 제외하고는 클럽의 로비로 들어가보니 싸구려 호텔 느낌이었다.

위풍당당한 분위기와 고급스럽고 예스러운 인테리어의 퍼거슨 클럽과는 대비되게 워런 클럽에는 콜라 자판기와 낡은 흑백 TV, 망가진 소파에 편히 쉬는 몇 명의 소년들이 있었다. 모두의 시선이 주변을 살피는 나에게로 쏠렸다. 내가 그들의 사적인 영역에 침입했음을 느꼈다. 그런데 놀랍게도 지저분한 분위기 속에서 다시 이탈리아와 프랑스의 고급 골동품 고가구 몇 점이 눈에 띄었다.

늦은 오후인데도 아직 잠에서 덜 깬 것처럼 보이는 목욕 가운과 슬리퍼 차림의 모래 색깔 머리의 소년이 책임자를 불렀다. 곧이어 짧은 머리에 한쪽만 귀걸이를 한 큰 키에 마른 체구의 소년이 나타나 나에게 인사를 건넸다. "퍼거슨 클럽의 파커 부인 소개로 왔습니다. 방을 구하고 있는데요"라고 나는 말하고, 두 사람과 함께 엘리베이터를 탔다. 엘리베이터 안이 너무 좁아서 그들의 숨결이 내 목에 닿을 정도였다. 3층에서 내려 두 사람을 따라 복도 끝에 있는 방으로 걸어갔다. 귀걸이를 한 소년이 꽉 끼는 청바지에 달린 긴 체인 끝에서 쨍그랑 소리와 함께 거창하게 열쇠꾸러미를 집었다.

그가 문을 열자 감옥을 연상하게 하는 창문 없는 작은 방이 나왔다. 나는 그들이 장난을 치는 게 아닐까 싶을 정도로 말문이 막혔다. 그들은 웃으면서 일주일에 50달러라고 했다. 나는 그들에게 고맙다고 하면서 "한번 생각해 보겠다"라고 말했다. 로비로 돌아오니 떠나는 나를 지켜보는 머리를 빡빡 밀고 바이커 재킷을 입은 사내가 눈에 띄었다. 나는 퍼거슨 클럽으로 돌아가 워런에 작은 방이 있기는 한데 딱히 끌리지는 않는다고 파커 부인에게 말했다. 파커 부인은 예의 바르게 완전히 이해한다고 대답했고 짐은 엄숙한 표정을 지으려 애썼다. 부인은 내 이름과 전화번호를 적고 방법이 있는지 알아봐주겠다고 했다.

며칠 후, 로프트에서 손톱을 물어뜯고 있는데 전화벨이 울렸다. 파커 부인은 맨 위층에 방이 나왔고 오랫동안 살 예정이라면 지하의 창고도 쓸 수 있다는 소식을 전해주었다. 나는 조금도 망설이지 않고 방을 빌리겠다고 했다. 빌린 트럭에 내 작품을 싣고, 토니에게는 뒈져버리라고 말한 뒤 헤어졌다.

5

퍼거슨 클럽

작품은 타운하우스의 지하에 갖다 놓고, 지프차는 웨스트 57번가의 주차장에 보관해두었다. 나는 창백한 혈색에 기운이 하나도 없고 암울한 상태였다. 나는 4층에 위치한 작은 숨었다. 바깥 날씨는 끔찍했다. 진눈깨비를 동반한 폭풍우가 밤낮으로 불었다. 3번 대로로 가서 식료품을 사서 내 방으로 돌아왔다. 정말 오랜만에 목욕을 하고 평화롭게 식사를 하고 따뜻한 침대에서 잤다. 찰스 디킨스의 『어려운 시절Hard Times』한 권을 구입해서 일주일 동안 침대에 누워 읽었다. 일단 나는 심신이 안정되고 머릿속이 맑아지면 앞으로 여기를 떠나 어디서 살 것인가 계획을 세울 생각이었다.

심신이 회복된 후 새로운 주변 환경을 탐색하기 시작했다. 매일 저녁마다 입주자들이 지하 부엌에 모여 저녁 준비를 한다는 사실을 알게 되었다. 집에 있는 모든 것이 그렇듯 부엌 또한 원래부터 집에 딸린 것이었고, 냉장고 두 대를 제외하고는 모든 게 골동품의 매력을 그대로 간직하고 있었다.

다른 입주자들과 마찬가지로 부엌에 자주 들락거리기 시작했지만, 여전히 시내에서 맛본 대실패로 충격이 가시지 않은 상태라 좀비처럼 조용히 다녔고 남들과 어울리지 않고 혼자 지냈다. 그런 나에게 처음 다가온 사람이 앤Ann이었다. 그녀는 큰 키에 젊어 보이는 사교적인 40대 여성으로 금발을 하나로 묶고 뿔테 안경을 썼다. 논리 정연하고 매우 지적인 그녀는 어딘가 권위주의적인 분위기를 풍겼다. 다시 나의 초등학교 때 선생님 한 분을 대하는 듯 했다. 흥미로워 보이는 새로운 입주자가 있으면 가장 먼저 접근하는 것이 그녀에게 할당된 의무였다.

우리는 곧바로 친해졌다. 알고 보니 앤은 퍼거슨 클럽의 지적, 사교적 중추 역할을 맡고 있었다. 그녀는 거의 매일 밤 어느 입주자의 방에서건 다양한 주제로 흥미로운 대화를 나누는 모습이 목격되었다. 나는 그녀로부터 퍼거슨이 흥미롭고 괴짜 같은 이들의 집합소라는 사실을 들었다. 장기 입주자들은 퍼거슨 클럽으로 오게 된 사연을 마치 교회에서 신자들이 주님의 품으로 인도된 사연을 고백하는 것처럼 들려주는 것을 좋아했다.

앤은 연하의 작곡가와 결혼해서 한때 사회에서 신나는 삶을 살았다. 하지만 남편이 갑작스럽게 심장마비로 사망하자 극빈자에 가까운 신세로 전락했다. 그녀가 자신의 몫이라고 할 수 있는 거금의 저작권료만 받았어도 아무런 문제가 없었을지 모른다. 앤은 교활한 변호사들이 빌더버그 그룹Bilderberg Group이나 삼자위원회Trilateral Commission 구성원들과 공모해서 남편의 저작권을 가로챘다고 생각했다. 그녀는 그들이 저작권료의 최소한만 그녀에게 가도록 공모했다고 주장했다. 게다가 그녀는 언제나 자신이 "상류계급"의 감시를 받고 있으며 저작권료가 남아메리카의 우파 암살단에게 전달되고 있다고 확신했다.

나는 퍼거슨 클럽을 일시적인 피난처로 여겼지만 앤과의 만남 이후로는 가족의 일원처럼 편하게 느껴져서 다시는 절박하게 떠나려고 하지 않았다. 앤에 의하면 이 건물은 피비 워런 앤드루스Pheobe Warren Andrews라는 부유한 노부인의 소유로, 그녀는 파크 대로와 렉싱턴 대로 사이 이스트 62번가에 위치한 건물 두 채가 하나로 연결된 브라운스톤 저택에 은둔해서 살고 있다고 했다. 그녀는 평생 젊은 미남을 매우 좋아했으며 부유한 집안의 상속녀이자 사교계 명사인 도리스 듀크Doris Duke와 친구이고 둘의 독특한 취향이 많이 비슷했다.

소녀 시절에 피비는 이 집에서 하녀로 일했다. 당시 이 집은 몇 채의 집을 소유한 부유하고 나이 많은 자본가의 소유였다. 소문에 따르면 피비는 그의 정부가 되었다고 한다. 상황이야 어찌됐든 죽은 노인이 그녀에게 집을 남겼다. 피비는 남다른 사업 감각을 보였다. 이 집을 담보로 대출을 받아 타운하우스를 더 구입해 월세를 주었다. 결국 68번가의 부동산을 잘 활용해 작은 부동산 제국을 일구었다.

피비는 오이스터 베이와 롱아일랜드, 뉴포트, 로드아일랜드에도 부동산을 구입했다. 뉴포트에서 그녀는 미술위원회Arts Council 회장이 되어 잘생긴 학교 교사인 이고르 리드Igor Reed와 어울리기 시작했다. 그들 두 사람은 이스트 62번가에 있는 피비의 브라운스톤 저택 두 채를 합치고 아낌없이 돈을 퍼부어 최고급으로 장식했다. 피비는 젊고 잘생긴 남성만 자신의 도우미로 고집했다. 이고르는 그 조건에 완벽하게 들어맞았다. 이고르는 그녀와 취향이 같았으므로 그들의 집을 친구와 친구의 친구들로 가득 채우는 것에 아무런 문제가 없었다.

68번가의 집에 피비는 각별한 애정이 있다. 비록 세를 주고는 있지만 최대한 원래 상태 그대로 유지했다. 60년대에는 상류사회 여성들을 위한 예비 신부 학교로 전용되었고, 미국 최고의 가문들이 고객이었다. 신부 학교가 큰 성공을 거두자 피비는 5번 대로에서 약간 떨어진 곳에 위치한 타운하우스를 구입해 젊은 남성들을 위한 학교를 열고 죽은 남편의 이름을 따라 워런 클럽이라고 이름 붙였다.

나이든 피비가 점점 부동산 관리에서 손을 떼면서 그 수준도 낮아졌다. 배타적인 고급 기숙학교에서 남녀 공용 거주 클럽이 되었다. 하지만 퍼거슨만큼은 피비가 정해놓은 "미술계의 젊은이들 전용"이라는 규정이 강요됐고, 파커 부인은 그 규정을 유지하려고 노력했다.

몇 년째 은둔 생활을 하고 있는 피비는 병 때문에 좀처럼 침실을 떠나지 않았다. 이고르는 50쯤 됐고 소문에 의하면 관리 책임을 맡고 있다. 아직도 잘생긴 외모의 흔적이 남아있기는 했지만 이고르는 오랫동안 방탕한 생활을 한 덕분에 뚱뚱해져 있었다. 그는 오후에 시추 두 마리와 산책을 하고 매디슨 대로의 칼튼 바에서 마티니를 마셨다. 늙은 피비가 세상을 떠나면 그가 재산을 물려받으리라는 것은 누구나 아는 사실이었고, 그녀의 죽음이 경각에 달렸다.

퍼거슨에 정착한 후 제일 먼저 눈에 띈 점은 매우 불쾌한 분위기를 풍기는 험악한 얼굴의 두 녀석들을 자주 본다는 것이었다. 그들은 파커 부인에게서 임대 영수증을 받아갔다. 쌍둥이처럼 둘 다 머리를 빡빡 밀었고 검은색 가죽 바이커 재킷과 모터사이클 부츠, 꽉 끼는 청바지 차림이었다. 그들이 들어오는 순간 로비에는 정적이 감돌았다. 그들은 파커 부인에게 현금 보관함을 요청하고는 거리낌 없이 모두가 보는 앞에서 그 안을 뒤졌다. 빠르게 영수증철을 확인하고는 아무런 말도 없이 가버렸다. 마주칠 때마다 뚫어져라 쳐다보았다.

앤은 그들이 케빈Kevin와 앨런Allen이고 이고르의 대리인이라고 설명해주었다. 그들은 월세를 수령하는 것 이외에도 피비 소유의 건물을 다니며 관리인 역할을 했고 자신들의 회사를 마셜 매니지먼트Marshall Management라고 불렀다. 클럽들은 쏠쏠하게 빠른 현금을 제공했을 뿐만 아니라, 62번가나 클럽에서 일할 새로운 직원을 추천했다.

두 클럽 중에서 퍼거슨이 더 고급스러운 이미지가 있었는데 무엇보다 영국 공립학교 교장으로서 안성맞춤이었을 파커 부인의 공로가 컸다. 그녀는 퍼거슨 클럽에 거주하고 있을 뿐만 아니라 까다로운 기준을 지켜나갔다. 건물 내에 콜라 자판기를 금지하기까지 했다. 반면 워런 클럽의 평판은 이미 떨어졌고 누군가의 귀띔에 의하면 이고르가 가끔 거기서 하루 이틀 묵는다고 했다.

현실적으로 나는 남은 겨울을 퍼거슨에서 보내야 하는 상황이었다. 앤이 입주자들을 다 소개해주었는데, 그중에는 전직 모델 출신으로 현재 비서로 일하면서 연기 수업을 받고 있는 아름다운 론Raun도 있었다.

알Al은 건물 앞쪽에 자리한 아름다운 응접실에 살았다. 파커 부인의 책상이 있는 메인 로비의 옆쪽에 응접실 입구가 있었다. 실내는 화려한 루이 15세의 살롱처럼 디자인되었다. 특색 있게 조각이 된 나무패널 벽과 벽화, 대리석 벽난로, 거리가 내다보이는 커다란 창문 하나가 자리했다. 화장실과 부엌도 따로 딸려 있는, 퍼거슨에서 가장 고급스러운 방이었다.

알은 거의 매일 밤마다 놀러오는 자신의 친구들과 블루밍데일에서 함께 일하는 동료들을 나에게 소개해주고 싶어 했다. 그들은 나처럼 어떻게든 생계를 유지하려고 애쓰면서 배우나 패션 디자이너, 모델의 꿈을 키워가는 이들이었다.

어느 날, 알은 패션업계의 다른 일을 구하게 되어 뉴욕을 떠나 LA로 간다는 소식을 발표했다. 그가 떠나면 내가 대신 응접실로 들어가면 어떻겠느냐는 제안이 있었다. 그 당시까지만 해도 나는 진지하게 퍼거슨에 오래 있을 생각이 아니었다. 4층의 좁은 방에서는 나는 할 일이 거의 없었다. 게다가 티파니에서 일하는 청년과 함께 방을 썼는데 그는 반미치광이 작가로 끊임없이 혼잣말을 하고 낡은 타자기를 두드려댔다.

알의 공간은 내 방보다 월세가 두 배 가까이 높았지만 거부할 수 없는 제안이었다. 멋지고 화려한 데다 전용 화장실도 딸려 있었지만, 역시 무엇보다 중요한 것은 작업을 할 만한 공간이 있다는 점이었다.

입주자들은 내가 응접실로 옮겨 계속 퍼거슨에서 살기로 한 결정을 반겼다. 파커 부인이 특히 기뻐했다. 나는 종종 앉아서 그녀가 들려주는 이야기에 귀를 기울이곤 했다. 오래전 피비와의 우정, 사회에서 어떻게 만났고, 매디슨 대로를 따라 같이 쇼핑을 다니던 일 등. 파커 부인은 피비가 사람들을 어떻게 대접했는지에 대해서도 이야기했다. 그녀는 이제 내 방이 된 바로 그곳에서 그녀의 친구인 배우 헤르미온느 진골드Hermione Gingold와 술 마시는 것을 좋아했다. 한때 셜리 맥클레인 Shirley MacLaine도 내 방에서 살았다고 했다. 피비는 이 집을 상류사회 여성들을 위한 예비 신부 학교로 만들기로 결정한 후, 남편과 사별한 지 얼마 되지 않은 파커 부인에게 사감을 맡겼다.

이고르와 앨런, 케빈 이야기가 나오면 파커 부인의 표정이 변했다. 파커 부인은 그들이 타운하우스 관리를 맡게 된 수년 전부터 피비는 거의 그들의 죄수나 다름없는 신세가 되었고 그들이 어느 날 집을 팔아버릴까봐 몰래 두려워하고 있다고 털어놨다.

위험할 정도로 주머니 사정이 좋지 않은 데다 월세가 더 비싼 공간으로 옮기게 되면서 하루빨리 돈을 벌어야만 했다. 이제 진정한 예술품을 창작하는 계획은 깨졌기에 나는 더 이상 무엇을 할 것인가 생각하지 않았다. 새 방의 옷장 정리를 거의 끝마치기도 전에 나는 요크빌의 골동품 창고 몇 군데로 달려갔다.

한 곳은 네 개의 층이 가구와 건축 파편들로 가득했다. 나는 수리용 부서진 가구 더미를 뒤지다가 노다지를 캤다. 열 개가 한 뭉치로 묶여 있는 고딕 양식의 선형 패널을 발견한 것이다. 얇은 나무패널로 한쪽면에 주름으로 접힌 작은 천 조각처럼 생긴 조각된 장식이 있다는 것만 제외하면, 17세기 화가들이 그림을 그렸던 유형의 패널과 똑같았다.

이 패널은 16세기와 17세기에 캐비닛과 상자의 앞면 장식으로 흔히 사용되었다. 나는 100달러를 들여서 샀고 다시 그림 위조 비즈니스로 돌아왔다.

철물점에 들러 대패와 끌, 사포를 구입하고 집에 돌아와 작업을 시작했다. 하룻밤이 지나기 전에 패널의 한쪽 면에서 선형 조각 장식을 제거했다. 젯소를 바른 후 마르도록 두고 나머지 며칠간은 적응하는 데 썼다.

루이 15세 스타일의 나무패널 벽을 흰색으로 칠하고 내 현대 회화작품을 몇 점 걸었다. 파커 부인의 도움으로 건물에서 사용하지 않는 골동품 영국 고가구 몇 점도 방으로 들여왔다.

새 공간으로 옮긴 지 일주일도 되기 전에 "반 고이엔" 두 점과 "반 루이스달" 한 점을 완성해서 램프에 말렸다. 바니쉬를 바르고 오래된 작품 같은 효과가 나오자마자 액자를 맞추기 위해 조리 선생에게로 가져갔다.

전 재산이 몇 백 달러밖에 남지 않은 필사적인 상황에서 누군가 퍼거슨 클럽의 로비에 두고 간 본위트 텔러Bonwit Teller 백화점 쇼핑백에 "반 고이엔" 그림을 넣고 매디슨 대로로 향했다. 71번가에서 멀리 떨어지지 않은 곳에 초기 예술품을 취급하는 글럭셀리그Gluckselig라는 이름의 딜러가 있었다.

그림과 조각상, 골동품 등으로 가득한 그의 작은 가게는 마치 유럽의 오래된 도시 뒷골목에나 있을 법했다. 안으로 들어가자 낡고 색 바랜 양복을 입은 나이 든 딜러가 제품의 먼지를 털고 광을 내고 있었다.

그의 시선은 즉각 쇼핑백 사이로 튀어나온 골동품 액자의 가장자리로 향했다.

골동품 그림을 팔 수 있느냐는 내 말이 다 끝나기도 전에 그는 쇼핑백에 담긴 그림으로 손을 뻗었다. 그는 서랍에서 커다란 돋보기를 꺼내 그림을 자세히 살폈다. 강한 바람이 부는 황량한 풍경 속에 따뜻한 황금빛으로 휩싸인 오두막 한 채가 있는 아름다운 그림이었다. 저 멀리에서 나귀가 끄는 수레로 여행자가 오두막으로 다가오고 있었다.

글럭셀리그는 그림을 앞뒤로 돌려가며 살폈다. 그의 시선을 살피던 나는 그가 오두막 근처의 울타리 난간을 따라 V. G.라는 이니셜을 발견한 순간을 정확하게 알 수 있었다.

"얼마를 생각하시나?" 그가 고개도 들지 않고 조용히 물었다.

"1,500달러요." 나는 속삭이듯 답했다.

"현금으로 800달러 주겠네." 그가 말했다.

"900달러에 팔겠습니다." 내가 안도감에 말했다.

"잠깐 기다리게." 그가 말하고 뒷방으로 들어갔다.

초기 이탈리아식 테이블에서 그는 100달러 지폐 아홉 장을 세었다. 그림을 가져간 후 나에게 현금과 빈 쇼핑백을 주었다.

매디슨 대로로 돌아가 쇼핑백을 쓰레기통에 버리려다가 문득 이것이 "행운"의 백인지도 모른다는 생각이 들었다. 다음 그림을 위해 간직하기로 했다.

집으로 돌아와 집세를 미리 치르고 통장을 만들어 남은 돈을 넣었을 때처럼 나의 재능에 감사했던 적은 결코 없었다. 그림 위조를 일로 삼기까지는 한참 먼 시점으로, 당시는 잠시 내게 활력을 주는 어떤 일로 여겼다. 당분간 나를 굶지 않게 해주는 유일한 수단이었으므로, 나는 평소 위조품을 준비해두기로 결심했다. 그 이후로 나는 팔 준비가 된, 액자에 넣은 "네덜란드" 그림 몇 점을 항상 지니고 있었다.

나는 판에 박힌 일상으로 두 가지 작업을 했다. 계획대로 화가가 되기 위해 돈을 모으려고 오전에는 "네덜란드" 그림을 그렸고, 오후에는 나만의 현대 회화 작품을 그렸다. 은행 잔고 덕분에 압박감이 줄어들자, 가끔 본위트 백화점 쇼핑백에 위조한 그림을 넣고 전화번호부에 현금으로 그림을 산다고 광고한 잉글우드나 브루클린 헤이츠의 미술품 딜러들에게 출장을 갔다.

새 집에서 살게 되니 알을 통해 "전에 알았던"의 친구들과 친하게 됐다. 그들은 낮이나 저녁에 놀러왔다. 피비의 남자간호사인 테리는 밤 근무조로 낮에 들렀다. 그는 1년 전에 이고르에게 고용되었는데 처음에는 워런 클럽에서 살면서 일했고(그곳에서 내가 처음 그를 만났을 때 목욕 가운에 슬리퍼 차림이었다), 지금은 62번가에서 일하고 있다. 몇 년 전에 테리는 뉴욕으로 흘러들어왔고 게이 커뮤니티를 통해 케빈과 앨런을 알게 되었다. 테리는 이고르가 케빈과 앨런을 어떻게 고용했는지는 모르지만 어쨌든 그들은 이고르와 일한 지가 꽤 오래되었고, 이고르가 전적으로 그들의 관리 능력에 의존하고 있다고 했다.

타운하우스에 얽힌 네 번째 사람이 있는데, 테리가 "더러운 놈"이라고 부르는 루벨Rubel이라고만 알려진 변호사였다. 루벨은 이고르의 친구로 피비의 법률문제만 담당하고 있었다. 하지만 앨런과 케빈의 임무

는 건물 관리를 뛰어넘어 가망이 없는 소심한 보스 이고르를 책임져야
했다. 테리는 앨런을 가리켜 특히 추잡한 작자라고 표현했다. 그는 이
고르에게 젊고 잘생긴 남자들을 구해주었다. 그 남자들은 적어도 얼마
간은 고급스럽고 편안한 타운하우스에서 지내거나 워런 클럽에 묵었
다. 일부는 테리처럼 일자리를 받기도 했다. 하지만 그전에 앨런을 먼
저 상대해야만 했고, 그는 이들에게 변태적이고 잔혹한 성관계를 반복
해서 강요하는 것을 즐겼다. 또한 테리는 폭로되지 않은 다른 하나의
아이디어를 주었다. 자주 바뀌는 이고르의 젊은 손님들에 관한 매우 흥
미로운 이야기로 테리는 목소리를 낮춰 말했다. "물건들이 계속 사라
져요."

"무슨 물건?" 내가 물었다.

"보석, 돈, 은제품, 골동품들. 심지어 어느 날 밤에는 방에서 피비가
2만 달러 주고 산 코로Corot의 진짜 작품까지 사라졌다니까!" 토리가 폭
로했다.

"그래, 이고르는 경찰에 신고 안 해?" 나는 당황해서 물었다.

"불가능해," 테리가 웃음을 터뜨리며 말했다. "경찰한테 질문 받는
게 두렵기 때문이지."

놀랍게도 내가 아직 만나지 못한 입주자가 내 공간의 바로 아래
층에 살고 있었다. 아무도 그를 언급하지 않았다. 지노 코민치오Gino
Comminchio는 지하실에 살았는데, 입구가 내 창문 아래쪽의 계단으로 따
로 있었다. 그는 이 집의 어두운 비밀이었다. 내가 앤과 론으로부터 얻
은 유일한 정보는 그가 마피아의 집행자로 소문난 깡패이며 항상 집세

를 늦게 내지만 평상시 살벌하게 구는 케빈과 앨런을 비롯해 아무도 그에게 토를 달지 않는다는 것이다.

모두가 지노가 대해 잘 아는 사실은 그가 항상 상류사회의 여자 친구와 늘 함께이고 매일 저녁 이스트 50번가에 있는 레스토랑에서 많은 시간을 보내며 수금한 돈으로 산 1,500달러짜리 양복을 입는다는 것이었다. 어느 날 오후, 드물게 로비에 모습을 드러낸 그를 드디어 만날 수 있었다. 나는 미셸과 점심을 먹고 돌아온 터였고, 그는 내 방문 바로 바깥쪽에서 파커 부인과 이야기를 나누고 있었다.

파커 부인은 지노에게 나를 "응접실로 이사 온 젊은 화가"라고 소개했다. 지노는 커다란 손을 내밀어 나와 악수를 했다. 내 작품을 보고 싶다기에 그를 방으로 초대했다. 그는 거구의 사내였다. 키는 193cm에 나이는 50세가량 먹어보였다. 회색 샤크스킨sharkskin(상어 가죽 같은 모양의 직물-역주) 양복에 비싼 버버리 트렌치코트를 걸쳤다. 햇볕에 검게 그을린 피부에 넓은 얼굴에는 깊은 주름살이 보였다. 머리카락은 관자놀이부터 희끗해졌고 누구나 상상할 수 있는 대부의 모습 그대로였다. 할리우드에서 그 배역을 맡지 않은 것이 이상할 정도였다.

지노가 내 방에 들어와 우리는 잡담을 나눴고 내 컬렉션의 여러 구성을 보여주었다.

그는 고개를 끄덕이더니 단도직입적으로 물었다. "돈은 무엇으로 버나?"

"기회가 있을 때마다 골동품에 손을 대고 있습니다." 나는 대답했다. 그러자 그가 눈을 찡긋하더니 "나도 뭔가 있으면 알려주지"라고 했다. 그는 가볍게 내 등을 두드리고 밖으로 나가다가 걸음을 멈추더니 벽에 걸린 "네덜란드" 그림 두 점을 바라보았다.

"이런 거 말인가?" 그가 물었다.

"네. 맞아요." 나는 대답했고, 그는 자리를 떴다.

하루하루 시간이 지날수록 퍼거슨 클럽이 집처럼 편하게 느껴졌다. 케빈과 앨런도 나를 보면 친절하게 대해주었다. 어느 날 노크 소리에 문을 열자, 놀랍게도 그들이 카날레토Canaletto의 그림을 손에 들고 로비에 서 있었다. 퍼거슨 클럽의 다락방에 보관되어 있던 그림이었다. 그들은 그림에 대한 내 의견을 묻더니 62번가로 가져가 이고르를 위해 그림을 걸어줄 수 있느냐고 했다. 수상쩍은 부탁이었으나 어쨌든 수락했다. 적어도 그동안 칭찬이 자자했던 피비의 타운하우스 내부를 구경할 수 있는 기회였다.

62번가 저택의 가정부가 나를 들이고 응접실에서 기다리게 했다. 호화로운 실내장식에 나는 말을 잃었다. 최고급 베네치아산 초록색 실크 다마스크직으로 덮인 벽에는 황금색 나뭇잎 액자에 껴진 아름다운 그림이 걸려 있었다. 놀랍게도 17세기 유럽 가구가 매우 많았다. 클럽에 유서 깊은 가구가 잔뜩 있었던 이유가 설명됐다.

검은색 양복에 넥타이 차림의 거만한 중년 남자가 나타났다. 이고르가 분명했다. 그는 차갑게 자신을 따라오라고 말하고 다른 방으로 갔다. 들어가서는 벽에 고정된 고리에 그림을 걸어달라고 했다. 그림을 걸어줬더니 그가 감사의 말을 했고 나는 자리를 떴다.

그 일이 있은 지 얼마 안 되어, 파커 부인은 클럽의 관리인이었던 짐이 일을 그만두고 떠나게 되었다면서 경영진이 내가 그 자리에 관심이 있는지 궁금해한다고 알려주었다. 내 방을 제공하고 덧붙여 주급 75달러가 지급된다고 했다. 내가 할 일은 매일 보일러에 물을 채우고 로비의 대리석 바닥을 걸레질하는 등 일상의 몇몇 잡다한 일이고, 일반적으로 건물의 물건들이 손상되거나 해를 입지 않도록 계속 지켜보면 됐다. 일주일에 5일 일하고, 평일이라도 시간이 날 때마다 방 안에서 그림을 그릴 수도 있었다.

당시 나는 이루 말할 수 없이 기뻤다. 멋진 방에서 지내며 원하는 대로 그림도 그리고 돈까지 받는다니! 꿈이 이뤄졌다. 유니언 스퀘어에서의 큰 낭패는 신의 개입이었다고 보였다. 앨런에게 나를 새로운 관리인으로 추천한 것은 테리였다. 62번가의 타운하우스로 그림 배달을 시킨 제스처는 계략으로 이고르가 나를 보게 한 것이다. 다음에 테리를 만났을 때, 그는 "부담 가질 필요는 없다"라고 말하면서 이렇게 덧붙였다. "이고르가 오이스터 베이Oyster Bay의 집에 약간의 벽화를 그려줄 수 있는지 알고 싶어 해."

당시 상황은 한 달 뒤에 짐이 떠나면, 내가 새로운 관리인이 되는 것으로 예정됐다. 그동안 짐은 나에게 앞으로 해야 할 일들과 지하 2층에 있는 매우 오래된 보일러의 사용법을 알려주었다. 실제로 나는 세상에서 가장 운 좋은 사람이 된 기분이었다.

때마침 토니가 놀랍도록 호전되어 또 다시 영화배우처럼 근사한 모습으로 나타났다. 그는 옛 여자 친구와 함께 95번가에 셋방을 구했다고 했다. 그는 나의 호화로운 새 집을 보고서 놀라서 완전히 당황했다.

"도대체 돈이 어디서 나서 이런 데 사는 거야?" 그가 몹시 알려고 했다. 더 이상 비밀을 간직하기도 힘들었고 더 이상 그의 간섭을 받지 않는 상황이라 벽에 걸린 "네덜란드" 그림 두 점을 가리켰다. "네가 그린 거야?" 그가 물었다.

"응," 내가 대답했다.

"어디에다 파는데?" 그가 물었다.

"그냥 근처에서," 어떠한 것도 거리끼지 않는 사람처럼 대답했다. 토니는 그림 한 점을 집어 들더니 자세히 들여다보았고 얼굴에 교활한 웃음이 퍼져나갔다. 예전에도 여러 번 봤던 그 미소였다.

"그럼 언제 작업 할까?" 그가 알고 싶어 했다.

"내가 따로 알려줄게." 내가 그의 끈적거리는 손에서 그림을 빼앗아 도로 벽에 걸면서 비꼬듯 대답했다.

사실 나는 토니와 어떤 일도 함께 할 마음이 없었다. 로프트에서의 생활을 생각하면 아직도 열 받았고 그를 괴롭혀주고 싶은 마음뿐이었다. 게다가 클럽 관리인 일을 맡았기에 더는 위작을 판매하지 않고 그만뒀다. 하지만 다시 돌아온 토니는 처음처럼 나에게 환심을 사려고 나를 시내 최고의 갤러리 오프닝과 파티에 데리고 다녔다.

어쩐지 일이 너무 잘 풀린다고 생각했다. 어느 날 늦은 오후, 며칠 후면 관리인 일을 맡게 된다는 생각에 들떠서 집에 돌아오니 지붕이 무너져 있었다. 비유하면 그렇다는 것이다. 로비에 들어서니 앤이 손수건으로 눈물을 훔치며 파커 부인을 위로하고 있었다. 순간 제일 먼저 피비가 죽었구나 생각했다. 무슨 일인지 묻자 파커 부인이 "드디어 일이 터졌어"라고 대답했다.

앤은 "문마다 이게 다 붙어 있었어"라고 말하며 종이 한 장을 흔들었다. 물론 내 방 문에도 한 장이 붙어 있었다. 할 말을 잃은 채, 보면서 읽어보니 굵은 글씨로 맨 위에 "퇴거 통지"라고 쓰여 있었다. 알쏭달쏭한 법적인 사항을 한 무더기로 열거한 다음, 우리에게 2주 안에 방에서 나가라고 했다. 맨 아래에는 피비의 변호사인 더러운 인간 루벨의 서명이 있었다. 도저히 믿기지 않는 충격에 사로잡힌 나는 혼자 있기 위해 방으로 들어갔다.

이럴 수는 없다고 생각했다. 관리인까지 시켜준다고 해놓고서! 말도 안 되는 일이었다. 속이 메스꺼워 저녁 준비도 잊어버렸다.

퇴거 통지서에는 세입자들이 계약서를 쓰지 않았으니 어쩌니 하는 말만 들어있을 뿐, 이에 관한 어떠한 설명도 없었다.

파커 부인에게서 들은 이야기라고는 "그들이 다른 데에 건물을 임대해줬고, 우리하고는 일절 말하고 싶어 하지 않는다"라는 것이었다. 나에게 또 다시 유니언 스퀘어의 악몽이 되살아났다.

케빈과 앨런은 건물에 두 번 다시 얼굴을 비추지 않았다. 테리는 물론 입주자들을 쫓아낼 계획에 대해 사전에 경고해준 사람은 아무도 없었다. 내가 테리를 봤을 때 그는 자신도 깜짝 놀랐다며 무슨 일인지 알아보겠다고 했다.

그 후로 며칠간은 악몽이었다. 다른 입주자들과 마찬가지로 동네를 다니며 빈방을 구하려고 했지만 헛수고였다. 우아한 외관으로 내 마음을 빼앗았던 동네가 갑자기 전에 느꼈던 것처럼 그렇게 좋거나 멋지거나 친절하게 보이지 않았다.

방을 비워야할 지정된 날짜까지 일주일 남았다. 파커 부인을 비롯해 나와 앤, 지노, 몇 명의 다른 입주자들이 여전히 남은 상태였다. 암울했다. 파커 부인이 지키려고 그렇게 노력했던 집은 좀도둑들의 천국이 되었다. 냄비와 프라이팬, 램프, 심지어 의자와 침대까지 도망치는 입주자들이 몰래 훔쳐갔다. 나는 무엇을 해야 할지 알 수 없었다. 작품들을 가지고 어디로 간단 말인가? 2월이라 아파트를 구하기 어려웠고 나온 집들도 도저히 내 형편에 맞지 않았다. 보증금과 권리금, 방세, 내가 만든 위작까지 다 합쳐도 나를 구해줄 수 없는 형편이었다.

나는 이고르와 앨런, 케빈이 몹시 원망스러웠다. 그들에게는 한겨울에 우리를 거리로 내쫓는 일 따위는 아무것도 아니었다. 어떻게든 복수하고 싶은 마음에 뜬눈으로 밤을 새웠다. 하지만 그들에게는 돈과 힘이 있었다. 테리의 말에 따르면, 매일 저녁 그들 셋은 아름다운 그림과 고가구로 둘러싸인 촛불 켜진 안락한 다이닝룸에서 하인의 시중을 받으며 요리사가 준비한 고급 요리를 먹었다. 세입자들의 딱한 사정과는 아주 먼 세계였다. 파커 부인마저도 아무런 도움이나 다른 일자리 제안도 없이 내팽개쳐졌다. 집이 비워지는 속도가 만족스럽지 못했는지 그들은 한 술 더 떠서 파커 부인에게 지정된 날짜까지 집이 비워지지 않을 경우 무력을 사용할 것이며 식수나 전기 등을 중단할 것이라고 메시지를 전하기까지 했다.

파커 부인이 입주자들에게 그 메시지를 전하자마자 테리가 들렸다. 테리가 선언했다. "왜 집을 비우라는지 당신들은 결코 못 믿을 거예요.

마약 재활치료 클리닉에 건물을 임대해줬대요!" 파커 부인은 거의 기절할 듯 천장을 바라보았다. 우리는 그녀를 부축해서 내 소파로 데려갔다.

뉴욕의 가장 세련된 주거 지역 중 하나인 이스트 68번가에 마약 재활치료 클리닉이 들어선다는 것은 록펠러 센터에 헤로인 중독치료 클리닉이 생기는 것과 똑같았다. 테리는 이고르의 변호사인 루벨의 머리에서 나온 생각이 분명하다고 말했다.

더 이상 타운하우스의 경영진에 고용된 직원도 아닌데, 입주자들에 대한 처사에 분노한 파커 부인이 사적인 대화를 나누러 내 방에 들어왔다. "케니, 꼭 해줘야 할 일이 있어. 다음 주에 집이 폐쇄되면 그들이 무슨 짓을 할지 알 수 없어." 그리고 그녀는 나에게 이름과 전화번호가 적힌 쪽지를 내밀었다. "이 남자한테 전화해서 무슨 일이 일어났는지 말해줘. 이 동네에 사는 거물급 변호사인데 그가 도와줄 수 있을지도 몰라."

종이에는 로이 콘Roy Cohn이라는 이름이 적혀 있었지만, 별다른 느낌이 없었다. 나는 파커 부인의 걱정은 고마웠지만 하찮은 시도이고 무엇보다 너무 늦었기에 묵살했다. 이미 입주자의 4분의 3이 떠났고 우리에게는 계약서도 없는데다 클리닉이 들어오기로 예정되었다. 나에게는 어떠한 희망도 없어 보였기에, 그토록 간절하게 원한 복수가 솔직히 내 손에 전해졌다는 사실을 까맣게 몰랐다.

다음 날인 금요일, 로비에서 파커 부인을 만났다.

"전화했어?" 파커 부인이 물었다.

"아니요." 사실대로 말했다. "아직 기회가 없어서요." 파커 부인은 나보고 당장 그녀의 책상에 앉아서 전화를 걸라고 억지를 부렸다. 하는 수 없이 다이얼을 돌렸다. 비서가 전화를 받았고 나에게 "콘 씨는 지금 자리에 안 계십니다. 월요일이나 되어야 돌아오세요"라고 말했다. 그녀는 메시지를 남기겠는지 물었다.

"네, 제 이름은 켄 페레니예요. 바로 옆, 35번지에 살아요. 콘 선생께서 관심을 가지실지 모르겠는데, 다음 주에 마약 재활 클리닉이 들어와서 입주자 전원이 쫓겨나게 됐어요. 우리가 이 일에 대항할 만한 방법이 있는지 알고 싶어서요."

비서는 내 전화번호를 묻고는 콘 선생에게 메시지를 전해주겠노라고 했다. 전화를 끊고 돌아보니 파커 부인이 팔짱을 낀 채로 얼굴에 만족스러운 표정을 짓고 있었다. 앤과 론도 직장에서 막 돌아왔고 우리와 합세했다. 로비에 둘러앉아 다들 생각에 잠겨 있을 때 전화벨이 울렸다. 비서의 전화였다. 그녀는 콘 선생이 월요일 아침 9시에 나를 보고 싶어 한다면서, 관련 서류가 있으면 뭐든 가져오라고 말했다.

다음 날 로비에서 한동안 보지 못했던 지노와 마주쳤는데, 그는 조금도 걱정하지 않는 상태였고 집을 나갈 생각도 없었다. "그 새끼들 얼씬거리기만 해보라고 해. 쇼핑백에 담아서 돌려보낼 테니까." 그가 말했다.

"퇴거 통지서는 어쩌고요?"

"그건 법적인 서류가 아니야!" 경멸스러운 표정으로 말하는 지노에게, 로이 콘과 보기로 한 예약에 대해 말했다.

"잘됐네. P. J. 클라크Clake의 지노도 여기 산다고 전해. 절대 그의 옆에 지긋지긋한 약쟁이들이 살게 내버려두지는 않을 거야." 말하고는 내 등을 툭툭 치면서 웃으며 나갔다.

월요일 아침, 옷을 챙겨 입고 커피를 마신 후 약속에 맞춰 나섰다. 로비에서 론과 앤이 직장 전화번호를 알려주며 무슨 소식이 있으면 알려달려고 했다.

로이의 타운하우스와 변호사 사무실은 39번지로, 퍼거슨 클럽에서 한 집 아래에 위치했다. 요새처럼 생긴 건물 입구의 외관은 작은 창문 두 개, 묵직하고 화려한 장식의 청동 빗장, 양 쪽으로 거대한 한 쌍의 참나무로 된 문이 전부였다. 무시무시한 두 개의 사자 머리 문고리가 손님을 환영했다. 한쪽 문을 열고 1층에 접수실로 들어갔다. 소파 하나와 몇 개의 의자가 놓인 조명이 어두운 공간이었다. 방 한쪽에, 책상 뒤로 젊은 여자가 앉아 있었다. 그 뒤로 열려있는 문에 주의하였는데, 문 뒤쪽은 통신실이었다.

책상으로 다가가 알렸다. "이웃집에 사는 켄 페레니입니다. 콘 선생하고 만날 약속이 있습니다." 그녀는 눈썹을 살짝 올리더니 말했다. "네, 계단으로 올라가시면 돼요. 콘 선생이 2층에 계시니 만나시면 됩니다."

나는 두꺼운 빨간색 카펫이 깔린 널찍한 곡선형 계단으로 향했다. 계단을 따라 2층으로 올라가니 조명이 밝은 고급스러운 가구로 장식된 거실이 나왔다. 그곳은 매우 분주했다. 몇몇의 변호사들이 문건을 연구하고 토론하면서 이리저리 돌아다녔다. 방의 맨 끝 쪽으로 윙체어에 앉아있는 한 남자가 보였다. 짙게 그을린 피부색에 회색 양복을 입은 그는 환하게 빛났다. 비서에게 뭔가 지시를 내리고 있었는데 멀리서도 그의 눈부신 청록색 눈동자가 두드러졌다. 순간 낡은 야상과 청바지 차림의 내 차림새가 신경 쓰였지만, 그에게 걸어가는 동안 나를 쳐다보는 사람은 아무도 없었다.

"반갑습니다. 로이 콘입니다." 그가 의자에서 쳐다보며 말했다. "무슨 일이시죠?" 다른 변호사들이 쳐다보는 가운데, 나는 자기소개를 하고 우리가 처한 상황을 설명했다. 실내가 조용해졌다. 모두가 우리를 쳐다보고 있었다. 로이는 나를 빤히 쳐다보았다. 내 말이 끝나자 "지금 장난하는 거 아니죠?"라고 물었다.

"아니요!" 나는 그에게 장담했다. "퇴거 통지서를 받았어요. 건물에 들어올 클리닉 이름은 인카운터Encounter입니다. 집주인 밑에서 일하는 사람한테 직접 들은 얘기예요. 임대 계약도 벌써 결정됐고 입주자 대부분이 나갔어요." 로이는 눈알을 굴리더니 손을 뻗어 내가 가져온 퇴거 통지서를 가져갔다. 그는 그 종이를 한 번 쓱 보더니 지노와 똑같은 말을 했다. "이건 퇴거 통지서가 아닌데. 아무것도 아니야!" 나는 어깨를 으쓱하는데 자신이 바보처럼 느껴졌다. 그는 나에게 클리닉 운영자가 누구인지 물었지만 내가 답하기도 전에 건너편에 있는 파트너 변호사인 톰 볼런tom bolan을 불렀다. "이봐, 톰. 이 친구 이야기를 좀 들어봐! 바로 옆 건물에 마약 재활치료 클리닉이 들어온대!"

로이가 자리에서 일어나 말했다. "나를 따라와요." 우리는 엘리베이터를 타고 그의 사무실로 갔다. 엘리베이터 안에서 로이는 나를 위아래로 훑어보더니 얼마나 타운하우스에 살았는지, 어디 출신인지, 직업은 무엇인지, 월세는 얼마나 냈는지를 물었다. 두 층을 올라갔을 때, 그는 이미 내가 살아온 인생을 알아챘다. 잠시 후, 나는 로이의 사무실에 앉아 있었다. 그가 질문을 했고 사람들의 이름도 받아 적었다. "지금 거기에 입주자가 몇 명이나 남아 있죠?" 그가 물었다.

"열 명 정도요. 하지만 매일 줄어들고 있어요. 참, P. J. 클라크의 지노가 제 아래층 방에 사는데 안부 전해달라고 했어요."

"그래요." 로이는 눈썹을 치켜세우며 놀란 표정을 짓더니 말했다. 몇몇 질문을 더 하고는 나에게 그만 가보라면서 나중에 연락을 주겠다고 말했다.

집으로 돌아와 파커 부인과 로비에 앉아 있었다. 정오에 로이의 비서로부터 전화가 왔다. "콘 선생께서 그의 사무실에서 뵙자고 하십니다." 나는 결정적 순간이 왔음을 알 수 있었다. 심호흡을 하고 파커 부인의 격려를 받으며 집을 나섰다.

로이의 사무실에 도착하니 문은 열려 있고 문에 미키 마우스 모양으로 오린 종이가 붙어 있었다. 로이가 들어오라고 손짓했고 나는 자리에 앉았다.

"켄," 그가 나에게 말했다. "내가 전부 확인을 했어요. 클리닉이 다음 주에 들어올 예정이더군요." 나는 낙담했다. 그가 말했다. "하지만 우리가 그들을 막을 겁니다." 나는 너무 기뻐서 뛰어오를 뻔했다. 로이는 입주자들이 남아서 싸울 의향이 있는지 물었다. 나는 적어도 몇 명은 그렇다고 장담했다. 로이가 말했다. "좋아요. 그럼 나에게 지금 집에 그대로 살면서 소송에 참여할 사람들의 명단을 주세요. 이 퇴거는 불법입니다. 세입자가 거주하고 있는데 다른 곳에 임대해줄 권리가 없어요. 분명 우리가 이길 수 있다고 확신합니다." 로이는 그가 사건을 무료로 맡아줄 것이라고 덧붙였다. 우리는 악수를 했고, 그는 헤어지기 전에 나에게 다음 날 아침 8시에 자신의 집으로 아침을 먹으러 오라고 말했다.

얼어붙을 정도로 추운 거리로 나온 나는 너무 기뻐서 무엇을 먼저 해야 할지 몰랐다. 앤과 론에게 전화할지, 가서 뭘 좀 먹을지. 일주일 동안 한 번도 배고픔을 느낀 적이 없었는데, 갑자기 심한 허기가 느껴졌다. 3번 대로에 작은 그리스 식당으로 가서 베이컨과 계란, 토스트, 커피를 주문했다. 재난으로부터 구조되어 새로운 사람이 된 기분이었다. 거기에 앉아 한 시간 동안 그날의 일들을 되새겨보았다.

"아이고!" 나는 생각했다. "이고르와 케빈, 앨런이 이 사실을 알면 어떻게 나올지 궁금해죽겠네!" 음식 값을 계산하고 나왔다.

그날 밤, 다들 앤의 방에 모였고 환희에 넘친 분위기였다. 로이 콘이 유일한 화제로 대화의 주를 이뤘다. 피해망상증이 있는 데다 "상류사회"의 움직임을 주시해야 하는 탓에 매일 신문 세 종류와 모든 주간지, 몇몇 타블로이드 신문까지 섭렵하는 앤은 우리의 예언자이자 두뇌이자 역사가였다.

처음으로 나는 앤 덕분에 로이 콘이 1950년대 조지프 매카시Joseph McCarthy 상원의원의 공산당 스파이를 색출하는 임무를 수행했으며, 역사를 통틀어서는 아니지만 미국에서 가장 무섭고 악명 높으며 가장 비싼 변호사라는 사실을 알게 되었다. 정치인과 조직 폭력배, 기업가들이 그의 환심을 사려고 야단이었다. 그는 돈 많고 유명한 사람들과 어울리며 제트족의 라이프스타일을 영위했고 고급 레스토랑인 21에 그의 전용 테이블까지 있었다. 로이는 그 누구와도, 그 무엇과도 싸울 수 있는 거물이었다. 실제로 앤의 설명에 의하면 그는 연방정부로부터 사기와 음모, 협박, 강요 등의 죄목으로 세 번이나 기소되었지만 그때마다 스스로 변호해 승소했다.

6

39
번
지

다음 날 로이의 집에 갔더니 그는 다이닝 룸에서 에르메스Hermès 실크 가운을 입고 긴 식탁테이블의 상석에 앉아 인상적인 외모의 두 남자와 아침 식사를 하고 있었다. 그는 나를 식탁에 초대한 후, 그의 스페인 요리사에게 음식을 주문하라고 했다. 그리고는 같은 로펌의 최고의 소송전문 변호사 마이크 로젠Mike Rogen과 그의 비즈니스 파트너 폴 다노Paul Dano를 소개해주었다.

로이는 이고르와 피비, 클리닉 등 가능한 한 모든 대상에게 소송을 걸 것이라고 단도직입적으로 말했다. 그리고는 모두의 시선이 나에게로 쏠린 드라마틱한 순간에 그가 말했다. "자네가 주요 증인이 될 거야. 우리가 필요할 때 법정에 출두하기만 하면 돼." 그리고는 덧붙였다. "걱정할 필요 없어. 뭐라고 말할지 다 줄 거니까."

"그럼요!" 내 열정적인 대답에 모두들 고개를 끄덕였다. 아침 식사를 마친 후 로이가 악수를 청하며 나를 "파트너"라고 불렀고 다들 미소를 지었다. 자리를 뜨기 전에 이미 절대적인 충성심이 자리 잡은 나에게 로이는 그날 저녁 8시에 다시 들러 그에게 알아보라고 했다. 일들의 진행 상태에 큰 안심과 기쁨을 느꼈기에, 그날 나는 동네 여기저기 돌아다녔다.

8시에 로이의 집 초인종을 눌렀다. 로이가 나왔고 그를 따라 2층 거실로 올라갔다. 그곳 윙체어에는 매우 잘생긴 외모에 튼튼한 체격을 가진 남자가 앉아 있었다. 로이는 그를 데이브 태킷Dave Tacket이라고 소개했는데, 나는 나중에 그가 로이의 "특별한 친구"라는 사실을 알게 되었다. 데이브가 나에게 술을 준비해주는 동안 로이가 그에게 옆집의 상황을 설명했다. 로이의 기질이 앞선 몇 번의 만남과는 다른 큰 변화를 발견했다. 그는 무척이나 매력적이었고 자신을 "로이"라고 불러주기를 원했으며, 친구에게 하듯 나에게 친숙한 말투를 사용했다.

이때까지 로이는 퍼거슨 클럽이나 이고르, 루벨에 대해 기본적인 사실만 인지하고 있을 뿐이었다. 로이는 그 클럽과 그 운영 방식에 대해 내가 알고 있는 모든 것을 말해주기를 원했다. 내가 그에게 이고르의 상황, 앨런과 케빈에 대한 그의 의존도, 나와 테리의 우정에 대해 말할 때 그는 아주 궁금해 했다. 그는 특히 집세 대부분이 현금으로 지불되고 앨런과 케빈이 애타게 수금하러 다녔다는 사실을 흥미로워했다. 내가 현금 수입의 대부분을 신고하지 않았을 것이라는 테리의 말을 언급하자, 로이는 매주 걷는 집세를 산정하고 기록해서 자신의 사무실로 가져다달라고 부탁했다. 그가 나의 창작에 대하여 물었을 때 현재하고 있는 나의 첫 컬렉션에 대해 설명하자, 로이는 들러서 한 번 보겠다면서 그것도 자신이 도움을 줄 수 있을지 모른다고 했다.

내가 떠나기 전에 로이는 나에게 이고르와 루벨, 클리닉에 보낸 소장의 복사본을 주었다. 그들의 행동이 불법이라는 사실이 확실하게 설명된 오싹한 진술서였다. 현재 (로이의 로펌인) 색스 베이컨 앤드 볼런 Saxe, Bacon, and Bolan이 입주자들의 변호를 맡았고 입주자들은 건물에 계속 거주하며 로이 M. 콘이 이 사건을 개인적으로 처리한다고 알렸다. 마지막에 로이가 서명했다.

며칠 후, 나는 테리와 저녁을 먹었다. 그는 로이의 소장이 이고르에게 마치 폭탄처럼 충격을 줘서 그가 패닉 상태에 빠져 그의 바보 같은 변호사 루벨에게 고함을 질렀다고 말했다. 그날 밤도 이고르와 앨런, 케빈은 너무도 오랫동안 편하게 저녁 식사를 해온 바로 그 식탁에 앉아 있었다고 말했다. 그날 밤, 저녁 식사는 누구도 손대지 않았다. "다들 먹을 기분이 아니라 음식을 그냥 치워야 했어. 그리고 콘을 찾아간 사람이 너라는 걸 그들도 알았어." 듣자니 정말 음악처럼 내 귀에 달콤했다.

로이는 즉각 동네 주민들을 모았다. 주민들은 포브스가 선정한 미국의 제일가는 부자들 명단에 들 만한 사람들이었다. 행동하지 않으면 68번가에 "헤로인 환자들이 줄을 서게 된다"라고 서술된 팸플릿도 나눠주었다. 다음 날 저녁, 로이는 자신의 타운하우스에서 주민 회의를 열었다. 밍크코트를 입은 부유한 골동품 딜러들부터 맞춤 양복을 입은 주식 중개인들과 투자은행가들까지 모두가 참석했다. 돈 많은 장식 디자이너들은 푸들을 데리고 왔고 사교계 명사 부인들은 "동네 수준이 떨어지고 있다"고 한탄했다. 소파에는 다이아몬드를 주렁주렁 매단 동네 노부인들이 한 줄로 앉아 있었다.

로이가 등장해 클리닉이 타운하우스에 들어오지 못하도록 법원에 금지 명령을 신청하려는 그의 의도를 모두에게 밝혔다. 그날 밤, 분위기가 사교계 칵테일파티로 바뀌었다. 이웃들은 "눈에 흙이 들어가기 전에는" 클리닉이 들어올 수 없다고 분노를 표출했지만, 탄원서에 서명하고 로이와 악수를 하는 것 외에는 별다른 방도를 내지 못했다.

클리닉은 주식회사 인카운터로 마약에 중독된 문제 청소년들을 위한 재활 프로그램이었다. 한 번에 스무 명의 환자를 입주시켜 치료했다. 이 프로그램은 원래 스프링 스트리트Spring Street에서 시작되었고, 주정부의 지원을 받았지만 부유한 후원자들의 기부도 있었다. 대표이사인 레비 선생Mr. Levi은 몇몇의 심리학자와 카운슬러를 고용했다.

로이의 조사관들은 레비 선생과 이고르의 변호사인 루벨이 오랜 친분을 쌓아온 관계임을 알아냈다. 그들은 주정부가 제공하는 세금으로 건물을 리모델링을 하고 비싼 월세도 충당하는 수월한 방법을 함께 고안했다. 더구나 대표이사 레비는 타운하우스에 자신의 거처를 마련할 계획도 세워놓았다.

퇴거해야할 지정된 날짜가 다가왔지만 이고르 선생이 경고한 대로 무력을 행사할 사람들은 나타나지 않았다. 파커 부인은 우리에게 슬픈 작별 인사를 하고 행운을 빌어주었다. 그녀는 괴로워하며 책상 위에 마스터키꾸러미를 올려놓았다. 나는 열쇠를 잽싸게 주머니에 넣었다. 나는 관리인으로 뽑혀 공구박스를 가지고 있으며 오래된 보일러에 매일 물을 채우는 비법을 아는 유일한 사람이었다.

로이가 법원의 금지 명령을 받아내기는 했지만 별 효과가 없었다. 인카운터의 카운슬러와 환자들이 일정대로 들어와 빈방을 전부 차지했다. 뉴욕 대법원에서 청문회가 열렸지만 우리가 원하는 방향으로 흘러가지 않았다. 언론과 힘 있는 정치인 다수가 인카운터의 편을 들어서 판사는 법원 명령을 집행할 생각이 없었다. 대신 판사는 건물 사용의 법적 권리를 가진 쪽이 누구인지 결정될 때까지 클리닉과 남은 세입자들이 공존하는 쪽으로 법원 명령을 수정했다.

판사는 또한 고소인이 패소할 경우 만 달러 채권을 지불하라는 클리닉의 요청도 승인해주려고 했다. 하지만 로이는 채권 대신 "책임 있는 개인"이 서명한 소송 손해 배상액 만 달러 지급 공중 보증서로 대신하자고 판사를 설득했다. 하지만 로이에게 지지를 약속한 수많은 백만장자 이웃 중에서 보증서에 서명할 사람은 단 한 명도 찾을 수 없었다. 마지막에 결국엔 내가 그 보증서에 서명했다. 로이가 어떻게 해서 판사가 그것을 받아들였는지 모르지만 로이는 해냈다.

문제가 신속하게 해결되지 않으리라는 것은 분명했다. 양쪽은 서로를 쫓아내려고 혈안이 되어 있었다. 로이는 이 사건으로 큰 타격을 받았다. 모든 신문사에서 이 사건을 다루는 바람에 그의 평판이 큰 위기에 처했다. 그는 거의 매일 저녁마다 7시쯤에 나를 불러서 퍼거슨의 당일 상황을 브리핑하게 했다.

그럴 때마다 나는 로이를 찾으러 다녀야만 했다. 그가 펜트하우스에 있을 때도, 부엌이나 침실에 있을 때도, 심지어 목욕할 때에도 우리는 대화를 나누었다. 나는 그의 침실 벽에 걸린 브라이스 마든Brice Marden[16]의 작품에 주의했고, 그 그림을 알아보았다. 토니와 함께 브라이스의 작업실에 들렀을 때, 마침 그가 이 시리즈를 작업하고 있었다. 그 이야기를 로이에게 하자, 그는 브라이스의 그림을 판 딜러를 보내 내 그림을 보도록 하겠다고 말했다. 정말로 로이는 내 집으로 온갖 사람들을 보내 내 그림을 보도록 했다. 심지어 뉴욕의 대표적인 마피아 중 하나인 감비노Gambino 패밀리의 수장 카를로Carlo가 로이와 비즈니스를 하는 동안 패밀리의 두 사내가 들른 적도 있었다. 어느 날 저녁, 로이는 우리가 법원에 적어도 1년은 묶어놓을 것이라고 설명했다. "조용해지고", "언론의 관심에서 벗어나면", "뒤에서 조용히 일을 처리하는 것"이 그의 계획이었다.

이 소식은 하늘이 나에게 준 뜻밖의 행운이었다. 지난 1년 동안 두 번이나 갑작스러운 시련을 겪었기에, 나는 오직 얼마간의 시간적 공간적 여유를 갖고 충분히 돈을 벌어 무슨 일이 생겨도 처리할 수 있기를 바랐다. 좋은 소식은 소송 이후로 우리가 집세를 한 푼도 내지 않게 되었다는 것이다. 나쁜 소식은 약속된 일자리가 없어졌기에 다시 돈을 벌어야 한다는 압박감이 컸다.

지노가 가장 좋아하는 취미생활, 그의 두 번째 직업이라고도 할 수 있는 일은 고급 카페나 부유한 싱글 여성들이 자주 찾는 어퍼 이스트

---

16 **브라이스 마든**(1938~) 미국 작가. 그의 작품을 미니멀리즘의 범주에 넣기는 어렵지만, 그를 미니멀리스트로 소개하곤 한다. 현재 뉴욕에 살며 작업하고 있다.

사이드Upper East Side의 특정 바를 순회하는 것이었다. 지노는 나에게 양복을 차려입고 같이 약탈하러 가자고 했다. 그가 가장 즐겨 찾는 곳은 셰리 네덜란드Sherry-Netherland 같은 고급 호텔에 있는 바였다. 로미오Romeo처럼 매력 있는 지노는 파크 대로에 거주하는 중년의 여성 친구들이 많았다. "상류층 여성"들을 유혹하는 데는 큰 행운이 따르지는 않았지만, 우리에게 비즈니스를 얘기하고 다른 계획을 기획할 수 있는 기회를 주었다.

지노는 예술과 골동품에 대해 문외한이 아니었다. 사실상 그는 일레인스Elaine's에서 술을 마시면서 나에게 때때로 훔친 미술품을 시내의 부정직한 딜러들에게 넘기기도 했다고 털어놓았다. 몇몇 부자 친구들조차 그로부터 위험한 장물을 구입했다는 말에, 나는 내 방에 걸려 있는 "네덜란드" 그림과 그것으로 돈을 버는 방식에 대해 진실을 털어놓기로 결심했다.

지노는 그의 백만장자 친구들에게 마피아를 도와 유럽 박물관과 갤러리에서 훔친 약간의 미술품들을 옮기는 일을 자신이 도와주고 있다고 소문을 내기 시작했다. 예상대로 그들은 미끼를 물었고 이 장물들을 구매하길 원했다. 새벽 2시에 브루클린 다리 아래에서 접선하듯 비밀리에 지노는 '반 고이엔' 그림을 제공하였는데, 고객은 보통 현금으로 수천 달러가 준비되어야만 했다. 이내 지노는 "앞으로 20년 동안은 이 그림을 묻어두고 있어야 한다"라는 단서를 달아 5번 대로의 "돈 많은 부인들"과 가먼트 지구Garment District의 사업가들에게 그림을 팔기 시작했다.

"지노, 사기라는 게 발각되면 어떡하죠?" 그가 그림 몇 점을 팔았을 때, 내가 물었다.

"괜찮아. 내가 확 그들의 머리통 부숴버리면 돼." 그가 장담했다.

지노는 판사가 법원 명령을 수정한 이후에 특히 불안해했다. 그는 인내심이 점점 바닥을 보이자 자신의 손으로 직접 문제를 처리하고자 했다.

"케니, 내 말 좀 들어봐." 지노가 바에서 내 쪽으로 몸을 숙이며 비밀스럽게 말했다. "나는 이 말도 안 되는 상황이 짜증나 죽겠거든. 알겠어?" 나는 그의 재킷 아래 숨겨진 어깨 권총집을 흘끗 보며 충분히 이해한다고 했다.

"하지만 어쩔 수 없잖아요?" 내가 그에게 물었다.

그가 더 가까이 다가와 귓속말로 했다. "들어봐, 빌어먹을 지하실 보일러 용광로에 고무풀 2갤런을 넣고 타이머를 맞춰놓고 밖으로 나오는 거야. 우리가 돌아왔을 때 거기가 주차장으로 변해 있겠지!"

"글쎄요, 지노. 들어봐요, 저는 그냥 어떻게든 돈만 벌고 싶을 뿐이에요."

"알았어, 이건 어때." 그가 말했다. "클리닉 사람들이 내 방 건너편 지하실 창고에 기부업체에서 기부한 각종 물건을 넣는 걸 봤어. 문에 자물쇠를 채워놨지만 오늘밤 부수고 들어가서 뭐가 있나 보자."

지노와 나는 새벽 두 시에 손전등과 공구를 가지고 가서 자물쇠를 부수고 창고에 들어갔다. 처음에는 헛수고인 듯했다. 거기엔 통조림과 봉지에 든 쌀 밖에 없었다. 지노가 상자들을 열어보다가 노다지를 발견했다. 그가 말했다. "올리브 오일이다! 여기 올리브 오일이 잔뜩 있어! 옮겨야겠어!" 지노는 수입 올리브 오일이 6갤런씩 든 상자를 연달아 발견했다. 새벽이 오기 전에 우리는 각자 방의 벽장 천장까지 올리브 오일 상자를 가득 쌓아 놓았다.

클리닉 대표인 레비 선생과 나 사이에는 격렬한 증오심이 커져만 갔다. 레비는 내 방문 바로 밖에 있는 로비에서 겁을 주는 자세를 취하는 버릇을 가진 소름 끼치는 외모의 사내였다. 그는 시대에 뒤떨어진 스타일의 옷을 입었는데 두 줄 단추가 달린 발목까지 닿는 끔찍한 스웨이드 오버코트, 가죽 부츠, 삼총사들이 썼음직한 모자로 앙상블을 이루는 것을 가장 좋아했다. 그의 복장은 그가 클리닉을 수호하고 적들을 물리치는 고귀한 임무에 나선 용감한 기사라는 낭만적인 상상을 충족시켜 주었으리라 나는 믿는다.

레비는 내 방을 자신의 방으로 만들고 말겠다고 맹세했지만, 나는 그때마다 그에게 "꺼져"라고 응수했다. 그는 나를 자신에게 닥친 모든 시련의 상징이라고 보았고, 그런 나를 쫓아내면 비로소 승리의 길에 이를 수 있다고 확신했다. 하지만 이 증오심은 로이가 말도 안 되는 계략을 짠 장본인인 루벨을 향한 경멸에 비하면 아무것도 아니었다. 중년의 무능한 멍청이 루벨은 살찐 발그레한 얼굴 한가운데에 길쭉한 코가 달려 있는 모습이 마치 개코원숭이의 둔부를 보는 듯했다. 그는 몸에 잘 맞지도 않는 싸구려 코트에, 가짜 친칠라 털로 만든 멍한 러시아 스타일의 털모자를 삐뚤게 쓰고 법정에 나타났다. 거기에 세련되게 좀처럼 얌전히 닫혀 있기를 거부하는 작은 플라스틱 서류 가방까지 들었다.

루벨은 법정에서 형편없었다. 이고르를 진흙탕으로 끌어들인 이후로 그는 사건을 끝까지 지고 갈 수밖에 없었다. 그는 나를 쫓아낼 수 있다는 풍부한 상상력으로 나에게 공세를 취했고 애처로운 소송까지 걸었다. 서류를 살펴본 로이는 루벨의 멍청함에 깜짝 놀랐고 내가 법정에 출두하는 것만으로 소송을 기각시킬 수 있는 몇 가지 간단한 법률적 핵심을 간략하게 짚어주었다.

법정에 출두해야 하는 하루 전날, 토니가 늘 그렇듯이 빈털터리로 나타났다. 그는 주말에 보스턴에서 열리는 중요한 조각품 전시회에 소호의 친구들과 함께 가고 싶어서 안달이 나 있었다. 그가 "네덜란드" 그림을 팔자는 말을 다시 꺼냈지만, 나에게는 다른 생각이 있었다.

방금 내 힘으로 그림을 판매했던 터라 돈이 두둑했고, 때마침 워런 클럽의 로비에는 유난히 호화로운 17세기 이탈리아 식기 진열장이 놓여 있었다. 물건이 사라지기로 워낙 유명한 곳이라 지금 상황에서는 무슨 일이 일어나든 상관없었다.

내 욕조에서 목욕하고 있는 토니에게 내 생각을 말해주었다. "400달러 갖고 싶어?" 그의 눈이 휘둥그레졌다. "길 건너에 워런 클럽이라고 있지? 로비의 콜라 자판기 옆에 내가 원하는 작은 장식장이 있어. 그걸 가져오면 400달러 줄게."

다음 날, 브로드웨이 남쪽에 위치한 법원에 갔다. 그런데 알고 보니 루벨은 나를 엉뚱한 법정에 기소했다! 임대인과 임차인의 분쟁 법정이 아니라 소액 사건 법정에 기소한 것이었다. 개에 물렸거나 창문이 깨졌거나 하는 잡다한 사건을 처리하는 곳이었다. 그곳에 판사는 이미 미쳐

버린 지 오래되어 마치 광기어린 과학자처럼 보였는데, 헝클어진 회색 머리에 단정치 못한 법복 차림이었다.

루벨은 건물 파손부터 집세 거부까지 온갖 말도 안 되는 죄목을 들어 나를 비난했다. 그가 혐의를 제기할 때마다 판사는 고개를 휙 돌려 렌즈가 매우 두꺼운 안경 사이로 나를 쏘아보았다. 잠시 걱정이 되긴 했지만, 판사는 루벨이 나에게 퇴거를 요구한다는 사실을 알아차리고 버럭 화를 냈다.

"루벨 선생, 잘못 오셨습니다! 법대로 돌아가서 다시 공부하지 그러세요?" 판사는 이렇게 소리치고 지체 없이 사건을 기각했다.

루벨은 분노로 안색이 보랏빛으로 변했고, 한 무더기의 종이를 세게 내려놓고 판사에게 소리를 지르기 시작했다. 판사는 입을 다물지 않으면 구속하겠다고 위협했다. 법정을 떠나면서 뒤돌아보았더니 판사가 자리에서 앞으로 몸을 구부리고 루벨에게 고함을 질렀다. "당장 나가요!"

집에 돌아오자마자 내 방문 앞쪽에서 심각한 이야기를 나누고 있는 앤과 론을 마주쳤다.

"어젯밤 사건 들었어?" 내가 다가가자 앤이 흥분해서 물었다. "워런 클럽에 도둑이 들었는데 값비싼 가구를 훔쳐갔대. 경찰이 출동했고 여기에도 왔었어!"

"범인이 누구래?" 내가 얼굴이 창백해지는 것을 느끼며 물었다.

그녀가 말했다. "아직 몰라. 어떤 남자가 가구를 들고 로비에서 나와 택시에 타는 걸 본 사람이 있대. 경찰이 와서 질문도 잔뜩 하고 서류도 작성했어." 나는 얼굴에 다시 화색이 돌면서 힘이 샘솟는 것을 느꼈다.

"꼭 잡혔으면 좋겠네." 내가 분노하며 대답했다.

그들은 법원에 다녀온 일에 대해 궁금해 했다. 우리는 따로 이야기 하려고 내 방문을 열었는데 현관 바닥에 접힌 쪽지가 있었다. 주워서 얼른 주머니에 넣었다. 화장실에 가는 척하고 쪽지를 펴보았더니 이렇게 쓰여 있었다. "물건, 우리 집에 갖다놨어. 나중에 전화해. A."

7

도시 생존

봄이 올 무렵, 상황이 많이 잠잠해졌다. 나는 어퍼 이스트 사이드와 68번가가 좋았다. 새로운 친구도 많이 사귀었고 희망이 가득한 동네였다. 거의 매일 개를 데리고 산책하는 디자이너 할스턴Halston도 봤으며, 우리는 마주칠 때 인사를 나누기 시작했다. 로이는 나에게 매우 큰 자산이었다. 그는 최고급 라이프스타일을 영위하면서도 놀라울 정도로 소탈하고 인간적이었다.

그는 내가 좋으면 언제든지 마음대로 자신의 타운하우스로 놀러와 전화와 테라스, 샤워 시설을 사용하고, 심지어 가끔씩 랍비라고 해도 믿을 만한 코미디언 운전기사가 끄는 그의 리무진으로 동네 여기저기로 심부름을 갈 수 있도록 전권을 위임했다. 그곳의 분위기는 흥미진진하고 중독성까지 있었다. 로이는 중독성이 있었다. 그의 집에서 누구를 만나게 될지 혹은 그가 나에게 누구를 소개할지 도무지 알 수 없었다. 그리고 그는 서슴없이 나에게 일을 시켰다. 항상 뭔가를 집으로 가져다달라거나, 집 안에서 뭔가를 찾아오거나 처리해놓으라고 했다. 한번은 고급 차를 타고 나타난 험상궂은 남자 두 명에게 봉투 하나를 건네기 위해 주말 내내 그의 집에 상주한 적도 있었다. 때로는 친구 한두 명과 함께 그가 내 그림을 보러 왔다. 그는 인도에 서서 내 창문에 동전을 던져서 나를 불렀다. 밖을 내다보면 손에 커다란 스카치위스키를 든 그가 거기에 서 있었다.

로이는 사악했지만 매우 재미있어서 어떤 상황에서든 딱딱한 뉴요커의 유머로 나를 박장대소하게 만들 수 있는 기회를 결코 단 한 번도 놓치지 않았다. 한번은 유럽에서 나에게 카드를 보냈다. 베르사유 궁전 같이 기막히게 멋진 궁전 사진이 들어간 엽서였는데, 그는 뒷면에 "여기에 이런 곳이 있네. 주식회사 인카운터가 입주하고 싶어 할까?"라고 적었다. 언젠가 저녁에 로이, 데이브와 함께 57번가에 있는 갤러리 리셉션 파티에 갔다. 나와 한 무리의 이브닝드레스를 입은 사람들이 함께 어떤 그림 주위에 몰려 있었다. 기본적으로 캔버스에 끈적끈적한 물질을 마구 처발라놓은 그림이었는데, 다들 진지하게 생각하려고 애쓰고 있었다. 그때 로이가 내 옆으로 다가와 귀에 대고 속삭였다. "저 말도 안 되는 그림은 대체 뭐야?"

로이가 가진 힘은 엄청났다. 우연한 사건으로 그가 쓴 편지 한 장이 어떤 위력을 발휘할 수 있는지 확인한 적도 있었다. 나는 퍼거슨 클럽에 입주하면서 군용 지프차를 57번가 서쪽 끄트머리에 있는 주차장 창고에 묵혀두었다. 수개월이 지나고 퍼거슨의 상황이 잠잠해지자 주차장에서 차를 꺼내와 동네에 세워 놓고 다시 타고 다니기로 결정했다. 주차장에 갔고 좁고 지저분한 사무실로 들어가 책상 뒤에 앉아 있는 험상궂은 인상의 관리인에게 차량보관증을 내밀었다.

그는 꾸깃꾸깃해진 종잇조각을 한참 쳐다보았다. 그러고는 고개를 흔들면서 이 종이만으로는 차를 내어줄 수 없다고 했다.(플로리다로 이사한 부모님의 집에 있는) 차량 소유 증명서와 차량 등록증, 운전면허증 등등을 보여주기를 요구했다. 아무리 이의를 제기해도 소용없었다. 결국 울화통이 터져서 소리를 질렀다. 하지만 그것이야말로 그가 원하는 바였다. 그가 나에게 확 다가오더니 내 얼굴에다 대고 소리를 질렀다. "잘 들어. 큰코다치고 싶지 않으면 당장 꺼져! 다시는 내 눈 앞에 나타나지도 마!" 그는 길가로 나를 밀쳐냈다.

집으로 걸어가면서 상황을 되짚어보니 나는 그곳에 들를 때마다 언제나 주차장 뒤로 갔는데, 관리인의 아들처럼 보이는 껄렁껄렁한 어린 놈이 주변을 맴돌면서 거기에 있는 모든 것을 가져가는 게 떠올랐다. 아무래도 그 아이가 내 지프차를 갖고 싶어 해서, 노인이 내 차를 빼앗으려고 하는 듯했다. 뉴욕의 주차장은 마피아가 주무르며 자동차 관련 서류를 새로 준비하는 것은 일도 아니라는 이야기를 언젠가 들은 적이 있었다. 그 노인은 분명히 약삭빠른 사람처럼 보였다.

지노에게 전화를 걸까 생각했으나, 다음 날 로이의 집에서 그에게 이 일을 언급하게 되었다. "스콧을 찾아가봐," 로이가 가볍게 말했다. "차량보관증을 보여주고 편지를 써달라고 해. 그럼 내가 서명하지." 로펌 파트너인 스콧은 그들의 고객인 나에게 즉시 지프를 내어달라고 정중하게 요청하는 편지를 작성했다. 거기에 "로이 콘"이라 서명되었다. 며칠 후, 스콧에게서 전화가 왔다. "켄, 아무 때나 가서 지프차를 찾아오면 돼."

그곳에서는 절대로 심심할 틈이 없었다. 항상 사람들이 집으로 찾아왔는데, 몇몇 새 친구들은 로이의 집에서 만났고 나머지는 우리 동네에서 만났다. 때로는 영화에서나 볼 수 있는 상황을 통해 새 친구가 생기기도 했다.

어퍼 이스트 사이드 주변 거리에서는 잡지 표지 모델들을 어렵지 않게 볼 수 있었다. 하지만 이따금 놀랍도록 아름다운 그녀가 너를 지나칠 때면 심장이 멎을 것이다. 가까운 동네에 바로 그런 모델이 살고 있었고 매디슨 대로에서 가끔 마주쳤다. 옅은 갈색톤 금발에 밤색 눈동자를 가진 그녀는 당연히 깡마른 몸매였다. 그녀가 옆을 지나갈 때면 누구나 뒤돌아 쳐다보았다.

어느 날 오후, 방에서 음악을 틀어놓고 그림을 그리는데 내 방에 노크하는 소리가 들렸다. 친구인 줄 알고 문을 활짝 열어젖혔다. 놀랍게도 바로 그녀가 내 앞에 서 있었다. 꿈이 아니었을 뿐만 아니라 게다가 그녀는 비탄에 빠진 소녀였다! 그녀는 자신의 이름이 알렉산드라 킹 Alexandra King이라고 소개하고 가까운 매디슨 대로에서 역시 모델인 두 친구와 함께 한 아파트에서 살고 있다고 했다. 그녀는 우리들이 휩싸인 퍼거슨 클럽의 법률 소송 사건과 내가 관련되어 있다는 이야기를 들어서, 자신의 아파트 문에 막 붙여진 서류에 대하여 나의 견해를 구하러 왔다.

물론 나는 그녀를 집으로 들어오라고 했고 이 분야의 전문가답게 그녀가 가져온 서류를 읽어보았다. 안타깝게도 그것은 내 방문에 붙어 있던 퇴거 통지와 달리 밑에 판사의 서명이 들어간 진짜 법원 명령이었다.

"그러니까 이게 무슨 뜻이냐면, 집주인이 언제든 아파트에 들어와서 당신의 짐을 다 **빼버리고** 쫓아낼 수 있다는 얘기예요!" 나는 그녀에게 알렸다.

"우리가 언제든 쫓겨날 수 있다고요?" 그녀가 놀라서 소리 질렀다. 그렇다고 하고 무조건 도와주겠다고 말했다. 그녀는 많이 고마워하며 돌아갔다.

두 시간 후, 노크 소리가 또 들렸다. 알렉산드라가 이번에는 두 명의 룸메이트와 함께 찾아왔다. 아니나 다를까 그들은 강제로 쫓겨나는 중이었다. 코앞에 있는 매디슨 대로로 달려갔더니 그들의 아파트 앞에 커다란 트럭이 이중 주차되어 있었다.

"맙소사! 우리 옷들까지 다 가져갈 거야!" 알렉산드라가 비명을 질렀다. 우리는 다 같이 아파트로 뛰어 들어갔다. 세 여자는 미친 듯이 옷장에서 트렁크를 꺼내 옷들을 쑤셔 넣기 시작했다. "서랍장도 가져가고 있어!" 두 남자가 서랍장을 들고 문 쪽으로 향하는 모습에 누군가 소리쳤다. 알렉산드라와 친구들은 깡패들이 현관으로 끌고 가는 바로 그 순간에 서랍장으로 달려가 서랍을 열었다. 그들은 엄청나게 많은 브래지어와 팬티, 잠옷을 나에게로 던졌고 내가 빨래 바구니를 가져와 담았다. 그 후 한 시간 내내, 밍크코트를 입고 푸들과 함께 걸어가는 행인들에게 놀라움을 안겼다. 램프와 의자, 상자 등 뭐든지 트럭에 실려

가기 전에 우리는 닥치는 대로 집어서 매디슨 대로를 지나 내 집으로 날랐다.

우리는 완전히 지쳐서 내 방에 뻗은 채로 어떻게 된 일인지 되짚어봤다. 그녀들은 뉴욕의 오랜 사기 수법의 피해자였다. 알렉산드라와 친구들은 빌린 집을 다시 빌린, 즉 전대轉貸 아파트에 살았던 것이다. 그녀들은 원래 세입자에게 월세를 지불했지만 원래 세입자는 아파트로 돌아올 생각이 없었으므로 그녀들로부터 받은 월세를 집주인에게 주지 않고 꿀꺽했다. 그래서 강제 퇴거가 이루어진 것이었다.

일주일 후, 나는 그들이 이스트 67번가 근처의 새 아파트로 이사하는 것을 도와주었다. 그녀들은 아직 강제 퇴거의 충격에서 벗어나지 못한 상태였다. 우리는 햄버거를 먹으며 힘든 인생을 한탄하고 새로운 자살 방법을 궁리했다. 뭐 어쨌든 결과적으로 알렉산드라와 친구가 되었고 그녀가 모델 친구들과 함께 종종 놀러왔다.

어느 날 밤에 로이가 나에게 클리닉의 자금 정보, 특히 민간 자금줄에 대한 정보를 얻어낼 수 있는지를 물었다. 나는 한번 알아보겠다고 했다. 그 다음 토요일 밤에 토니와 밤늦게까지 놀다가 새벽 3시경에 귀가했다. 클리닉 사무실은 내 방과 같은 층의 뒤쪽에 있었다. 손전등과 장갑으로 무장하고 어두운 로비를 살금살금 지나 클리닉 사무실로 가서 마스터키를 꺼냈다.

문을 열고 곧장 서류 캐비닛으로 향했다. 캐비닛은 잠겨 있지도 않았고 역시나 "기부 명단"이라는 서류파일이 있었다. 적어도 2.5센티미터 두께는 되어 보였다. 서류를 전부 다 빼내고 다른 서류파일의 서류를 채워 넣었다. 그리고는 클리닉의 자금줄과 관련 있는 서류를 좀 더 찾았다. 나는 7.6센티미터 두께 정도의 서류 뭉치를 가지고 떠났다.

서류꾸러미를 로이에게 전달했다. 그가 분명 흥분할 만한 자료였고 역시나 그가 "매우 만족"했다는 연락을 받았다. 하지만 그 후로 나는 그 일을 다시는 언급하지 않았고 로이도 마찬가지였다.

그 직후, 미 육군 매카시Army-McCarthy 청문회에 관한 책을 구입했고 로이에게 사인을 부탁했다. 1950년대에 있었던 조 맥카시 상원의원과 그의 보좌관 로이 콘을 중심으로 한 유명 사건이었다. 그들은 2차 세계 대전 이후 미 육군에 침투한 공산당 스파이를 조사했다. 그들의 노력으로 어빙 페레스Irving Peress라는 이름의 육군 치과의사이자 공산당원이 중요 정보를 수집할 수 있는 자리에 배치될 때까지 부당한 고속 승진을 했다는 사실이 폭로됐다. 그럼에도 불구하고 그들은 페레스를 승진시킨 배후 인물을 끝내 밝혀내지 못했다. 그것은 책에도 끝내 밝혀지지 않은 미스터리로 남았다. 로이는 책에 이렇게 사인했다. "켄에게, 너라면 페레스를 승진시킨 사람이 누구인지 알아냈을 거야. 행운을 담아, 로이."

어느 날 밤, 지노가 자신이 "일하는" 51번가의 레스토랑에서 전화를 걸어왔다. 현재 이미 20년 치 올리브 오일을 공급받은 레스토랑이었다. "케니, 여기로 좀 와봐. 널 위한 건수가 있어." 뒤쪽의 구석 테이블에서 술을 마시며 지노는 그와 레스토랑 주인인 숙부가 경매회사를 열고 싶어 하는 한 사업가를 만났다고 말했다.

"그래, 벌써 우리 형 소유의 길 건너편 빌딩을 임대해줬어. 그 사업가가 골동품에 대해 잘 아는 사람을 찾고 있거든. 사업을 처음 시작할 때 도움을 줄 수 있는 사람 말이야. 그래서 골동품에 대해 잘 아는 사촌이 있는데 적임자라고 말해뒀어. 너 어떻게 생각해?"

"뭐, 알았어요, 지노. 하지만 그 사업이 될 거라고 생각하세요?" 내가 물었다.

"당연히 못하지. 멍청한 놈이거든. 자기가 뭔 지랄을 하는지도 몰라. 하지만 우리는 그의 돈을 보고 도와주는 거야. 알겠지?"

"오, 알았어요, 뭐, 좋죠, 누구예요?" 내가 물었다.

"이름은 로저Rodger야. 오늘 저녁에 여기로 올 거야. 네가 적임자라고 말해 둘께." 그날 저녁, 지노는 로저에게 나를 소개했다. 쓰리 피스 양복을 입고 온 로저는 촌스러운 영국 악센트로 말했고 "뼈대 있는 가문" 출신이라고 허세를 부렸다. 로저는 파크 버넷에 버금가는 경매회사를 열겠다는 착각에 빠져 있었다. 창고에는 미술품 딜러들이 맡긴 골동품으로 가득했으나 그 중 90퍼센트는 딜러들이 팔지 못하는 물건이었다. 로저는 특유의 귀족적인 태도로 빌딩을 인테리어하고 있는 인부들의 업무를 "관리 감독"하고 골동품의 분류 및 목록 작성을 도와줄 사람이 필요하다고 말했다. 그는 나에게 직위를 제안했을 뿐만 아니라 일주일에 현금 200달러를 주겠다고 했다. 그밖에 내가 어시스턴트를 찾으면 임금을 지불하겠다고 했다.

내 집에 자주 놀러 오는 친구 중에 모리스Maurice라는 잘생긴 20대 라틴계 청년이 있었다. 그는 꽁지머리를 하고 검정색 옷을 입고 다녔으며 엘사 퍼레티Elsa Peretti가 디자인한 주얼리를 좋아했다. 68번가 할스턴 Halston 바로 옆 고급 미용실 사부Sabu에서 파트타임으로 일하고 있었다.

전 영부인 재클린 오나시스Jacqueline Onassis나 영화배우 라이자 미넬리Liza Minnelli 같은 VIP들만 받는 작은 규모의 미용실이었다. 모리스는 근처 부티크에서 일하는 사람들을 다 알았고 구찌나 생로랑, 샤넬 등 훔친 명품들을 은밀하게 거래하기도 했다. 루이비통 더플 백을 들고 다니며 이집 저집 신세졌고 지금은 내 집에서 임시로 머물려고 눈독 들이는 중이었다.

모리스가 상습적인 도둑에 마약 중독자이며 성적으로 문란하고 병적인 거짓말쟁이라는 사실을 알았지만, 로저를 위해 적당한 사람을 빨리 떠올려야만 했다. 그는 이러한 단점에도 불구하고 이를 만회할 만한 몇 가지 장점이 있었다. 일단 세련된 외모를 가졌고 유럽 악센트를 사용하며 자주 도미니크Dominique와 함께 나타났다. 도미니크는 아름답고 천진난만한 푸에르토리코 출신의 19세 소녀였다. 근처 부티크에서 일하고 모델 일도 하는 그녀는 너무도 자유분방했고 고야의 그림에서 튀어나온 듯한 눈동자를 가졌다.

"네. 어시스턴트로 쓸 만한 사람이 있습니다." 다음 날 나는 로저에게 알렸다. "나와 미술 작업을 같이 하는 유능한 친구예요. 필요하시면 안내 데스크에서 일할 젊은 여성도 알고 있습니다." 로저는 매우 기뻐했고 악수를 하면서 월요일에 갤러리로 동료들을 데리고 오라고 했다.

그 사이, 모리스가 루이비통 더플 백에 도미니크까지 데리고 주말에 우리 집에 왔다. 우리는 시간을 보내려고 와인도 몇 병을 마시고, 모리스가 친구들에게 팔려고 훔친 최신 명품들로 패션쇼 놀이를 했다.

월요일 아침에 어울리게 차려입고 모리스와 나는 고급 경매회사로 변신할 공사현장으로 갔다. 모리스와 나는 곧바로, 도미니크는 개업일부터 일을 시작하기로 합의했다.

그 후 3주 동안, 우리는 골동품을 운반하고 카탈로그를 정리하고 인부들에게 지시를 내리면서 녹초가 되도록 일했다. 창고물품을 파악하고 로저가 미술품 딜러들에게 허용한 판매 최저가가 말도 안 되게 높다는 사실을 보게 되었다. 로저는 자신이 뭐를 해야 할지를 정말 몰랐고, 실패로 끝장날게 분명해졌다.

개업일이 다가올수록 미친 듯이 일했다. 로저는 예정일에 맞춰 모든 준비를 끝내면 우리에게 보너스를 주겠다고 약속했다. 개업을 하루 앞둔 밤에 보너스는 구경도 하지 못했을 뿐만 아니라, 지난주 주급까지 밀린 상태였다. 그래도 나와 모리스, 도미니크는 갤러리 안이 꽉 들어찬 모습에 뿌듯했다. 안타깝게도 로저는 직접 경매사로 나서기로 결정한 터였다.

판매가 시작되었지만 여러번 유찰되었다. 한 시간이 지났지만 고작 6점 정도가 최저가로 낙찰되었다. 장내가 동요하기 시작했다. 마침내 작은 체구의 혈기왕성한 여성이 순서를 기다렸던 중국 램프를 들고 연단으로 다가갔다.

"이봐요. 선생님, 더는 못 기다리겠어요. 이 물건 좀 다음 차례에 경매할 수 있나요?" 로저는 그녀의 요청을 들어줌으로써 몰락을 자초했다. 잠시 후 다른 누군가 그녀의 예를 따라 조각품을 다음 경매에 올려달라고 요청했다. 그러자 사실상 사람들이 우르르 몰려들어 요구하기 시작했다. 여기저기서 싸움이 벌어지고 고함이 오가더니 말 그대로 폭동이 일어났다. 심장마비를 일으키기 직전의 로저는 병적으로 흥분해서 뛰어다니며, 사람들의 손에서 물건을 잡아채고 귀청이 떠나가라 큰 소리로 떠들어댔다. 위탁자가 대부분을 차지하는 한 무리의 사람들이 도난을 우려해 물건을 들고 한꺼번에 문 밖으로 나가려고 했다.

"이런 제길!" 내가 모리스와 도니미크에게 소리쳤다. "깔려 죽기 전에 여기서 얼른 나가자." 문 밖으로 달려가면서 마지막으로 본 것은 로저가 양탄자 한 무더기를 가지고 싸우는 아르메니아Armenian 딜러들에 의해 앞뒤로 밀쳐지는 모습이었다.

내 집으로 돌아와 와인 병을 열었을 때 떠오르는 생각이 있었다. "바에 술이나 마시러 가자. 경매장을 지나면서 로저가 아직 살아 있는지 보자.

시간은 10시로, 3번 대로를 지나 51번가로 갔다. 경매장은 불이 꺼지고 문도 잠겨 있었다. 창문으로 봤더니 마치 태풍이 휩쓸고 지나간 자리 같았다. 엉망진창인 상태를 곰곰이 생각하면서 우리 셋은 동시에 좋은 아이디어가 떠올랐다.

"열쇠 가져왔어?" 모리스가 물었다.

"아니. 집에 놓고 왔어." 곧장 택시를 타고 68번가로 달렸다. 옷장을 열어젖히고 우리 셋은 가방이란 가방에서 전부 옷을 꺼냈다. 잠시 후, 우리는 빈 가방을 가지고 택시를 타서 51번가로 다시 향하고 있었다.

"아, 정말 멋진데!" 모리스가 말했다.

"그래. 이제 로저는 끝났어. 우리는 보너스 절대 못 받을 거야." 내가 말했다. 도미니크는 그저 마돈나 같은 미소를 지으며 거기에 앉아 있었다. 5분도 안 돼, 우리는 경매장에서 모든 값나갈 만한 물건을 가방에 잔뜩 쑤셔 넣고 있었다. 한 시간 후, 내 방으로 돌아와 모든 물건을 중국 카펫 위에 내놓고 정리했다. 청동 제품과 은제품, 티파니 유리잔, 배터시 상자Battersea box(18세기에 처음 만들어진 애나멜이나 도자기 재질의 작은 장식품-역주), 상아 조각품 등 그밖에 많이 있어 합치면 큰돈이 되었다. 완벽했다. 그날 밤 경매장 밖으로 물건이 얼마큼 빠져나갔는지는 아무도 몰랐다.

훔친 물건을 알렉산드라의 아파트로 옮겨 놓은 이틀 후, 관할 경찰서로 불려가 조사를 받았다. 로저는 몇 만 달러의 골동품을 잃어버렸고 공식적으로 "폐업"했다. 나는 토니의 본보기로 해서 경찰에 사라진 골동품에 대해 전혀 모른다고 진술했고, 사건은 그렇게 일단락되었다.

～

건네준 클리닉의 개인 기부자 파일을 로이가 어떻게 사용했는지는 어림짐작만 하고 있었다. 그런데 그가 파일을 받은 뒤 얼마 후, 나에게 클리닉의 운영에 눈에 띄는 변화가 있는지를 물었다. 활동이 줄어들었고 카운슬러 몇 명이 해고되었다고 대답했더니, 로이는 흡족한 듯 고개를 끄덕이며 말했다. "천천히 죽어가고 있는 거지."

레비는 중압감으로 쓰러질 지경이었다. 나의 배짱을 싫어했으며 나를 쫓아내려 두 번째 시도를 했다. 이번에는 레비가 퇴거 전문가를 고용해 일을 처리하려고 한다는 소문이 들렸다. 게다가 레비 자신이 직접 법정에 출두해 나에게 불리한 증언을 할 것이고, 루벨도 나올 예정이었다.

그 말을 들은 로이는 "걱정하지 마. 나한테 서류 가져와. 내가 알아서 처리해 줄께"라고 말했다. 회의적인 반응이 좀 들었다. 로이 같은 변호사가 임대인과 임차인 분쟁 법정에 죽어도 나타날 리 만무하지 않은가. 그렇기는 하지만, 재판 당일에 우리는 그의 리무진을 타고 법원으로 향했다.

법원에 도착하자 변호사 마이크 로젠 그리고 로이의 변호사 서기를 만났다. 그들은 판사의 방에서 회의가 예정되어 있었고 언제 끝날지 알 수 없었다. 로이가 말했다. "좋아, 법정에 가서 기다리고 있어. 이름이 불리면 판사한테 너의 변호사가 다른 사건 때문에 205호실에 있고 곧 온다고 얘기해." 그들은 일을 보러 갔다.

법정에 들어가니 청문회가 진행 중이었다. 자리를 잡고 앉아 둘러보았다. 갑자기 내 시선이 레비와 루벨, 각오가 대단해 보이는 험상궂은 인상의 변호사가 보내는 차가운 시선과 마주쳤다. 그들은 나로부터 6미터도 떨어지지 않은 벽에 기대어 있는 벤치에 앉아 있었다. 자기들끼리 속닥거리다가 나를 보고 미소 지었다.

그들은 처음에 나를 쫓아내려고 했을 때처럼, 이번에도 내가 혼자 왔다고 생각하는 게 분명했다. 그래서 일부러 불안해하는 척했다. 레비는 내내 즐거워 보였다. 그렇게 한 시간 가까이 흘렀고 그들은 내가 혼자 온 게 분명하다고 확신했다. 우리 사건 번호가 가까워질수록 초조해지기 시작했다. 반면 레비는 기뻐서 어쩔 줄 모르는 표정이었다. 그때 문에 달린 작은 창문을 통해 밖에서 안을 들여다보는 마이크 로젠

이 보였다. 몇 초 후, 문이 열리고 백만장자 특유의 선탠한 피부에 던힐Dunhill 양복 차림의 로이가 당당하게 걸어 들어왔다. 마이크와 변호사 서기가 서류 가방을 들고 그의 뒤를 바짝 따랐다. 그뿐만 아니라 앤과 론, 지노까지 나타났다.

법정이 술렁거리면서 사람들이 "로이 콘이야"라고 수군거렸다. 판사는 정숙하라고 말하면서도 유명 변호사가 그녀의 법정에 나타난 사실에 꽤 흥분한 듯했다. 로이와 마이크가 내 양쪽에 앉는 순간 나는 적들을 보며 환한 미소를 지었다. 레비는 금방이라도 토할 것만 같았고 루벨은 시체처럼 보였으며 퇴거 전문 변호사는 짐을 챙겨서 나가야겠다고 생각하는 듯했다.

로이는 곧바로 본론으로 들어갔다. 변호사 서기가 서류가방에서 한 무더기의 서류를 꺼냈다. 솔직히 감동이었다. 하지만 로이는 거들먹거리면서 나와 마이크에게 서류를 건넸다. 건네준 서류 몇 장을 들여다보니, 내 사건과는 아무런 관계도 없는 것들이었다. 그냥 허세였다.

로이가 내게 귓속말을 했다. "상대측에서 네가 1년 넘게 월세를 내지 않은 이야기를 꺼내면 내가 판사한테 뭐라고 해야 하지?" 잠깐 이 문제로 생각해 보았다. 그때 떠오르는 것이 있었다.

"내가 사인한 가짜 채권 얘기를 하세요!" 이번에는 내가 로이를 웃게 만들었다.

우리 사건 차례가 되었고, 판사는 로이가 벤치로 다가오는 모습에 잔뜩 흥분한 표정이었다. 레비가 내놓은 비장의 카드인 퇴거 전문 변호사도 로이 옆으로 거들먹거리며 걸어갔지만 절대로 승산 없는 게임이었다. 사건 기록을 전달 받은 로이는 판사에게 원고측 변호사와 이야기를 나누려고 하니 5분간 지연해 달라고 요청했다. 판사가 허락했고, 로이는 변호사와 레비를 복도로 데리고 나갔다. 몇 분 후 문이 열리고 로이가 양처럼 순해진 상대측 변호사를 데리고 다시 판사 앞에 섰다. 레비는 복도에 남아 있었고 루벨은 도망쳤다.

"존경하는 재판장님." 로이가 시작했다. "뉴욕 대법원에서 이스트 68번가 35번지 건물의 거주권이 있는 사람이 결정될 때까지, 원고측이 제 의뢰인 페레니 선생에 대한 소송을 취하하고 퇴거와 관련한 모든 행동을 보류한다고 합의한 기록을 읽어드리고 싶습니다."

복도에서 앤과 론, 지노가 나를 축하해주고 있을 때 한 무리의 사람들이 로이를 둘러쌌다. 법정 방청객들도 있고 인사와 악수를 하려는 변호사들, 사인을 원하는 사람들도 있었다. 모르는 사람이 보면 전 세계적으로 큰 사건에서 승소한 줄 알 것 같았다.

그 일이 있은 지 얼마 후, 로이의 비서로부터 긴급한 전화를 받았다. 당장 와달라고 했다. 로이의 사무실에 도착한 나는 가슴이 쿵하고 내려앉았다. 로이가 자신의 책상 뒤에 앉아 있었고, 그 옆에 인카운터 사건을 맡은 변호사가 서 있었다. 그들은 바닥을 내려다보고 있었다. 곤란한 문제가 생겼음을 알았다.

"읽어봐." 로이가 책상에 앉은 채로 편지를 던지며 말했다. 얼굴에서 핏기가 싹 가시는 느낌이었다. 불리한 판결이 난 것이 분명했다.

그것은 맨 위에 뉴욕 시 직인이 찍힌 인상적인 서류이지만, 클리닉의 주정부 자금원인 중독치료 서비스국Addiction Services Agency의 대표가 클리닉에 보내는 서류였다. 가장 직설적으로 예산 삭감과 프로그램의 비효율성으로 인카운터에 대한 지원이 취소되었다고 통지했다. 고개를 들어보니 로이와 변호사가 웃고 있었다.

클리닉이 짐을 싸서 나가는 것은 이제 시간 문제였다. 레비는 신경쇠약증에 걸려서 입원을 해야만 했다. 피비는 세상을 떠났고 그녀의 제국은 로이 콘 덕분에 갖가지 소송과 IRS국세청, 주정부와 얽혀서 무너지기 시작했다. 게다가 모든 것이 빚으로 인한 것이었다. 이고르는 빈 털터리가 되어 골동품을 챙길 수 있는 만큼 챙겨서 요크빌의 작은 아파트로 이사했다. 케빈과 앨런은 오토바이로 뉴욕을 떠나 남쪽으로 가는 모습이 마지막으로 목격되었고, 루벨은 "남성 매춘 알선" 혐의로 체포되었다.

마셜 매니지먼트는 더 이상 존재하지 않았다. 회사의 자산은 보상금 지불을 위해 매각되었고, 클리닉도 모든 기록과 사무실 집기를 그대로 남겨둔 채 떠났다. 주정부 회계감사관들이 들이닥쳐 남은 물건들을 확인하고 뒷방 하나에 전부 넣고 봉쇄했다. 그때부터 남은 입주자들이 꾸려나가야 했다.

나는 생사가 걸린 일처럼 그림을 그렸다. 그것은 여전히 내 주머니에 현금을 넣어주는 유일한 수단이었다. 나는 아드리안 브라우버르 Adriaen Brouwer[17] 같은 화가들을 포함해 더 다양한 네덜란드 화가의 그림

---

17 **아드리안 브라우버르**(1605~1638) 17세기 초 플랑드르와 네덜란드 공화국에서 화가로 활동했으며 풍속화에 있어서 중요한 혁신가로 기록된다. 그는 선술집과 시골을 배경으로 농부, 군인 등 여러 하층민의 생활을 생생하게 그려냈다.

을 그렸고, 본위트 쇼핑백을 들고 시내를 다니며 그림을 팔았지만 언제까지나 그 일을 계속할 수는 없는 노릇이었다.

나는 로이의 집인 39번지에서 많은 시간을 보내면서 그를 더 잘 알게 되었다. 앤의 설명대로 로이는 단순히 거물급 변호사가 아니었다. 그의 타운하우스는 음모가 벌어지는 현장으로, 로이가 모든 것을 지휘했다. 유명 인사와 정치인, 성직자, 조직 폭력배, 랍비, 사업계 거물 등 다양한 사람들이 밤낮 할 것 없이 들락거렸다.

사람들은 저마다 온갖 문제를 안고 로이를 찾아왔다. 로이는 최고의 실세였으며 그에게는 한계가 없었고 합법적이든 아니든 가리지 않았다. 아무리 힘 있는 변호사라도 불가능한 일들을 그는 가능하게 만들었다. 당신이 공인으로 타협할 수 없는 입장에 빠졌다면, 어쩌면 당신이 판사나 영화배우, 심지어 추기경일지라도 당신은 변호사가 아닌 로이 콘이 필요했다!

첫 대면부터 로이의 친구 중 한 명은 나에게 약간의 조언을 친절하게 해주었다. "여기서는 질문도 하지 말고 험담도 하지 마. 로이 귀에 들어갔다가는 끝장이거든." 그렇지만 그곳은 전체적으로 소문의 온상이었다. 그것은 로이가 좋아하는 취미 중에 하나였다. 어느 정도 익숙해졌을 때, 나는 로이가 조직을 거느리고 있음을 알게 되었다. 그의 인맥에는 그 어떤 사설탐정보다도 정보 입수에 탁월한 전직 FBI 요원과 "아무것도 묻지 않고" 임무를 수행할 준비가 되어 있는 열쇠 전문가, 로이의 명령이라면 당장 움직일 경찰들, 일정한 주기로 바뀌는 잘 차려입은 젊은 남자들이 포함되었다.

"로이는 대법원 판사들까지도 마음대로 주무를 수 있지," 어떻게? "로이가 임명시킨 판사들이거든!" 그렇다면 정치인들은? "정치인들이야말로 가장 식은 죽 먹기지. 전화 한 통만 하면 되거든." 마피아는? 로이는 확실히 마피아들과 특별한 관계를 맺고 있었다. 그는 감비노 가문의 변호사였다. "간단해, 로이가 바로잡지 못하거나 해결하지 못할 일은 없어." 어느 날 밤, 나는 체즈 매디슨Chez Madison에서 술을 마시다 로이의 수다스러운 친구로부터 들었다.

"정말요?" 나는 더 자세히 듣고 싶었다.

"물론이지," 그는 기대되는 말을 했다 "사라지게도 한다니까?" 그는 계속 했다.

"뭘요?" 피자만큼 크게 귀를 쫑긋 세우고 물었다.

"범죄 형량이 터지기 직전의 뉴스. 증거 보관실의 증거들. 증인들의 기억, 때로는 증인이 사라지기도 하지. 중대한 사안이라면 로이는 어떤 식으로든 처리할 수 있어. 이해가 돼?"

이해가 되었을 뿐만 아니라 나도 참여하고 싶었다. "항상 작은 서류 가방을 들고 나타나는 스마트한 젊은 남자들은요? 변호사가 아닌 건 확실한데."

"아, 그들은 로이의 사업체를 운영해. 일주일치 매상을 가져오는 거지." 그냥 사업체가 아니었다. 뉴저지의 포르노 극장과 그랜트 센트럴 역의 핫도그 판매대처럼 현금만 취급하는 사업체였다. 이러한 사업들은 마피아들이 했으나 로이에게는 특별히 "허가"가 되었다.

어느 날 저녁, 로이가 전화해 그의 집으로 오라고 했다. 그는 거실에서 마틴 샴브라Martin Shambra를 소개해주었다. 20대 후반의 샴브라는 뉴올리언스New Orleans에서 가장 성공한 식당 중 하나인 마티스Marti's의 주인이었다. 로이는 자신들의 계획에 대해 이야기했다.

"우리가 너희 타운하우스를 사서 회원 전용 고급 클럽으로 바꿀까 생각 중이야. 너를 매니저로 쓸 거고."

"하지만," 그의 말이 이어졌다. "네가 지금 쓰는 방은 포기해야 돼. 대신 맨 위층 방을 리모델링해줄 거야. 지노는 지금 방을 그대로 쓰면서 보안 책임을 맡을 거고."

말할 필요도 없이 나는 퍼거슨에서 계속 살 수 있다면 뭐든 할 생각이었기에 그 소식을 듣고 흥분했다.

"네 그림을 걸어 놓고 팔아도 돼." 로이가 제안했다. 너무 기뻐서 감정이 북받쳐 올랐다. 분명히 그가 그의 젊은 친구들에게 했던 제안 중에서 가장 흥분되는 직책이었기에 우쭐해졌다. 몇 시간 동안 타운하우스를 내 명의로 할 것이라는 사실을 포함해서 세부적인 사항을 논의한 난 다음, 구름 위를 걷는 기분으로 그의 집을 나왔다.

로이는 이제 자주 들렀다. 내가 어떻게 혼자 힘으로 사는지, 특히 어떻게 돈을 버는지를 궁금해했다. "네덜란드" 그림을 보여주면서 자세한 설명 없이 그냥 "부업으로 그것들을 팔아요"라고 털어놓았다.

"마티한테 이 그림들에 대해 알려줘야겠군." 로이가 벽에 걸린 "반 고이엔" 그림을 보며 말했다. "마티는 미술품하고 골동품을 수집하거든. 아마 좋아할 거야. 마티에게 사실대로 말해. 그는 멋진 친구야." 나는 캐슬에서 지냈던 시절에 그린 자그마한 초현실주의 그림을 가지고 있었다. 관심을 보이는 로이에게 선물로 주겠다고 했다. 나중에 그의 운전기사 알AI은 나에게 로이가 300달러를 주고 그림에 액자를 씌웠다고 말해주었다.

얼마 지나지 않아 마티가 나를 찾아왔다. 로이의 친구이자 그들이 계획한 클럽 사업의 관리를 맡기로 한 마티는 나에게 잘 보이려고 안달이었다. "네덜란드" 그림을 보여주고 내가 무슨 일을 하는지 설명했다. 그는 깊은 인상을 받았고 그 자리에서 현금 1,600달러에 두 점을 구입했다. 더욱 중요한 것은 진행 중인 나의 현대 예술 작품 창작 컬렉션에도 흥미를 보였다. 그 자신도 화가이고 에머리히 갤러리Emmerich Gallery에서 열릴 작품 전시회를 준비 중이었다. 그는 내 "네덜란드" 그림에 관심을 가질 만한 골동품 딜러을 소개해준다고 했을 뿐만 아니라, 게다가 나의 현대 예술 작품 창작에도 도움을 줄 수 있을 것 같다고 제안했다.

다음 날 저녁, 마티가 3번 대로에 있는 레스토랑 사인 오브 더 도브 Sign of the Dove에서 저녁 식사를 함께 하자고 나를 초대했다. 뉴욕시 바로 북쪽에 위치한 나이액Nyack에서 사업을 크게 하고 있는 골동품 딜러 폴 가벨Paul Gabel을 소개해주는 자리였다. 폴은 뉴욕 시내의 딜러들과 많은 거래를 했고 뉴올리언스에도 특별한 연줄이 있었다.

폴이 식당 지배인의 안내로 우리 테이블로 왔고 소개가 이루어졌다. 그는 40대로 온화한 성품이었다. 평생 이쪽 일을 해온 덕분에 인맥이 상당했고 옛 시대의 그림에 특히 관심이 많았다. 마티의 말대로 그는 한시라도 빨리 내가 그린 가짜 그림을 보고 싶어 했다.

이틀 후, 폴이 나를 방문했다. 그는 내 방을 보고 감탄했고, 벽에 걸린 나의 "네덜란드" 그림 두 점을 보여주자 똑같이 감탄했다. "네가 그런 그림을 계속 그릴 수 있다면, 어디에 그것들을 놓아야 할지 내가 알고 있어." 근처 카페에서 점심을 먹으며 폴이 말했다. "어디에 그것들을 놓는다"라는 게 구체적으로 무슨 뜻인지 잘 몰랐지만 묻지 않았다. 그림 한 점을 그에게 주었고, 일주일 후 그는 현금을 들고 다시 찾아왔다. 남은 그림 하나를 주었고, 앞으로 고정적인 수입이 생길 것 같았다.

정말 내 집처럼 편안한 어퍼 이스트 사이드에 다시 한번 평화로운 나날이 찾아왔다. 근처에는 앤디 워홀의 집도 있었다. 예전에 시내에서 그랬듯 동네에서 마주칠 때면 적어도 할스턴에서 했던 것처럼 "안녕"이라고 서로 인사를 했다. 나는 여전히 나의 창작 컬렉션이 준비되는 대로 앤디 워홀에게 정식으로 내 소개를 하고 집으로 초대할 생각이었다. 하지만 그때는 로이의 계획과 퍼거슨 매입에 온 신경이 쏠려 있었다.

퍼거슨의 판매가는 12만 달러였다. 로이는 8만 5천 달러를 제시했고, 판매자도 구매자도 한 치의 물러섬이 없었다. 그 거래가 너무 오랫동안 질질 끌리자 불안해지기 시작했다. 그때가 1975년 여름이었고, 로이의 39번지 타운하우스에 폭풍이 휘몰아치기 직전이라는 소식이 들렸다.

퍼거슨 건물을 구입하려는 계획을 세운 이후로 로이의 집에는 새로운 얼굴들이 잔뜩 보이기 시작했는데, 대부분 마티의 친구들이었다. 그들이 전혀 마음에 들지 않았던 로이의 "특별한 친구"인 데이브 태킷은 그 거래를 무산시키기 위해 나섰다. 이제 나는 실망하는데 익숙해진 상태였지만 이번에는 적어도 사전 경고가 있었다. 손해 보는 일이 다시는 없도록, 나는 길거리로 쫓겨날 경우를 대비하기 시작했다.

은퇴 후 플로리다로 이사한 부모님을 본 지 오래되었다. 플로리다로 가서 부모님이 어떻게 지내시는지 보는 게 좋을 뿐만 아니라, 68번가의 일이 잘 풀리지 않을 경우를 대비해서 만일의 사태에 대한 계획도 세워놓는 것이 좋을 것 같았다. 내가 모은 값나가는 물건들이 뉴욕 시내 여기저기에 흩어져 있었다. 토니가 워런 클럽에서 훔쳐다 준 장식장과 폐업한 로저의 경매장에서 "급여" 대신 가져온 물건들로 가득한 더플 백 등. 이것들은 알렉산드라의 아파트에 있었다. 어느 날 아침, 그것들을 지프 오픈카 뒤쪽에 실었기에 날씨가 좋기만을 기도하며 사흘 밤낮을 달려 플로리다의 하얀 모래 해변에 도착했다.

나는 퍼거슨의 로비에 놓인 아름다운 17세기 이탈리아식 길쭉한 사각 테이블을 챙기지 않고 68번가를 떠날 생각은 추호도 없었다. 특히 이고르 때문에 피해를 본지라 더더욱 그랬다. 그래서 플로리다를 떠나기 전에 지프차와 가져온 골동품들뿐만 아니라 그 길쭉한 사각 테이블까지 들어갈 정도로 공간이 넉넉한 싸구려 창고를 구해놓았다. 이러면 내가 플로리다를 접고 뉴욕에 돌아올 때 나를 기다리는 뭔가가 있다고 판단했다.

일광욕을 잔뜩 하고 아침, 점심, 저녁으로 어머니가 차려준 라자냐와 송아지고기 파마장veal parmigiana 요리로 재충전을 완료한 나는 비행기로 뛰어 올라 뉴욕시로 날아갔다. 내가 돌아왔을 때는 8월이었는데, 도시가 죽어가고 있었다. 로이는 뉴욕에 없었고 타운하우스 거래는 아무런 진척도 없었다. 언제까지나 타운하우스에서 살 수 없다는 것은 확실했지만, 당시로서는 어떻게 해야 할지 몰랐다. 하지만 그 후로 결심을 확고하게 하는 일련의 사건들이 일어났다.

호세José는 내가 어퍼 이스트 사이드에서 사귄 다른 새 친구였다. 나보다 몇 살 어린 그는 매디슨 대로 모퉁이 근처의 아파트를 미용사와 같이 쓰고 있었다. 호세는 사랑스러운 품성으로 모두가 그를 좋아했다. 동물 병원에서 동물을 보살폈고, 코스타리카 출신인 부모님은 마이애미에 살았다.

호세와 그의 룸메이트는 임대 계약을 놓쳐 당장 머물 곳이 필요한 신세가 되었다. 나는 호세가 미술과 그림을 좋아한다는 사실을 알고 있었다. 실제로 한번은 그가 직접 그린 그림을 나에게 가져와 보여주기도 했다. 그래서 불확실한 나의 처지에도 불구하고, 호세에게 퍼거슨의 내 방으로 들어와 살라고 말했다. 퍼거슨은 너무 조용해서 그가 들어와 산다고 해도 누구 눈에 띌 리 없었고, 그의 이사와 함께 좋은 생각도 떠올랐다.

어쩌면 로비에 놓인 17세기 이탈리아식 길쭉한 사각 테이블을 손에 넣을 수 있는 완벽한 타이밍이자 마지막 기회일 수도 있었다. 아니, 테이블 말고도 뭐든지 가져갈 기회일지도 모른다!

로이를 통해서 알게 된 사교계 명사인 케이 엘Kay L.이 언젠가 재미있는 이야기를 들려주었다. 어느 날 오후에 이웃의 비명 소리가 들려서 그녀가 그 이웃 여성이 사는 층으로 달려갔더니, 5번 대로에 위치한 방

열 개짜리 집이 완전히 싹 비워져 있고 그 이웃 여성은 반쯤 정신이 나가 있었다고 했다.

알고 보니 그 이웃 여성의 전 남편은 로이의 의뢰인으로, 로이가 그녀에 맞서 유리한 판결을 받아냈다. 그녀가 쇼핑하러 간 불과 세 시간 사이, 로이는 경찰과 이사 트럭 세 대, 열쇠 전문가를 동원해서 집에 있는 물건을 싹 쓸어갔다!

왜 비슷한 방법을 적용하지 않겠어? 이고르와 루벨은 이미 떠났다. 퍼거슨은 혼란 그 자체로 누구도 집에 있는 물건들을 파악하러 온 적이 없었다. 호세의 도움으로 나는 집에 있는 모든 골동품 고가구를 내 방으로 옮겼다. 그런 다음 도둑처럼 한밤중에 옮기는 것이 아니라, 이사 업체를 불러 그것들을 치웠다.

집 앞의 차량을 20분 동안 통제하고, 호세와 나는 이사 업체 노스 아메리칸 밴 라인스North American Van Lines 직원들을 도와 골동품 고가구 12점을 트럭에 실었다. 거기서부터 물건들은 그대로 플로리다로 옮겨져 창고에 보관되었다.

그 다음은 클리닉 소유의 물건이었다. 주정부 회계감사관들이 뒷방 하나에 전부 넣고 잠근 다음, 뉴욕 주정부 직인과 함께 주정부의 자산임을 알리는 안내문을 붙여놓았다. 대형 망치로 자물쇠를 한 번 치자 금방 부서졌다. 하룻밤 사이에 계산기부터 타자기까지 모든 물건을 빌린 트럭의 뒤에 싣고, 14번가의 중고 사무용품 업체에 1,400달러를 받고 팔았다.

8

미국 화파

8월 말, 로이는 여전히 휴가 중이었고 퍼거슨 구입도 여전히 결정 나지 않았다. 인카운터 소유의 물건을 팔아서 여윳돈이 생긴 데다 시간도 많았다. 나는 일이 자연스럽게 처리되도록 놔두고 당분간 68번가를 벗어나는 게 상책이라고 생각했다.

그렇게, 호세와 나는 짐을 꾸려 플로리다 탬파Tampa행 비행기를 예약했다. 부모님의 집에서 그리 멀지 않은 마데이라 비치Madeira Beach에 위치한 낡은 주택의 2층을 빌렸다. 우리는 멕시코만Gulf of Mexico에서 수영과 낚시를 즐겼고 잡은 생선으로 직접 요리도 했다. 나는 그림 그리고 싶을 때를 대비하여 나무패널도 몇 개 가져갔다.

그러던 어느 날 밤, 영화를 보고 돌아와 주택 옆에 설치된 계단으로 2층을 올라가던 중이었다. 계단을 다 올라갔을 때쯤 미끄러져서 굴러

떨어졌다. 정신을 차려보니 한쪽 다리가 심하게 부러져 있었다.

다음 날 병원에서 깨어나 보니 심각한 상태였다. 의사는 내 다리가 세 조각으로 부러져서 나사로 뼈를 연결해줘야 한다고 했다. 그뿐만 아니라 앞으로 5개월 동안 허벅지에 깁스를 해야 하고, 목발 없이 걸을 수 있게 되기까지는 1년이 걸릴 것이라는 의사의 말에 심장마비가 올 뻔했다. 그 후로 한 주 내내, 병원 침대에 누워 앞으로 이 위기를 어떻게 견뎌낼지를 고민했다. 호세에게는 원한다면 뉴욕으로 돌아가라고 말했다. 하지만 호세는 나를 병원에 남겨두고 혼자만 갈 수 없다며 정원사 일을 구했다. 이내 퇴원해서 렌트한 작은 집으로 돌아갔다. 침대에 몸을 기댄 채 회복하려면 오랜 시간이 걸린다는 생각에 익숙해지려고 노력했다. 몇 개월이 흘렀다. 그동안 어머니는 집에서 만든 요리를 가져 왔고, 호세는 생활비를 마련하기 위해 매일 일하러 나갔다.

결국 퍼거슨 클럽은 팔렸다. 110만 달러에 건물을 사들인 개발업자는 그곳을 공동 주택으로 분할할 계획이었다. 고급 미용실 사부에서 일하게 된 모리스와 다시 연락이 닿은 것은 얼마 후였다. 그에 따르면 사람들이 하나씩 하나씩 결국 모두 떠나버렸기에 퍼거슨은 관리 불가능한 상태가 되었다. 그러던 어느 날, 모리스는 미용실에서 웬 트럭 한 대가 멈춰 서는 것을 보았다. "잘 차려입은 여러 명이 집으로 들어가서 네 작품들을 전부 가져다 트럭에 싣고 떠났어"라고 말했다. 68번가에 두고 온 모든 것을 잃었다. 지금 중요한 건 앞으로 몇 개월간 살아남는 것 뿐 이었다.

지프가 구세주였다. 플로리다에 있는 창고에서 지프를 꺼내온 덕분에 이동 수단이 생겼다. 내가 그런대로 좋아지자 호세가 운전해서 나를 미술용품 상점으로 데려다주었기에 물감과 붓을 좀 살 수 있었다. 다행히 뉴욕에서 가져온 오래된 옛날 나무패널 네 개가 있었다. 그림을 그릴 수 있도록 호세가 작업대와 의자를 준비해주었다.

나는 나의 새로운 "컬렉션"이 완성되자, 나이액Nyack의 골동품 딜러 폴 가벨과 접촉할 때라는 생각이 들었다. 그에게 벌어진 일들을 설명하면서 지금 플로리다에 발이 묶여 있다고 말했다. 알고 보니 폴은 골동품을 트럭에 가득 싣고, 겨울에 마이애미비치Miami Beach 골동품 전람회에 참여하려고 준비 중이었다. 플로리다에 오는 김에 들려서 내가 어떻게 지내는지 보겠다고 했다.

몇 주 지나서, 렌트한 작은 집으로 폴이 찾아왔다. 그는 자진해서 내가 플로리다 창고에 보관하고 있었던 골동품 몇 점과 막 완성한 "네덜란드" 그림 두 점을 전람회에 가져가서 내게 급히 필요한 현금 마련에 도움을 주겠다고 했다. 오래 기다리지도 않았는데, 폴이 전화로 좋은 소식을 알렸다. 전람회는 성공적이었고, 그가 가져갔던 내 골동품과 그림들도 다 팔렸다.

마침내 깁스를 풀었지만 근육이 다시 붙어 정상적으로 걸으려면 1년이 필요했다. 그동안 호세는 일을 계속했고 나는 집에서 그림을 그렸다. 지역 골동품 가게들은 내가 나무패널을 위해 분해할 수 있는 필요한 가구들을 공급해줬다. 나는 반 고이엔과 반 루이스달 등의 스타일로 완성한 가짜 작품들을 곧장 나이액의 폴에게 보냈다. 그는 그림이 팔리자마자 돈을 보내주었다. 결국 호세와 나는 해변가의 더 큰 집을 빌려서 옮겨갔다.

폴은 내가 제대로 걸을 수 있게 되는 대로 나이액으로 와서 자신의 몇몇 친구들을 만나보라고 했다. 조지 워싱턴 다리에서 북쪽으로 차로 30분 떨어진 나이액은 허드슨강이 내려다보이는 매력적인 오래된 소도시였다. 미국독립전쟁 때까지 거슬러 올라가면 허드슨 강가에 위치해 있던 여러 도시 중 하나이기도 했다. 캐슬에서 지낼 때부터 몇몇 친구들과 오래된 소도시를 답사하러 드라이브를 가곤 해서 익숙한 곳이었다.

1977년 여름, 나는 짐을 꾸려 밤 비행기로 뉴욕에 갔고 라과르디아 LaGuardia 공항에서 폴과 만났다.

다음 날, 나는 허드슨 강가에 위치한 폴의 럭셔리한 고층 아파트에서 일어났다. 테라스로 나가 파노라마처럼 펼쳐진 장관을 바라보며 신선한 공기를 음미했다. 아침 식사 후, 폴이 나이액을 구경시켜주겠다고 했다. 그가 소유한 건물에서, 미술품 딜러들이 임대해서 운영하는 여러 골동품 가게를 방문했다. 소니의 작업실에서 일했던 나의 경력을 알고 있었던 그는 플로리다에 미술품 복원 작업실을 열라고 권했다. 자신이 플로리다로 일거리를 보내줄 것이고, 자신이 소유한 건물의 딜러들에게 얻는 일거리만으로도 바쁠 것이라고 했다. 그리고는 자신의 가게에 가서 파트너인 샌디Sandy를 만나길 바랐다. 샌디는 나의 작품을 봤고 비밀을 알고 있었다.

폴은 19세기에 지어진 프리메이슨Masonic 신전을 구입해 나이액에서 가장 큰 골동품 가게로 개조했다. 그곳은 쓰레기거나 값나가는 가구와 그림, 도자기, 건축물 잔해, 공예품들로 그득했다. 주말마다 뉴욕에서 온 돈 많은 당일치기 여행객들로 발 디딜 틈이 없었다.

폴이 소개해준 샌디는 그다지 인상적이지 않았다. 32세의 나이에 키는 약 165센티미터, 몸무게는 80킬로그램 정도였다. 카우보이 신발을 신고 청바지를 입었는데, 배를 가로지른 커다란 은제 버클이 달린 벨트가 인상적이었다. 큰 머리통에 헝클어진 머리, 과한 콧수염이 마치 만화에 나오는 카우보이 같았다.

샌디는 나이액 현지 출신이었다. 유명 회계사인 아버지 덕분에 은수저를 입에 물고 자랐다. 하지만 문제는 스스로 뭔가를 해본 적도 없고, 부모가 최근에 세상을 떠났다는 것이었다. 샌디는 대략 15만 달러와 호화로운 로클랜드 카운티Rockland County 컨트리클럽의 공동 소유권을 상속받았다.

샌디는 상속 받은 돈으로 위네바고Winnebago 캠핑카를 구입했고 여자 친구도 구해서 몇 달 간 북서부를 여행했다. 마침내 나이액으로 돌아왔을 때, 여자 친구가 도망 가버렸고 샌디는 골동품 딜러가 되기로 결정했다.

그는 쿠커푸Kook-a-poo와 푸커노이아Pook-a-noia라는 이름의 덩치 큰 양치기 개 두 마리와 함께 렌트한 시내의 오래된 빅토리아풍 저택에서 살았다. 그는 집착에 가까울 정도로 애완견들을 사람처럼 대했다. 근처 레스토랑에서 고급 음식을 먹이고 매주 애견 미용사에게 손질을 맡겼고, 100달러가 넘는 발톱관리를 받게 했으며 전문 트레이너와 정신과 의사까지 고용했다. 그것은 헛수고였다. 그가 외출하고 나면, 혼자 남은 애완견들은 집 여기저기에 똥오줌을 싸놓고 모든 가구를 갈가리 찢었다.

폴은 그를 사업에 참여시키기로 동의했고 사업을 가르쳐주었다. 하지만 폴에 따르면 샌디에게 골동품 딜러란 "물건을 구입하기 위해 파리로 여행을 떠나, 조지 V 호텔에 묵고, 샤또 라피트Château Lafite 와인을 마시고, 아스파라거스 요리를 들고 집에 돌아오는 것"이었다. 따라서 2년간의 "이 짓거리"와 수없이 근처 은행을 찾아 컨트리클럽 지분을 담보로 돈을 빌린 끝에 샌디에게 남은 것이라고는 폴의 가게에 널브러진 골동품 몇 점과 반짝거리는 카우보이 벨트 버클, 매주 고장을 일으키는 중고 BMW 한 대뿐이었다.

내가 샌디를 만났을 때, 그는 붕괴 직전인 사람처럼 보였다. 그나마 남은 돈은 애완견들을 위한 티본스테이크와 BMW 수리비, (애완견들과 마찬가지로) 매주 받는 정신과 상담으로 빠르게 사라져가고 있었다. 실제로 그가 해결하려고 애쓰는 문제들이 너무 많아, 일주일에 두 번씩 상담을 받으러 갈 때도 있었다.

폴은 당분간 나더러 영역을 넓혀 미국 그림을 연구해보라고 권유했다. "미국 인디언 자화상을 그리면 불티나게 팔릴 거야. 계속 같은 그림만 그릴 순 없잖아. 다양성을 추구해야지. 요즘은 미국 그림이 최신 유행이거든." 폴이 말했다.

"아, 미국 그림은 너무 지루해요. 소니의 작업실에서 많이 봤는데 관심이 안 생기더라고요." 내가 말했다.

"음, 내일 지미Jimmy라는 친구를 만날 건데 정말 지루한지 한번 보라고." 폴이 말했다.

"지미가 누구예요?" 내가 물었다.

"미국 그림과 조각 컬렉터야. 그중에서 가장 거물급이지. 네 그림을 몇 점 보여줬는데 감탄하더라고. 지미는 소니하고 거래를 하는데, 소니의 작업실에서 일하는 너를 본 기억이 있다더군."

다음 날 오후, 우리는 그림 같은 풍경을 자랑하는 피어몬트Piermont 마을로 갔다. 허드슨강으로 이어지는 작은 시내를 따라 움푹 꺼진 골짜기에 위치한 피어몬트에는 18세기와 19세기에 지어진 아름다운 집들이 가득했다. 시내가 내다보이는 둔덕에 파르테논 신전을 닮은 신고전주의 양식의 대저택이 있었다.

저택 뒤쪽에 차를 세워 놓고 앞쪽으로 돌아가서 커다란 골동품 대문을 두드렸다. 잠시 후 빗장 푸는 소리가 들렸다. 검정색 양복과 넥타이 차림의 귀족처럼 생긴 키 큰 남자가 우리를 맞이했다. 대머리와 두드러진 코가 샤를 드골Charles De Gaulle을 떠오르게 했다. 그는 날카로운 밤색 눈동자로 나를 똑바로 쳐다보고는 우리를 안으로 안내해주었다.

현관으로 들어가자마자 라벤더색의 벽과 대비를 이루는 황금색 골동품 액자에 담긴 화려한 그림을 보고 입이 떡 벌어졌다. 여러 방으로 이어지는 입구 옆에는 멋진 골동품 조각품이 세워져 있었다.

지미는 한 손을 흔들며 우리를 아름다운 그림이 더 있는 응접실로 안내했다. 모든 가구는 지미가 가장 좋아하는 1820년경의 엠파이어 Empire 스타일이었다. 저택이 지어진 시기와도 비슷했다. 지미는 엠파이어 소파 쪽으로 앉으라고 손짓하고 자신은 안락의자에 앉았다. 나는 엄청나게 지적인 사람이 바로 눈앞에 앉아 있다는 사실을 대번에 눈치 챌 수 있었다. 한순간 유창한 말솜씨를 뽐내다가도 금방 퉁명스러워지고 심지어 오만해질 수도 있는 그런 사람이었다.

"소니의 작업실에서 자네를 본 기억이 나는군. 그때 소니가 내 벤자민 웨스트Benjamin West[18] 그림을 작업하고 있었지." 지미가 말했다. 나는 그를 본 기억이 나지 않았으므로 저택의 역사와 놀라운 그림 컬렉션으로 주제를 바꾸었다.

지미의 장황한 설명을 들으며 주변을 둘러보던 나는 램프조차도 골동품으로 지금이 20세기라는 것을 알려주는 물건이 단 하나도 눈에 띄지 않는다는 사실을 깨달았다. 지미의 집은 조리 선생의 가게처럼 넋을 잃고 빠져들게 만드는 매력이 있었다. 밖에서 들리는 까마귀 소리가 저택 전체를 둘러싼 멋스러운 침묵을 가끔씩 깨뜨렸다. 공기 중에는 오래된 집 특유의 나무향이 퍼져 있었다.

저택의 모든 것은 약간씩 빛이 바래고, 먼지가 묻어 있었으며, 지미 자신처럼 약간의 흐트러짐이 있었다. 오래된 소나무 마룻바닥에 생긴 길에서부터 실크 소재 소파 커버의 갈라짐까지 자연스럽지 않은 것이 하나도 없었다. 지미조차도 다른 세기에서 온 유령 같았다. 어쩌면 나의 착각인지도 몰랐다. 모두가 나를 위해 짠 연극 무대인지도. 설령 그

---

18 **벤자민 웨스트**(1738~1820) 유럽대륙의 7년 전쟁(1756~1763)과 미국 독립 전쟁 (1775~1783) 시기에 활동했던 미국 신고전주의 화가. 미국 펜실베이니아에서 태어나 25세 에 영국 런던에 정착했다. 런던 왕립 아카데미의 의장을 1792년부터 1805년까지, 1806년부터 1820년까지 두 번 역임했고 그로 인해 세계적 명성을 얻은 최초의 미국인 예술가가 되었다. 역 사화에서 당대의 의상을 입은 인물을 그린 최초의 화가이다.

렇다고 해도 이런 곳은 난생 처음이었다. 나는 지미 리코Jimmy Ricau가 건
주문에 완전히 걸려들었다.

우리가 지미의 저택을 떠난 것은 해가 저물기 시작해 부드러운 햇빛
이 거실을 어둑하게 만들 무렵이었다. 지미는 우리가 자리에서 일어나
기 전에 지나가는 말로 내 그림을 몇 점 보았는데 무척 훌륭하다고 언
급했다. 문 쪽으로 우리를 안내하는 동안 그는 나더러 다음 날, 가급적
이면 오전에 다시 들러 "그림들을 감상하자고" 제안했다.

그날 저녁, 폴은 디너파티에 친구 몇 명을 초대했다. 단연 지미 리코
가 주요 이야깃거리였다. 제임스 헨리 리코James Henri Ricau는 1916년에 뉴
올리언스의 유서 깊은 집안에서 태어났다. 최고의 학교에 다니며 전통
교육을 받았고 결국은 아나폴리스Annapolis 소재의 해군 사관학교에 입
학했다.

지미는 그리스 조각과 신고전주의 회화, 문학에 대한 꾸준한 사랑을
키워나갔다. 2차 세계대전 때는 해군 폭격기 파일럿으로 복무했고 불
붙은 채로 추락하는 비행기에서 간신히 탈출했다. 전쟁이 끝나고 뉴욕
시로 돌아온 그는 이스트 86번가의 아파트에 자리 잡았다. 낮에는 예
인선에서 일하고 밤에는 잘 차려입고 상류층 사람들과 어울렸다. 철강
산업 거부로 유명한 구겐하임Guggenheim 가문의 자매들과도 친구였다.
그는 인맥으로 『라이프Life』지에서 일하며 영화 편집자로 커리어를 쌓기
시작했다.

지미는 미국 미술품 수집의 선구자였다. 그는 청소년기를 뉴올리언
스에서 보냈는데 그때부터 미국 미술품에 관심을 가졌다. 그는 무명 화

가들이 그린 그림과 쓰레기장에 처박히기 직전의 조각품을 수집했다.

1950년대, 사람들이 당시 유행했던 부메랑 모양의 테이블과 천장에 늘어뜨리듯 매다는 램프를 원할 때 지미는 뉴욕시 현지 고물상을 다니며 알짜배기 물건들을 사냥했다. 시간이 날 때는 서배너Savannah나 고향 뉴올리언스로 보물을 찾으러 떠났다.

지미는 공인된 괴짜라는 평판을 지닌 인물이기도 했다. 그의 미스터리한 인생 이야기는 현지에 전해져 내려오는 구전설화 같은 것이었다. 그가 1958년에 피어몬트의 대저택을 구입한 일에도 어두운 뒷이야기가 숨겨져 있었다. 주말에 뉴욕 북쪽의 오래된 소도시들을 돌아다니며 그림을 찾아 나선 지미는 허드슨 밸리Hudson Valley에서 자신의 오랜 관심사 중 하나인 신고전주의 양식의 대저택을 발견했다. 원상태 그대로 보존된 대저택을 단돈 2만 5천 달러에 사들였다.

그는 집들이를 겸해서 어느 유명 갤러리의 오너들을 초대했다. 매디슨 대로 북쪽의 랜드마크인 신고전주의 양식 타운하우스에 위치한 고급 갤러리를 운영하는 게이 커플이었다. 하룻밤 머물고 가는 일정에, 그들은 하인으로 데리고 있는 러시아인 10대 소년도 디너파티에 데리고 왔다. 지미에 따르면 그 하인은 "세상에서 가장 아름다운 소년이지만 영어를 한마디도 못했다."

저녁 만찬 코스가 어느 정도 무르익었을 때, 한자리에 모인 사람들은 소년이 꽤 오랫동안 보이지 않았음을 알아챘다. 불안해진 지미는 집 안 어딘가에 있을 소년을 찾아 나섰는데, 변기 위에 쓰러진 채 죽어 있는 모습을 발견하고 경악했다. 바닥에는 주사기를 비롯해 헤로인 주입에 필요한 물건들이 떨어져 있었다. 지미는 반쯤 정신이 나간 상태였다. 손님들이 할 수 있는 일은 시체를 재빨리 옮기는 것뿐이었다. 아마도 로어 이스트 사이드Lower East Side의 뒷골목 어딘가에 묻은 듯했다.

연관이 있건 말건 분명한 것은 그 일이 있은 후 지미가 사람들을 집에 초대하는 일이 줄어들었고 점점 이상해졌다는 것이다. 그는 더 이상 골동품 가게로 보물을 찾으러 가지도 않았다. 그래도 수십 년 동안 알고 지낸 뉴올리언스의 딜러들과 연락을 지속했고 그들이 지미가 관심 있어 할 만 한 물건들을 찾아주었다. 폴이 지미의 대변인 격으로 뉴올리언스로 가서 일을 처리했다. 폴이 마티를 만나게 된 것도 뉴올리언스에 다니면서였다.

지미를 만난 다음 날 아침에 일어나보니 날씨가 무척 좋았다. 나이액에서 피어몬트까지 5킬로미터를 걸어가기로 했다. 참나무가 줄지어 선 닳은 슬레이트 바닥으로 된 인도가 허드슨 강을 따라 이어졌다. 그랜드 뷰Grand View를 지나 피어몬트로 들어섰다. 지미는 쌓인 눈을 치우건 페튜니아를 심을 때건 매일 입는 낡은 양복과 넥타이 차림으로 문에서 나를 맞이해주었다. 또 다시 그의 안내로 거실에 들어갔다. 이번에 그는 자신이 골동품 소파에 앉고 나를 안락의자에 권했다.

지미는 미술에 관한 대화의 달인이었다. 그 자신의 광범위한 역사 지식까지 활용했다. 플라톤과 소크라테스뿐만 아니라 벤자민 프랭클린과 새뮤얼 애덤스의 말을 자유자재로 인용할 수 있었다. 그는 최고의 수집품을 어떻게 찾았는지에 대한 이야기로 손님들을 몇 시간이고 즐겁게 해줄 수 있는 사람이었다.

하지만 지미는 화제의 중심이 상대방에게 향하는 것을 선호했다. 그는 능글맞게도 소파에 구부정하게 앉아 양손가락 끝을 갖다 댄 채로 내가 말을 하도록 만들었다. 그는 폴에게 내 이야기를 대충 들은 모양으로 뉴욕시에서 화가로 살아가는 삶에 대해 자세히 듣고 싶어 했다. 내가 "네덜란드" 그림만 그리는 이유가 무엇인지, 앞으로 무엇을 할 계획인지를 특히 궁금해 했다.

나는 유니언 스퀘어에서 겪은 불행을 짧게 들려줌으로써 그의 호기심을 충족시켰다. 퍼거슨 클럽에서 "네덜란드" 그림이 나를 살려주었고 그곳에서 꿈에 부풀었던 미래가 결국 실망으로 끝난 이야기도 해주었다. 일련의 불행으로 화가의 꿈이 지체되고 있어서 지금 당장은 가짜 그림을 계속 그리는 수밖에 별다른 선택권이 없는 것 같다고 말했다. 지미는 애절한 내 이야기를 들으면서 눈을 감고 입술에 옅은 미소를 띠우고 이해한다는 듯이 천천히 고개를 끄덕일 때가 많았다. 그는 젊은이의 비밀과 책략, 사악한 계획, 숨은 동기를 전부 다 알아냈다고 확신한 후에야 나를 부른 이유를 밝혔다.

사람들은 미국 화가들의 그림을 모으는 존경받는 컬렉터인 지미라면 당연히 가짜로 그림을 그리는 사람을 불쾌하게 여길 것이라고 생각하겠지만, 놀랍게도 정반대였다. 그가 나를 부른 이유는 오히려 그쪽으로 나아가라고 격려해주기 위해서였다. 나는 그 노인네가 도둑 기질이 상당하다는 사실에 놀랐고, 가짜 그림에 딜러들이 사기당한 이야기를 듣고 아주 기뻐하는데 어안이 벙벙했다.

"음, 돈을 벌고 싶으면 미국 화가들의 그림을 그려보지 그래?" 그가 말했다.

"네. 그렇지 않아도 폴이 인디언 그림을 그려달라고 했어요." 다소 당황해서, 나는 이렇게밖에 말할 수 없었다.

"그게 무슨 소리야? 캐틀린Catlin, 찰스 버드 킹Charles Bird King, 인먼Inman 을 몰라?" 그가 대답했다. 나는 자신의 무지를 자백해야만 했다. 소니 의 작업실에서 접한 몇 명 말고는 미국 회화에 대해 사실상 모른다고 시인했다.

바로 그날, 19세기 미국 회화의 역사에 관한 나의 입문이 시작되었 다. 지미가 나를 마음에 들어 한다는 것을 알 수 있었고 내 그림에도 관 심을 보여주어 기뻤다. 이 늙은 은둔자는 자신이 평생 축적해왔고 기꺼 이 나눌 준비가 된 지식을 누구보다 그 가치를 잘 알고 가장 실용적으 로 써줄 적임자를 만난 듯했다.

지미는 한시도 지체하지 않고 2층으로 올라가는 계단으로 향했다. 층의 오래된 침실들마다 그림과 엠파이어 가구 컬렉션이 가득했다. 책 상과 테이블, 콘솔, 슬레이 침대sleigh bed(머리와 다리 부분이 바깥쪽으로 말 려 있어서 썰매와 비슷하게 생긴 디자인의 침대-역주), 뷰로bureau 등이 방마 다 꽉 차 있었다. 남은 오전 내내, 우리는 비좁은 가구 사이를 지나거 나 넘어서 벽에 기대놓은 수많은 그림들로 갔다. 지미는 내가 꼭 봐야 한다고 생각되는 그림을 전부 꺼내어 건넸고 나는 그것들을 복도에 내 놓았다. 우리는 그림들을 응접실로 가져갔고, 남은 시간 동안 지미는 나에게 미국의 여러 화파畵派에 대해 강의를 했다. 그가 매우 좋아하는 정물화도 다루었고 해양화, 초상화, 역사화로 넘어갔다.

그날 하루가 다 지나가기 전에 나는 존 F. 피토John F. Peto[19], 라파엘 필 Raphaelle Peale[20], 존 F. 프랜시스John F. Francis[21], 레비 웰스 프렌티스Levi Wells Prentice[22] 같은 정물화 화가들과 제임스 E. 버터스워스James E. Buttersworth[23], 안토니오 제이콥슨Antonio Jacobson[24], 제임스 바드James Bard[25] 같은 해양화 화가들 그리고 찰스 버드 킹Charles Bird King[26], 조지 캐틀린George Catlin[27], 헨리 인먼Henry Inman[28] 등 미국 인디언의 초상화를 주로 그리는 화가들의 이름에 익숙해졌다.

---

19 **존 F. 피토**(1854~1907) 미국의 화가. 동료작가 윌리엄 하넷(William Harnett)의 회화가 재평가되며 새롭게 발굴된 화가이다.

20 **라파엘 필**(1774~1825) 펜실베이니아에서 정물화 장르로 대중적인 성공을 이룬 미국의 첫 번째 전업 정물화가이다.

21 **존 F. 프랜시스**(1808~1886) 미국의 정물화 화가. 1845년까지 주로 초상화를 그렸다. 오찬과 과일 디저트 등을 그린 정물화가 높은 평가를 받았다.

22 **레비 웰스 프렌티스**(1851~1935) 미국의 정물 풍경화 화가. 허드슨 리버 화파로 분류된다. 독학으로 그림을 배웠다.

23 **제임스 E. 버터스워스**(1817~1894) 해양화를 전문으로 그린 영국 출생의 미국 화가. 19세기 최고의 미국 요트 전문가. 특히 그의 그림은 세밀한 세부 묘사, 극적인 배경 및 우아한 움직임으로 유명하다.

24 **안토니오 제이콥슨**(1850~1921) 덴마크 출생의 미국 화가. '증기선의 오듀본(Audubon, 북미 조류도감을 만든 조류학자─역자 주)'이라는 별명을 가진 해양화 전문가. 요트와 증기선을 그린 작품이 6,000점을 넘는다. 그의 많은 작품들이 5달러에 팔렸다. 선박 안을 장식할 작품들과 저렴한 가격대의 작품으로 그에게 작업 의뢰가 들어왔다고 전해진다.

25 **제임스 바드**(1815~1897) 미국의 해양화가. 특히 증기선 그림으로 유명하다. 그는 가끔 소박파(素朴派)로 분류되기도 한다. 한때 잊혀진 가난한 화가였지만 사후 재평가를 받았다. 쌍둥이 형제인(John Bard, 1815~1856)는 음유시인이었다. 그의 초기 작품 중에는 형제가 협업을 한 그림들이 있다.

26 **찰스 버드 킹**(1785~1862) 미국의 초상화, 정물화 화가. 아메리카 원주민 지도자와 부족민들의 초상화로 유명하다.

27 **조지 캐틀린**(1796~1872) 미국의 초상화가, 작가, 여행가. 캐틀린은 1830년대 미국 서부를 5차례 여행을 하였고, 인디언 구역의 평원에 있는 인디언을 최초로 그린 백인이다. 아메리카 원주민 초상화를 전문적으로 그렸다.

28 **헨리 인먼**(1801~1846) 미국의 초상화가, 풍속화가, 풍경화가.

지미는 그 화가들을 익숙하게 만든 후, 19세기 미국의 그림 역사에 대해 강의했다. 그는 이들 화가 대부분이 보스턴Boston, 뉴욕, 필라델피아Philadelphia, 워싱턴Washington 같은 북동부에 작업실을 두었다는 사실을 설명했다. 조지 캐틀린처럼 서부로 직접 떠나 그들의 자연 환경에서의 생활로부터 인디언을 그린 화가들도 있지만, 찰스 버드 킹처럼 워싱턴 DC에 거주하면서 평화 훈장을 받거나 조약에 서명하러 수도를 찾는 인디언 대표들을 그리는 쪽을 선호한 이들도 있었다. 지미가 나의 관심을 끌려고 한 19세기의 또 다른 흥미로운 화가로는 마틴 존슨 히드Martin Johnson Heade[29]가 있었다. 히드는 뉴저지 목초지에 쌓인 건초더미들을 전문으로 그렸다. 결국 브라질까지 가서 난초와 벌새를 화폭에 담았다.

다음으로는 기술적인 측면들을 다루었다. 그림을 이리저리 돌려가며 조심스럽게 캔버스의 짜임새와 사용된 캔버스 왁구의 유형을 조사했다. 개중에는 19세기 제조회사 라벨이 그대로 붙어 있는 것도 있었다.

그 다음에 지미가 뭔가를 지적했는데 유난히 관심이 갔다. 우리가 연구하던 정물화 중 하나가 흥미로워 보이는 카드보드지에 그려졌다. 지미는 19세기의 그림 중에는 아카데미 보드지academy board라고 하는 특허 받은 카드보드지에 그린 경우가 많다고 설명했다. 그것은 산업혁명의 산물로서 나무패널의 경제적인 대체품이 됐다고 말했다.

"아카데미 보드지에 그린 그림이 더 있나요?" 내가 물었다.

---

29 **마틴 존슨 히드**(1819~1904) 미국의 풍경화가, 정물화가. 뉴잉글랜드의 소금습지를 빛과 그림자로 묘사한 풍경화가 그를 유명하게 만들었다. 생전에 널리 알려진 예술가는 아니었지만, 1940년대에 미술사학자와 컬렉터로부터 주목을 받았다.

"응, 다락방에 있어. 한번 가보지." 그가 말했고, 나는 지미를 따라 응접실에서 복도를 지나 부엌으로 들어갔다. 지미가 패널 보드로 위장된 작은 문을 열어젖히자 다락으로 이어지는 가파른 나무계단이 나왔다. 다락은 지미의 비밀 공간이었다. 나중에 듣기로는 그곳에 누구도 데려간 적이 없었다고 했다. 지미는 전구 하나에 연결된 끈을 잡아당겼다. 흐릿한 조명 속에서 책으로 둘러싸인 낡은 책상이 보였다. 지미가 연구할 때 사용하는 책상이었다.

"저기 있군. 이리 와보게." 지미가 가리켰다. 그를 따라 어떤 낡은 서류 캐비닛으로 갔다. 그곳에는 작고 아름다운 그림들이 가득했다. 지미가 아카데미 보드지에 그려진 그림 몇 점을 꺼냈다. 하나는 내가 봤던 장면처럼 항해하는 요트를 그린 작고 아름다운 그림이었다. 잔물결이 정말로 움직이는 것처럼 매우 사실적이었고 돛은 바람을 맞은 듯 가볍고 투명해 보였다. 그림이 그려진 얇은 보드지에서 바로 출항하는 배를 보는 듯했다.

"제임스 E. 버터스워스의 그림이야. 자네가 꼭 그릴 수 있어야 하는 화가지." 폴의 말에 나도 수긍했다. 나머지 그림은 정물화였는데 하나는 존 F. 피토, 다른 하나는 존 F. 프랜시스의 작품이었다. 뒤집어서 뒷면을 연구했더니 이렇게 생긴 보드지를, 예전에 소니의 작업실과 골동품 가게에 아무렇게나 놓여 있던 것을 분명히 본 적이 있었다. 보드지 뒷면은 마르면 당연히 슬레이트 같아 "슬레이트 페인트slate paint"라고 불리는 진회색 페인트로 코팅되어 있었다. 보드지마다 오래된 제조회사의 라벨이 보였다. 버터스워스의 그림에는 윈저&뉴턴Winsor & Newton, 피토 그림에는 데보Devoe, 나머지에는 웨버Weber라고 된 라벨이 붙어 있었다.

"어디서든 쉽게 볼 수 있지. 19세기 화가들은 다 이걸 사용했거든." 지미가 말했다.

다음 날, 필기 노트와 폴의 클로즈업 렌즈가 장착된 35mm 카메라를 들고 다시 지미의 저택으로 갔다. 기둥이 세워진 현관에 그림을 내다 놓고 사진을 잔뜩 찍었다. 아카데미 보드지에 그려진 그림의 앞면과 뒷면, 서명 클로즈업은 물론 각 그림의 디테일을 전부 담았다. 그림 규격을 재고 붓질 기법과 물감의 두께, 피막 등에 대해서도 메모했다. 그리고 가장 흥미로운 요소인 아카데미 보드지에만 특별하게 나타나는 긴(그리고 직선의) 크랙에 대해서도 적었다. 이들 크랙은 표면보다 약간 떴고 종종 대각선으로 보드지를 가로질렀다. 이들 크랙을 보자마자 조리 선생 노인네가 가르쳐준 방식으로 만든 젯소로 처음 실험할 때 우연히 카드보드지에 만들었던 크랙이 떠올랐다.

지미는 저택에서 쉴 틈 없이 나에게 이런저런 일을 시켰다. 새로운 그림이나 조각품을 옮겨야 하는 일이 항상 있었다. 지미에게는 멋진 그림들이 잔뜩 있었지만, 19세기 미국 조각 컬렉션이 그의 진정한 자랑거리였다. 40년 동안 축적된 것으로, 미국에서 단 하나의 가장 중요한 컬렉션이라고 여겼다.

지미가 나를 지하실로 데려간 적이 있었다. "아래층에 있는 대리석을 복도의 받침대로 옮기는 걸 도와주게." 지미가 말하고 나서 먼저 내려갔다. 그가 끈을 잡아당기자 내가 그의 저택에서 본 두 번째 전구에 불이 들어왔다. 25와트 전구의 노르스름한 빛을 통해 지저분한 바닥에 묘비처럼 값진 대리석 흉상이 줄줄이 놓인 모습을 보고 깜짝 놀랐다.

미국 회화에 대한 주입식 교육의 마지막은 액자의 미학이었다. 지미는 내가 오래된 옛날 액자를 좋아한다는 사실을 알고 기뻐했고(당시 이미 세상을 떠난) 조리 선생과의 나의 인연과 내가 그에게 배운 것들에 대해 감탄했다. 하지만 조리 선생의 전문이었던 장식이 새겨진 유럽식 액자 대신, 이제 나는 초기 미국 회화에서 선호된 코브cove나 웨지wedge 액자에 대한 안목을 키워야만 했다. 다시 다락으로 돌아가 지미는 바닥에 널브러진 그림들 옆에서 액자를 연속해서 빼내와 정물화와 해양화, 초상화에 필요한 액자 유형을 설명해주었다.

나에게 있어서 지미와의 만남은 큰 깨달음이었다. 그는 내가 지루하다고 생각했던 화파를 흥미진진하고 설레는 것으로 만들어주었다. 지미 덕분에 이제 나는 미국 회화의 매력과 중요한 지위를 깨닫게 됐다. 일주일 동안에 그림을 연구하고 지미의 강의를 듣고 대리석 흉상을 옮기고 그림을 걸고 나서, 하루 빨리 플로리다로 돌아가 다시 작업을 시작하고 싶어 견딜 수 없었다.

떠나기 전, 지미는 나에게 버터스워스와 찰스 버드 킹, 마틴 존슨 히드, 윌리엄 아이켄 워커William Aiken Walker[30]에 관한 책과 그의 오랜 친구이자 미국 정물화 연구의 최고 권위자인 윌리엄 게르트스William Gerdt가 쓴

---

30 **윌리엄 아이켄 워커**(1811~1921) 미국의 풍속화가. 흑인 소작농을 주제로 한 풍속화를 그려 유명해졌다. 남북전쟁(1861~1865) 기간에 남부 동맹군에 입대해 참전했고, 1862년 세븐 파인즈 전투에서 부상을 당해 찰스턴으로 돌아온다. 군복무 대신 방위지도와 도면을 만들어야 했다. 1864년에 제대하여 볼티모어 관광기념 판매용 그림 〈올드 사우스(Old South)〉를 제작했다.

미국 정물화에 관한 책을 한가득 안겨주었다.

폴은 나와 지미 사이에 큰 진척이 있었다는 사실에 무척 반가워했다. 아카데미 보드지에 그린 싸구려 그림들이 필요하다는 부탁에 그는 나이액 시내를 돌아다녔고 자신의 건물에 입주한 딜러들을 뒤져서 일부 찾아냈다. 이제 집으로 돌아가기 전에 처리할 일이 딱 한 가지 남았다. 시내의 데이비드 데이비스 미술용품 상점에 들러 토끼가죽 아교와 도금용 석고 가루 몇 킬로그램을 구입했다.

"제발 인디언 그림을 가져다줘." 폴이 공항에서 배웅하며 간절하게 말했다.

집에 돌아와 잔뜩 흥분한 상태로 호세에게 폴을 방문한 것과 지미 리코를 소개받은 것, 미국 화파의 그림까지 확장해서 위조를 하려는 계획에 대해 전부 이야기했다.

다음 날, 아카데미 보드지에서 원본 그림을 사포로 긁어냈다. 그러고는 제임스 E. 버터스워스가 주로 사용한 거의 가로 20cm에 세로 30cm 크기로 잘랐다. 조리 선생이 가르쳐준 방법대로 젯소도 만들었다. 그 젯소에 황색안료인 생生으로 된 시에나sienna토土 수채물감을 섞은 후 크림 같은 그 것을 널찍하고 평평한 붓으로 보드지마다 칠했다.

완전히 마르고 나니 젯소가 마치 달걀 껍질의 표면처럼 단단해진 것을 알 수 있었다. 원래 아카데미 보드지가 만들어진 19세기에는 특허 받은 방법으로 젯소를 도포했기 때문에 그렇게 유리처럼 매끄러운 표면이 만들어졌다. 준비가 완료된 보드지의 표면은 완벽하게 매끄러워야 한다는 뜻이다. 만약 표면이 고르지 못하면 훈련된 감정가가 봤을 때, 아래에 원래 다른 그림이 있었다거나 보드지를 새로 작업했다는 의심을 불러일으킬 수 있었다. 그래서 각각의 아카데미 보드지를 테이블에 올려놓고 젯소를 바를 때 남겨진 붓 자국을 조심스럽게 사포로 밀어냈다. 각각의 보드지를 비스듬하게 들어서 보고 만족스러울 정도로 표면이 완벽하게 매끈하면 각각에 쉘락shellac을 입혀 봉했다.

내가 가장 먼저 위조하고 싶었던 제임스 E. 버터스워스는 미국 화가로 잉글랜드에서 태어났다. 그는 아버지 토마스[31]처럼 기량이 뛰어난 해양화를 그리는 화가였다. 그들 부자의 그림은 유난히 미묘한 세부까지 표현된 배와 그림의 배경인 해안 경치로 유명했다. 제임스는 1847년경에 미국으로 이주해서 내 고향과 가까운 뉴저지주 웨스트 호보컨West Hoboken에 정착했다. 그는 그곳에서 허드슨 강을 다니던 배와 요트들을 전문적으로 그렸다. 결국 뉴욕 요트 클럽New York Yacht Club의 공식 화가가 됐고 아메리카 컵America's Cup(1851년부터 열린 국제 요트 경기-역주) 대회의 요트 경기를 그리는 화가로 위촉됐다.

버터스워스의 작품을 연구해보니 매우 분명한 패턴이 눈에 띄었다. 뉴욕 요트 클럽에서 그림을 그릴 때, 그는 유명한 경주하는 요트와 아메리카 컵 대회에서 두 개 또는 그 이상의 요트가 경쟁하는 장면을 특징으로 하는 자신의 트레이드마크를 고안해냈다. 지미가 줬던 책에 실린 버터스워스의 작품 사진들은 나에게 그가 몇몇의 유명한 배경을 반복적으로 썼다는 사실을 곧바로 증명해주었다. 이들은 브루클린 해군

---

31 **토마스 버터스워스**(Thomas Buttersworth, 1768~1842) 해상화 화가. 제임스 E. 버터스워스의 아버지. 나폴레옹 전쟁(1803~1815) 당시 선원이었다.

조선소Brooklyn Navy Yard가 있는 이스트강, 뉴저지의 샌디 후크, 매사추세츠주의 보스턴 하버Boston Harbor, 그리고 그가 가장 좋아하는 로어 맨해튼 쪽의 허드슨강이었다. 이 경기 장소에서는 빅토리아풍의 화려한 별관인 캐슬 가든Castle Gardens이 보였다. 그 왼쪽에는 배터리공원Battery Park, 오른쪽에는 독립전쟁 때부터 내려오는 요새가 있는 거버너스섬Governors Island이 자리했다.

좀 더 자세히 연구해보니 그가 그렸던 수많은 요트들은 아메리카 컵 대회에서 우승한 요트들로, 여러 다양한 배경들에 반복적으로 그려졌다는 게 드러났다. 다시 말하면, 버터스워스는 한 무리의 일정한 배와 배경을 요리조리 바꿔서 계속 새로운 그림을 그렸다. 마지막으로, 나는 그가 이들 조합으로 많은 복제본 그림을 그렸다는 사실에 주목했다. 의심할 여지없이 요트 클럽 멤버들의 수요를 충족하기 위한 거였다. 내가 버터스워스처럼 생각할 수만 있다면, 나는 요트와 배경을 충분히 가지고 새로운 작품을 무한정 만들어낼 것이다.

그려진 요트에 구애받지 않고, 동일한 배경의 모든 버터스워스의 그림 사진들을 오려서 하나의 그룹으로 분류하기 시작했다. 이번에는 배경에 상관없이, 특정한 요트를 똑같이 하나의 그룹으로 분류했다. 지미가 준 책과 내가 직접 구한 다른 몇 권에 수록된 그림 덕분에, 곧 여러 그룹의 요트와 배경이 가진 공통분모를 연구할 수 있었다. 예를 들어, 사실상 버터스워스가 아메리카 컵 대회에 그렸던 요트가 무엇이든 캐슬 가든을 배경으로 하면 완벽하고 정확하다는 것을 단번에 알았다. 따라서 꼭 버터스워스가 했던 것처럼 한 그림 속 요트를 다른 그림 속

배경에 그려 넣으면, 역사적으로 정확히 "버터스워스 작품"인 새로운 그림을 창조하는 간단한 방법이었다.

지미가 추천해준 다른 작가들의 작품에서 비슷한 구성적 특징을 발견하고 놀랐다. 존 F. 피토는 19세기 후반에 활동한 필라델피아 출신의 실력 있는 정물화가다. 그가 좋아했던 파이프, 잉크통, 담배 케이스, 책 같은 소품들을 배열하고, 그리고 이를 재배열하면 "새 작품"이 무한정 만들어졌다. 이들 소품들을 분리하고, 그들을 요리조리 섞어서 새로운 "피토"를 반복해서 창작하는 것은 어린아이의 놀이처럼 아주 쉬웠다.

윌리엄 아이켄 워커는 떠돌이 화가로 19세기에 남부를 여행하며 예전의 노예들이 들판이나 주거지인 오두막에서 보내는 일상생활 모습이 담긴 그림들을 무수히 많이 그렸다. 가로 15cm에 세로 30cm 크기의 아카데미 보드지에 그려진 이들 작은 그림은 컬렉터들로부터 대단히 높은 평가를 받았다. 지미는 이렇게 설명했었다. "워커의 그림은 언제 어디서 나올지 몰라. 원본 뒷면에 워커가 직접 연필로 2달러라고 써 놓은 가격 표시가 남아 있는 경우가 많지." 내가 이들 작품들을 빠르게 연구한 다음, 또 다시 관찰해보니 그림마다 인물과 오두막, 심지어 동물까지도 반복되는 패턴이 분명하게 보였다.

기분 좋은 벌새와 난초 그림들을 전문적으로 그린 미국 화가 마틴 존슨 히드의 그림 전체에서 가장 분명한 패턴이 나타났다. 그는 다양한 그림에 똑같은 새와 똑같은 난초를 몇 번이고 반복해서 똑같이 그렸다.

지미가 책을 챙겨준 또 다른 중요한 미국 화가로는 찰스 버드 킹이 있다. 그는 그들의 평화를 상징하는 은메달을 자랑스럽게 목에 건 미국 인디언들의 초상화를 전문적으로 그렸다. 그 은메달은 미국 정부가 그들을 배반하기 전인 1830년대에 평화 조약 서명 기념으로 워싱턴 DC에서 인디언들에게 주었던 것이다.

킹의 고객들은 인디언 그림에 매료되었다. 점점 늘어나는 수요에 살아 있는 인디언을 모델로 찾지 못하면, 맥키니 앤드 홀McKinney&Hall에서 발행한 판화에 수록된 자신의 초상화 그림 중 하나를 단순히 베꼈다. 그가 그런 복제품을 얼마나 많이 만들었는지는 기록이 없다.

이들 미국 화가들의 작품과 내가 이미 통달한 17세기 네덜란드 화가들 사이에 기술적 유사성을 쉽게 볼 수 있었다. 나는 이들 화가들의 작품을 식별하게 하는 패턴이 사기성 위작을 만드는 관건임을 빨리 알아차렸다.

마침내 작은 아카데미 보드지 여섯 개가 준비됐다. 버터스워스 그림 세 점과 피토 그림 세 점을 위조하려고 계획했다. 대략 가로 28cm에 세로 36cm 크기의 나무패널을 선호한 찰스 버드 킹의 그림에는 "네덜란드" 그림 위조할 때처럼 골동품 고가구의 서랍을 해체해서 밑바닥을 사용하기로 했다.

그 다음으로 내가 연구한 자료들을 정리해서 버터스워스와 피토의 작품으로 몇 점을 새롭게 구상할 때였다. 버터스워스의 경우는 뉴저지 샌디 후크에서 열린 경기 장면 그림에서 아메리카 컵 출전 요트를 빼내어 캐슬 가든 배경 속에 그려 넣기로 했다. 그밖에 매사추세츠주 보스턴 하버의 경기 장면에서 따온 다른 요트들은 샌디 후크 경기 장면에 넣었다. 피토의 작품도 같은 방식으로 위조했다. 어느 한 작품에 그려진 책을 다른 작품에 그려진 파이프와 잉크통 옆에 배치했다. 그리고 찰스 버드 킹의 경우는 마 카 타이 미 쉬 키아Ma-Ka-Tai-Me-She-Kiah(소크족 원주민 족장의 이름으로 검은 독수리라는 뜻—역주)의 초상화를 조금 변형시켜 그렸는데, 이미 페탈레샤로Petalesharo(족장이라는 뜻—역주)의 자화상이 스물다섯 번째까지 있다고 알려졌기에 내가 위조한 초상화는 스물여섯 번째 초상화라고 했다.

한 달 후, 내가 위조한 미국 화가 그림의 첫 번째 원형이 완성되었다. 플로리다의 태양에 잘 말렸고, 다음 단계인 크랙 만들기에 돌입할 준비가 됐다.

드디어 조리 선생의 젯소로 카드보드지에 했던 테스트를 실험해볼 때가 왔다.

뜨거운 태양 아래에 몇 분간 "위조한 버터스워스 그림"을 놓아두자, 토끼가죽 아교의 인장 강도가 높아져서 아카데미 보드지가 뻣뻣해지는 것이 느껴졌다. 한손으로 보드지를 들고 다른 한손으로 끄트머리를 잡고 살짝 아래로 잡아당겨, 가운데 부분이 위로 올라가도록 했다. 그러자 크랙이 생기는 소리가 들렸고 손가락으로도 느낄 수 있었다. 젯소에 생긴 크랙은 너무 미세해서 눈에 보이지 않았다. 검은색 수채 물감과 비누를 섞어 그림 표면을 닦아주고 나니 크랙이 보였다. 놀랍게도 꼭 원본 그림에서처럼 위조한 그림에 긴 직선의 크랙이 대각선으로 보드지를 가로질렀다.

그뿐만 아니라 모든 보드지를 비스듬하게 들어서 살펴보니 기쁘게도 크랙 라인이 정말로 "일어나 들떠" 있었다. 젯소가 수채 물감을 흡수해서 부풀었기 때문이었다. 완벽한 결과였다.

하지만 찰스 버드 킹의 경우는 나무패널에 그려진 네덜란드 그림과 마찬가지로, 원작들 중 많은 작품에 크랙이 없었다. 노란색 염료를 더한 바니시를 조금 옅게 발라 피막 효과를 만드는 일만 남았다. 마지막으로 트리폴리석을 먼지처럼 뿌리면 모든 작업이 끝났다.

일주일 후, 하나하나에 미국식 골동품 액자가 끼워진 귀중한 그림들을 가지고 나는 뉴욕행 비행기에 올랐다. 폴이 라과르디아 공항으로 나를 마중 나왔고, 함께 나이액으로 가는 길에 그가 뭘 가져왔느냐고 물었다.

"모두 여덟 점 가져왔어요. 버터스워스 세 점, 피토 세 점, 찰스 버드 킹 두 점."

우리는 곧장 지미의 저택으로 향했고, 다시 한번 우리 셋이서 응접실에 모여 앉았다.

"그래, 이 늙은이를 위해 뭘 가져왔는지 볼까!" 지미가 큰 안락의자에 앉아 말했다. 바로 거기서 나는 여행 가방을 열어 그림을 꺼내 펼쳐 놓기 시작했다. "잠깐만 기다려 봐." 지미가 앉아 있던 의자를 벽 쪽으로 끌며 말했다. "자세히 볼 수 있도록 벽에 나란히 기대어 놓게."

그림들을 벽의 밑부분에 기대어 놓는 동안 지미는 의자에 느긋하게 앉아 있었고, 내가 다 놓을 때까지 천장을 쳐다보았다. 그러고는 내려다보며 평가를 내렸다.

"이럴 수가. 아주 훌륭해 보이는군." 지미가 중얼거렸다. 그는 몸을 앞으로 기울여 그림을 하나씩 들어 자세히 살피더니 혼자 싱긋 웃었다.

"크랙을 자세히 한번 보세요." 그에게 "버터스워스"와 돋보기를 건네며 말했다. 그림을 다 살펴본 지미는 나를 쳐다보더니 한쪽 눈썹을 치켜뜨며 "버터스워스 선생, 본인이 아니신가?"라고 물었다.

그날 밤, 폴의 집에서 저녁을 먹으며 나는 뉴욕에 온 진정한 목적인 돈을 벌기 위해 계획을 세웠다.

"내일 나한테 킹의 그림은 두고 가." 폴이 와인을 따르며 말했다.

"그래요." 내가 답했다. "버터스워스 한 점은 예전에 살던 동네 갤러리로 가져가보려고요. 지미 말이 진가를 알아봐줄 거라고 해서요."

그날 오후에 심리 분석가와 매우 심각한 대화를 나눈 샌디가 곧 우리와 합류했다. 그리고 드디어 좋은 소식들이 있었다. 정신과 의사에 따르면 샌디는 실제 "일시적으로 추한 몸에 갇혀 있는 아름다운 사람"이었다. 샌디는 이러한 최신 진단으로 자신감이 보강되어 뭐든 하려고 필사적이었기에 소파에 기대어 놓은 "버터스워스"와 "피토" 작품을 보고 달려들었다. 그는 그림들을 보스턴에서 팔게 해달라고 애원했다. 비록 그가 못미더웠지만 심리상담치료를 통해 매우 중요한 순간을 맞이한 그의 자신감을 무너뜨리고 싶지 않아 마지못해 허락했다.

다음 날 아침, 나는 '버터스워스' 작품 한 점을 들고 뉴욕 시내로 가는 버스를 탔다. 한 시간 후, 이스트 70번가에 위치한 허츨 앤드 애들러Hirschl&Adler 갤러리의 화려한 정문 앞에 서 있었다. 심호흡을 하고 안으로 들어갔다. 1층의 안내 데스크 직원에게 제임스 버터스워스 그림을 팔고 싶어서 왔다고 설명했다. 그녀는 나를 위층의 사무실로 안내하고 작은 대기실에 마련된 의자에 앉으라고 권했다.

"그림을 팔고 싶어서 오셨다고 관장님께 말씀드릴게요." 그녀는 사무실 문 뒤에서 한 남자가 누군가에게 화를 내는 목소리를 능숙하게 무시하며 말했다. 내가 들은 한두 마디에 의하면, 남자는 상대방이 계약을 성사시키지 못해 화를 내는 것이었다. 안내 데스크 직원이 문을 두드리는 순간 큰소리가 멈추었고, 그녀는 문을 살짝 열고 안으로 쏙 들어갔다. 잠시 후 문이 활짝 열렸다. 짧은 순간이지만 나는 안에서 한 여성이 눈물로 완전히 녹초가 되어 앉아 있는 모습을 얼핏 보았다. 말쑥하게 차려입은 작은 체구의 남자가 환한 미소로 힘차게 걸어 나와 악수를 청했다.

"안녕하십니까? 스튜어트 펠드Stuart Feld입니다. 그림을 가지고 오셨다고요?"

폴에게서 얻은 (버그도프 굿맨 백화점Bergdorf's) 고급 쇼핑백에서 그림을 꺼냈다.

"버터스워스의 멋진 소품 그림이군요." 그가 그림을 잡으며 말했다. "얼마 생각하시죠?"

"음, 2,000달러 정도 생각하고 있는데." 나는 잠시 속으로 생각했다.

"2,500달러 어떻습니까?" 그는 그림을 보고 몹시 흥분했고, 나는 그의 너그러운 제안에 흥분했다.

"그러죠," 내가 말했다. 그는 나와 악수를 하고는 비서에게 "이 신사분에게 수표를 써드려"라고 말했다. 그림을 가지고 사무실 문 뒤로 사라진 그는 아까 그 가여운 여성을 야단치는 일을 계속했다.

5분 후 나는 이스트 68번가 35번지의 옛 주소를 이용해 서명한 2,500달러 수표와 영수증을 들고 다시 매디슨 대로에 나와 있었다. 그림을 팔려고 나오면서 예전에 뉴욕에 살 때 사용했던 저축예금통장 여러 개를 가져왔다. 사실 나는 맨해튼의 주요 은행 통장을 죄다 가지고 있었고 새 동네로 이사할 때마다 통장을 새로 만들었다. 다행히도 언제 다시 필요해질지 몰라 통장을 해지하지 않고 적은 잔액을 남겨 살려두었다. 추가적인 이점으로, 모든 통장은 떠난 지 오래된 옛 주소지들에 살 때 개설한 것들이었다. 그중에서 두 블록만 걸으면 되는 72번가와 매디슨에 지점이 있는 매뉴팩처러스 하노버 트러스트Manufacturers Hanover Trust 은행 통장 하나를 골랐다. 은행으로 가서 통장을 보여주고 수표 금액을 계좌에 넣었다. 그저 수표 뒷면에 서명을 하는 것만으로 가능했다. 하루가 다 지나가기도 전에 나는 현금으로 계좌의 돈을 거의 다 빼서 돌아갔다.

"이렇게 2,500달러를 빨리 벌어본 건 처음이에요." 오후에 피어몬트로 돌아와 지미에게 말했다. 지미에게 갤러리 관장의 이름을 대자 그가 박장대소했다. 지미는 스튜어트 펠드를 "남을 음해하기 좋아하는 불쾌하고 기분 나쁜 인간"이라며 몹시 싫어했다. 지미가 말했다. "인심 후하게 500달러를 얹어준 것도 당연하지. 그런 그림이라면 기꺼이 5,000달러라도 주고 샀을 테니까!"

그날 밤 폴의 집에서 그 이야기를 듣자마자 샌디는 다음 날 아침 일찍 짐을 챙겨 보스턴으로 날아갔다. 샌디는 비행에 대한 극심한 공포로 고통받았지만, 돈이 간절하게 필요했기에 무엇이든 할 준비가 돼 있었다.

샌디가 공항으로 가서 비행기에 오를 용기를 내기까지는 보드카 1리터와 자몽 주스가 필요했다.

그러더니 나흘이 지나도록 샌디에게는 아무런 소식도 없었다.

"이거 참, 대체 뭔 일이래요?" 폴의 가게에 앉아 있다가 내가 폴에게 물었다.

"모르지, 정신병원에 입원해 있다고 해도 놀랍지 않을 거야." 폴이 말했다.

다행히 그런 것은 아니었다. 그날 늦게 샌디가 환한 미소를 가득 담은 얼굴로 가게로 달려 들어왔다.

"받아, 네 거야!" 샌디가 나에게 고무줄로 묶인 100달러 지폐 뭉치를 던지며 말했다. 알고 보니 샌디는 보스턴에 도착하자마자 아침에 "버터스워스"와 "피토" 그림을 한 점씩 팔았고 옆길로 빠져 친구들을 만나러 가서 며칠 동안 마리화나를 피우고 온 것이었다.

"버터스워스는 보세 갤러리에 팔았어." 샌디가 자랑하듯 말했다. "완전 전문가들이지! 늙은 보세 말로는 버터스워스가 살아 있을 적부터 그의 작품을 취급했다더군." 샌디는 버터스워스와 피토 그림을 각각 5,000달러가 넘는 가격에 팔았다. 이 거래는 그의 성격마저 바꿔놓았다. 그는 난생 처음으로 뭔가를 성공시킨 것이었다. 도취 상태였던 그는 머릿속으로 새 BMW, 여자 친구 그리고 매일 밤 애완견들에게 안심 스테이크를 주는 상상의 나래를 폈다.

"이봐, 인디언 그림 두 점이 있었다면 그 자리에서 5분 만에 팔았을 거야." 샌디는 아쉬워했지만 다음을 기약해야 했다. 폴이 이미 그림을 내놓고 소식을 기다리는 중이었다. 그 사이 샌디가 다른 "피토" 그림을 태리타운Tarrytown의 소시지 공장을 운영하는 부자 컬렉터에게 3,000달러에 팔았다. 다음 날 폴의 잔심부름꾼이 봉투를 들고 가게로 왔다. 안에는 현금 7,000달러가 들어 있었다. 인디언 그림을 판 가격이었다.

나이액을 떠날 무렵, 가져온 그림 여섯 점이 모두 팔렸고 내 주머니에는 현금 만 달러가 있었다. 한 번에 이렇게 많은 돈을 가진 것은 난생 처음이었다. 내가 아는 한, 위작을 만드는 일이 다시 한번 나를 구했다. 미국 그림이 "최신 유행"이라는 폴의 말을 이제야 이해할 수 있었다. 이제부터 위작은 형편이 어려울 때만 손대는 부업이 아니라 내 정식 직업이 됐다.

마침내 호세와 나는 뉴욕으로 돌아갈 준비가 되었지만 그러지 못했다. 마침 플로리다에 매우 매력적인 집이 매물로 나왔다. 마데이라 비치의 연안수로Intracoastal Waterway에 위치하고 멕시코만에서 단 두 블록 떨어진 그 집은 1924년에 뉴잉글랜드의 건설업자가 자신의 고향 난터켓Nantucket 섬의 고래잡이 오두막을 그대로 본 따 지은 것이었다. 해안가에 위치한 소금통형 이층집saltbox(앞에서 보면 2층이고 뒤에서 보면 1층인 것처럼 지은 집이다. 지붕은 앞쪽보다 뒤쪽이 길고 낮다—역주)으로 가운데에 굴뚝이 있고 방에는 초기 미국식 패널이 들어갔다. 그림을 판 돈으로 첫 지불액을 주었고, 마데이라 비치는 우리 집이 됐다.

집을 새로 구입하자 돈 들어갈 데가 많았다. 머지않아 나는 매달 그림이 가득 든 여행 가방을 끌고 플로리다와 뉴욕을 오가기 시작했다. 나처럼 미국 회화를 위작한 사람은 아무도 없었다. 폴이 그림을 다른 딜러들에게 "위탁" 하고 샌디가 그림을 팔러 시외 지역을 뛰어다녀도 의혹의 눈초리를 보내는 사람은 아무도 없었다. 지미는 나의 발전된 모습에 기뻐하며 내가 뉴욕을 갈 때마다 자신의 집에 묵으라고 강력히 권했다. 엠파이어 가구와 나폴레옹 시대의 슬레이 침대로 장식된 아름다운 침실을 내주었다. 다른 방은 그의 지도 아래 그림을 그릴 수 있는 작업실로 마련해주었다.

지미의 집에 머무는 것은 적응하는데 시간이 좀 걸렸다. 그는 TV도 없고 오직 작은 라디오뿐이었는데 그마저도 조심스럽게 찬장 안에 잠근 채 보관했다. 유일한 오락이라면 책을 읽고 그림을 감상하고 응접실에서 대화를 나누는 거였다. 그밖에 지미의 말이라면 무조건 복종하는 외눈박이 검은 고양이가 가끔씩 나타났다.

지미와의 우정이 깊어갈수록 왜 그가 나에게 그 못지않은 미국 회화에 대한 애정과 안목을 기르도록 애쓰는지 의아했다. 무엇보다 자신이 보유한 미국 회화 작품들의 가치가 떨어질 텐데 왜 나에게 위작을 만들도록 하는지 이해할 수 없었다. 지미는 나와 밤늦도록 긴 대화를 나누기를 매우 좋아했는데, 한번은 내가 그에게 물어보았다. 그의 대답은 매우 철학적이었다.

지미는 미술품 딜러들에게 깊은 경멸감을 가졌다. "그들은 매춘부와 다를 바 없어. 무조건 가격표만 보고 그림을 평가하지." 지미는 자신이 그토록 경멸하는 딜러들과 달리 그림을 진정으로 사랑했다. 작가의 이름이나 경매가 기록이 아니라, 오로지 예술작품으로서의 가치만을 엄격히 따졌다.

지미는 내 그림에 대해 다른 어떠한 의견도 제기하지 않았다. 사실상 그는 나를 자신이 말했던 "미국 회화의 승리"의 자연적인 계승자로 보았다. 그에 따르면 이러한 그림은 "한 사회를 개선하고 격상한다." 지미는 예술계에 귀한 유산을 남기고자 했다. 지미는 화가로서의 내 능력을 매우 높이 평가했고, 그가 사랑하는 화가들의 길을 따라 걸어주길 바랐다.

지미는 사악한 유머 감각으로 미술품 딜러들을 괴롭히는 것을 즐겼다. 언젠가 지미는 내가 2층에 보관했던 "마틴 존슨 히드" 그림 중 하나를 미술품 딜러 두 명과 미술관 큐레이터 한 명이 방문했을 때 무심한 듯이 응접실에 놓아두었다. 그림 컬렉터라면 누구나 탐낼 만한 그런 작품이었다. 지미에 따르면 "그들은 보자마자 덮칠 태세였다"

"어디서 구하신 겁니까?" 그들 중 한명이 흥분을 가라앉히며 물었다.

"아, 저거. 며칠 전에 고물상에서 발견하고 단돈 5달러에 샀지." 지미는 천연덕스럽게 대답했다.

그 집을 대충 걷기만 해도 지미 리코에 대한 미스터리가 점점 깊어지기만 했다. 몇 번이고 엠파이어 테이블 위에 19세기 카드로 솔리테르solitaire(혼자서 하는 카드놀이-역주)를 하다 만 흔적이 남겨져 있는 것을 보았다. 그때 그에게는 골동품 실버 스푼이 있었는데 작은 것부터 크기별로 열 지어 정리해 놓은 스푼이 어느 날은 찬장에 있다가 또 다음 날은 사이드 테이블에 놓여 있었다. 이게 과연 지미에게 무슨 의미인지 모르겠다.

가끔씩 오래된 그림 액자를 헌팅하러 현지의 골동품 상점으로 나갈 때면 지미는 누가 알아볼까봐 한사코 변장을 고집했다. 오래된 모자에 까만 선글라스를 쓰고 외투 깃을 높이 세웠다.

그의 집에 방문객이 온 것을 딱 한 번 보았다. 지미가 나에게 검은색 긴 코트를 입은 괴상하게 생긴 남자를 지미가 소개해주었는데 그는 아무런 말없이 나를 노려볼 뿐이었다. 왠지 소름이 끼쳐서 핑계를 대고 얼른 자리를 피했다. 나중에 그가 윌리엄 거츠William Gerdts 교수라는 것을 알게 되었다. 미국에서 첫째가는 19세기 미국 정물화 전문가이자 지미의 오랜 친구로 괴짜 중에 괴짜인 사내였다.

갑자기 금전 사정이 좋아진 덕분에 호세와 나는 자주 뉴욕을 찾았다. 매디슨 대로의 고급 상점들을 밖에서 들여다보기만 하던 예전과 달리 사고 싶은 것을 마음대로 다 살 수 있었다. 집을 떠나 뉴욕에 머무를 때는 매디슨 대로에 인접한 64번가에 위치한 얼레이 호텔The Alray Hotel이 우리의 집이 됐다. 브룩스 브라더스와 버그도프, 블루밍데일에서 쇼핑을 하면서 시간을 보냈다. 퍼거슨 클럽의 많은 옛 친구들을 찾아 그들 모두를 어퍼 이스트 사이드의 몇몇 가장 좋은 레스토랑에 데려가서 저녁 식사를 했다.

어느 날 매디슨 대로를 걷다 알렉산드라 킹과 마주쳤다. 그녀는 여전히 아름다웠다. 우리 사이가 새로워지고 나의 경제적 상황이 극적으로 나아지자, 나이트클럽 스튜디오 54와 고급 레스토랑에서 그녀와 그녀 친구들과 어울리며 도시의 밤을 보냈다. 뒤에 알고 보니, 그녀의 아버지 바야드 킹Bayard King은 은퇴한 외교관으로 플로리다의 내 집에서 차로 한 시간 떨어진 멕시코만의 고급 동네 보카 그란데Boca Grande에 살고 있었다. 이 시기에 한번은 아버지를 방문한 알렉산드라가 나를 집으로 초대해서 그녀의 아버지를 만나 저녁 식사를 하기도 했다. 바야드 킹은 큰 키에 독특한 외모의 소유자로 미술과 골동품에 취미삼아 조금 손을 대고 있었다. 우리는 이야기가 정말 잘 통했다. 특히 내가 거실에 놓인 아름다운 17세기 바르게이니오vargueno(초기 스페인 보관장)를 칭찬한 후로는 더욱 분위기가 좋았다.

"저게 뭔지 아는 사람은 자네가 처음이야!" 기뻐서 그가 말했다.

"내가 보기에 세비야Seville산産이네요."

"어떻게 알지?" 그가 놀라며 물었다. 내가 서랍 문고리로 사용된 무쇠 재질의 작은 조가비 모양을 가리키며, 세비야시의 문장紋章 속에 있는 식별 기호로 사용된 것과 동일한 조가비라는 사실을 알려주자 그는 어안이 벙벙해졌다. 그는 내가 자신의 다른 보물에 대해서도 평가해주기를 바라며 어깨동무를 하고 집 안의 여기저기로 안내했다. 그날 이후, 우리는 플로리다와 뉴욕에서 종종 만나 점심 식사를 같이 했다.

뉴욕에서 내가 가장 좋아하는 장소는 렉싱턴 대로의 64번가 근처에 위치한 지노스Gino's였다. 하루는 내가 점심을 먹으려고 산책을 하는데 그 바에서 거대한 형체가 다가오더니 집어삼키듯 힘차게 껴안았다. 지노였다! 우리는 술을 마시며 퍼거슨 클럽의 옛날을 이야기하며 웃음꽃을 피웠다.

"그래서 지금은 어디 살아요?" 내가 물었다.

"다코타Dakota(센트럴 파크 옆에 있는 고급 아파트로 비틀즈 멤버 존 레논

이 이곳에서 살았으며 건물 밖에서 총에 맞고 사망했다–역주)에서 여자랑 살아. 밤일을 해주는 대가로 일주일에 만 달러씩 용돈을 받고 있지!"

다른 어느 날, 지노스에서 지배인 마리오의 안내를 받아 테이블로 갔는데 바로 옆 테이블에 앉아 파스타 수프를 후루룩 마시고 있는 사람을 보았다. 토니였다. 우리 둘 다 심장마비로 거의 죽을 뻔했다.

"너 이 자식 그동안 대체 어디 있었어?" 토니가 물으며 나에게도 수프를 주문해주었다. 이때 토니는 웨스트 빌리지West Village 11번가에 위치한 19세기에 지어진 매력적인 브라운스톤아파트에 살고 있었다. 늘 그렇듯 여자들에게 빈대 붙거나, 부도 수표로 계산하거나, 신용카드를 훔치거나, 골동품 상점을 털거나, 보석 장물을 취급하거나, 고급차를 훔치거나, 트럭을 강탈하거나, 레스토랑 주인들을 협박해 돈을 뜯어내면서 살아가고 있었다.

놀랍게도 토니는 타고 간 택시를 밖에서 기다리게 하고 은행을 털러 들어간 적도 있었다. 장난감 총을 은행 직원의 얼굴에 들이대고 현금 만 달러를 들고 나왔다. 언제나 그렇듯이 그는 준비를 다 마치고 왔다. 휴가를 떠나기 위해 여행 가방까지도 준비해갔다. 그는 택시 기사에게 곧바로 JFK 공항으로 가달라고 했다. 파리로 날아가 "창녀들과 6개월 동안 살다" 왔다.

그동안 내가 겪은 일, 플로리다에서의 새로운 생활, 나의 새로운 직업 등을 토니에게 실컷 말한 후 그와 함께 거리에 나오자 마치 어제 보고 다시 만난 사이 같았다. 우리의 우연한 만남은 행운이었다. 토니가 이제 "비공개 미술품 딜러private art dealer"라고 불리고 싶어 했기 때문인데, 나는 그것을 "장물 전문 미술품 딜러"라고 나쁘게 해석했다.

토니는 당장 내 그림을 보고 싶어 했다. 얼레이 호텔의 내 방으로 가서 여행 가방에 담긴 그림들을 펼쳐 놓았다. 원래는 나이액으로 가져가려던 것이었다. 토니는 눈알이 거의 튀어나올 듯했고 콧구멍을 벌렁거렸다.

"그러니까 의심하는 사람이 아무도 없다고?" 그가 물었다.

"전혀. 누워서 떡먹기야." 내가 확실하게 말했다.

토니에게는 그것만으로 충분했다. 그는 내 반대에도 아랑곳하지 않고 빈 삭스Saks 백화점 쇼핑백에 "피토"와 "버터스워스", "워커" 한 점씩을 넣었다.

"이거 내가 가져갈게, 며칠만 시간을 줘"라는 말과 함께 사라졌다.

토니의 생명선은 지난 20년 동안 모은 화가와 사진작가, 패션모델, 변호사, 주식 중개인, 콜걸, 마약 거래상, 성직자, 도박꾼, 레스토랑 사장, 조폭, 정치인, 미술품 딜러, 영화계 거물, 각종 산업계 인물들의 전화번호가 담긴 작은 검정수첩이었다. 따라서 그가 "버터스워스" 그림을 팔려면 맥시스의 술친구이자 럭셔리 요트의 탑 디자이너에게 전화해 수다만 떨면 됐다. 다음 날, 토니는 6,000달러를 수금하러 갔고 우리는 뉴욕 업타운의 고급 프랑스 레스토랑에서 만났다. 손쉽게 3,000달러를 챙긴 토니는 웨이터가 가져다준 계산서를 먼저 낚아채 나를 깜짝 놀라게 했다.

"음식값이 거의 200달러나 나왔잖아!" 내가 말했다. 토니는 그저 미소 지으며 신용카드를 내놓았다. 요트 디자이너의 것이었다.

그날 밤, 나와 알렉산드라, 그녀의 친구들은 함께 놀러 나갔다. 다음 날 정오에 내 방의 전화기가 울렸다.

"나처럼 생계를 위해 일하는 사람도 있는데, 너도 벌써 일어났어야 하는 거 아냐?" 토니였다. 그는 방금 코이 커 갤러리Coe Kerr Gallery에 4,000달러를 받고 "워커" 그림을 팔았고, 곧 수표를 현금으로 바꿀 것이라고 했다.

"한 시간 후에 지노스에서 보자." 토니가 이렇게 말하고 전화를 끊었다. 오소부코osso buco(송아지 뒷다리 정강이 부위에 화이트 와인을 부어 푹 고아낸 찜 요리로 이탈리아 밀라노 지방을 대표하는 요리—역주) 한 접시에 토니가 주문할 수 있는 최고급 와인 가티나라Gattinara를 주문하고, 나에게 100달러 지폐 20장을 세어서 주었다. 점심 식사를 하면서 토니가 지나가는 말로 그날 오후에 앤디 워홀과 약속이 있다고 했다.

"누구?" 내가 물었다.

"앤디 워홀," 토니가 교활한 미소를 지으며 반복해서 대답했다. "앤디 워홀도 미국 그림을 수집하는 빅 컬렉터거든. 어제 너랑 헤어지고 그의 집에 피토 그림을 두고 왔어. 그는 맨 먼저 전문가한테 보이기 전에는 절대로 어떤 작품도 사지 않아."

"전문가라고? 무슨 전문가?" 내가 경계하며 물었다.

"몰라. 업타운에 사는 거츠Gerdts라는 사람인가 그래." 토니가 말했다.

그날 늦은 밤 우리는 빈센츠Vincent's로 소라 요리를 먹으러 갔다. 또다시 토니가 싱글벙글 웃으며 100달러 지폐를 세고 와인을 새로 주문했다.

"그가 진짜 좋아했어." 토니가 웃음을 터뜨리며 말했다.

"업타운에 산다는 전문가 말이야?" 내가 물었다.

"그럼, 전혀 문제되지 않았어." 그가 확실하게 말했다.

당시는 초가을이라 날씨가 무척 좋았다. 내가 피어몬트에 도착했을 때, 지미는 폴과 샌디, 나를 위해 디너파티를 준비 중이라고 말했다. 평소 그의 캐릭터와는 전혀 다른 행동이었기에, 나는 지미가 미친 것은 아닌지 심각하게 걱정됐다.

"아, 참." 여행 가방을 나의 방으로 옮기려는 나를 지미가 불러 세웠다. "이것 좀 보게나." 지미가 내민 것은 파크 버넷의 경매 카탈로그였다. 펼쳐보니 지미가 표시해놓은 페이지가 나왔다. 내 눈 앞에 버터스워스 작품 두 점이 있었고, 각각 한 페이지씩을 차지하고 있었다. 나는 카탈로그를 펼쳐든 채로 충격에 빠졌다. "오른쪽에 있는 게 자네 그림 아닌가?" 지미가 물었다.

"실은 둘 다 제 그림인데요." 내가 말했다.

그날 저녁, 지미의 주최로 열린 디너파티의 화제는 단연 경매 카탈로그였다. 폴에 따르면 "20년 전 저녁 손님으로 온 갤러리 오너들이 시체를 들고 떠난 이후로 가진 유일한 디너파티였다." 우리는 다이닝룸에 놓인 멋진 엠파이어 테이블에 앉았다. 오로지 벽난로와 테이블 위에 자리한 가지 달린 촛대 하나만이 실내를 밝혀주었다. 도자기 식기는 은식기처럼 모두 골동품이었다. 뉴올리언스의 유서 깊은 레스토랑 갈라투아르스Galatoire's의 총괄 웨이터라고 해도 손색없는 지미는 어둠 속으로 자꾸 사라지더니 한 번은 김이 모락모락 나는 세브르Sèvres산 튜린 tureen(수프를 담는 뚜껑 달린 큰 그릇-역주), 다음번은 골동품 와인을 들고 나타났을 뿐이다. 그는 남북전쟁 때부터 집안 대대로 전해지는 레시피로 새우 크리올shrimp Creole(루이지애나 크리올에서 유래한 요리로 각종 채소가 들어간 토마토소스에 새우를 넣어 끓임-역주)을 만들었다.

"버터스워스" 그림 경매 카탈로그는 그날 밤을 매우 특별한 시간으로 만들어주었다. 모두가 승리의 축배를 들었다. 그것은 나에게뿐만 아니라 지미에게도 값진 승리였다. 이는 그의 지도로 이루어진 결실이었고, 그것이 내 작품을 여느 때와 달리 입증해주었다. 이는 단지 갤러리의 미술품 딜러만을 속인 게 아니다. 내 작품이 제출되어 미술품 딜러, 컬렉터, 전문가들 모두의 철저한 조사를 거쳤다는 뜻이다. 그것은 나에게 지대한 영향을 끼쳤다.

한동안 나는 폴과 함께 번 돈을 골동품과 현지 부동산에서 수집한 오래된 고가구에 투자했다. 그날 밤 지미의 디너파티 이후로 나는 폴, 샌디와 함께 그해 겨울 마이애미비치 골동품 전람회에 참여할 계획을 세웠다. 그동안 수집한 골동품 재고뿐만 아니라 위작도 모두 처분할 수 있는 완벽한 장소가 될 수 있었다.

9

인디언 스프
링

서로 모르는 토니와 샌디는 24시간 내내 나에게 전화해 그림을 더 달라고 애원했다. 나는 초기 미국 회화의 첫 번째 대량의 컬렉션을 위해 밤낮으로 일했다. 마이애미비치 골동품 전람회가 다가올 무렵에는 이미 토니에게 "피토"와 "버터스워스", "찰스 버드 킹"의 그림들을 한 상자 가득 보낸 후였다. 호세와 나는 마침 비슷한 그림들을 팔아 새로 구입한 파란색 콜벳Corvette 스포츠카를 몰고 마데이라 비치를 떠나 마이애미로 폴과 샌디를 만나러 갔다.

처음으로 마이애미에 가보았는데, 첫 인상이 참 좋았고 모든 게 무척이나 재미있었다. 우리는 해변에 바로 호텔 방을 잡고 곧바로 컨벤션 센터로 가서 폴을 도와 판매 부스를 설치했다.

카우보이 부츠를 신고 BMW를 몰고 온 샌디는 우연하게도 힘든 일이 다 끝난 후에야 도착했다. 역시나 그에게 골동품 판매는 뒷전이었다. 그는 진열 테이블 아래에 놓아둔 그림 상자에만 관심을 보였다. 전람회가 시작된 지 한 시간도 안 되어 샌디는 "버터스워스" 그림을 4,000달러에 팔았다. 그저 전람회를 어슬렁거리던 그에게 누군가 다가와 가격을 제시한 것 말고는 아무것도 한 일이 없었다.

골동품 전람회, 특히 마이애미비치 전람회처럼 규모가 큰 경우에는 발굴자들pickers(이익을 남기고 팔 수 있는 물건을 구입하기 위해 현금을 들고 돌아다니는 사람들)이 가득하다. 그들에게 미국 인디언 초상화보다 인기 있는 그림은 없었다.

찰스 버드 킹 그림 한 점은 뉴욕의 고급 갤러리에서 2만 달러 또는 3만 달러였기에, 샌디가 아까처럼 아무것도 하지 않고도 페스켈레차코Peskelechaco(유명한 포니족 대족장—역주)의 초상화에 관심을 보이는 두 사람을 끌어들였다. 곧이어 두 남자는 자기가 먼저 가격 협상을 하겠다면서 열띤 언쟁을 벌였다. 샌디는 두 사람을 진정시킨 후 사실상 즉석에서 경매를 열었고, 현금 5,000달러에 가까운 금액에 낙찰됐다.

다음 날 아침에 폴과 샌디, 나는 발굴자로 변신했다. 현금을 잔뜩 챙긴 우리는 포트로더데일Fort Lauderdale의 라스 올라스 거리Las Olas Boulevard에 있는 고급 골동품 가게에 들르기로 했다. 거기서 한번 우리는 미국과 유럽의 가구와 부대용품을 갖춘 인상적인 가게를 하나 발견했다. 가게에 들어가자마자 작은 키에 고약하게 생긴 부인이 데스크 뒤쪽에서 뛰어 나와 졸졸 따라다니며 계속해서 "특별히 뭐 찾는 거라도 있으신가요?"라고 물었다.

눈길을 끄는 훌륭한 18세기 영국제 작은 필기용 책상을 구입할 생각이기는 했지만 그 부인이 너무 짜증나게 굴어서 놀려보기로 했다.

"음, 실제로 상속 받은 집을 다시 꾸미려고 하는데요. 몇몇 미국 가구를 영국 가구로 바꾸려고요. 제 취향에는 미국 스타일이 너무 딱딱해서요."

"아, 그러세요? 혹시 처분하실 가구들이 있나요?" 그녀가 물었다.

"이런, 이미 거의 다 팔고 그림만 몇 점 남았어요."

"그렇군요. 어떤 그림인가요?"

"글쎄, 특별히 하나는 흥미로워요. 19세기 인디언 추장의 초상화이거든요. 그밖에 작고 아름다운 해양화도 있고 정물화도 있어요."

"그림들을 가지고 오실 수 있나요?" 그녀가 애써 흥분을 감추며 물었다.

"네, 그럴 수 있죠. 그런 그림에도 관심이 있으신가요?" 내가 아무렇지 않게 답하며 물었다.

"음, 어쩌면요. 내일 어떠세요? 내일 가져오실래요?" 그녀가 물었다.

다음 날 아침, 나의 "찰스 버드 킹" 그림 한 점을 들고 그 가게로 갔다.

그녀의 탐욕스러운 두 눈이 그림을 봤을 때, 그녀는 두 손으로 그림을 꽉 잡고 내 얼굴을 올려다보며 물었다. "글쎄, 얼마 정도 생각하고 계신가요?"

10분 후 나는 스포츠카의 지붕을 열어놓은 채 I-95 고속도로를 타고 남쪽으로 달려 마이애미비치로 돌아가고 있었다. 좌석에는 멋진 윌리엄 메리William and Mary 소형 탁상시계 하나가 있었고, 바닥에는 수입한 18세기 중국제 그릇 하나가 놓여 있었고 영국제 필기용 책상의 다리들이 바람을 맞고 있었다.

샌디는 내가 판매 부스에 새로 추가한 골동품들을 보자마자 다른 그림을 더 팔고 싶어 했다. 더 이상 박람회에서 운을 시험하고 싶지 않았던 그는 나더러 그림 몇 점을 가지고 BMW를 타고 그와 함께 딱 마이애미 북쪽의 골동품 센터인 다니아Dania로 가자고 했다. 그는 여기서 내가 전날 성공한 것과 유사한 방법으로 한몫 크게 챙기고 싶어 했다.

US 1은 다니아로 가기 위해 거쳐야 하는 중심가였다. 대부분 번화가에 있어야 할 골동품 가게들이 고속도로의 양쪽에 일렬로 늘어서 있었다. 그 지역은 저질의 싸구려 동네라 나의 흥미를 끌 만한 것이 없었지만 샌디는 아랑곳하지 않았다. 가게들이 한 블록 정도 쭉 늘어선 곳에 차를 세웠다. 샌디는 내가 뒷좌석에 놓았던 "찰스 버드 킹" 그림 두 점 중 한 점을 꺼냈다. 하나는 머리 뒤쪽에서 깃털이 하나 튀어나왔고 다른 하나는 머리 전체에 장식을 했다는 점을 제외하면, 두 점 모두 비슷하게 그려진 인디언 추장 그림이었다. 샌디는 곧 수천 달러를 손에 쥐게 될 거라는 확신으로 몹시 흥분했다.

머리 뒤쪽에서 깃털 하나가 튀어나온 초상화를 들고 차에서 내려 가게들이 한 줄로 늘어선 길로 뒤뚱뒤뚱 걸어가더니 끄트머리에 있는 가게로 사라졌다.

5분 후, 샌디가 노발대발하며 차로 돌아왔다.

"그 여자가 글쎄 50달러를 주겠다는 거야!" 가까스로 웃음을 멈춘 나는 샌디에게 여기는 잊어버리고 그만 컨벤션 센터로 돌아가자고 설득했지만 그는 포기하지 않았다. "이봐, 다른 그림을 가지고 가볼게." 이번에 그는 머리 전체에 장식을 한 추장의 초상화를 들면서 말했다. "옆 가게로 가야지. 거기 물건들이 훨씬 좋아보였어."

샌디는 다시 한번 보행로를 뒤뚱뒤뚱 걸어서 끄트머리에 있는 가게로 갔다. 나는 차 안에서 기다리며 그의 말에 넘어가 여기까지 동행한 것을 후회하고 지루해할 때였다. 가게 문이 휙 열리더니 샌디가 차를 향해 뛰어오는 게 보였다. 한 손에는 그림을 들고 다른 한 손으로는 바지를 붙잡고 있었다. 얼굴에 땀을 뻘뻘 흘리며 차 안으로 뛰어든 그는 미친 듯 차 시동을 걸려고 했다.

"대체 뭔 짓이야?" 차 시동이 꺼졌을 때 내가 물었다.

"나중에 말해줄게!" 차 키를 다시 돌리며 샌디가 헉헉대며 말했다. 시동이 걸린 순간, 뚱뚱한 여자 두 명이 그를 쫓아 보행로를 달려왔다. 샌디는 겁에 질려서 욕설을 내뱉더니 엔진에 시동을 걸고 도로 한가운데로 쭉 후진했다. 기어를 1단으로 넣고 클러치를 세게 떼는 바람에 다시 시동이 멈추었다. 그때 한 여자가 플로잉 드레스에 하이힐을 신고서 차로 달려들어 차문 손잡이를 잡았다.

"기다려요! 거래를 하고 싶어요!" 그녀가 애원했다. 하지만 겁에 질린 샌디는 여자를 뿌연 먼지 속에 남겨두고 엔진에 굉음을 내며 타이어에 불이 나게 달렸다. 근처 맥도날드에서 햄버거와 밀크셰이크를 먹으며 그제야 기운을 차린 샌디가 설명했다. "다른 인디언 그림을 절대로 가져가지 말았어야 했어!"

보아하니 두 여자는 파트너였다. 샌디가 다른 초상화를 들고 두 번째 가게를 들어갔을 때, 예상치 못하게 그가 처음에 들렀던 가게의 여주인이 가게끼리 연결된 옆문으로 들어왔다.

"도대체 어떻게 된 거죠?" 그녀는 샌디가 자신의 파트너에게 5분 만에 기적적으로 머리 전체에 장식을 한 똑같은 인디언 초상화를 팔려고 하는 것을 보고 소리쳤다. 당황한 샌디는 여자의 손에서 그림을 냅다 낚아채서 도망쳐 나왔다.

"그 자식은 개판이야." 그날 밤, 델리 식당인 울피스Wolfie's에서 저녁을 먹으며 샌디의 무모한 행위에 대해 묘사하면서 호세에게 말했다.

"그는 위험해." 호세도 말했다. 우리 둘은 샌디가 미쳤기에 멀리해야 한다는 데 동의했다.

전람회가 끝나자 폴과 샌디는 나이액으로 돌아갔다. 나는 토니에게 전화를 걸었다. 그는 뉴욕 시내에서 그림을 파느라 바빴다. 토니는 휴가가 필요하다면서 나에게 줄 8,000달러가 있다고도 했다. 나는 그에게 비행기로 마이애미에 오라고 제안을 했고 공항에서 그를 만났다. 그가 도착했을 때 우리는 코코넛 그로브 호텔Coconut Grove Hotel로 이동했다. 그가 나에게 그림 판 돈을 주었고, 우리는 일주일 동안 해변과 레스토랑, 클럽을 다니며 즐거운 시간을 보냈다. 전람회에서 그림과 골동품을 판매한 돈에 토니가 팔아준 그림 값까지 현금으로 4만 달러 가까이 수익을 봤다.

이때 두 가지 중요한 기회가 호세와 내 사업 방향을 이끌었다. 마이애미를 떠나기 전에 나에게는 팔아야 할 "버터스워스" 그림이 딱 한 점 남아 있었다. 어느 날 오후, 코코넛 그로브 호텔 주변을 돌아다니던 나는 뉴욕에서 연극 에이전트로 일하다 마이애미 현지에서 인생을 즐기고 사는 조지 캠벨George Campbell이 소유한 세련된 골동품 가게를 우연히 발견했다. 가게 안을 둘러보는 나에게 그가 다가와 말을 걸었다. 나는 그에게 예전에 뉴욕에서 일했던 미술품 복원전문가라고 자기소개를 했다. 대화를 나누던 중에 골동품 전람회에 들렀다가 운 좋게 "멋진 버터스워스 소품 한 점"을 손에 넣었다는 말까지 해버렸다. 그는 그림을 보고 싶어 했다. 그림을 가져가 보여주자 즉석에서 3,000달러를 제안했다. 게다가 그날 저녁 코랄 게이블스Coral Gables에 위치한 자신의 호화 저택에서 열리는 디너파티에도 나를 초대했다.

저녁 8시에 도착해서 나는 돈 많은 그의 후원자와 친구들을 여럿 소개받았다. 샤토브리앙chateaubriand(소고기 안심의 중앙 부위를 두툼하고 넓적하게 썰어 구운 프랑스식 비프 스테이크-역주)과 신선한 아스파라거스, 돔 페리뇽Dom Pérignon 와인으로 식사를 했다. 그 자리에 함께 있었던 손님들은 미술품 복원전문가라는 내 직업에 큰 관심을 보였고 많은 사람들이 명함을 요구했다. 디너파티가 끝나고 떠나려고 할 때, 소탈해 보이는 남자가 나에게 다가와 자신을 소개하고 명함을 건넸다. 그는 다음 날 자신의 집으로 와서 그림 컬렉션을 평가해주길 바랐다.

다음 날 나는 자동차로 비스케인 만Biscayne Bay이 내려다보이는 절벽에 위치한 아름다운 대저택에 도착했다. 가까운 거리에 비스카야Vizcaya 뮤지엄과 유서 깊은 찰스 디어링Charles Deering(1852~1927)의 대저택이

자리했다. 감탄하며 초인종을 누르니 가정부가 맞이했다. 그녀는 나를 멋진 18세기 영국 고가구와 골동품 그림들로 장식된 거실로 안내했다. 그녀는 "닥터"를 모셔올 테니 잠시 기다리라고 했다. 잠시 나에게 집의 아름다움을 감상할 기회가 생겼다. 두 개의 커다란 창문과 한 쌍의 프렌치 도어가 완벽하게 가꿔진 잔디밭 쪽으로 열려 있었다. 잔디밭은 방파제와 만 쪽으로 살짝 기울어졌다. 집에서 그리 멀지 않은 곳에는 산호 석coral-stone 난간으로 둘러싸인 아름다운 테라스 수영장이 있었다.

이내 전날 밤에 만났던 조용한 남자가 양쪽에 손잡이가 있는 계단의 한쪽으로 걸어 내려왔다. 이 아름다운 저택의 현재 주인인 닥터 G는 미국의 유명 성형외과 의사이자 광적인 미술품 컬렉터였다.

"와주셔서 정말 기쁩니다." 그가 나와 악수를 하며 말했다. "먼저 점심을 들고 집을 구경하시죠." 우리는 한 시간 동안 풀장 옆에 마련된 테이블에서 훈제 연어와 샐러드, 샴페인을 즐겼다. 이 집은 손쉬운 대화거리였다. 닥터는 인디언 스프링Indian Spring이라고 불리는 이 저택이 한때는 "1930년대 유명한 영화배우"의 소유였고 영화 〈마이애미의 역사적 고향Historic Homes of Miami〉을 찍은 촬영지라고 말했다. 이 집의 위치는 "브리켈 대로Brickell Avenue의 막다른 길"이라고 알려진 마을에서 가장 고급스러운 주택 중에 하나였다.

닥터 G는 저택을 복원하고 시설을 현대화하고 화려하게 장식하는 데 엄청난 돈을 쏟아부었다. 그는 요리사와 가정부, 풀타임 정원사의 도움을 받으며 그곳에서 화려한 삶을 살고 있었다. 저택의 주출입구에 반짝이는 롤스로이스가 주차돼 있었지만 과시용이었다. 그가 차를 운전하는 일은 드물었기에, 간호사 한 명이 매일 아침 그를 픽업해서 그녀의 소형 도요타로 클리닉에 출근하는 것을 더 좋아했다.

닥터 G의 즐거움은 초청한 밴드와 최고급 레스토랑의 출장 뷔페는 물론이고 안드트 크럽Arndt Krupp과 같은 권위자와 불운한 독재자 아나스타시오 소모사 데바일레Anastasio Somoza Debayle(1925~1980, 니카라과의 전직 대통령-역주)를 끌어들이는 바까지 완벽하게 갖춘 사교 칵테일파티를 그의 집에서 여는 것이었다. 뉴욕으로 날아가 갤러리를 뒤지며 그림을 찾는 게 그의 또 다른 즐거움이었다.

느긋하게 점심 식사가 끝낸 후, 닥터 G는 몹시 내가 자신의 컬렉션을 봐주었으면 했다. 집에서 그가 주로 사용하는 방은 세 군데였다. 비스케인 만이 내려다보이는 아름다운 전망창이 딸린 부엌은 닥터 G가 가장 좋아하는 장소였다. 거실은 오로지 손님 접대용으로 사용했고, 마지막으로 그의 침실은 2층에 있었다. 십여 개 정도의 나머지 방에는 그림으로 가득했는데 개인 주택에 그렇게 많은 그림을 소장한 것은 처음 보았다. 하지만 굿 닥터는 지미 리코와 달리 그림을 마구잡이로 구입했다. 그는 관심 분야도 없었고 절대 전문가도 아니었다. 우리는 하루 종일 이 방에서 저 방으로 돌아다니며 수많은 그림을 감상하며 보냈다. 벽에 붙은 옷장까지도 그림들이 잔뜩 쌓여 있었다. 대부분이 유럽 옛 거장들의 2류 작품이었다.

닥터는 이 그림 저 그림에 대해 내 의견을 간절히 원했다. 형편없이 복원된 게 많아 그것을 지적하자 그는 충격을 받았다. 예를 들어 그는 복원할 그림이 무능한 복원가의 손에 넘어가면 하늘이나 인물 전체를 다시 칠하는 게 드물지 않다는 것을 알지 못했다. 간혹 정말 훌륭한 작품도 있었는데 물론 그가 우연히 구입한 것이었다. 닥터 G는 내 안목에 감탄했고 그는 "다시는 결코 예전처럼 그림을 보지 않겠다"라고 말했다.

그림을 다 보고 나니 초저녁이 되어 우리는 닥터 G가 회원으로 있는 최고급 코코넛 그로브Coconut Grove 클럽으로 저녁을 먹으러 갔다. 그에게 돈은 전혀 문제가 되지 않는다는 사실이 분명했다. 100달러짜리 와인과 함께 필레미뇽filet mignon(뼈가 없는 값비싼 쇠고기 부위로 안심이나 등심 부위-역주)을 먹은 후 남은 밤 시간은 그의 컬렉션 수준을 어떻게 향상 시킬지를 토론하며 보냈다.

"당신이 초기 미국 회화에 관심이 있으신지 모르겠네요. 요즘은 사람들이 여기에 투자를 많이 하고 있어요." 정말이지 닥터 G는 미국 미술이 컬렉터들에게 새로운 유행이라는 사실을 알고 있었다. 그래서 그 또한 확실히 이쪽에 새로운 컬렉션을 하려고 관심을 가지고 있었다. 그는 현재 자신의 컬렉션에 대한 나의 솔직한 의견을 부탁했기에, 나는 그에게 솔직하게 이야기했다.

"첫째, 나라면 2류 작품들은 다 처분하겠어요. 둘째, 컬렉션으로 계속 가지고 있고 싶은 작품들은 제대로 복원하겠어요. 그리고 셋째, 나라면 앞으로 미국 그림에만 투자하겠어요."

닥터 G는 나의 단순명쾌함에 고마워하며 딱 두 가지를 더 물었다. "내 컬렉션의 복원 작업을 시작해주겠어요?"와 "미국 그림을 찾는 것을 도와주겠어요?"였다. 나는 그에게 두 가지 모두 가능하다고 답했다.

두 번째 중요한 기회는 호세와 내가 집으로 돌아가자마자 나타났다. 내가 몇몇 작품의 복원을 도와주었던 현지 골동품 딜러가 그의 가게 옆으로 매력적인 부동산 매물이 나왔다고 알려주었다. 세인트 피터스버그St. Petersburg의 구시가지에 위치하고 탬파만Tampa Bay에도 걸어갈 수 있는 거리였다. 그 건물은 모퉁이에 1930년대의 오래된 커피숍이 있었다. 거기에 네 개의 가게도 붙어 있었는데, 커피숍 양쪽으로 가게가 두 개씩 위치했다. 가게들을 전부 합치면 거의 반 블록을 차지했다. 가게 뒤쪽은 골동품 벽돌로 지어진 아름답고 오래된 뜰로 둘러싸여 있었다. 각 가게마다 뒤뜰로 통하는 프렌치 도어가 있었다. 다 합쳐서 고작 5만 달러였다!

다음 몇 달 동안은 호세와 나는 청소하고 페인트칠하고 수리하느라 바빴다. 커피숍은 이미 그리스인 가족이 임대하고 있었다. 우리는 복원 작업실과 골동품 가게로 매장 두 군데를 쓰고 나머지 두 곳은 임대를 주었다. 완벽한 배치였다. 우리는 복원 작업실이 내 진짜 사업을 가려주는 완벽한 눈속임이 될 거라고 생각했다. 여분의 돈은 골동품 가게의 물건을 마련하는 데 투자하면 될 터였다. 또한 몇 년 전에 소니에게서 배운 기술이 마침내 성과를 내게 됐다. 우리는 트럭을 구입해 곧바로 복원할 그림을 닥터 G의 마이애미 저택에서 새 작업실로 옮겼다.

호세는 모든 회계 원리와 사업하는 방법을 스스로 익혔다. 그는 서류 작업뿐만 아니라 재정 관련 문제까지도 전부 맡았다. 나는 나대로 능력을 넓히려면 반드시 캔버스에 그림을 그리기 시작해야 한다는 사실을 깨달았다. 아카데미 보드지나 나무패널은 규격 면에서나 위조할 화가들의 표현 방식들에 있어서도 너무 제한적이었기 때문이다. 이제 큰 작업실이 생겼으니 연구 개발 프로젝트를 시작해볼 수 있었다.

캔버스에 그림을 그린다는 것은 새로운 기술적 문제를 야기했다. 내 카메라와 클로즈업 렌즈, 필기 노트를 챙겨서 호세와 나는 뉴욕으로 날아가 곧바로 지미의 집으로 향했다. 지미는 우리가 새로 구입한 것들과 내 위작 생산 라인을 넓히는 나의 계획에 반가워했다. 내가 19세기 미국 캔버스 그림을 연구하는 동안에 폴은 계속해서 자신의 세입자들로부터 복원할 일거리를 가져다주었고 호세는 지미의 집안일을 도와주었다. 특히 지미의 컬렉션에서 미복원 그림들에 관심이 갔다. 그중 다수는 화가가 마지막으로 바니시를 바른 후로 손대지 않은 것들이었다.

어떠한 방해도 받지 않는 2층의 한적한 공간을 찾아서 벽에 캔버스 몇 개를 쭉 세워놓았다. 의자를 가져다놓고 자세히 관찰하면서 오래된 그림처럼 보이게 하는 요소들의 리스트를 만들었다. 나는 가장 분명하고 널리 알려진 크랙의 특성 패턴부터 연구하기 시작했다. 캔버스에 생긴 크랙은 나무패널이나 아카데미 보드지에 나타난 크랙과는 완전히 달랐다. 보드지에서는 크랙이 어느 정도 직선이지만 캔버스에서는 딱 정반대로 캔버스의 크랙은 흔히 동심원 형태를 만들었다. 이러한 고리들rings이나 원들circles은 또한 중심으로부터 뻗어 나온 미세한 크랙이 2차 연결망을 가진다. 이 원들을 서로 연결하면 마치 거미줄과 같은 패턴을 이룬다. 창문으로 들어오는 햇빛에 그림을 비스듬히 들어서 보니 크랙이 살짝 들려 올라간 것을 또렷하게 볼 수 있었다.

그 다음에 작은 핀의 머리만 한 크기의 검은색 또는 갈색의 점들이 무리를 이루는 많은 그림들을 살폈다. 매우 작은 점들은 무척 특이하고 뚜렷한 패턴으로 모여 있었는데 거의 대부분이 그림 둘레에 자리했다. 이들 점들은 그림 표면에 살짝 들려 올라가서 녹아 있었다. 지미를 통해 알게 된 사실인데 그것들은 아주 오래된 파리똥이었다. 소니의 작업실에서 다뤄본 그 무엇과도 같지 않았다. 비록 더 연구할 가치가 있었지만 현재로서는 일단 메모만 하고 여러 무리들을 사진으로 찍어두었다.

다양한 색조의 피막을 연구할 때, 그림마다 둘레에 0.6cm정도의 노랗게 변색되지 않은 투명한 바니시에 주의했다. 이는 그림의 가장자리가 액자틀에 가려져 있어서 바니시를 산화시키고 노랗게 변색시키는 자연광의 자외선을 차단했기 때문이다.

그림 뒤쪽으로 접혀서 캔버스 왁구 가장자리에 고정된, 색칠이 안된 캔버스를 연구해보니 어떤 기계적인 방법에 의해 젯소가 도포되어 있었는데 아마도 분무한 것 같았다.

많은 그림들이 캔버스 뒷면에 작게 덧댄 부분이 하나둘 보였는데, 수 년 전에 구멍이나 찢겨진 데를 수선하면서 했던 조잡한 복원이었다. 그림을 뒤집어보니 충전재 위에 퇴색한 물감을 바른 것이 보였다. 필름을 몇 통이나 쓰고 노트 한 권을 메모로 가득 채우고 나니 19세기 미국 그림들의 노화가 보여준 과학수사적이고 미학적인 효과를 탁월하게 이해하게 됐다고 느꼈다.

뉴욕에 있는 동안 되도록이면 샌디를 피하려고 애를 썼지만 불가능한 일이었다. 그는 폴의 집에 있는 나를 보고는 그림을 더 달라고 조르기 시작했다. "마이애미에서 그래 놓고 꿈도 꾸지 마!" 내가 그에게 말했다. 그래도 여전히 그는 고집을 꺾지 않았고 골동품 액자 몇 개를 팔고 싶다며 자신의 집으로 보러 오라고 했다. 샌디의 집에서 볼 일을 마치고 나와 함께 그의 BMW에 탔는데 후진으로 차도를 벗어나려는 순간 갑자기 고막이 터질 듯한 굉음과 함께 차의 뒷부분이 휙 들렸다가 쾅하고 떨어졌다.

"대체 뭔 지랄이야?" 차 밑에서 폭탄이 막 터졌다고 확신하며 내가 그에게 소리쳤다. 밖으로 뛰쳐나가 차 아래쪽을 살펴보니 뒷부분에서 까만 기름이 새어나와 커다란 웅덩이를 만들고 있었다. 다음 날, BMW 정비사가 샌디에게 안 좋은 소식을 전했다. "뒤쪽의 핀이 부러져서 하우징이 폭발했네요." 수리비는 3,200달러였다. 샌디는 거의 실신할 지경이었고 제발 한 번만 더 기회를 달라고 애원했다. 안쓰러워서 지미의 집에 두었던 "피토"와 "워커" 그림 한 점씩을 주었다. 제발 조심하라고 주의를 주었더니 뉴욕 시내에 몇몇 미술품 딜러들이 대기하고 있다면서 아무 일도 없을 테니 걱정하지 말라고 했다.

지미의 집에서의 연구가 끝나자 호세와 나는 예전에 살던 동네 바로 뒤쪽에 위치한 뉴욕 시내의 얼레이 호텔에 며칠간 묵었다. 낮에는 쇼핑을 하고 지노스에서 친구들과 점심을 먹었으며 밤에는 알렉산드라와 그녀의 친구들과 시내로 놀러나갔다.

플로리다로 돌아가기 전에 샌디가 어찌 하고 있는지 확인도 하고 폴과 지미에게 작별 인사도 할 겸 나이액으로 갔는데, 지미가 잔뜩 화가 나 있었다.

"멍청한 샌디 자식! 그 멍청이가 무슨 짓을 하고 있는지 알아?" 지미가 소리쳤다.

"무슨 일인데요?" 내가 얼굴이 창백해지며 물었다.

"미술품 딜러들한테 내 조카라고 말하고 다니고 있어!" 지미는 화가 머리끝까지 나서 말을 제대로 잇지 못할 정도였다. "내 그림을 팔아주고 있는 거라고 말하고 다니고 있어!" 지미는 진정한 후 아는 미술품 딜러로부터 그의 조카를 사칭하는 사람이 있다는 전화를 받았다고 설명했다.

이것으로 샌디는 더 이상 빠져나올 구멍이 없었다. 그날 오후 마침 내 폴의 가게로 나타난 샌디에게 말해주었다. 앞으로 그림을 절대로 팔지 못할 것이며 다들 그를 멀리할 것이라고.

플로리다로 돌아온 나는 위조기술이 한층 발전할 준비가 되어 있었다. 다음에 도전할 과제는 지미의 그림들에서 관찰한 대로 오늘날의 캔버스를 이용해 위조한 그림 위에 오래된 세월의 흔적을 만드는 것이었다. 이는 나를 캔버스에서 해결해야 할 문제로 다시 돌아가게 했다.

옛날 그림古畵의 위작을 만들려면 진짜 옛날 그림으로 시작해야 한다. 따라서 가장 먼저 할 일은 동네 골동품 가게를 구석구석 뒤지며 별 값어치가 없는 진짜 옛날 그림을 찾는 것이었다. 미술품 딜러들은 오랫동안 가게에서 먼지만 쌓인, 마치 미치광이가 그린 것처럼 보이는 그림들을 팔게 돼 좋아했다.

내가 지미의 집에서 연구한 그림들은 매우 적은 물감에 아마인 유 linseed oil를 섞어서 그린 것이 대부분이었다. 19세기 그림들에 공통된 수법이다. 사실상 이러한 표본 그림들을 비스듬하게 들어서 보면 캔버스의 무늬나 "핵심들"이 마치 수채화 물감으로 그린 것처럼 선명하게 보였다.

짧은 시간에 상상이 되는 매우 끔찍한 그림들을 잔뜩 모았다. 내 목적에 딱 들어맞는 그림들이었다. 캔버스 왁구와 캔버스가 전부 미국산이고 물감을 얇게 칠했으며 제작 연대도 딱 맞아 떨어졌다. 몇몇은 제조업체의 라벨이 여태 붙어 있는 것도 있었다.

나의 주된 도전 과제는 옛날 그림에서 그림을 지우고 캔버스에 새로 젯소 처리를 한 다음, 그 위에 새로운 그림을 그리고 크랙을 만든 후 진품과 똑같은 피막 효과를 더하는 것이었다.

내 목적은 오래된 세월의 흔적을 흉내 내는 게 아니라 똑같이 다시 만들어내는 것이다. 무엇이 옛날 그림에 크랙과 같은 영향을 끼쳤는가를 이해할 수 있다면 아주 짧은 시간 안에 동일한 효과를 만들어낼 수 있다고 판단했다. 나는 크랙이 물리 화학적인 변화가 일어나는 유성 물감의 층들 사이에 압력이 더해지면서 생기는 효과임을 이해하게 되었다. 팽창과 수축을 일으키는 온도차와 습도, 심지어 물리적 충격 같은 외부적 요인이 크랙 형성에 촉매제로 작용한다. 나는 그 목적에 기여하는 모든 조건을 갖추는 게 필요했고, 그런 다음 그 과정을 가능한 빨리 진행되게 하는 방법을 찾아내야만 했다.

과거의 위조자들이 고안한 길고 복잡하고 신뢰할 수 없는 방법들을 받아들일 수 없었다. 나는 그 해답을 수월하게 찾을 수 있으리라 직감적으로 믿었다. 어쨌든 우연히 발견한 간단한 방법만으로 아카데미 보드지에 흠 잡을 데 없는 크랙을 만들어냈다고 판단했다.

몇 가지 사실은 틀림없다. 캔버스는 오래될수록 건조해진다. 그리고 건조해질수록 파삭파삭해진다. 파삭파삭해질수록 크랙이 생기기 쉽다. 하지만 여전히 의문점이 남아 있었다. 캔버스 그림 특유의 패턴은 왜 생기는가? 어떻게 해야 똑같은 패턴을 만들어내는 공정을 초래할 수 있는가? 그때 자연에서 일어나는 무차별적인 반응이 그들만의 독특한 패턴을 드러낸다는 사실이 떠올랐다. 예를 들어, 마른 강바닥은 특정한 패턴을 보인다. 그러니 크랙이 만들어지는 조건들이 모두 충족된다면 패턴은 저절로 만들어질 것이라고 판단했다.

아세톤은 매우 강력한 일반 용액 중에 하나다. 많은 복원 전문가들이 옛날 그림들의 변색된 바니시를 용해하기 위해 사용한다. 아세톤은 손쉽게 바니시를 녹이지만 적어도 이론상으로는 그 아래에 깔려 있던 오리지널 물감을 침범하지 않는다. 유성 물감은 25년이 지나면 "기술적으로 딱딱해"져서 용해되지 않기 때문이다. 하지만 언제나 진실은 아니다. 아세톤을 희석하지 않고 사용하면 얼마간 시간이 지나서 기술적으로 딱딱해진 유성 물감이라도 녹기 시작한다. 그러므로 신중한 복원가라면 종종 아세톤에 미네랄 스피릿mineral spirit을 섞어 효과를 약화한다.

나는 아세톤을 오래 사용하면 오리지널 물감을 전부, 혹은 거의 제거할 수 있다는 사실을 발견했다. 그림 표면에 페이퍼 타월을 펼쳐놓은 상태로 흠뻑 적실 때까지 그 위에 아세톤을 직접 뿌리는 방법을 고안했다. 페이퍼 타월이 스펀지 역할을 해 아세톤이 증발하지 않도록 잡아주었다. 그렇게 몇 시간을 놓아두면 아무리 단단한 물감이라도 녹기 시작한다. 다행히 석고 가루와 물로 만들어진 밑칠용 젯소는 케톤기基, ketone group에 속하는 그 어떤 용액에도 영향을 받지 않는다. 그 결과 옛날 그림이 지워진 후에는 결코 그림을 그린 적이 없는 옛날 캔버스처럼 보였다.

캔버스에 조리 선생 비방의 젯소를 얇게 입혀지도록 간단하게 칠하고 그 위에 그림을 그린 후 아카데미 보드지에 그랬던 것처럼 태양에 말린 다음 캔버스에 압력을 주는 방법을 찾아내서 크랙을 만드는 것은 구미가 당기는 생각이었다. 하지만 그것은 분명히 문제가 있었다. 19세기에 사용된 오리지널 젯소는 어떤 방법으로 바르거나 분무함으로써 완벽하게 극도로 얇으면서 고르게 칠해졌다. 더욱더 중요한 것은 주의 깊게 관찰하면 캔버스의 무늬도 분명히 보였다. 이와 같은 도포는 붓으로 칠해서는 그야말로 불가능했다. 오리지널 젯소 위에 숨길 수 없는 붓놀림이 남아 기민한 감정가라면 위조한 젯소막膜을 볼 것이다.

만약 분무기로 뿌릴 수 있을 정도로 일관되게 묽은 젯소를 새로 만드는 게 가능하다면 캔버스 무늬 패턴의 질감을 살리면서 완벽하고 고르게 칠하는 게 가능하다고 판단했다.

늘 그렇듯이 젯소에 토끼가죽 아교를 섞었다. 처음 몇 번의 시도는 칠이 너무 두툼해 캔버스 패턴을 완전히 가려버렸다. 마침내 분무해서 말린 후에도 캔버스의 무늬가 보일 정도로 충분히 묽게 만들 수 있었다. 캔버스를 태양에 말리니 극도로 뻣뻣하고 퍼석퍼석해졌다. 그 다음 부드러운 고무공으로 캔버스에 압력을 가하자 즉각 완벽한 거미줄 패턴의 크랙이 생겼다!

오래된 캔버스 위에 젯소를 한층 더 도포하고 그 층들 안으로 열을 가하면 압박이 생겨서 자연스러운 크랙을 만드는 모든 필요한 조건이 준비됐다고 결론 내렸다. 마지막으로 약간 부드러운 압력의 간단한 사용은 압박을 분출하는 촉매가 되어 크랙을 만든다.

한편 우리의 훌륭한 그림 복원 실력이 현지 미술품 컬렉터와 딜러들 사이에 퍼져 나가는 동안 사라소타Sarasota의 링글링 미술관Ringling Museum 과 팜 비치Palm Beach의 노턴 갤러리Norton Gallery 등 전국의 미술관에서 전화가 걸려오기 시작했다. 우리는 눈코 뜰 새 없이 바빴고 작업실은 미술관 창고를 방불케 했다. 우리는 일일 근무 계획을 정해서 매일 아침 8시에 작업실로 출근해 카페에서 아침 식사를 했다. 그러고는 나는 정오까지 위작을 만들고 호세는 전화와 고객, 서류 업무를 처리했다. 카페에 미리 이야기를 해놓아 뒤뜰의 테이블에 점심 식사가 차려졌다. 오후에는 그림 복원 작업을 했다.

주말에는 닥터 G의 마이애미 저택에서 보냈다. 매번 그로브Grove의 가장 좋은 집에서 열리는 디너파티나 닥터 G가 직접 마련한 화려한 풀장 파티에 갔다. 거기서 나는 미술품 컬렉터들과 새로운 고객들을 만날 기회가 많았다. 닥터 G는 내가 어떤 그림이든 찾기만 하면 자신에게 가장 먼저 보여달라고 했다. 하지만 나는 그의 환대를 남용하고 싶지 않았다. 특히 그는 나에게 롤스로이스와 저택의 방 열쇠까지 맡긴 터였다. 그래서 나는 그에게 그림들을 1년에 5만 달러 이상 팔지 않는 것이 옳다고 생각했다.

이게 오히려 잘돼서 닥터 G는 "피토"와 "버터스워스", "워커" 그림을 더 사지 못해 안달이었다. 당시 나는 최신의 기술적 돌파구로 위작 레퍼토리가 늘어나 그의 가장 무모한 꿈을 이루어줄 수 있었다. 머지않아 19세기의 다른 해양화가 안토니오 제이콥슨Antonio Jacobsen, 독일 태생의 미국 정물화가 세베린 로센Severin Roesen[32], 레비 웰스 프렌티스Levi Wells Prentice 그 밖에도 여러 초기 미국 화가들의 작품을 주말마다 들고 갔다.

1979년, 호세와 내 사업은 완전히 자리 잡았다. 우리 작업실에는 각양각색의 인물들이 몰렸다. 값나가는 작품을 찾으려고 고물상과 골동품 시장을 뒤지는 전문 발굴자들도 있었다. 특히 미스터 엑스Mr. X는 메인Maine주에서 마이애미까지 동해안East Coast를 누비며 큰 성공을 거둔 베테랑이었다. 그가 찾아낸 새로운 그림을 손보러 찾아올 때마다 일 이야기를 하다 보니 친한 사이가 되었다.

어느 날 뒤뜰에서 점심 식사를 하다가 미스터 엑스가 50달러에서 100달러쯤 하는 별 볼 일 없는 19세기 그림들이 계속 눈에 띈다는 말을 했다. 사실 때때로 전화가 걸려와 "깡촌"이라는 가정집으로 찾아가보면 그런 그림들이 열 점도 넘게 있다는 말이었다. 그런가 하면 "유망주sleeper" 하나를 위해 쓰레기에 불과한 그림을 무더기로 구입해야만 할 때도 있다고 했다.

결국 어느 날 그에게 내 그림을 몇 점 보여주었다. 취미 삼아 하는 일인데 무가치한 옛날 그림들이 많이 필요하다고 말했다. 그는 그 자리에서 홀딱 반해 그에게 내 그림 몇 점을 팔거나 교환해준다면 가치 없

---

32 **세베린 로센**(1816~1872) 미국의 정물화가. 과일과 꽃을 풍요롭게 그리는 걸로 유명하다.

는 19세기 그림과 액자를 "한 트럭으로" 가져다주겠다고 약속했다. 그래서 그에게 내가 찾는 특정 유형의 옛날 그림을 설명해주고 그것들을 가져다주면 그림들을 현금을 받고 팔거나 교환하는 데 동의했다.

호세와 나는 미친 듯이 일했다. 그런데 어느 날 뉴욕에 갔더니 슬픈 소식이 기다리고 있었다. 폴이 병에 걸려서 병원에 입원한 것이었다. 암이었고 의사는 가망이 없다고 했다. 결국 그는 퇴원해 나이액에 있는 자신의 콘도로 돌아왔다. 호세는 한동안 거기에 머물며 그를 보살폈다. 하지만 호세가 돌아온 지 얼마 후 폴이 세상을 떠났다는 소식이 들려왔다. 모두에게 크나큰 충격이었다.

지미한테서 들은 바로는 샌디는 폴의 죽음으로 제정신이 아니었다. 슬퍼서가 아니라 자신의 이익 때문이었다. 특히 그림을 팔지 못하게 된 후로 샌디의 삶은 계속 추락했다. 그리고 지미는 샌디가 더 이상 자신을 찾아오지 못하게 했다. 당시 폴은 그에게 일을 주는 세상에서 유일한 사람이었다. 그런 그가 떠났다!

지미에 따르면 샌디는 정말로 넋이 나간 것 같았다. 지미가 들었던 나이액의 비밀 소식에 의하면 샌디가 심각한 우울증에 빠졌다가 갑자기 행복감에 도취되었는데, 그가 애완견들을 데리고 콜로라도로 이사해서 "협곡에서 살려고" 한다고 선언했다. 그는 마지막 전 재산을 해치백이 달린 1960년대식 폭스바겐 캠핑카에 투자했다. 보기에 픽업트럭과 버스 사이를 오가는 생김새였다. 사람들의 말에 의하면 빛바랜 페인트 사이로 꽃과 평화의 상징이 보였다. 목격자들에 의하면 샌디는 해치백에 가로 30cm에 세로 60cm 정도 크기의 나무틀을 부착하고 그 위에 낡은 캔버스천 방수포를 덮개로 씌웠다. 여기에 그 자신은 비좁은 운전석에서 운전했지만, 그의 사랑스러운 강아지들은 해치백에 놓인 낡고 더러운 매트리스 위에서 편하게 여행을 할 수 있으리라고 생각했다.

샌디를 마지막으로 본 사람에 따르면, 그는 어느 날 늦은 오후 나이액을 벗어나 서쪽으로 향했다. 하지만 얼마 후 나이액으로 들려온 소식에 따르면 그는 뉴저지주 퍼세이크Passaic도 빠져나가지 못했다. 심한 폭풍우로 폭스바겐 뒤쪽의 지붕이 날아가 애완견들이 패닉 상태에 빠졌기 때문이었다. 사이드 미러로 그 모습을 본 샌디가 순간적으로 통제력을 잃는 바람에 차가 진흙탕 배수로로 빠졌고 샌디와 쿠카푸, 푸카노이아는 밤새 그곳에 고립돼 있었다.

우리에게 있어서 폴의 죽음은 한 시기가 끝난 것이었다. 나는 여전히 지미를 방문했고 항상 그의 집에 그림을 잔뜩 숨겨두었다. 하지만 플로리다의 작업실에서 일하지 않을 때는 대부분 마이애미나 뉴욕에서 시간을 보냈다.

70년 후반, 마이애미는 꿈의 도시였다. 그곳에는 돈이 넘쳐났다. 어디를 가든 과시적으로 드러난 부가 있었다. 대부분은 마약 사업과 연관돼 있었다. 클럽과 고급 레스토랑, 최고급 부티크가 우후죽순으로 들어섰고 코코넛 그로브는 그중에서도 가장 인기 있는 곳이었다.

어느 날 길거리에서 로이와 데이브를 마주친 적도 있다. 우리는 가끔 만나 그로브에 있는 그들 소유의 카페 코코 플럼Coco Plum에서 점심 식사를 함께 했다. 조지 캠벨의 사업 또한 호황을 맞이했다. 상류층 후원자들이 토요일 오후에 들러 5만 달러나 6만 달러치의 그림과 골동품을 사가는 것이 드문 일이 아니었다. 조지는 오래 걸리지 않아 내가 그의 친구인 닥터 G에게 판매한 그림들이 사실은 내가 직접 그린 것임을 알게 되었다. 하지만 그는 그런 디테일에는 관심이 없었다. 그는 매장에 놓아둘 그림을 원할 뿐이었고 나는 기쁘게 그 뜻에 따랐다. 그들 두 사람 사이에서 돈이 계속 나에게 흘러 들어왔다.

닥터 G의 저택을 작전 기지로 삼아 활동하던 나는 마이애미가 초기 유럽 가구를 찾기에 가장 좋은 장소임을 알게 되었다. 특히 한때 1920년대에 지어진 전통적인 지중해 스타일의 대저택을 장식했던 16세기와 17세기 이탈리아와 스페인 가구들이 그러했다.

그림으로 버는 돈은 곧장 우리 골동품 가게에 희귀한 가구를 들여놓는 데 투자했다. 그러한 제품들을 취급하는 뉴욕의 딜러들과 계속 연락을 이어갔다. 그중에는 피에로 코르시니Piero Corsini 같은 이탈리아인도 있었다. 그들은 우리 매장에서 구입한 물건을 피렌체나 밀라노 같은 곳으로 보냈다. 안쓰러울 정도로 약한 미국 달러 덕분에 엄청난 이윤을 남기고 팔 수 있었기 때문이다.

어느 날 오후, 소더비의 런던 경매장에서 열리는 초기 가구 특별 판매 카탈로그 몇 권을 얻었다. "이 가격들 좀 봐." 내가 작업실에서 호세에게 말했다. 호세는 카탈로그를 훑어보다가 우리의 물품 목록에 있는 것과 똑같은, 많은 제품들이 우리가 팔았던 가격보다 몇 배나 높은 가격인 것을 보고서 경악했다.

"우아! 우리도 여기에서 팔면 되겠다." 그가 말했다.

"그게 바로 내 생각이야." 내가 말했다.

당시 우리 창고에는 물건이 넘쳐났다. 17세기 테이블, 카소네^{casonne}, 식기 진열장이 무더기로 쌓여 있었다. 우리 둘 다 소더비에 전화를 걸어야 할 때라는 데 동의했다.

10

소더비의 멍청이

경매회사는 악명 높은 기만적인 기관으로 절대 믿어서는 안 된다. 하지만 대부분의 경매회사는 사람들의 생각과 달리 입찰을 조작하지는 않는다. 그들은 그것을 미술품 딜러들에게 맡긴다. 딜러들은 "공동 출자pool"나 "담합ring"이라고 불리는 구매를 위한 연합체를 형성한다. 이러한 계략에는 많은 변형이 있지만 기본적으로 서로 입찰 경쟁을 벌이지 않기로 약속한 몇 명의 딜러들이 공모해서 팔리기 전에 누가 어디에 입찰할 것인지 결정한다. 또한 입찰에 성공하면 낙찰 받은 딜러가 낙찰가의 몇 퍼센트를 내놓아 담합한 나머지 멤버들이 나눠 가진다. 이와 같이 그들은 그들끼리 경쟁 없이 물건을 사서, 판매자에게 가야 할 돈을 그들 딜러 패거리들의 주머니로 들어가도록 한다.

이런 계략은 매우 불법적이지만 공공연하게 성행하고 있다. 담합은 경매장 비즈니스의 어쩔 수 없는 현실이기에 상식 있는 판매자들은 담합자들과 경쟁을 벌일 개인 입찰자들이 많이 참여하기를 바란다. 여기에서 문제가 발생한다.

어떤 경매는 많은 관중과 뜨거운 경쟁이 보장된다. 대개는 주말에 열리는 경매다. 평일 오전에 열리는 경매는 한 개의 담합이거나 잘해야 두 개의 담합을 형성한 딜러들과 소수의 개인 입찰자들만 끌어들인다. 그런 자리에 물건을 내놓는다면 결과는 뻔하다.

누가 이기기 이전에 그들의 물품을 가장 잘 팔리게 하기 위해서 파는 딜러들은 "21"이나 포 시즌스Four Seasons 같은 곳에서 경매회사 관계자들과 저녁 식사를 한다. 자동으로 평일 경매는 딜러들을 "뿅 가게 만드는 것"을 제공하기 위해 물품들을 희생하는 바보들에게 돌아간다. 하지만 그들은 노련한 판매자보다 먼저 선수를 치려고 종종 판에 박힌 유인 상술을 쓴다.

소더비가 7만 5천 달러로 예상한 우리의 가구들은 비행기로 런던 경매장에 보내졌다. 소더비의 가구 부문 책임자인 힌치클리프Hinchcliff 선생은 우리 물건이 "매우 중요한" 초기 유럽 가구 판매전에 포함될 것이라고 확언했다. 그러나 나는 스케줄 변경에 관한 정중한 편지나 전화 한 통조차도 받지 못했다. 무료로 카탈로그를 받아보았을 때는 이미 내 물품들이 월요일 오전 경매로 정해진 후였고 겨우 만 5천 파운드를 벌었다. 미친 듯이 소리 지르고 욕을 했지만 내게 돌아온 것은 꿈쩍하지 않는 힌치클리프의 차가운 캠브리지 악센트의 말 한마디였다. "선생님, 다시 한번 말씀해주시겠어요?" 이야기가 주는 교훈은 분명했다. 언제나, 특히 경매회사와 거래할 때는 반드시 "서면으로 받아야 한다."

소더비 뉴욕지점에 전화를 걸어 항의했지만, 그들이 해줄 수 있는 일은 파운드화로 적힌 바클레이스은행 수표를 좋은 환율을 적용해 달러화 수표로 바꿔주겠다는 것뿐이었다. 내가 받은 타격을 감안하면 아무런 위로도 되지 않았다. 결국 그들에게 파운드화 수표를 보냈고 3만 2천 달러의 수표로 바꿔서 받았다.

한 달 후 런던 소인이 찍힌 소더비의 편지가 우리 작업실에 도착했다. 안에는 원래 우리에게 발행되었던 만 5천 파운드의 바클레이스은행 수표가 들어 있었다.

"이게 뭐지?" 호세가 물었다.

비할 데 없이 기막힌 회계상의 대혼란으로 우리가 뉴욕으로 보내서 달러화 수표로 바꿨던 소더비의 파운드화 수표가 런던으로 되돌려 보내졌다. 믿기 힘들게 이 수표가 간단히 우리에게로 다시 돌아온 것이었다.

"정상 수표가 아닐 거야. 아마 지불 정지해놨을 거야." 내가 호세에게 말했다.

"자." 호세는 대답하면서 이미 전화기를 들고 있었다. "런던 바클레이스은행에 한번 확인해봐야겠어." 놀랍게도 수표는 정상이었다. 하지만 우리 동네 은행에서는 현금으로 찾는 데 최소한 2주가 걸릴 것이라고 했다.

24시간 후, 시차로 정신이 몽롱하고 눈도 침침한 상태로 바클레이스은행의 본드 스트리트Bond Street지점으로 들어가 수표를 아무 문제없이 현금화하고 미국으로 송금했다. 이번 비용도 만회하고 수년 전 런던에서 처음으로 그림들을 팔았던 기억을 떠올리며 만약을 위하여 "버터스워스" 그림 한 점을 가져왔다. 15분도 안 되어 듀크 스트리트Duke Street에 있는 오멜 갤러리Omell Gallery에서 1,000파운드 수표를 들고 나와 다시 바클레이스은행에 들렀다.

은행에 3만 2천 달러가 늘어난 상태로 화려하게 두 달의 시간이 지났을 때였다. 뒤뜰에서의 점심 식사를 방해하는 전화벨이 울렸다. 호세가 작업실에서 전화를 받아 "런던 소더비"라고 외치고 전화 줄을 늘려 수화기를 건네주었다.

"힌치클리프입니다." 고상한 척하는 양반의 목소리였다. "착오가 있었던 것 같아요. 페레니 선생님, ……." 나는 그가 착오에 대해 실컷 떠들게 내버려둔 후 최대한 고상한 말투로 "엿이나 드세요, 선생님"이라고 해주었다.

쾅하고 수화기를 내려놓은 지 5분 만에 전화벨이 다시 울렸다. 힌치클리프는 넋 빠진 목소리로 "이 일로 인해 위험에 처한 사람들을 생각해달라"라고 간청했다.

"잘 들어요." 그의 말을 가로막고 말했다. "이젠 내가 확실하게 말씀드리죠. 우선 당신은 그 돈을 한 푼도 다시 볼 수 없을 거예요. 둘째, 당신이 내 물건들을 빌어먹을 월요일 아침 경매로 넘겼을 때 보여준 배려를 내가 이참에 똑같이 보여드리죠. 이 일로 일자리를 잃는 사람이 있다면 잘됐네요. 이번 기회에 좀 정직하게 돈을 벌라고 해보세요!"

내 그림으로 돈을 벌기 시작한 토니는 처음에는 나를 매우 귀하게 대접했다. 굳이 자신의 아파트에서 지내라고 하고 매일 밤 나를 데리고 시내로 나갔다. 토니는 완벽한 내부자였다. 마피아를 찾으려면 어디로 가야 하는지를 알았고, 영화배우를 만나고 싶다면 만날 수 있는 곳으로 안내했다. 드 니로De Niro도 문제없었다. 당시 토니는 맞춤 스포츠 재킷(어느 한 카페의 옷걸이에서 가져온)과 비싼 선글라스, 구찌 가죽 구두 차림으로 어퍼 이스트 사이드를 활보했다. 이탈리아 귀족의 전형이었던 그에게서는 유럽 대륙의 매력이 풍겼다. 갤러리 오너와 고급 레스토랑 주임 웨이터들은 그가 들어오는 모습을 보면 바로 그의 발바닥에 몸을 던지려 했다.

그렇지만 시간이 지나고 토니가 내 그림을 많이 팔면 팔수록 나는 토니 마사치오의 변화를 알아차리기 시작했다. 그는 주머니 사정이 나아질수록 빈털터리지만 사람 좋은 친구에서 참을 수 없는 독재자로 변모했다. 돈이 쌓여 갈수록 그런 병적인 증세도 심해졌다. 이러한 변화에서 특별한 사건의 기폭제가 된 것은 그가 깡통에 넣어서 냉장고 뒤에 숨겨 놓은 총 5만 달러가 넘는 100달러짜리 지폐 뭉치였다. 지폐 뭉치가 커질수록 변화는 필연적으로 찾아왔다. 나는 뛰어난 두뇌와 재능을 가진 숨은 인재에서 하찮은 직원으로 전락했다. 하지만 토니 자신은 배후의 최고 지도자!

어느 추운 겨울날 오후, 우리는 라 굴뤼La Goulue에서 점심을 먹은 후 매디슨 대로를 거닐며 갤러리들을 방문하기로 했다. 토니는 펄스 갤러리Perls Galleries에서 알렉산더 칼더Alexander Calder[33]의 과슈gouache로 그린 컬렉션을 보고 싶어 했다. 그림을 다 보고 떠나면서 토니는 칼더가 천재라는 말을 계속했다.

"오, 제발, 토니, 저런 그림은 눈 감고도 그릴 수 있어." 오직 토니의 입을 다물게 하려고 한 말이었다.

"그럼 당장 그리지 않고 뭐해? 그런 것까지 내가 일일이 다 말해줘야 해?"

"저런 그림도 팔 수 있단 말이야?" 내가 그에게 이 질문을 하는 실수를 저질렀다.

"팔 수 있냐고?" 토니는 매디슨 대로에서 소리쳤다. "너 머리가 어떻게 된 거 아니야? 나는 그것들을 전국 어디서든 팔 수 있다고!" 10분 후, 우리는 리졸리서점Rizzoli's에서 칼더에 관한 책을 전부 샀다. 곧바로 지노스의 테이블에 앉아 와인을 마시며 책을 보며 연구했다.

"작품 구성은 무척 쉬워. 종이에 구불구불한 선하고 점, 동그라미만 잔뜩 있는 거니까. 칼더가 사용하는 워터마크watermark(빛에 비춰 보았을 때 보이는 투명무늬-역주)가 들어간 제대로 된 종이를 구하는 게 묘책이지." 내가 토니에게 설명해주었다.

소호에 있는 로프트에 칼더의 과슈 작품 몇 점을 걸어놓은 토니의

---

33 **알렉산더 칼더**(1898~1976) 미국의 조각가로 움직이는 미술인 '키네틱 아트(Kinetic Art)'의 선구자다. 손으로 만지거나 바람의 움직임에 반응하게 만든 모빌(mobile)의 창시자. 균형 잡힌 모빌을 움직이는 조각 형식으로 제작함으로써 조각을 대좌(臺座)와 양감에서 해방시켰다. 이 밖에도 회화와 판화, 보석을 디자인한 작품들이 남아 있다.

친구를 방문하면서 의문점이 풀렸다. 과거에 토니는 그에게 (훔친) 작품들을 싸게 팔았다. 토니에게 신세진 게 있는 친구는 과슈 작품들을 우리 마음대로 하라고 했다. 두 점을 액자에서 꺼내 조명에 비춰보니 필요한 정보를 모두 얻을 수 있었다. 다음 날 근처 미술용품 상점을 모두 샅샅이 뒤졌지만 그 희귀한 종이를 찾는 데 실패했다. 마침내 누군가의 추천으로 3번 대로Third Avenue에 있는 센트럴 아트 서플라이Central Art Supply에 가보니 거기에는 한 장에 15달러 하는 종이에 워터마크까지 있었다.

이어서 물감과 붓, 팔레트를 챙겼다.

그사이에 토니는 자신의 아파트를 이젤과 제도대, 투광 램프, 빨랫줄, 헤어드라이기가 있는 공장으로 변신시키고 있었다. 이틀 동안 우리가 구입한 책들에서 잘라가며 칼더 과슈 작품의 모든 경우들을 연구했다. 그러고는 널찍한 제도대 위에 펼쳐놓은 커다란 스케치북에 나만의 "칼더" 그림을 만들어냈다. 싸구려 종이에 30, 40가지의 아이디어를 그려본 끝에 토니가 "정확한 주파수"라고 생각한 20가지를 골랐다. 스케치를 길잡이 삼아서 아이디어를 작품 종이에 옮길 준비가 되었다.

그때 마침 날씨가 험악해졌고 도시 전체가 겨울 눈보라를 대비할 때였다. 3번 대로의 미술용품 상점들에 더 들러서 물품을 좀 더 구매해야 했지만 눈보라가 이미 격노한 상태였다. 눈과 바람이 어찌나 차갑고 거세던지 집에 돌아가는 길에는 한 치 앞만 겨우 보일 뿐이었다. 구입한 물품들을 움켜쥐고 얼음처럼 차가운 공기를 간신히 들이마셨다. 계속 가기 전에 출입구로 돌진해 숨을 돌렸다.

이틀 동안 쉬지 않고 힘들게 일했다. 준비한 스케치가 떨어져서 우리는 좀 더 만들었다. 토니는 자신의 아파트를 가로지른 빨랫줄에 칼더의 휘갈겨 쓴 서명이 각기 있는 과슈 작품이 계속 걸리는 것을 보고 황홀해했다. 과슈 작품을 하나씩 유쾌하게 드라이기로 말리는 그의 눈에 달러 표시가 들어간 게 보였다.

험한 날씨에도 불구하고 토니는 용감하게 눈보라를 뚫고 나가 베니에로스Veniero's의 패스트리, 발두치스Balducci's의 속을 채운 아티초크, 빵과 치즈, 살라미, 물론 고급 와인까지 내가 좋아하는 것들을 잔뜩 사다주며 내가 기분 좋게 일할 수 있도록 만들어주었다. 하지만 토니가 아무리 이런저런 것들을 사다주어도 그의 집이 얼음골처럼 추워서 견디기 어려웠다. 벽난로에서 나무가 활활 타고 있어도 구식 난방 시스템으로는 집이 따뜻해지지 않았다.

결국 나는 추위와 피로를 더 이상 견딜 수 없어서 업타운에 있는 얼레이호텔의 따뜻한 방으로 피신했다. 한 시간 동안 욕조의 따뜻한 물에 몸을 담그고 침대에 누우니 천국에 온 듯했다. 토니는 크게 걱정하면서 내가 공항으로 간 것은 아닌지 확인하려고 전화했다.

"응, 나는 괜찮아." 내가 그에게 말했다.

"좋아. 그래, 너한테 줄 게 있는데 오늘 밤에 보내줄게." 토니는 이렇게 말하고 급하게 전화를 끊었다. 두어 시간 후 프런트 데스크에서 내 앞으로 배달 온 게 있다는 전화가 걸려왔다. 토니가 패스트리 한 상자를 보냈으려니 하는 생각으로 호텔 직원에게 내 방으로 가져다달라고 했다.

문을 열어보니 올리브색 피부에 꿈꾸는 듯한 갈색 눈동자를 가진,

진한 머리칼을 가진 아름다운 여자가 서 있었다. 그녀는 전투복 재킷에 전투복 바지, 전투용 군화까지 신고 있었다. 처음 든 생각은 "날 암살하러 왔구나!"였다. 하지만 잘 보니 그녀는 한 손에 크루보아제Courvoisier 브랜디를 들고 있었고 미소와 함께 자신이 토니의 친구 올리Orly라고 했다. 나는 그녀를 방으로 들였다. 올리는 함께 브랜디를 마시며 자신이 이스라엘인이고 열성적인 공산당 혁명가라고 고백했다.

"나도 그래요." 나는 그녀를 안심시키며 곧장 무릎을 꿇고 그녀의 군화 끈을 풀었다. 그녀는 밤새 이불 속에서 나와 시간을 보내며 공산당 사상을 주입시켰다.

다음 날 강제 노동 수용소와 다름없는 토니의 아파트로 돌아가서 마무리 작업을 했다. 30점도 넘는 과슈 작품의 가장자리에 때를 묻히고 윤기를 내는 일이 포함됐다. 마지막 작업을 끝내고 짐을 챙겨 플로리다로 돌아갔다.

나는 한동안 여러 방식으로 제조한 바니시에 호박amber, 琥珀색 염료를 섞어 위조한 그림에 마지막 피막 효과를 만들어내는 실험을 했다. 그림에 있어서 연한 피막은 색감을 부드럽게 하는 효과가 있고 옛날 그림에 있어서 가치를 높여준다. 단지 시간이 지나면서 바니시가 너무 진해지면 그림의 색을 압도하므로 반드시 바니시를 제거해야만 한다. 따라서 그림에 매력을 더하지만 세척 작업이 필요 없도록 엷은 노란빛 피막을 입혀주는 연습을 한 것이었다.

내가 위조한 그림들이 세척이 된다면 그 위험은 자명하다. 앞에서 말한 것처럼 유성 물감이 아세톤 같은 용액에 녹지 않도록 단단해지려면 최소한 25년이 필요하다. 세척하는 과정에서 옛날 그림의 물감이 녹기 시작한다면 현대에 만든 것으로 의심을 할 수밖에 없다.

비록 뒤뜰에 그림을 내놓고 몇 주간 플로리다의 강렬한 태양을 쏘여서 어느 정도 물감을 단단하게 만들기는 했지만 내 그림에서 바니시와 물감의 용해도 차이는 진품 옛날 그림보다 훨씬 작았다. 그러니 내 그림이 어쨌든 잠깐이라도 세척된다면 물감이 바니시와 함께 녹을 가능성이 있었다. 따라서 반드시 알맞게 옅은 피막을 입혀서 누구도 세척을 생각조차 못하도록 위작을 만들어야 한다.

어느 날, 고객을 위해 옛날 그림의 수리복원 작업을 하다가 단순하고 멋지면서도 놀라운 효과를 내는 방법을 발견했다. 오래전, 소니 밑에서 일할 때 자외선을 쏘여 옛날 그림을 검사하는 방법을 배운 적이 있었다. 복원전문가가 가장 먼저 할 일은 그림을 어두운 방으로 가져가 자외선에 노출하는 것이다. 그렇게 하면 여러 가지 중요한 사실을 발견할 수 있다.

우선 19세기 그림에 칠해진 바니시는 유기 화합물에서 추출한 것이다. 시간이 지나면서 바니시는 자연광에 존재하는 자외선의 포격을 받는다. 게다가 바니시는 서서히 변색되면서 독특한 산화과정을 겪는다. 그러한 산화 후 100여년이 지나면 암실에서 자외선램프UV lamp 광선들로 비춰보면 그림 표면에 이상한 녹색 형광 반응이 나타난다.

현대에 칠한 바니시에는 형광 반응이 일어나지 않는다. "녹니green slime, 綠泥"라고 불리는 이러한 현상이나 녹색 형광 코팅은 램프 아래에서 꽤 불투명해서 사실상 그 아래에 있는 그림을 가린다. 소니는 언젠가 "이러한 효과는 절대 가짜로 만들 수 없지"라고 단언했다. 복원 전문가는 자외선으로 그림 표면에 얼마나 오래된 바니시가 입혀졌는지를 볼 수 있다.

자외선은 이전에 이루어진 수복이나 수정retouching 작업을 탐지하는 데도 매우 유용하고 불필요한 서명superfluous signature(원래 작가의 서명이 없는 작품에 서명을 위조한 경우—역주)을 탐지하는 데도 중요한 도구다. 수정을 한 것이든 오리지널 옛날 바니시 위에 서명을 더한 것이든, 오리지널 옛날 그림에 더해진 물감은 녹색 형광에 새까맣게 보이기 때문이다.

또한 복원전문가들은 세척한 후에도 흔히 습관적으로 옛날 그림을 자외선으로 검사해서 여전히 오래된 바니시가 남아 있는지를 살펴본다.

방금 세척을 마친 고객의 옛날 그림 너머로 몸을 구부리고 최종 검사를 하기 위해 옆에 놓인 자외선램프를 켰다. 옛날 그림을 세척하는 데 방금 사용했던 면봉들 주변으로 용액이 작은 웅덩이처럼 생긴 것에 주목했다. 빠르게 증발한 이 작은 용액 웅덩이는 녹색 형광을 숨길 수 없었다. 세척하면서 사용했던 면봉들에서 옛날 바니시와 함께 용액을 짜내서 유리컵beaker에 넣을까 생각했다. 그때 그것을 복원할 수 있는 방법을 찾고, 그것을 내가 위조한 그림 표면에 칠한다면 "녹니"를 포함한 옛날 바니시를 오래된 그림에서 새로운 그림으로 옮기는 것이라고 판단했다.

즉시 나는 테이블에 놓인 갈색으로 변한 면봉 더미를 주워 담아 가능한 한 액체를 한 방울도 남기지 않고 다 짜내서 병에 담았다. 그리고는 이 귀중한 액체를 미세한 그물망의 여과장치로 걸러낸 후 약간의 현대 합성 바니시와 섞었다. 이 두 가지 물질이 섞여서 투명한 호박색 액체가 됐다. 이 새로운 혼합물을 분무기에 넣고 최근에 그린 "찰스 버드 킹" 그림의 표면 전체에 뿌렸다. 몇 분간 뒤뜰에서 말린 다음 작업대에 차양을 내리고 자외선램프를 켰다. 무엇보다 기뻤던 것은 그림에 아름답고 그윽한 피막이 있었을 뿐만 아니라 바니시가 마치 100년 동안 거기에 있었던 것처럼 완벽하게 고른 "녹니" 층으로 형광 반응을 보였다.

이 단순한 발견에 담긴 의미와 가능성은 아무리 강조해도 모자랐다. 자외선램프의 기능은 복원전문가들의 작업실에서 미술품 딜러와 전문가들에게 급속하게 퍼져 나갔다. 심지어 그들은 언제 어디서든 그림을 제대로 검사할 수 있도록 휴대용 소형 자외선램프를 들고 다니기 시작했다. 램프 아래에서 진짜 옛날 바니시가 보인다는 것은 반박할 수 없는 진품의 증거였기에 많은 전문가들에게 매우 중대한 일이었다.

이유는 간단했다. 그림이 19세기 화가의 손에서 나온 것처럼 보이고 자외선 아래에서 바니시가 형광 반응을 일으킨다면, 바니시는 100년이 지나야 형광 반응을 보이기에 그 그림은 진품임에 틀림없다. 이상이 내가 증명하려는 내용이다. 게다가 십중팔구 화가 자신이 직접 칠했다고 추정할 수 있다.

새로운 발견에 잔뜩 고무된 나는 좀 더 규모를 늘려보기로 하고 마틴 존슨 히드의 그림을 몇 점 그렸다. 그의 작품은 가치가 매우 높아 수준 높은 엄격한 검사의 대상이었다.

얼마 전 35mm 정밀 카메라를 구입해 특수 렌즈와 필터, 필름까지 갖췄기에 미술관에서 여느 관광객처럼 적당한 거리에서 그림 사진을 찍을 수 있었다. 사실상 그림과의 2, 3평방인치(1평방인치는 2.54cm× 2.54cm−역주) 거리에서 줌 렌즈로 확대해서 서명과 붓질은 물론 중요한 화가의 다른 기술적인 디테일까지 정밀한 사진을 찍었다.

나의 최대 관심사는 이제 히드의 그림들에서 반복적으로 복제한 요소들을 살피고 사진을 찍는 것이었다. 2주 후 나는 워싱턴과 뉴욕의 미술관에 가서 마틴 존슨 히드 그림의 벌새와 난초, 서명을 근접 촬영한 사진을 잔뜩 가지고 작업실로 돌아왔다. 내가 찍은 사진들과 유명한 히드 전문가인 시어도어 E. 스테빈스 주니어Theodore E. Stebbins Jr.가 쓴 책에 나온 그림들을 함께 연구했다. 그림들마다 그렇게 꼭 똑같이 난초와 벌새가 복제된 것으로 보아, 나는 히드가 반드시 한 묶음의 본보기stencil를 가지고 있으면서 각각의 그림에 이들을 그대로 베꼈을 거라고 결론 내렸다. 나는 난초와 벌새 그림의 인쇄물과 사진들을 들고 가장 가까운 복사기로 달려가 비율을 계산해 히드 그림에서의 크기로 복사를 했다. 작업실로 돌아와 숨을 헐떡이며 미술용 이그젝토X-Acto 나이프로 "모델들"을 오려 나만의 본보기 세트를 만들었다.

2주 후, 작업실 뒤뜰은 "히드" 작품들로 가득했다. 밝은 햇살 아래 무지갯빛 벌새와 강렬한 난초가 눈부시게 빛났다. 아카데미 보드지에 그린 것도 있고 히드가 사용했던 그대로 "재구성한" 옛날 캔버스에 그린 것도 있었다. 크랙을 만들고 나만의 새로운 "옛날" 바니시까지 입혀주자 비즈니스를 위한 모든 준비가 갖춰졌다.

신형 페라리를 끌고 자주 들르던 아주 잘나가는 이웃이 어느 날 작업실에서 "히드" 그림을 한 점 발견하고는 보고 싶어 했다. 그는 근처에서 그림을 헌팅했고 괜찮은 물건을 구하면 뉴욕의 거물 미술품 딜러에게 가져가 팔았다. 술과 코카인cocaine에 빠져 있어서 현금이 절실한 상황이었다.

"그거 팔 건가?" 그가 그림을 알아보고 물었다.

"네. 하지만 방금 구한 거라 진품인지 확신이 없어요." 적당히 둘러댄 말인데 그는 어떤 이야기도 듣고 싶어 하지 않았다.

"뉴욕으로 바로 갖고 갈 수 있는데." 그가 단호하게 말했다.

"저, 보장할 수 없는 작품이어서요. 혹시 가져가신다면 2만 5천 달러 받고 싶네요."

다음 날 이 단호한 이웃과 그림은 뉴욕으로 날아갔다. 뉴욕에 도착하자마자 플라자호텔Plaza Hotel에 체크인한 그는 다음 날 매디슨 대로의 미술품 딜러와 약속을 잡았다고 전화를 걸어왔다. 하지만 다음 날이 지나도록 그로부터 아무런 소식이 없었다. 나는 호텔에 전화를 했고 그가 체크아웃했음을 알았다. 결국 전화가 와서는 그림을 팔지 못했다고 했다. 사실은 시도조차 하지 않았다. 작품에 뭔가 문제가 있다는 의혹으로 기가 죽은 것이었다. 불행히도 그는 약에 취해 있었다. 그는 플라자호텔의 침대 밑에 그림을 둔 채로 퇴실을 했고 나에게 전화를 걸었을 때는 이미 공항에서 돌아오는 비행기를 타려고 할 때였다. 그는 적어도 호텔에 전화를 걸 만한 정신은 남아 있었다. 그림은 안전하고 호텔의 보관실에 보관돼 있다고 말했다.

나는 그의 이름으로 호텔에 전화를 걸어 위임장을 가진 친구를 보내 그림을 가지러 가겠다고 했다. 며칠 후 알렉산드라가 플라자호텔에 위임장을 보여주고 그림을 찾아서 페덱스FedEx로 나에게 배송했다.

"히드" 그림을 시험 판매할 다음 기회는 이미 하늘이 정한 운명이었다. 몇 달 전에 발생한 상황 때문이었다. 역겨운 젊은 미술품 딜러인 미스터 에프Mr. F가 그림 복원 작업을 맡길 사람이 필요했던 터에 우리 소문을 듣고 우리 작업실로 찾아온 것이었다. 세척이 필요한, 상태가 나쁜 19세기 그림 두 점을 가져왔다. 그는 자신이 가져온 휴대용 소형 자외선램프를 꺼내서 작품 표면의 바니시가 얼마나 오래됐는지를 보여주며 뽐내려고 했다.

그는 작업 결과에 만족했고, 나는 우리가 또 하나의 고객을 갖게 됐다고 추정했다. 한참 동안, 미스터 에프는 그림 세척을 계속 맡겼고 비용도 곧장 지급했다. 최종적으로 어느 날 그가 엄청난 작업을 요하는 그림 몇 점을 가져왔다. 작업을 완벽하게 끝냈는데 미스터 에프는 그것을 30킬로미터도 더 떨어진 곳에 사는 자신의 고객에게 직접 배달하라고 했을 뿐만 아니라 우리에게 줄 돈까지도 떼먹었다! 항의하려고 전화를 걸었더니 나에게 "변호사를 부르든지 말든지 마음대로 해라"라고 말하면서 전화를 끊었다.

주변에 조금 알아보니 파트너를 속이거나 정보가 부족한 사람들에게 사기를 쳐서 그림을 빼앗는 것이 그의 특기였다. 이 지겨운 녀석하고 일해본 사람들은 전부 다 사기를 당했다. 또한 그가 지역 신문에 "오래된 그림 구입", "무료 감정" 같은 광고를 실어 다음 피해자를 물색한다는 것을 알았다. 그 밖에 모든 술수가 실패하면 그림을 구입하려고 거액의 현금을 내놓는다는 것도 알았다. 이러한 상황들을 종합해보면, "히드" 그림을 팔기에 미스터 에프보다 더 좋은 실험 대상은 생각할 수 없었다.

최근에 나는 탬파에 사는 한 변호사와 알게 되었다. 그는 깨어 있는 모든 시간을 탬파에 있는 수없이 많은 누드 바에서 보냈다. 그는 누드 바의 분위기에 중독돼 있어서 사건 의뢰인들과도 그곳에서 만날 정도였다. 어느 날 밤, 그와 꽤 괜찮은 레스토랑에서 저녁 식사를 한 후에 한 사건 사고에 대해 이야기를 하던 중에 이러한 그의 엄청난 집착에 대해 알게 됐다.

저녁 식사 후, 탬파 이곳저곳을 구경시켜주겠다는 그의 제안을 수락했는데 그것이 실수였다. 그 후 4시간 동안 데일 마브리Dale Mabry 번화가에 있는 누드 바를 전전하며 랩 댄스lap dance(누드 댄서가 관객의 무릎에 앉아 추는 선정적인 춤-역주)를 구경해야만 했다. 순례 도중에 키가 크고 다리가 긴 금발 머리 여성을 소개받았다. 변호사 친구에 의하면 그녀는 정말로 열심히 사는 대학생이었다. 핵물리학 박사 과정을 밟고 있고 학비를 벌기 위해 하룻밤에 50명의 남자를 상대한다고 했다. 변호사 친구는 재스민Jamine이 전공 외에도 돈이 되는 일이라면 뭐든지 한다고 말해주었다.

추적이 불가능한 사람, 즉 "차단기"를 통해 "값나가는" 그림을 가지고 미스터 에프에게 접근시킨다면 그에게 받은 그대로 앙갚음을 할 수 있으며 재스민이야말로 적임자라는 생각이 들었다. 재스민과 약속을 잡고 탬파에서 저녁 식사 때 만났다. 그녀는 그 그림이 값나가는 것이든 가짜이든 심지어 방사능에 오염됐든 개의치 않았다. 돈만 받을 수 있다면 교황한테라도 기꺼이 그림을 팔 터였다. 나는 그녀에게 그림 거래가 끝난 후 추적이 불가능하도록 가짜 신분증을 만들어야 한다고 말했는데 그녀는 이미 나보다 한 수 위였다. 재스민은 가짜 운전면허증이 하나 이상 있었을 뿐만 아니라 민감한 고객들의 집을 방문할 때 진짜 자동차 번호판을 떼고 붙이는 훔친 가짜 번호판까지 있었다.

내가 그녀에게 설명한 것처럼 이 특별한 일의 묘책은 그림 값을 현금으로 받는 것이다.

마틴 존슨 히드의 그림이 워낙 인기 있는 상품인데다 미스터 에프는 그의 모든 광고에 "현금 지급"이라고 광고를 했기에 문제될 게 없어 보였다. 우리가 날조한 이야기는 간단했다. 재스민이 이전에 이용해본 적 없는 모텔에 체크인해 미스터 에프에게 전화를 건다. 얼마 전에 돌아가신 이모의 유품들을 정리하러 이 지역에 들렀다고 말한다. 유품에 그림이 있는데, 10년 전에 그녀의 이모가 그녀에게 만 5천 달러의 가치가 있다고 말했다. 이처럼 값나가는 물건을 어떻게 해야 할지 몰라서 그녀는 전문가의 조언을 구해보기로 했는데 마침 지역 신문에서 미스터 에프의 "무료 감정" 광고를 본 것이다. 그림을 팔고 싶다고는 하지 않고 그저 그림의 가치를 확인하고 싶다고 말할 예정이었다.

미스터 에프의 무료 감정 광고는 사기 칠 대상을 자신의 가게로 끌어들여 그들의 그림을 빼앗는 미끼에 불과했다. 나는 그에게 보복할 계획을 세웠다. 그가 재스민을 속이지 못하도록 그녀의 이모가 언젠가 그녀에게 만 5천 달러의 가치가 있는 그림이라고 한 적이 있다고 말하도록 시켰다. 만약에 큰 액수를 제시하지 않으면 그가 그림을 놓친다는 사실을 곧바로 깨닫게 하는 방법이었다.

우리는 몇 가지 세부 사항을 더 논의했다. 질문을 받을 경우 재스민은 가짜 운전면허증에 나온 대로 포트 로더데일Fort Lauderdale 출신이라고 말할 것이다. 그녀가 가끔씩 일했던 로더데일의 스트립쇼를 하는 나이트클럽 바로 옆에 공중전화 박스를 그녀의 집 전화번호로 사용하기로 했다. "그가 자신한테 그림을 팔라고 설득하면 얼마를 줄 건지 물으세요. 값을 부르지는 마세요. 가격을 제시하면 혹하는 척하다가 거절하세요. 가격을 올리면 한참을 고민하다가 '현금으로 주실 건가요? 상속세를 내고 싶지 않은데'라고 말하세요." 이렇게 하면 현금으로 달라는 이유가 합리화될 거라고 설명해주었다.

다음 날, 현지 모텔에서 재스민을 만나 "히드" 그림을 주었다. 덫이 설치됐다. 몇 시간이 더디게 흘렀고 일이 어떻게 됐는지 상상만 할 뿐이었다. 그때 전화벨이 울렸다. 재스민은 저녁 식사 때 만나자고 말하고 전화를 끊었다. 약속 장소에 가보니 그녀 혼자 부스에 앉아 있었다. 눈이 마주쳤고 그쪽으로 걸어가 앉았다.

"3만 달러예요." 그녀가 쿨하게 말하며 테이블 아래로 두꺼운 봉투를 건넸다.

재스민에 따르면 미스터 에프는 미끼를 물었다. 그녀의 이야기를 조금도 의심하지 않고 곧이곧대로 다 믿었다. 그녀가 설명하듯이, "전화로 그림에 대해 설명하면서 구석에 있는 서명의 스펠링을 불러줬어요. 그걸 듣더니 내가 어디에 있든지 와서 무료 감정을 해주겠다고 하더군요. 설득은 좀 필요했지만 내가 그림을 가지고 그의 집으로 가겠다고 했죠. 애타게 만들려고 부근에서 1시간 넘게 기다리다 들어갔어요."

마침내 그의 집에 도착한 그녀가 쓰레기 비닐봉투에서 꺼낸 그림을 본 미스터 에프는 흥분을 감추지 못했다. 그녀가 쓰는 속어로 말하면 "족히 1마일은 되게 발기했다." 재스민에 따르면 일이 예상대로 정확하게 흘러갔다. 미스터 에프는 마지못해 그림의 값어치를 인정했고 "전문가의 견해"로 볼 때 2만 2천 달러라고 했다. 그러고는 안성맞춤으로 "바로 그런 그림들을 수집하는 고객"을 갖고 있다고 주장했다. "그러더니 그가 그림을 팔 생각인지 은근히 묻더군요. 그래서 팔 수도 있다고 말했어요."

"이때 2만 5천 달러를 줄 수 있을 것 같다고 제안하더군요. 내키지 않은 듯 거절했지만 한번 생각해보겠다고 했어요. 그랬더니 '3만 달러 어떻습니까?'라고 하는 거예요. 처음에는 깜짝 놀란 척하고 잠시 고민하는 듯이 하다가 상속세 운운하며 현금으로 줄 수 있는지 물었어요. 그가 대답도 하기 전에 손전등처럼 생긴 작은 물건을 꺼내더니 한참 동안 그림에 비춰보면서 연구하더군요. 그러고는 소위 고객이라 불리는 사람에게 전화를 거는 척하더니 '이것으로 거래가 성립되었습니다'라고 말했어요. 그가 직접 나를 데리고 은행으로 가서 3만 달러를 인출해서 줬죠." 재스민은 모든 일이 완료되기까지 1시간 정도 걸렸다고 말했다.

신중하게 100달러짜리로 8,000달러를 세어서 테이블 아래로 그녀에게 돌려주었다. 재스민은 지체 없이 뉴올리언스로 떠났고 그곳에 윤락

업소를 차렸다. 그 시점을 시작으로, 작업실에 남겨진 모든 그림에 유기적으로 강화한 나만의 바니시를 사용하는 것은 관리 운용 규정이 됐다.

몇 년 만에 호세와 나는 먼 길을 걸어와 있었다. 무일푼에서 지금은 번창하는 사업체와 풍부한 저장고, 값나가는 부동산을 가졌다. 하지만 우리가 모르는 사이에 위험한 상황이 진행되고 있었다. 나는 아직 경험이 부족했기 때문에 내 그림이 아무리 먼 곳에서 팔려도 결국 시장의 중심인 뉴욕으로 이끌려 갈 수밖에 없다는 사실을 알지 못했다. 이러한 일이 일어나고 있다는 제보를 처음 접한 것은 어느 날 오후 매디슨 대로의 갤러리들을 방문할 때였다. 해양화를 취급하는 갤러리에 들렀다가 버터스워스 작품을 볼 수 있는지 물었다. 갤러리 오너는 잠시 기다리라고 하고 그림을 가지러 갔다. 잠시 후 그가 나에게 보여준 "버터스워스" 그림은 내가 수개월 전 마이애미에서 판 그림이었다.

그리고 거리에서 들리는 소문에 의하면 운 좋게도 히드의 작품 한 점을 손에 넣었던 미술품 딜러 미스터 에프는 애틀랜타에 갔다가 또 한 점을 구했다. 그것 또한 내 작품 중 하나라는 게 유일한 문제였다.

그 후 얼마 지나서 맨해튼에 돌아가 미술과 골동품에 대한 대화를 좋아하는 알렉산드라 킹의 아버지 바야드를 만나 점심 식사를 했다. 그는 미술에 대한 내 지식에 감탄했지만, 찰스 버드 킹에 대한 나의 백과사전 수준의 지식에 약간 어리둥절해했다. 알고 보니 찰스 버드 킹은 그의 증조부였다! 마침 소더비에서 19세기 미국 회화전이 열리고 있었고 바야드는 같이 가서 둘러보자고 제안했다. 우리는 주요 전시실 안으로 들어가 각자 돌아다니며 그림들을 연구했다. 잠시 후, 바야드가 나

에게 오더니 옆 전시실에 전시된 그림의 "놀라운 색깔"을 봐야 한다고
했다. 그를 따라 복도를 지나 전시실로 들어선 나는 갑자기 "마틴 존슨
히드"의 그림과 정면으로 마주했다. 재스민이 미스터 에프에게 판, 바
야드의 사랑스러운 딸 알렉산드라가 플라자호텔에서 찾아다준 바로 그
그림!

　바야드는 하얗게 질린 내 얼굴을 보더니 물었다. "자네 괜찮나?"

　한편 마이애미의 친구들은 나를 밤낮으로 정신없이 바쁘게 만들었
다. 그들에게 그림을 소개해주는 것 외에도 코코넛 그로브에서 디너파
디를 하고 주말에는 뉴욕에 가서 오이스터 베이Oyster Bay에서 가장 무도
회를 열기도 했다. 토니에게 "칼더" 그림을 남겨주고 온 지 수개월이
지났다. 토니는 전국을 여기저기 돌면서 작은 검정수첩에 있는 전화번
호로 전화를 걸면서 "일을 잘 처리"하고 있었다. 처음에 그는 그림이
팔릴 때마다 꼬박꼬박 돈을 부쳐주었다. 하지만 몇 개월이 지나자 송금
이 느려지기 시작하더니 예상대로 완전히 멈추었다. 전화를 걸어도 받
지 않았다.

　"나는 빌어먹을 뚱뚱이 토니가 지금 어디 있는지 알고 싶을 뿐이야."
뒤뜰에서 점심을 먹다가 내가 호세에게 말했다. 뉴욕 친구들과의 전화
통화에서 답을 얻었다. 토니는 지난 두 달 동안 "사업차" 서부에 머무
르고 있으며 현재 비벌리힐스호텔Beverly Hills Hotel에서 "섹시한 금발 미녀
두 명과 뒤섞여있다"라고 했다.

　토니가 마침내 뉴욕에 돌아왔을 때 나는 그의 소재를 파악했다. 그
는 트라이베카TriBeCa의 술집에서 존 벨루시John Belushi와 술을 마시고 있

었다. 그를 술집 밖으로 불러내자마자 달려들어 필사적으로 그의 목을 졸랐다. 토니는 애원하며 용서를 구했다. 뉴욕에서 LA까지 "칼더"의 그림을 팔면서 돌아다닌 사실을 시인했지만, 내 몫의 돈을 챙겨두었을 때 마침 술집에서 취한 상태로 금발 미녀 두 명을 만났다고 설명했다.

그는 "칼더" 그림으로 2만 달러를 벌었고 휴스턴Houston에 있는 메레디스 롱&컴퍼니Meredith Long&Company에 "피토" 그림 한 점, 비벌리힐스의 스티븐스갤러리Stevens Gallery에 "버터스워스" 한 점을 팔아서 또 만 2천 달러를 벌었다고 자백했다. 물론 지금은 한 푼도 남아 있지 않았다. 냉장고 뒤에 숨겨 놓은, 깡통에 든 돈으로 내 몫을 달라고 했더니 고리대금업에 "투자"해서 없다고 주장했다.

그의 아파트로 간 우리는 새벽까지 서로 고성을 지르며 싸웠다. 토니는 그의 어머니를 걸고서 내가 그림을 주면 팔아서 모조리 나에게 주겠다고 약속했고, 그리고 자신이 쓰레기라고 인정했다. 그것으로 사건을 해결했다. 우리는 밖으로 나가 아침을 먹었다.

플로리다로 돌아와 호세가 비즈니스를 처리하는 동안 나는 마라톤이라도 하듯 쉬지 않고 그림을 연달아 완성했다. 때때로 이 기간에 십여 점의 새로 그린 그림을 뒤뜰에 건조시킬 때도 있었다. "피토", "버터스워스", "안토니오 제이콥슨", "히드", "찰스 버드 킹"은 물론 드 스콧 에반스De Scott Evens[34], 존 F. 프랜시스John F. Francis처럼 인지도가 덜한 정물화 화가들의 그림도 그렸다. 대부분 하루 이틀이면 그림 하나를 완성할

---

34 **드 스콧 에반스**(1847~1898) 미국의 풍속화 화가. 젊은 여성을 그린 풍속화, 3차원 착시효과를 내는 트롱프뢰유(Trompe-l'œil) 정물화 등을 남겼다. 사후에 명성을 얻었다.

수 있었다. 가장 큰 문제는 아무리 많은 그림을 마이애미에서 팔고 토니에게 보내도 여전히 산더미처럼 쌓여 있다는 것이었다. 한 번은 우리가 뉴욕에 있는 동안 집에 도둑이 들어서 "히드" 그림 두 점을 포함해서 그림을 무더기로 훔쳐갔다.

산더미처럼 쌓인 그림 문제는 결국 나의 친구인 미술품 발굴자 미스터 엑스와 현지의 한 미술품 딜러가 해결해주었다. 나는 그들을 신뢰하게 됐다. 두 사람은 나에게서 도매로 그림을 사들이기 시작했다. 십여 점 내외의 그림이 갈색 종이로 포장돼 문밖을 나와 그들의 차 트렁크에 실릴 때마다 테이블에는 만 달러에서 2만 달러가 든 봉투가 놓였다. 그림들이 어디로 가는지는 알 수 없었다. 하지만 한 가지는 확실했다. 그것들은 뉴욕에 쌓이고 있는 가짜 그림의 임계 질량이 점점 커져가는 데 추가됐다.

1980년 가을에 호세와 함께 장기 체류를 하려고 뉴욕에 돌아가서 우연히 그림 한 점을 팔았을 때, 마침내 형세가 불리함을 깨달았다. 늘 그렇듯이 늦가을의 뉴욕은 사람들로 북적였다. 평소 늘 가는 얼레이호텔의 예약이 꽉 차서 잘 모르는 분주한 이스트 50번가의 블랙스톤호텔 Blackstone에 묵게 되었다. 이는 결과적으로 큰 행운이었다. 미리 크리스마스 쇼핑을 좀 하기로 계획하고 친구들과 함께 시내로 나갔다. 그림을 몇 점 가져오기는 했지만 팔 계획이 있던 것은 아니었다. 대신 지미가 거듭 제안한 것처럼 직접 경매에 내놓을까 생각 중이었다.

한편 그림을 잔뜩 받은 토니는 그것들을 팔아서 나에게 빚도 갚고 실수도 만회하고자 밤잠을 설쳐가며 열심이었다. 주식 중개인, 광고회사 임원, 의사, 건축가 등 그의 작은 검정수첩에 있는 사람들 중에서 그림을 살 만한 가능성이 있는 사람들에게 모조리 전화를 걸었다. 토니가 그림을 팔 때마다 레스토랑 러시안 티 룸Russian Tea Room에서 만나 저녁을 먹었고 그가 현금을 건넸다.

계속된 성공으로 대담해진 나는 소더비에 가볼 때라고 판단했다. 에르메스 쇼핑백에 작은 "버터스워스" 그림을 넣고 매디슨 대로 980번지로 걸어갔다. 소더비로 들어가서는 그림 감정을 받으러 온 사람들 여럿이 대기 중인 카운터로 안내됐다. 내 차례가 되어 쇼핑백에서 그림을 꺼내 카운터에 올려놓았다. 하지만 여직원은 미국 회화 전문가가 점심식사를 하러 나갔으니 나중에 다시 오라고 했다. 도로 쇼핑백에 집어넣는데 근처에 서 있던 기름기가 번지르르한 외모의 젊은 남자가 그림을 슬쩍 쳐다보았다. 건물 밖으로 나가려는 나에게 쫓아와 물었다. "실례지만 그 그림 파실 건가요?"

"글쎄요, 잘 모르겠어요. 그냥 감정이나 받아보려고 왔거든요." 내가 대답했다.

"한번 볼 수 있을까요?" 그가 물었다.

"글쎄요……," 나는 내키지 않아 하며 쇼핑백에서 그림을 꺼내기는 했지만 그냥 들고 있었다. 반짝반짝 빛나는 눈은 그가 이미 그림에 마음을 빼앗겼다는 것을 말해주었다. 쉽게 현금을 손에 쥐는 기회를 거부하기 어려웠다. 그가 내 손에서 그림을 가져가도록 내버려두었고 이 그림이 6,000달러의 가치가 있다고 "친구가 말했다"라고 했다. "글쎄, 제가 6,000달러에 사면 어떨까요?" 그가 듣고서 대답했다. 나는 곰곰이 생각하며 경계가 약간 풀린 것처럼 연기했다.

"바로 이 근처에 살아요. 제 아파트로 같이 가시면 수표를 써드릴게요. 바로 현금으로 바꾸시면 돼요." 그가 말했다.

나는 잠시 생각하는 척하다 동의했다. 그의 호기심이 충족되도록 내가 살고 있는 뉴저지의 골동품 가게에서 발견한 그림이라고 말해주었다. 며칠간 뉴욕에 묵게 되었고 지금 블랙스톤호텔에 묵고 있는데 생각난 김에 감정이나 받아보려고 그림을 들고 왔다고 했다. 아파트에 도착하자 그가 수표를 써주었다. 그는 근처에 새로 생긴 리비어갤러리Revere Gallery의 오너라고 밝히며 그와 그의 파트너가 미국 회화를 사들이고 있다고 말했다. 대화를 나누는 중에 그는 자주 교외로 나가 골동품 가게들을 돌면서 그림을 헌팅하고 있고 이 비즈니스에서는 신참이라고 인정했다.

"뭐 어때요, 화가 이름하고 경매 가격만 보면 되는 것 아니겠습니까. 그러면 잘못될 게 없지요. 안 그래요?"

"그렇죠." 내가 대답하자마자 바로 전화벨이 울렸다. 장거리 전화였는데 그는 곧바로 나에게 악수를 청하고 작별 인사를 했다.

"완벽한 타이밍이었다." 건물을 나오면서 은행에 들르기에 시간이 충분하다고 생각했다. 하지만 밖으로 나와 수표를 살펴보니 곤란한 문제가 있었다. 그동안 나는 맨해튼의 갤러리들로부터 받은 어떤 수표이든 근처 은행에서 발행한 것으로 알았다. 나는 맨해튼의 은행통장을 다 가지고 있었기에 어떤 수표든지 뒷면에 이름만 쓰면 즉시 현금으로 인출할 수 있었다. 하지만 이 수표는 파 록어웨이Far Rockaway에 있는 소액

대출은행에서 발행했다!

그게 문제였다. 나는 당연히 그 은행에 계좌가 없었고, 거기에 가려면 전철을 여러 번 바꿔 타야 했다.

모든 거래 후에 수표를 즉시 현금으로 바꾸는 것을 1순위로 삼아왔다. 오후 1시로 여전히 파 록어웨이에 갈 수 있었다. 지갑을 보니 이스트 68번가 35번지 주소가 적힌 유권자 등록증을 여전히 가지고 있었다. 그걸로 어떻게 한번 해보기로 생각하고 택시를 불렀다. 한 시간 후 택시 요금으로 40달러를 주고 그 소액대출은행 문 앞에 도착했다. 나는 절대 플로리다 운전면허증으로 수표를 현금으로 찾을 수 없었다. 수표 뒷면에 플로리다 주소가 기록되기 때문이다. 그렇게 되면 내 플로리다 주소가 드러난다. 특히 거금의 수표를 은행에서 오직 유권자 등록증만 가지고 현금으로 바꿔줄 리 만무했다. 하지만 내 생각에 할 수 있을 것만 같았다.

나는 항상 지폐 뭉치를 가지고 다녔다. 은행에 들어가 친절하게 맞이하는 젊은 직원과 마주 앉았다. 나는 자기소개를 하면서 맨해튼에 살고 있지만 인근의 친척과 어떤 비즈니스가 있어서 보통 은행 계좌를 열어야 한다고 설명했다. 100달러 지폐 10장을 내 앞의 탁자에 살짝 올려 놓았다. 그는 기쁜 나머지 곧바로 신청서를 꺼냈고 이름과 주소 등을 물었다. 놀랍게도 그는 어떤 신분증도 보자고 요구하지 않았다. 나는 어퍼 이스트 사이드의 옛날 주소를 주었고 자진해서 유권자 등록증도 보여주었다.

다 좋았는데, 그가 사회보장카드를 보여달라고 했다. 당시 나는 그에게 가짜 번호를 주었고 다음 주에 카드를 가져오겠다고 약속했다. 그는 돈뭉치를 놓칠 수 없었기에 계좌를 열어주었고 카드를 가져오는 것을 다시 한번 상기시켰다. 15분 뒤에 잔고가 1,000달러인 반짝반짝하는 새 은행통장을 받았다. 먼저 나는 그에게 감사하다고 하고, 나가기 전에 의심을 없애줄 계산된 일로 무심하게 물었다. "그런데, 오늘 몇 시까지 영업하나요?"

"4시까지요." 그가 대답했다.

"삼촌을 만나러 가는데, 수표를 받으면 바로 예금할 수 있나요?" 내가 말했다.

"물론이죠, 괜찮아요." 그가 웃으며 답했다. 나는 고맙다고 말하고 밖으로 나왔다.

오후 4시가 가까워질 때까지 근처를 배회하다 다시 은행으로 돌아갔다. 수표를 통장에 입금하고 하루나 이틀 뒤에 현금으로 인출하는 게 내 의도였다. 하지만 아까 계좌를 만들어준 젊은 남자 직원이 보이지 않기에 도박을 한번 해보기로 생각했다. 수표 입금표를 작성해서 카운터 뒤에 있는 여직원에게 주면서 현금으로 인출이 가능한지를 물었다. 그녀는 수표가 유효하다는 것을 확인한 후 은행통장을 보더니 가능하다고 말했다. 잠시 후에 나는 현금 6,000달러를 가지고 은행을 걸어 나왔다. 필요한 건 수표 뒷면의 내 사인뿐이었다. 계좌를 여는 데 사용한 1,000달러는 그냥 두었다가 나중에 찾기로 했다.

이틀 후, 나는 점심을 먹고 호텔로 돌아가서 혹시 메시지가 온 게 있는지 확인하러 프런트 카운터로 갔다. 프런트에 서서 직원을 기다리는

데, 마침 직원은 검은색 오버코트를 입고 심각한 표정을 한 두 남자와 이야기를 나누고 있었다. 그들 중 한 명은 서류 가방을 들고 있었다. 직원이 말하는 게 들렸다. "네. 선생님. 전화를 했는데 아무도 받지 않네요."

"214호라고 했죠?" 검은색 오버코트를 입은 한 남자가 물었다.

"네. 214호입니다." 직원이 대답했다. 내가 묵고 있는 방 번호라는 사실을 깨닫는 순간 온몸이 충격에 휩싸였다.

그 직원이 나를 바라보며 나에게 무슨 도움이 필요한지를 물었다. 순간 214호가 바로 내 방이라고 말하고 그들이 뭘 원하는지 알고 싶은 충동이 일었지만, 마치 보이지 않는 손이 내 입을 가로막는 듯했다. 대신에 겨우 록펠러센터Rockefeller Center로 가는 길을 물었다. 카운터 옆에서 브로슈어를 읽는 척하면서 좀 더 머물렀다. 그때 첫 번째 남자가 두 번째 남자에게 말하는 것을 들었다. "좋아, 나중에 다시 오지." 멀찌감치 따라가며 그들이 로비를 벗어나 거리로 사라지는 모습을 지켜보았다. "저 사람들 누구지? 누가 왜 보낸 거지?" 나 자신에게 물었다. 틀림없이 수사관들일 거라고 결론을 내렸다. 하지만 경찰 같아 보이지는 않았다.

불안과 공포에 휩싸여 당장 방으로 달려가 가방에 옷을 집어넣기 시작했다. 하지만 지금 나는 또 다른 딜레마에 직면했다. 지금은 오후 1시이고 5시에 호세와 만나기로 했는데 호세는 이미 쇼핑하러 나갔다. 그와 연락할 방법도 없고 호텔에서 위험을 무릅쓰고 5시까지 기다릴 수도 없었다. 앞으로 어떻게 해야 할지를 쥐어짜고 있는데 갑자기 문 열리는 소리에 깜짝 놀랐다. 요 며칠 사이에 벌어진 놀라운 행운의 세 번째 예로, 문을 연 사람은 호세였다. 그는 블루밍데일에서 쇼핑을 하다가 쇼핑백을 두러 잠깐 들른 것이었다.

"당장 여길 벗어나야 해!" 호세에게 말하고, 방금 일어났던 일들을 설명해주었다. "그 사람들이 누구인지 모르겠지만 뭔가 불길했어." 다음 몇 분 동안 우리는 짐을 챙기고 떠날 준비를 했다. "이봐." 호세에게 말했다. "짐을 가지고 택시로 시내에 있는 그래머시파크호텔Gramercy Park Hotel로 가서 아무 방이나 잡아봐. 방이 없으면 그냥 거기서 날 기다려."

호세가 무사히 호텔을 빠져나간 후 나는 카운터로 갔다. 이제부터가 쉽지 않은 일이었다. 다행히 몇몇 직원이 근무 중이었다. 아까 오버코트를 입은 남자들을 상대한 직원으로부터 정반대편 끝 카운터에 있는 직원에게로 가서 체크아웃을 부탁했다. 신용카드로 계산하겠느냐는 질문에 100달러짜리 지폐 뭉치를 꺼내며 말했다. "아니요, 현금으로 계산할게요." 그가 내민 체크아웃 전표를 열어봤다. 그가 100달러 지폐를 세고 영수증을 주었지만 아직 처리할 문제가 또 있었다. 그가 체크아웃 전표를 꺼낸 폴더에는 내가 체크인할 때 적은 카드가 있었고 거기에 내 이름과 플로리다 주소가 적혀 있었다.

"저 카드도 주실 수 있을까요?" 그냥 건네주기를 바라며 아무렇지 않게 물었지만 그런 행운은 일어나지 않았다.

"죄송합니다, 선생님. 저희가 보관해야 됩니다." 그가 사무적으로 말했다. 나는 여전히 지폐 뭉치를 손에 든 채로 100달러짜리 두 장을 꺼내 그에게 쓱 밀어주며 내가 여기 묵었다는 사실을 아내가 알면 안

된다고 속삭였다. 다행스럽게도 그가 카드를 빼주었다.

20분 후, 그래머시파크호텔 로비로 걸어 들어간 나는 호세가 10층 스위트룸으로 체크인했다는 말을 들었다.

몇 시간이 지나서야 겨우 떨리는 마음이 진정되었다. 우리는 마을을 돌아다니다 한 카페에 앉았다. 그들이 누구인지는 그저 짐작할 뿐이었다. 그들이 호텔로 돌아가 자기들 코앞에서 우리가 체크아웃을 했다는 사실을 알게 되면 어떻게 할지 그저 상상할 뿐이었다.

나는 오버코트를 입은 두 남자들이 리비어갤러리와 관련 있다고 강하게 의심했다. 내가 바보같이 그 갤러리 오너에게 내 숙소를 알려주었고 그가 블랙스톤호텔로 그들을 보낸 게 틀림없었다. 하지만 이유가 뭐지? 그리고 어떻게 단 이틀 만에 그림이 가짜라는 걸 알았을까?

언제나 매디슨 대로의 미술품 딜러들 사이에 오가는 최근의 소문에 빠삭한 지미 리코라면 아마도 그것에 대해서 분명히 밝혀줄 수 있을 거라고 판단했다. 그와 마지막으로 이야기를 나눈 지 꽤 시간이 지났다. 지미는 암 수술을 받은 후 예전보다 사람들을 더 멀리했다. 하지만 내가 전화로 블랙스톤호텔의 일들을 설명하고 리비어갤러리의 이름을 거론하자 그는 단번에 무슨 일인지를 알았다.

"리비어갤러리라고!" 지미가 소리를 질렀다. "거긴 마피아의 위장 갤러리야! 마피아 대부가 뒤를 봐주는 데라고. 네가 만난 젊은 남자가 마피아의 대외적인 간판 구실을 하는 사람이지. 미술품 딜러들 말로는 그림에 대해 쥐뿔도 모르는데 뉴욕 시내를 휘젓고 다니면서 미친 가격으로 미국 회화를 사들인다더군. 갤러리로 돈을 벌긴 해야 하겠지만 진짜 목적은 마약 자금 세탁이지."

지미는 그 초짜 미술품 딜러가 "버터스워스" 그림이 가짜인지를 어떻게 알았는지에 대한 답도 추측해주었다. 최근 지미는 소니의 작업실에 들렀다가 작업대에 놓여 있는 버터스워스 그림을 발견했다. 그는 그것이 내가 그린 그림이라는 것을 알고 있었다.

"멋진 버터스워스 그림이군." 지미가 소니에게 미끼를 던지며 말했다.

"그렇죠." 소니가 대답했다. "그런데 업타운 쪽 미술품 딜러들 말로는 버디스워스 위작이 넘쳐난다고 해요. 이것도 아마 가짜일 거예요."

그러고는 지미가 잠시 멈추더니 말을 이었다. "네가 이 얘길 들으면 기쁠 거야. 소니가 그림을 검사하고 나더니 이렇게 말하더군. '이 그림은 가짜일 리가 없어요.'"

지미는 리비어갤러리의 남자가 마피아의 핵심 일원은 아닐 것이고 "버터스워스" 그림을 구입한 후 아마도 매디슨 대로의 다른 미술품 딜러들 중 누군가에게 보여주었다가 제보를 받아서 두 남자가 나타난 거라고 추측했다.

지미로부터 값진 정보를 얻은 나는 그림 판매를 모두 중단하고 잠잠해질 때까지 조용히 있어야겠다고 생각했다. 하지만 이미 너무 늦었다. 임계 질량이 이미 무너진 상태였다. 갑자기 뉴욕으로 내가 그린 그림들이 몰려들기 시작하면서 의혹은 어느덧 버터스워스, 피토, 히드, 킹, 워커, 제이콥슨의 가짜 그림이 "사방에 널려 있다"라는 소문으로 바뀌었다.

실제로 경매회사의 카탈로그를 볼 때마다 "출처"가 확실한 나의 다른 "버터스워스" 그림 한 점을 볼 수 있었다.

가장 먼저 토니가 그의 오랜 동료인 FBI에 의해 검거됐다. 그 다음은 내 그림을 문자 그대로 십여 점씩 판매한 그 발굴자 차례였다. 소문에 의하면 미스터 에프가 통째로 굴러들어온 복이 역시나 거짓이었다는 사실을 깨달은 후로 FBI가 "유산 상속인처럼 행세하며 마틴 존슨 히드 위작을 팔아넘긴 젊은 여성"을 찾고 있었다.

우리는 작업실 문을 닫고 완전히 해체했다. 사진과 연구 자료, 책은 물론이고 가장 후회되는 일이지만 지미 리코가 보낸 수많은 편지도 파기했다. 친구인 거물 변호사 로이 콘의 전화번호를 손에 쥐고 있는 것을 제외하고는 피할 수 없는 운명을 기다리는 수밖에 없었다.

11

영국 화파

FBI의 뉴욕 지부에 갤러리를 열어도 될 만큼 내 그림이 잔뜩 쌓여 있다는 소문이 돌았지만 아무도 나를 추적하지 않았다. 보아하니 그림들이 워낙 많은 손을 거쳤다. FBI의 추적이 토니와 그 발굴자에게 가장 가까이 갔지만 그것만으로도 이미 충분히 안 좋았다. 토니가 월스트리트Wall Street의 주식 중개인에게 "피토" 그림을 판 것이 그를 옭죄었다. 토니는 공중전화로 나와 연락을 취했으며 그의 설명에 의하면 이렇다. "그 여자가 업타운에 그림을 팔려다가 '엉터리bazooka'라는 걸 알게 됐어. 노발대발해서 당장 경찰에 신고한 거지!" 그 발굴자의 경우는 뉴욕의 골동품 전람회에서 다른 '버터스워스' 그림을 되팔려고 하다가 덜미가 잡혔다. 그 그림에 관한 소문이 퍼져서 그는 FBI의 조사를 받았다.

다행히 두 사람 모두 쉽게 겁먹지 않았다. 둘 다 벼룩시장에서 산 그림이라고 주장했다. 조서를 꾸민 FBI는 그들에게 이렇게 말했다. "조사가 진행 중이고 다시 연락하겠다."

여러 달이 지났지만 아무 일도 일어나지 않았다. 호세와 나는 문을 잠가놓고 조용히 복원 작업실과 골동품 가게를 운영했다.

하지만 누가 문을 두드리거나 전화벨이 울릴 때마다 언제나 FBI나 "오버코트 입은 남자"일지도 모른다는 불안에 사로잡혔다.

아무런 사건 없이 1년이라는 시간이 흘러서야 겨우 안심이 되기 시작했다. 그사이 우리의 삶은 변화를 겪었다. 우선 첫째로 손쉬운 돈벌이가 사라져서 더 이상 마이애미 여행이나 뉴욕 시내 밤 나들이도 없어졌다. 처음으로 내 직업이 얼마나 위험한지 실감했고 영원히 위조하지 않기로 맹세했다. 부동산과 주식에 투자한 돈 덕분에 형편이 좋았다. 사태가 잠잠해졌다는 확신이 들자 잠시 긴장을 풀기 위해 일을 접고 여행을 다녀와야겠다고 생각했다. 우리는 런던으로 떠났다.

한 친구가 켄싱턴궁전Kensington Palace 뒤편 조용한 거리에 있는 한적하고 아담한 호텔을 소개해주었다. 노팅 힐 게이트Notting Hill Gate에서도 그리 멀지 않았다. 영국인 가족이 운영하는 비커리지 게이트 호텔Vicarage Gate Hotel은 매우 전통적인 호텔이었다.

아침마다 시끄러운 "이른 모닝 콜"이 오래된 타운하우스 전체로 울려 퍼져 침대에서 나와 다이닝룸에서 따뜻한 아침 식사를 제공받도록 손님들을 깨웠다.

우리는 리젠트 스트리트Regent Street를 따라 쇼핑을 하거나 골동품 시장을 방문해서 시간을 보냈다. 그리고 많은 시간을 카페에서 보냈다.

몇 주 후, 조용한 곳으로 떠나기로 결정하고 그곳에서 휴식을 취하며 미래를 위한 계획을 세우려고 했다. 차를 빌려 서쪽으로 향하는 M4 고속도로를 타고 바스Bath시로 향했다.

바스는 세상에서 가장 아름다운 도시 중 하나였다. 18세기에 런던을 벗어나 그들만의 파라다이스를 찾던 영국 귀족들이 만들었다. 그랜드 투어Grand Tour(17세기 중반부터 19세기 초반까지 유럽, 특히 영국 상류층 자제들 사이에서 유행한 유럽 여행–역주)의 영향을 받은 그들은 건축에 팔라디오풍의 디자인Palladian Design을 적용했다. 두 시간 후, 우리는 로열 크레센트Royal Crescent 앞에 차를 세웠다. 중앙에 위치한 공원을 내려다보면서 초승달 모양으로 쭉 늘어선 너무나도 아름다운 타운하우스 건물이었다. 타운하우스는 한때 귀족들의 사택이었지만 지금은 공동 주택으로 나뉘어 평범한 사람들이 살고 있었다. 현지 주민인 한 여성은 로열 크레센트의 22호가 여전히 사택으로 남아 있는 몇 안 되는 타운하우스 중 하나인데 괴짜 노부인이 주인이며 "당신들이 괜찮아 보이면 방 하나를 빌려줄 것"이라고 했다.

로열 크레센트를 이루는 43개 타운하우스의 대문은 모두 다 하얀색이다. 하지만 웰링턴Wellington 공작의 후손이자 22호 주인인 미스 웰즐리 콜리Wellesley Colley는 어느 날 그녀의 문을 노란색으로 칠하기로 결정했다. 바스역사협회는 예전처럼 하얀색으로 칠하라고 요구했다. 미스 콜리는 들은 척도 하지 않았고 둘 사이에 진기한 법정 다툼이 벌어졌다. 신문들은 그 집을 "스캔들 하우스"라고 불렀고 전국적인 관심이 쏟아졌다. 이 사건은 크레센트 주민들 사이에 깊은 분열을 일으켰다. 미스 콜리는 2년의 시간과 만 파운드의 변호사 수임료를 들여 승리했고 그녀의 노란색 문을 유지했다.

벨을 누르자 악명 높은 미스 콜리가 직접 맞이했다. 80세 정도로 보이는 그녀는 아주 영국적이며 매우 구식이고 단도직입적이었다.

그녀는 조금의 망설임도 없이 옆에 침실 하나와 대리석 벽난로, 18세기 가구가 갖춰져 있고 공원이 한눈에 보이는 웅장한 응접실로 안내했다. 대대로 콜리 가문의 소유인 22호는 18세기 이후로 거의 변한 것이 없었다. 대부분의 가구는 처음부터 집에 있었던 것이고 욕실조차 조금도 현대화되지 않았다. 가끔 미스 콜리와 함께 차를 마실 때면, 그녀는 나에게 웅장한 고택에서의 그녀가 겪었던 삶에 대해서 이야기해 주었다. 하지만 이제 저택은 낡은 티가 역력했고 미스 콜리는 그녀의 혈통에서 마지막 남은 사람이다.

머무는 시간이 길어질수록 영국이 더 좋아졌다. 특히 바스가 좋았다. 그 후 2년 동안, 우리의 재산을 확인하고 급한 비즈니스를 처리할 때만 잠깐씩 플로리다에 들렀다. 우리는 런던과 바스를 오가며 지냈는데 런던에 있을 때는 비커리지 게이트 호텔, 바스에 있을 때는 로열 크레센트에 묵었다. 바스 주변의 시골은 무척 아름답다. 나는 재활의 일환으로 구릉진 언덕과 에이번강River Avon의 풍경을 그리기도 했다. 하지만 뭔가 허전했다. 전혀 보람이 느껴지지 않았다. 이쑤시개를 얻기 위해 뛰도록 강요된 전문 포커 플레이어가 된 기분이었다.

런던으로 돌아가 경매회사에서 시간을 보내기 시작했는데 단지 그림을 구경하고 몇 번 경매를 지켜봤다. 어느 멋진 날, 크리스티 경매장

에 들렀는데 마침 영국 수렵화British sporting pictures, 狩獵畵 전시회가 열리고
있었다. 예전에 이 장르의 그림들을 본적은 있지만 말과 개, 여우 사냥
따위의 그림에 조금도 관심이 없었다. 하지만 새 영국 예찬론자가 된
상태인지라 그런 그림들에 대한 인식을 발전해나갔다. 몇 점을 자세히
연구하고 나니 정말 쉽게 그릴 수 있겠다는 생각이 들었다. 그들 그림
을 둘러 싼 골동품 액자 또한 주의 깊게 살펴보았다.

나에게 관심을 보인 이 부문의 전문가에게 내 눈길을 끈 여우 사냥
에 쓰는 개 그림이 대충 얼마 정도 하는지 물었다. 그는 아마도 새로운
미국인 고객을 만들 수 있다는 바람 때문이었는지 영국 수렵화 화파에
대한 내 생애 첫 번째 수업을 해주었다. 그는 나를 데리고 이 그림 저
그림으로 옮겨가며 전시의 하이라이트를 짚어주었다. 그는 나에게 스
터브스35, 우턴36, 헤링37의 그림도 보여주면서 아울러 어떤 그림이 훌
륭한 그림인지 설명해주었다. 헤어질 때는 제스처로 한가할 때 연구하
도록 무료로 판매 카탈로그를 주었다.

호세와 약속한 저녁 식사 전까지 두어 시간을 보내야 했기에 코번트
가든Covent Garden에 있는 이탈리안 레스토랑 폰티스Ponti's로 느릿느릿 걸
어가서 카푸치노 한 잔을 시키고 카탈로그를 연구했다. 바로 밑에 화가
의 이름이 적힌 그림들의 도판 사진을 슬쩍 보면서 페이지를 휙휙 넘기

---

35 **조지 스터브스**(George Stubbs, 1724~1806) 영국의 화가. 최고의 수렵화 화가로 꼽힌다.

36 **존 우턴**(John Wootton, 1682~1764) 영국의 화가. 수렵화, 전쟁화, 풍경화와 상업화를 그렸다.

37 **존 프레드릭 헤링 주니어**(John Frederick Herring Jr., 1820~1907) 영국의 화가. 동물을 주제
로 한 풍속화로 유명하다.

기 시작했다. 이 훈련은 나를 그 화가들과 그들이 무엇으로 유명한지에 익숙하게 만들었다. 그림들을 유심히 살폈더니만 또 다른 문제에 당면했다. 거의 모든 화가의 이름 앞에 "~로 간주Attributed to", "~서명Signed", "~화파In the circle of", "~작업실Studio of"과 같은 흥미로운 문구들이 있는 것도 발견했다. 호기심이 자극되어 카탈로그를 뒤져보니 뒤 페이지에 "카탈로그 작성 방법의 설명"이라는 제목으로 수수께끼 같은 문구에 대한 설명이 있었다. 각각의 문구가 무엇을 의미하는지에 대한 설명을 제목 아래에 작게 인쇄했다.

"~로 간주"는 크리스티의 견해로, 화가가 생존했던 시대에 만들어진 작품으로 작품의 전체나 부분이 그 화가의 작품일 수 있다는 것을 의미한다.

"서명"은 크리스티의 한정된 의견으로, 그림의 서명이 화가의 서명임을 의미한다.

"서명 있음Bears signature"은 그림의 서명이 화가의 서명일 수도 있음을 의미한다.

"~화풍Manner of, 畵風"은 작품이 화가의 스타일이기는 하지만 후일에 그려진 작품임을 의미한다(나의 그림 위조는 여기에 주안점을 두었다).

"서명/날짜/기명inscribed, 記名"은 그들의 의견에 의하면, 화가가 작품에 서명을 하고 날짜를 썼거나 이름을 써넣었다는 것을 의미한다.

"서명이 된with signature / 날짜가 써진with date / 기명이 된with inscription"은 그들이 서명과 날짜, 기명이 화가가 아닌 다른 사람 손에 써졌다고 믿고 있다는 것을 의미한다. 앞선 조건 없이 오직 화가 이름만 대문자로 인쇄한 것은 그들이 실제 화가의 작품이라고 믿는 것이다. 이렇다 하더라도 그것이 "단지 하나의 의견only an opinion"인 점이 분명히 명시돼 있다.

적어도 이 모든 게 흥미로웠다. 하지만 이어서 읽는데 "거래 조건 Conditions of Business"이란 타이틀의 더 작은 글씨로 인쇄된 항목에서 정말 놀랐다. 주머니에서 돋보기를 꺼내 "제한적 담보Limited Warranty" 항목에 가져갔다. 그것은 "크리스티는 이하 조건으로 여기서 정하는 범위까지 작가의 진품임을 보증한다"라는 말로 시작하고 있다. 다음에 제시하는 "계약 조건terms and conditions"을 읽기 전까지는 모든 게 듣기에 더할 나위 없이 좋았다. 오직 표리부동의 걸작이라 말할 수 있는 계약 조건들은 그들이 어떤 것도 전적으로 담보하고 보증하지 않는다는 사실을 분명히 하고 있다. 그러나 좀 더 아래로 내려가니 "보증Guarantee"이란 타이틀의 항목이 나왔는데 아무리 멍청한 사람이라도 분명히 알 수 있었다. "이 조건에 따라 크리스티는 의무를 이행한다. 판매자나 크리스티, 크리스티의 직원, 대리인은 경매물품의 작가와 출신, 날짜, 시기, 크기, 매체, 귀속, 진품, 출처에 대한 판단에 책임이 없다"라고 쓰여 있었다.

이러한 점을 분명히 하고 계속 읽어가자 위조품 거래에 대한 항목이 나왔다. 구입일로부터 5년 안에 구매자가 사들인 그림이 가짜임을 과학적으로 증명할 수 있다면 "유일한 처리 방안"은 환불이라고 쓰여 있었다. 추가로 "이 처리 방안은 법률상 가능한 어떤 다른 처리 방안을 대신한다"라고 쓰여 있었다. 맙소사, 이런 생각이 들었다. 그렇지 않아도 담보가 제한적인데 여기에다 더 제한적이라면, 담보가 아예 없는 거나 마찬가지였다! 그래서 이들 조건을 읽고 나니 다음과 같은 사실을 깨달았다.

A) 사실상 여기서 팔린 어떤 것도 그것이 주장하는 바와 같이 보증되지 않았다.
B) 경매회사나 판매자는 어떤 일이 있어도 책임지지 않는다.
C) 구매자가 그림이 명백한 가짜라는 것을 발견했더라도, 그가 할 수 있었던 모든 것은 환불을 요청하는 것이었다.

나는 이것이 다시 비즈니스에 뛰어들라는 정중한 초대장이라고 결론지었다.

두 시간 후, 호세와 나는 시 셸 오브 리슨 그로브Sea Shell of Lisson Grove 에서 피시 앤드 칩스fish and chips(생선살에 튀김옷을 입혀 튀긴 것과 감자튀김을 함께 먹는 음식. 영국 특유의 음식 중 하나로 보통 가게에서 사 가지고 집이나 밖으로 가지고 나가 먹음-역주)를 먹고 있었다. 크리스티에서 겪었던 일들을 이야기 한 후 영국 수렵화에 대하여 간단히 소개했다. 경매 카탈로그를 꺼내 그림이 진품임을 여러 다양한 등급으로 나눈 다른 명칭을 지적하고 이른바 보증 항목에 대해 주목하라고 했다.

"이게 무슨 뜻인지 알겠어?"

"뭔데?" 호세가 물었다.

"하루 종일 경매장에 내 그림들을 놓아 둬도 완전히 합법적이라는 거야! 경매회사가 그림에 어떤 명칭을 사용하든, 그들이 여전히 어떤 보증도 하지 않아도 전혀 문제가 되지 않는다는 뜻이야. 판매자도 마찬가지고!"

"손 씻기로 했잖아!" 호세가 말했고, 나는 그렇다고 했다. "그럼, 이제 어떡할 건데?" 그가 물었다.

"우리는 내일부터 일을 할 거야." 내가 그에게 말했다. 그리고 이틀 동안 우리는 포일스서점Foyles에서 수렵 미술sporting art에 대한 모든 책을 보이는 대로 싹쓸이 했고, 거기에 수렵 미술에 관한 과거 경매 카탈로그까지 다 샀다. 그러고는 초짜 컬렉터인 척하며 본드 스트리트에서 수렵 미술품을 전문적으로 취급하는 미술품 딜러들을 찾아갔다. 그들은 기꺼이 기사초상화equestrian portraiture, 騎士肖像畵에 대한 전문 지식을 나에게 가르쳐주었으며 그들의 카탈로그도 나눠 주었다. 마지막으로 한 무더기의 값어치 없는 옛날 그림, 약간의 붓과 물감은 물론 약간의 토끼가죽 아교까지 구입했다. 미스 콜리에게 연락하고 바스로 향했다.

영국의 바스와 브리스톨Bristol은 웨스트 컨트리West Country(영국 잉글랜드의 남서부 지역-역주)로 알려졌고 이제 나에게 새로운 의미를 지닌 곳이다. 런던에서 구입해온 산더미처럼 쌓인 자료를 연구하기 시작하면서 내가 사랑하게 된 웨스트 컨트리가 사실상 바로 영국 수렵 미술의 발생지라는 사실을 놀랍게도 알게 되었다.

18세기 초반에 부유한 귀족들은 잉글랜드 웨스트 컨트리에 웅장한 팔라디오풍의 대저택을 짓기 시작했다. 그들은 구릉진 언덕과 숨은 계곡, 무수히 많은 개울이 있는 아름다운 시골 풍경과 에이번강에 매료되었다. 그곳에서 그들은 여우 사냥과 말 경주에 심취했다. 조지 3세 GeorgeⅢ 통치 기간인 18세기 중반에 이르러 웨스트 컨트리는 퇴폐적이라는 오명을 지닌 생활 방식인 수렵 문화의 구렁텅이에 빠졌다.

부유한 젊은 귀족들은 낮에는 여우 사냥을 하고 밤에는 디너파티를 즐겼다. 그러고는 연극이나 도박을 위해서 바스를 찾았다. 그들은 곧 현지 화가들로 하여금 그들이 총애하는 말이나 사냥개를 그리게 했다. 그 그림들을 그들의 응접실에 걸어 사회적 논란을 야기했다!

이윽고 다수의 예술가들이 새로운 후원자들의 요구를 충족시켰고 이른바 "수렵 미술"을 전문적으로 했다. 그중에서도 가장 뛰어난 조지 스터브스George Stubbs는 기품 있는 모습을 장르에 넣으려고 했기에 하루의 사냥을 위해 화려하게 치장한 시골 귀족을 그림으로 그렸다. 그런가 하면 존 우튼John Wootton, 제임스 세이무어James Seymour[38], 존 노스트 사토리우스John Nost Sartorius[39], 토머스 스펜서Thomas Spencer[40] 같은 다른 화가들은 지저분한 마구간과 험상궂은 조련사, 약삭빠른 기수, 탐욕스러운 도박꾼 등을 담아내 수렵 생활을 있는 그대로 묘사했다.

나는 수렵 미술의 역사에 매료되었다. 수렵 미술이라는 주제에 대한 이해를 높이고 계획에 박차를 가하기 위해 우튼 그림의 컬렉션으로 유명한 롱릿 하우스Longleat House처럼 대중에게 개방된 몇몇 현지 대규모 사유지를 방문했다.

"옛날 캔버스"를 준비한 다음 즉석에서 사냥꾼들이 말을 타고 울타

---

38 **제임스 세이무어**(1702~1752) 영국의 화가. 폭넓은 주제의 동물 풍속화로 이름을 남겼다.

39 **존 노스트 사토리우스**(1755~1828) 영국의 화가. 말, 경주하는 말들, 사냥화 등을 그렸다. 예술가 집안인 사토리우스 가문에서 가장 잘 알려진 인물이다. 다작을 했다.

40 **토머스 스펜서**(1700~1765) 영국의 화가. 경주마를 주제로 한 풍속화를 그렸다.

리를 뛰어넘을 때 맨 위에 있는 붉은색 복장의 신사를 그렸다. 초기 수렵화 화가들 중에서 사토리우스의 스타일로 그린 것이다. 그림을 말린 후 알맞게 옅은 피막을 입혀 옛날 그림처럼 만들고 현지 벼룩시장에서 구한 옛날 액자에 끼워(해러즈백화점) 쇼핑백에 넣고 런던행 아침 기차에 올랐다. 걸어서 본드 스트리트를 지나 곧장 소더비로 향했다. 가치를 평가해주는 카운터를 찾아서 줄을 섰다. 나 말고도 저마다의 보물을 가져와 기다리는 사람이 대여섯 명이 더 있었는데 나처럼 쇼핑백에 넣어온 사람도 있고 오래된 담요에 싸서 노끈으로 묶어온 사람도 있었다.

모든 게 매우 일상적인 일이었다. 카운터에서 물품을 선별하는 사람들에 의해 어떠한 가능성이 발견됐을 때 여러 부문의 전문가를 불러서 검증했다. 그래도 나에게는 매우 중요한 순간이었다. 드디어 내 차례가 되어 한 여성이 그림을 조심스럽게 쇼핑백에서 꺼내어 먼저 앞면을 자세히 살펴본 후 뒷면을 봤다. "회화 부문의 사람을 부를게요." 그녀는 이렇게 말하고 나에게 옆쪽 자리에 앉기를 권했다. 그러고는 가는 세로줄 무늬 양복을 입은 약삭빠른 얼굴을 한 남자가 나타나 나에게 묵례를 하고 그림을 들었다. "흠, 보기에 사토리우스 화파 같네요. 500파운드 정도." 그가 나에게 말했다. 내가 그에게 묵례를 했다. 그는 카운터의 여성에게 그림을 주더니 계약서를 쓰도록 그녀에게 지시하고는 바로 자리를 떴다.

5분 후, 처음으로 나는 경매회사 계약서를 손에 쥐고 본드 스트리트로 돌아갔다. 그림의 감정가는 겨우 400파운드였다. 하지만 돈이 중요한 게 아니었다. "가능할까," 그날 저녁 식사에서 와인을 두 병째 마시고 내가 호세에게 물었다. "우리가 영국인들의 전문 분야에서 그들을 속일 수 있을까?" 우리는 웃음보가 터져서 더는 진지하게 생각하기가 어려웠다. 하지만 한 달 후에 추정가보다 200파운드 높은 600파운드가 적힌 수표를 받았을 때, 그 답이 왔다.

이것은 모든 것을 변화시켰다. 우리는 곧 플로리다로 돌아갔다.

작업실을 청소하고 오리지널 그림을 지우고 그 위에 옛날 그림을 위조하기 위한 용도의 값싼 옛날 그림들을 모아서 새로 비축했고, 런던에서 배로 보내온 영국 수렵화 주제의 많은 연구 서적들을 책꽂이에 꽂았다. 그림 위조 "공장"이 다시 문을 열었다. 이는 나의 정신 상태에 매우 중요한 의미가 있다. 나는 엄청나게 기뻤다. 마치 나에게 새로운 삶과 새로운 방향, 새로운 미래가 주어진 것처럼 열광했다.

모아놓은 많은 서적과 경매 카탈로그를 연구하면서 나는 많은 영국 화가들의 작품 패턴이 내가 찾았던 19세기 미국 화가의 작품들과 유사하다는 점을 발견하고 놀랐다. 이러한 중복된 패턴을 확인하고, 빠른 비교를 위해 그들을 분리하고 정리하는 것은 성공적인 위작을 창조하기 위한 필수적인 열쇠 중 하나이다. 18세기 존 우튼과 제임스 세이무어 같은 화가들을 시작으로 19세기 존 프레더릭 헤링 시니어John Frederick Herring Sr., 존 E. 퍼넬리John E. Ferneley[41] 같은 화가들로 지속된 많은 영국의 수렵화 화가들은 유명 경주마들의 초상화를 소장하고 싶어 하는 그 지역 상류층의 수요를 충족시키기 위하여 그들 자신의 그림을 똑같거나

---

41 **존 E. 퍼넬리**(1782~1860) 영국의 화가. 전문적으로 경마와 사냥 장면을 그렸다. 말을 그린 그림이 다소 형식적이라는 평가를 받았지만 조지 스터브스를 이은 위대한 영국 수렵화 화가 중 한 명이다.

거의 똑같이 복제했다. 버터스워스가 각양각색의 장면들에 완전히 똑같은 요트를 그려 넣은 것이나 히드가 이 그림에서 저 그림으로 똑같은 꽃이나 새를 베껴 넣은 것처럼, 많은 영국의 수렵화 화가들도 단순히 색깔을 바꾸거나 장면을 다르게 해서 그림마다 똑같은 말이나 말과 기수를 복제했다.

수렵화 장르는 말과 기수에만 국한된 것이 아니라 입상한 황소나 여우 사냥개, 심지어 돼지 초상화까지 포함되었다. 웨스트 컨트리의 구릉진 언덕을 배경으로 그려진 이러한 주제들의 어느 한 그림은 다른 그림들의 "원작original, 原作"일 수 있다.

먼저 믹스언매치mix-and-match 구성 기법으로 열두 점의 그림을 창조하기 시작했다. 그 모음은 "사토리우스 화풍"의 여우 사냥 그림, "19세기 화파"의 황소와 돼지 초상화, 아름다운 경치를 배경으로 말의 초상화를 그린 "퍼넬리 이후after" 그림, 마지막으로 19세기 수렵화 화가들 중 내가 가장 좋아하는 "J. F. 헤링 화파"의 말과 기수 초상화로 구성되었다.

헤링은 그의 시대에 가장 인기 있는 말 탄 그림을 그린 화가 중 하나였다. 그는 두 다리를 벌리고 챔피언 경주마에 올라탄 유명 기수의 모습을 수정처럼 맑고 밝게 그린 초상화로 유명하다. 흔히 그는 그리고자 하는 주요 대상을 동카스터Doncaster 같은 랜드마크 경주 트랙이 원경遠景으로 있는 탁 트인 들판을 배경으로 삼았다.

그림들은 크기가 다양했지만 큰 여행가방에 넣을 수 있어야 해서 가로세로 61cm에 76cm를 넘으면 안 되었다. 거기서 여섯 점을 골라 여행가방에 넣고 런던행 비행기를 예약했다. 세관에서 걸릴 수 있다는 게 나의 유일한 걱정거리였지만 순조롭게 통과해서 곧장 비커리지 게이트 호텔Vicarage Gate Hotel로 갔다. 다음 날, 현지에 있는 옛날 액자 가게를 찾았다.

각각의 그림마다 경매장에 최적화된, 찍히고 긁히고 뭔가 빠진 게 완비된 옛날 액자에 그림을 넣었다. 다음 단계는 그림을 나누는 것이다. 하나는 크리스티, 하나는 소더비, 나머지 하나는 본햄스Bonhams로 가져갔다. 각각의 경우가 처음에 소더비로 "사토리우스" 그림을 가져 갔던 때처럼 간단했다.

며칠을 기다린 후, 나는 나머지 그림들을 가지고 똑같은 경매장을 다시 찾았다. "얼마나 쉬운지 믿을 수가 없네," 내가 전화로 호세에게 보고했다. "이러면 하루 종일해도 될 거 같아. 그들은 그림만 보고 예상가를 알려주고는 계약서를 써줘. 무조건."

나는 플로리다로 돌아가서 나머지 그림 여섯 점을 챙겼는데, 쉭쉭 소리가 날 정도로 빨랐다. 며칠 후, 런던으로 돌아갔다. 오래지 않아 로이즈, 바클레이스, 내셔널 웨스트민스터 같은 은행 등이 발행한 파운드화 수표가 속속들이 우편으로 도착하기 시작했다.

호세와 나는 밤낮으로 오래된 캔버스를 헌팅 하러 다니고 수출할 다음 작품들을 구상하고 이러한 판에 박힌 일들을 완벽하게 해 줄 방법을 생각하느라 바빴다. 예를 들어, 경매회사와 너무 친숙해지는 것을 피하기 위하여 카운터에서 기계적으로 근무하는 직원들의 여러 유형을 연구했고 그에 맞게 나의 외모를 바꾸었다. 가끔은 노동자가 쓰는 빵

모자flat cap에 왁스 코트wax coat 차림으로 시골 시장에서 막 그림을 발견한 듯이 나타났다. 때로는 플로리다의 강한 햇살로 선탠을 한 후 영국을 방문한 듯 보이려고, 특별히 캐시미어 오버코트와 에르메스 스카프로 완벽하게 꾸미고 마치 다른 사교계의 바람둥이가 던힐Dunhill 쇼핑백에서 조심스럽게 집안의 가보를 내주는 화려한 역할을 연기했다. 나는 심지어 영국 억양을 완벽하게 구사하려고 노력했다. 게다가 항상 다른 전문가들이 나의 그림을 평가했기에 그들의 감시망으로부터 나를 멀리 떨어지게 했다.

나는 런던이 나에게 마법 같은 힘이 있는 곳이라고 확신했다. 언제나 있었던 곳처럼 편안했다. 거기에 역사와 거리, 상점, 카페, 선술집을 사랑했다. 호세도 나와 같았다. 런던은 내가 일로서 구하는 모든 것을 주었다.

지금까지도 런던은 여전히 옛날 판화 거래의 중심지다. 판화점들은 나에게 중요한 연구 자료를 제공해주었고 그 결과 곧바로 새로운 위작으로 변환되었다. 18, 19세기에는 그림을 복제해서 판화를 제작을 하는 게 보편적이었다. 그것은 또한 역으로 작동할 수 있다. 옛날 판화에서 그림을 복제하는 게 가능하다.

코번트 가든 근처 좁은 거리에 감춰진 그로브너 판화점Grosvenor Prints은 지역에서 가장 오랜 역사를 지닌 점포 중 하나로, 세계적으로 옛날 판화를 가장 많이 소장한 게 자랑이다. 높은 천정과 기다란 창문이 있는 우아한 조지 왕조풍Georgian의 건물에 있으며, 벽에는 길고 얕은 서랍이 쭉 늘어서 있었다. 서랍 안에는 상상할 수 있는 모든 주제의 판화가 포함된, 오래되어 해지고 끈으로 묶인 작품집portfolio이 들어 있었다. 다크 슈트를 입은 키가 크고 약간 뚱뚱한 주인은 옥스퍼드 대학 교수처럼 보였고 책이 잔뜩 쌓여 있는 옛날 책상들에서 거의 움직이지 않았다. 대신 그는 조수인 예쁜 프랑스 여자 아이를 시켜서 서랍에서 내가 필요로 하는 주제의 작품집을 가져오게 했다. 앞치마를 두른 조수는 낡은 이동식 도서관 사다리를 원하는 서랍 쪽으로 옮긴 다음 올라가서 작품집을 찾았다. 그러고는 귀엽게 달콤한 미소를 지으며 내가 조용히 살펴볼 수 있도록 테이블에 올려놓았다. 그로브너 판화점은 19세기 이후로 전혀 손대지 않은 것처럼 보였다. 만약 호가스[42]의 유령이 존재한다면 분명히 그곳에 나타날 터였다.

런던의 앤티크 액자 가게들은 나에게 또 다른 주요한 매력이었다. 나는 며칠 동안 퀴퀴한 옛날 액자 가게를 돌아다녔고 주인들과 친해져서 종종 소매를 걷어 올리고 일손을 도왔다. 매주 포토벨로Portobello나 캠든 패시지Camden Passage, 버몬지Bermondsey 같은 골동품 시장이 열려 나에게 위작을 만드는데 필요한 옛날 재료를 편안하고 안정되게 제공했다.

런던은 문화적으로 우리가 원하는 것은 물론 그 이상으로 주었다. 우리는 오페라와 심포니, 연극 공연을 보러 다녔고 미술관에도 갔다. 돈이 충분했기 때문에 세계적인 고급 남성복 매장들이 들어선 저민 스트리트Jermyn Street에 자주 갔다. 우리는 힐디치 앤드 키Hilditch & Key에서 셔

---

42 **윌리엄 호가스**William Hogarth(1697~1764) 영국의 화가. 영국 로열 아카데미 회원. 판화, 풍자화를 그렸다. 사회 비평가 및 편집자, 만화가로 활동했다.

츠, 던힐에서 캐시미어 스포츠 코트, 코딩스Cordings에서 컨트리 스타일의 옷을 구입했다. 확실히 시인 사무엘 존슨Samuel Johnson의 이 유명한 말은 전적으로 진실이었다. "누군가 런던에 싫증났다면 그는 인생에 싫증난 것이다."

세이무어와 우튼, 헤링, 퍼넬리 같은 화가들을 지속적으로 연구하면서 그들의 사고방식과 마음속으로 그려보는 방식, 그들이 그림을 구성하는 방식과 구름 패턴이나 한 줄로 죽 심어놓은 생울타리가 있는 구릉진 언덕, 그들의 팔레트의 색깔들을 이해하기 시작했다. 그들의 스타일로 새 그림을 디자인하는 것은 나에게 너무 쉬웠다. 단지 영국인이 사는지를 보기 위하여 어떤 특별한 옛날 화가의 스타일에 기초하지 않은, "원작" 수렵화를 날조하는 작업 또한 즐거웠다. 그것들도 팔렸다. 하지만 웨스트 컨트리에서 보내는 시간이 늘어날수록 수렵화에 대한 나의 애정과 열정도 커져만 갔고, 마침내 화가로서의 나를 찾았다는 느낌을 더 믿게 되었다.

내가 18세기에 태어나지 못한 게 너무 아쉽다! 몹시 애석했다. 나는 틀림없이 잘했을 것이다. 화가와 그들에게 작품을 의뢰한 귀족들에게 매우 익숙한 거리인 밀솜 스트리트Milsom Street, 제인 오스틴Jane Austen의 땅, 여기 바스에 내가 있다. 이곳에는 여전히 웅장한 대저택들과 많은 그림들이 남아 있었다. 하지만 아아 슬프게도, 내가 200년이나 늦게 도착했다. 바스와 시골 생활이 너무 좋은 나머지 나는 제대로 인정받지 못하고 있다고 느꼈다. 얄궂은 운명으로 잘못된 시대에 태어나 꼼짝 못했다.

"사토리우스 스타일", "헤링 화풍", "퍼넬리 화파"의 그림으로서 소더비, 크리스티, 필립스Phillips, 본햄스 경매에서 낙찰되기 시작했고 한 점당 평균 약 3,000달러를 받았다. 나의 그림들은 거의 언제나 경매회사 추정가보다 2배나 3배 높은 가격에 낙찰되었다. 경매회사의 전시실에 걸린 내 그림들을 보거나 전문가들이 그들을 검증하는 모습을 지켜보면 중독성 강한 스릴을 느꼈다. 소더비를 처음 방문해서 전시실에 서 있었던 게 기억났다. 어느 날 그곳에 내가 그린 그림들 역시 걸려있으리라고는 꿈도 못 꾸었다. 경매에 참여하여 내가 위조한 그림들이 팔리는 것을 지켜보면서 더 큰 전율을 느꼈다. 우리는 항상 극장에서 밤을 보내고 심슨스 인 더 스트랜드Simpson's in the strand에서 저녁을 먹으며 자축했다. 그 뒤 흔히 레스터 스퀘어Leicester Square주위를 걸었다. 나는 광장에서 몇 파운드에 초상화를 그려주는 화가들에게 끌렸다. 그들이 그림 그리는 모습을 지켜보는 게 좋았지만 때때로 언젠가 나도 저렇게 될까봐 두렵기도 했다.

이러한 일상이 1년 가까이 지속되었지만 문제가 없었던 것은 아니다. 먼저 세관 문제가 있었다. 영국 공항에서는 흔히 임의 세관 검사를 하는데 만약 검사에 걸리게 되면 영국 그림이 여행가방 두 개에 잔뜩 실린 이유를 설명해야만 한다. 그리고 여행가방으로 옮겨서 그림의 크기가 최대 가로세로 61cm에 76cm로 제한되었다.

나는 세관원들이 조사할 사람들을 어떻게 선정하는지를 알아내서 첫 번째 문제의 위험성을 줄였다. 대학생을 위해 출간된 여행 책자에서 그 문제에 대해 상당히 자세하게 들어갔다. 그 책은 눈이 예리한 세관원들이 불러 세우려는 여행객의 특징을 몇 가지로 서술했다. 예를 들어, 긴 머리에 청바지를 입고 흐트러진 모습을 한 미혼 남자는 마리화나 수색을 위한 표적이 될 수 있다. 초조한 얼굴로 서두르는 사람은 뭔가를 밀반입하는 밀수업자일 수 있다.

책에서는 세관에 걸리지 않으려면 보수적이고 말쑥한 옷차림에 신경 쓰라고 말한다. 용모 단정할 것. 서두르지 말 것. 수하물이 나오기를 기다리면서 두리번거리지 말 것. 그리고 무엇보다 세관원들을 절대 쳐다보지 말 것. 다시 말해서 세관원들을 완전히 무시한 채로 그냥 자연스럽게 사람들 사이에 섞여서 움직이라는 것이다. 그래서 카키색 바지에 파란 옥스퍼드Oxford 셔츠, 바라쿠타Baracuta 재킷, 페니 로퍼penny loafers 신발이 내 일반적인 차림새가 되었다. 그것에 덧붙여, 나는 카트를 밀고 가는 동안 언제나 갖고 다니던 두툼한 영국 여행 책자를 눈에 띄게 손으로 들었다.

1년쯤 지나자 여행가방 작전은 2단계로 접어들었다. 1980년대 중반에 영국 컨트리 룩 의상이 크게 유행했다. 랄프 로렌Ralph Lauren, 로라 애슐리Laura Ashley와 같은 패션디자이너들이 의류에서 영국 디자인을 모방했다면, 지금은 이러한 모방이 영국 가정용 가구류로 옮겨갔다. 최고의 실내장식 디자이너들은 경매장에서 영국 가구와 그림들을 보이는 대로 사들였다. 경매회사들은 대문에 들어서자마자 내 그림을 잡아채듯 덥석 샀다. 하지만 의심을 받지 않고 런던 시장에 위조한 그림을 더 많이 넣으려면 그림의 크기나 주제를 더 다양하게 해야 했다. 영국 시장에 익숙해질수록 제임스와 토마스 버터스워스의 작품을 포함해, 영국의 해양화와 수렵화의 관계가 매우 긴밀하다는 사실을 알았다. 실제로 경매 카탈로그에 두 장르가 자주 함께 실렸다.

또 다시 런던을 돌아다니며 나는 이 주제에 관한 책들을 모두 사들였다. 영국의 해양화 장르는 영국의 찬란한 해양사에서 기인한다. 18세기 중반부터 19세기 말까지, 섬의 요새를 지키는 위풍당당한 전함에서부터 인도나 중국과 같이 거리가 먼 나라의 물품을 수입하는 멋진 쾌속 범선까지 모든 것을 전문적으로 그리는 화가들이 늘어났다.

18세기에 영국 해양화는 토마스 휘트콤Thomas Whitcombe[43], 찰스 브루킹Charles Brooking[44] 같은 화가들이 군림했다. 19세기 전반은 토마스 버터스워스와 니콜라스 콘디Nicholas Condy[45] 같은 화가들이 나왔다. 영국 대저택의 기품이 있는 응접실에는 도버Dover의 흰 절벽을 지평선에 두고 바다에 떠있는 배를 그린 그림이 있어야 완벽하다. 이들 해양화도 나의 위작 레퍼토리에 포함시키는 게 꼭 필요했다. 지금보다 더 큰 크기의 그림들을 영국으로 운반하는 문제는 어느 날 오후 경매회사에 그림 몇 점을 놓고 나오면서 해결되었다. 시간을 좀 때우려고 소더비 전시실에 전시된 19세기 유럽 회화 컬렉션을 구경하기로 했다. 항상 배울 준비가 된 나는 이번 전시를 담당한 전문가를 발견하고서는 그와 전시 중인 그림들의 보존 상태에 대하여 이야기를 나누었다. 그는 캔버스가 극

---

43 **토마스 휘트콤**(1763~1824) 영국의 해양화 화가. 나폴레옹 전쟁 때 활동했다. 영국 왕립 해군 활약을 담은 150여 편의 작품이 전해오고 있다. 그의 해상 전투화는 오늘날까지 호평을 받고 있다.

44 **찰스 브루킹**(1723~1759) 영국의 해양화 화가.

45 **니콜라스 콘디**(1793~1857) 영국의 풍경화 화가.

도로 건조하고 파삭파삭해서 곧 "리라이닝relining"이 필요하다는 견해를 밝혔다.

리라이닝은 옛날 그림의 뒷면에 새 캔버스를 덧대는 작업이다. 옛날 그림을 캔버스 와구에서 조심스럽게 떼어낸 다음, 그림 앞면이 밑을 향하도록 해서 완전히 평평한 테이블 위에 놓는다. 그 다음, 특수한 아교와 왁스를 옛날 그림의 뒷면 전체에 골고루 뿌린다. 그때 옛날 캔버스 위에 새 캔버스를 놓고 누르는데, 두 캔버스가 마치 하나처럼 결합될 때까지 여러 방식으로 눌러서 납작하게 만들었다. 그러고는 그림을 새 캔버스 와구에 올려놓았다. 이 과정은 지난간 세월이 오래되어 파손되기 쉬운 오리지널 캔버스를 보강해주고 그림의 표면도 평평하게 회복시켜준다. 이는 일반적인 절차로, 미술관의 거의 모든 그림이 리라이닝을 했다. 플로리다로 돌아가 고객들의 그림들에 자주 했던 작업이다. 하지만 전혀 모르는 척했더니 그 친절한 전문가는 자신이 무엇에 대해서 말하는지 본보기를 보여주려고 열심이었다. 그는 벽에서 그림 하나를 떼어오더니, 리라이닝은 새로울 게 없다고 설명했다. 사실상 옛날 그림에 리라이닝 하는 것은 이미 100여 년 전에 보편화 되었다. 하지만 그가 보여주려고 한 리라이닝의 사례는 좀 특별했다.

그림을 벽에 기대어 놓은 상태에서 우리는 무릎을 꿇고 자세히 들여다보았다. 그것은 예전에 이미 여러 번 본 적이 있었던 오래된 유형의 리라이닝이었다. 하지만 그 역사에 대해서는 아는 게 없었다. 전문가는 이 특별한 기술을 "스크루 프레스 리라이닝screw-press lining"이라고 부른다고 했다. 그는 손으로 그 유일무이한 독특한 특징을 가리키며 말을 이어갔다. 우리가 살펴보고 있는 이 예를, 그는 1910년대 것으로 추정했다.

리라이닝에 사용된 캔버스는 일반적인 평직물이었다. 오리지널을 대신해서 사용된 캔버스 왁구는 대략 너비 8cm에 모서리마다 견고한 사각의 이음매가 있었다. 이것은 당시 쓰였던 일반적인 캔버스 왁구로 때때로 "잉글랜드 캔버스 왁구English stretcher"라고 불렸다. 이음매를 확장하려고 썼던 키key는 머리가 둥글었으며, 힘을 보태기 위한 가로대cross brace가 있었다. 또 다른 중요한 특징은 캔버스 왁구의 비스듬한 가장자리 위에 리라이닝 캔버스의 펄럭이는 부분이나 가장자리를 싸서 단단히 고정했다는 것이다. 맨 먼저 캔버스 왁구의 가장자리를 따라 한 줄로 압정을 고정한 다음 아교로 직물의 남은 끝부분을 모서리에 고정했다.

전문가는 산업혁명으로 인해 영국 그림과 옛 거장들의 그림 수요가 크게 증가했다고 설명했다. 신흥 재벌인 기업가들이 즉각적인 고귀함을 얻기 위하여 그림들로 대저택을 채우고 싶어 했다. 당시에 한 번도 복원된 적이 없는 옛날 그림들이 엄청나게 비축되어 있었다. 이러한 그림들을 판매할 수 있도록 만들려고 런던 부근에 대형 복원 공장이 갑자기 생겨나서 문자 그대로 수천 점의 그림을 복원 작업했다. 두빈Duveen 같은 미술품 딜러들은 벼락부자들에게 이러한 그림들을 팔아서 수백만 달러를 벌었다.

나사 압착기screw press가 사용되기 이전, 리라이닝 과정에 사용된 접착제는 밀랍beeswax이었다. 뜨거운 액상 밀랍wax을 옛날 캔버스와 새 캔버스 사이에 한 겹 바른 후 그 둘이 하나처럼 붙도록 뜨거운 다리미로 눌렀다. 그것은 길고도 지루한 작업이었고 캔버스 뒷면에 밀랍을 입힌 자국이 지저분하게 남았다. 리라이닝 작업의 속도를 높이기 위해 나사 압착기가 발명되었다. 그것은 커다란 북 프레스book press(책을 만들 때 종이가 휘지 않도록 눌러주는 기계-역주)와 비슷했다. 강철 바닥에 옛날 그림의 앞면이 밑을 향하도록 올려놓는다. 그림 뒷면에 수용성 아교를 바른 후 그 위에 새 캔버스를 올린다. 마지막으로 일련의 나사를 돌려서 크고 평평한 철판을 아래로 내려 큰 압력으로 옛날 캔버스와 새 캔버스가 함께 밀착될 때까지 눌러준다. 그 결과, 리라이닝 작업이 매우 평평하게 이루어졌다. 뒷면을 보면 깨끗하고 마른 캔버스를 볼 수 있다.

리라이닝을 한 그림은 사각 이음매가 들어간 잉글랜드 캔버스 왁구를 댔는데, 표준 8cm 너비 위에 올려졌다. 비록 오랜 산화 작용으로 캔버스 왁구와 캔버스가 진한 갈색으로 변했지만 이렇듯 수많은 리라이닝 한 것들이 오늘날까지 여전히 잘 견뎌서 컬렉터와 전문가들에게 잘 알려진 특유의 모습을 만들어냈다.

전문가의 설명이 끝난 후, 나는 그를 도와 벽에 그림을 다시 걸었다. 그리고 나는 가장 계몽적인 오후를 보내게 해준 그에게 감사했다. 폰티스로 걸어가 카푸치노를 마시며 그날 경매회사에 그림을 가져다주고 받은 계약서를 검토했다. 하지만 리라이닝에 대한 전문가의 상세한 설명이 자꾸만 떠올랐다. 나사 압착기로 리라이닝하는 것을 모방할 수만 있다면 한 번에 여러 가지 문제를 해결 할 수 있다고 생각했다. 무엇보다 먼저, 내 그림에 리라이닝을 할 수만 있다면 그 위에 다시 그림을 그릴 옛날 캔버스를 더 이상 찾을 필요가 없었다. 대신에 옛날 화가들이 사용했던 것과 똑같이 짠 직물을 찾아 젯소를 발라 그림 그릴 때 캔버스로 사용하면 되었다. 여기서 도전은 제대로 된 크랙과 오래전에 만들어진 것처럼 보이는 "오래된" 리라이닝을 만드는 거였다.

만약 유연한 현대의 직물에 그림을 그려서 리라이닝을 할 수만 있다면 그림을 돌돌 말아도 문제가 없을 것이다. 그리고 그림을 말 수만 있다면 더 큰 그림도 영국으로 가져올 수 있다고 판단했다. 남은 유일한 문제는 런던으로 가져온 후에 캔버스 왁구를 대야 한다는 것이다. 이 아이디어는 나를 사로잡았다. 완전히 새 재료로 만든 위작이 경매회사 전문가들을 속일 수 있을까? 나는 작업 방식 전체를 새롭게 개조해야 할 필요가 있었다.

런던을 떠나기 전에 잠시 들러서 메모용 리갈 패드legal pad(줄이 쳐진 황색 용지 묶음-역주)를 샀다. 집으로 돌아가는 비행기 안에서 흥분하여 현대의 새 재료를 이용하여 단계별로 위작 제작 계획을 세웠다.

플로리다로 돌아온 나는 가지고 있던 옛날 그림들의 재고를 뒤져서 스크루 프레스 리라이닝의 완벽한 샘플을 찾아냈다. B급의 18세기 영국 초상화였다. 나는 작업실의 밀실에서 그림을 완전히 분해했다. 캔버스 왁구를 곧바로 기량이 뛰어난 목공 전문가에게 가져가, 옛날 그것과 똑같이 해서 캔버스 왁구와 키를 다양한 크기로 12개 만들어 달라고 했다. 캔버스 왁구의 압정은 오늘날 소파 등의 덮개 작업에 사용되는 카펫 압정이었다. 근처 철물점에서 압정을 한 움큼 사서 빨리 좀 부식되도록 소금물병에 담가 두었다.

다음은 18세기와 19세기 화가들이 사용한 것과 비슷한 캔버스를 찾아야 했다. 또한 초기 리라이닝에 타입의 두꺼운 평직물도 필요했다. 조사를 통해 의자와 소파의 덮개 작업을 할 때 안감 천으로 사용된 다양한 면과 리넨을 취급하는 실내인테리어 상점을 찾았다. 이 직물들의 일부는 인도와 중국에서 온 것도 있었다. 오스나부르크osnaburg라고 불리는 한 직물은 18세기 화가들이 보편적으로 사용한 직물처럼 고르지 못한 특징이 있었다. 사실은 오스나부르크의 제조 방식은 수백 년 동안이나 그대로였다! 의문점은 남았다. 현대의 캔버스에 옛날 캔버스와 닮은 크랙을 만들 수 있을까? 다시 한번 토끼가죽 아교에 기대를 걸었다. 오랫동안 이 독특한 물질을 가지고 일하다보니 나는 그 용도와 특성에 대해 전문가가 다 되어 있었다.

나는 캔버스 와구 위에 캔버스를 올려놓고 압정을 박기 시작했다. 이어서 토끼가죽 아교와 물을 묽게 섞어서 캔버스에 골고루 뿌렸다. 그리고 평소 쓰던 방식대로 뒤섞어 만든 젯소를 10cm짜리 넓은 붓으로 젖은 캔버스 위에 곧장 가로로 고르게 붓질을 했다. 완전히 말린 후 비스듬하게 들어 보니, 18세기와 몇몇 19세기 그림에서 흔히 보았던 손으로 젯소를 칠한 캔버스와 일치하는 "서명signature"처럼 완벽한 특징이 새로 만든 캔버스 표면에서 보였다. 또한 태양 아래에 뜨거워지도록 놓아두자 인장引張 강도가 올라가 캔버스가 뻣뻣해졌다. 마지막으로 손바닥으로 단지 살짝 눌러주자 캔버스 전체에 산산조각 난 패턴의 완벽한 크랙이 생겨났다.

리라이닝 작업에는 복원 전문가들을 위해 개발된 새로운 열에 반응하는 접착제를 사용했다. 고무 접착제와 같은 밀도를 가진 이 접착제를 캔버스 와구를 제거한 옛날 캔버스 뒷면에 살짝 칠한다. 그리고 그 위에 새 캔버스를 올려놓고 뜨거운 다리미로 눌러준다. 이 시스템의 장점은 밀랍을 사용하지 않아도 "마른" 리라이닝을 만드는 것과 스크루 프레스 리라이닝 작업을 했을 때와 똑같은 외관이다.

캔버스 와구와 리라이닝 한 캔버스에 나타나는 "산화oxidation" 효과는 물을 섞어 묽게 만든 싸구려 포스터물감을 썼다. 이러한 흙색 얼룩을 캔버스 와구와 캔버스 위에 붓으로 칠하고 스프레이를 뿌리고 닦아내 얼룩덜룩한 효과를 만들어냈다. 마무리 작업까지 마치고는 먼지층을 조작하기 위해 그 위에 트리폴리석 가루와 물을 섞은 용액을 뿌리고 뒤뜰의 햇볕에 말렸다.

호세와 나는 또 다시 영국으로 여행을 떠났다. 이번에는 어깨에 메는 더플백duffel bag(천으로 만들어 윗부분을 줄을 당겨 묶게 되어 있는 원통형 가방-역주)을 가지고 갔다. 더플백 하나에는 무려 10점이나 되는 크기가 더 큰 영국의 수렵화와 해양화를 넣었다. 모두 리라이닝과 바니시 작업을 거쳐 더욱 개선된 작품들로 돌돌 말아 한 뭉치로 만들었다. 다른 두 개의 더플백에는 "옛날" 캔버스 와구를 가져갔다. 모두 해체하여 테이프로 함께 붙여놓은 다음, 어느 그림에 대야 하는지 그림의 이름을 적어놓았다. 확실히 세관에 띌 위험은 더 커졌지만 그로 인해 더 스릴 있었다.

비커리지 게이트 호텔로 돌아가 그림 뭉치를 펴고 다시 조립했다. 그리고는 각각의 그림에 액자를 맞추었다. 며칠 후, 런던 시내의 여러 경매회사에 그림을 나누어 가져갔다. 해양화까지 더해져 이제는 경매회사마다 그림을 두 점씩, 가끔은 세 점씩 넣을 수 있었다.

모든 그림은 경매회사의 가치를 평가해주는 카운터에서 열렬히 환영을 받았다. 나는 전문가들이 그림 하나하나를 앞뒤로 유심히 살피는 모습을 눈여겨보았다. 비록 그 그림들은 전적으로 현대 재료들을 써서 창작했고, 단지 며칠 전에 조립했지만 어느 전문가도 조금도 의심하지 않았다.

모든 그림을 경매회사에 놓고 온 다음 우리는 짐을 챙기고 차를 빌려 바스로 향했다. 그리고 한 달 동안 토마스 롤랜드슨Thomas Rowlandson[46]의 그림에 나올 법한 코츠월드Cotswold 마을을 답사하고 골동품 시장을 다니며 옛날 액자를 헌팅했다.

그 후 1년 동안, 우리는 더플백에 그림을 담아 영국을 오갔다. 하지만 의심을 피하려면 그림들을 다른 곳에다 퍼뜨려야 했다. 머지않아 우리는 시골을 여기저기 여행하며 캠브리지나 옥스퍼드 같은 도시들에 있는 필립스경매회사 현지 지점을 이용했다. 하지만 우리와 관계가 가장 좋은 곳은 당연히 바스에 있는 필립스였다.

돈 많은 여행객들, 그들 중 많은 수가 영국의 역사가 담긴 그림을 집으로 가져가고 싶어 하는 미국인들로 경매에서 자주 추정가보다 3배나 높게 값을 올려 낙찰 받았다. 한 번은 경매에서 나는 보스턴Boston 출신

---

46 **토마스 롤랜드슨**(1756~1827) 영국의 예술가, 풍자만화가. 인간 본성의 결점과 야비함을 조롱하는 작품을 제작했다. 초기에는 나폴레옹을 풍자하는 그림을 그렸으나 이후 정치보다 사회적인 풍자를 주로 했다. 생기 넘치는 펜화와 수채화로 놀라운 제스처와 표정을 그려낸 것으로 유명하다.

의 부유한 여성의 옆자리에 앉았다. 그녀는 경매에 나온 그림의 절반을 사들이고 있었다. 우리가 잠깐 잡담을 나누고 있는데 "헤링" 그림이 경매에 붙여지자 그녀는 나에게 물었다. "진품일까요?"

바스의 경매사는 캠브리지 출신의 잘생긴 영국인으로 내가 그림을 가져갈 때마다 언제나 두 손을 벌려 환영했다. 나의 그림들은 그의 경매에서 아주 잘 팔렸고, 이윽고 그는 내가 경매에 붙인 그림들을 그린 화가였다는 사실도 알아차렸다. 하지만 그는 그림의 출처에는 관심이 없었고, 실은 보통 다음 경매에 어떤 그림이 있었으면 좋겠다고 넌지시 나에게 암시를 주었다.

소더비가 서리Surrey에 있는 멋진 시골 고택인 서머셋하우스Somerset House를 경매장으로 개조했다는 사실을 알게 되었다. 특히 런던에 내가 혼자 있을 때, 이것은 나에게 있어서 유쾌하게 당일치기를 할 수 있는 시골 여행이었다. 모든 그림을 갈색 종이로 싸가지고 비커리지 게이트 호텔에서 나와 빌링스게이트Billingsgate행 아침 기차에 올랐다. 보통 객차 사이의 뻥 뚫린 곳에 앉아 신선한 공기를 맞으며 지나가는 아름다운 시골 경치를 감상했다. 기차역에 도착하면 택시를 타고 멀지 않은 서머셋하우스로 향했다. 나는 그곳에 가는 게 좋았다. 그곳은 신사들이 여유 있게 비즈니스를 할 수 있는 장소였다. 전시회를 보러 온 시골 유지들과 담소를 나누거나 현지 거래를 할 수 있는 곳이었다. 때때로 그곳은 본드 스트리트의 뒷문 역할을 했다. 한번은 현지의 전문가가 내 그림을 보고 이렇게 말했다. "네, 정말 흥미로운 그림이군요. 허락해주시면 런던 소더비에 보내보고 싶은데요."

몇 번이고 그림이 전문가에게 가기도 전에 팔려나갔다. 한 번은 경매장 안에서 어떤 소음도 내지 않으려고 문밖에서 J. E. 퍼넬리 화풍의 사냥 중인 사냥개의 사랑스러운 초상화를 풀고 있었다. 풀고 있을 때, 언젠가 뉴욕에서 그랬던 것처럼 누군가 나를 지켜보는 시선이 느껴졌다. 이번에는 스포츠 방수재킷과 빵 모자 차림의 근처에 서있던 한 무리의 남자들이었다. 현지 골동품 딜러들처럼 보였다. 그중에서 트위트 스포츠 코트tweed sports coat에 스카프 모양의 폭넓은 넥타이 차림의 신사가 슬그머니 경매장으로 들어갔다. 잠시 후 그가 나타나 나에게 곧장 다가오너니 기분 좋게 물었다. "자, 오늘은 뭘 가져오셨나요?"

나는 그가 소더비 직원인 척하고 있음을 깨달았다. 계략에 맞장구치는 척 포장 벗긴 그림을 그에게 보여주며 점검하게 했다. "한 말씀 해주시면 감사하겠습니다." 내가 말했다. 그는 추정가를 말하는 대신에 내가 얼마를 원하는지 물었다. "저, 700파운드에 샀는데요. 2,000파운드 정도 받을 수 있기를 바랍니다." 내 대답을 들은 그는, 괜찮다면 기다리고 있는 그의 동료들에게 그림을 가져가 보여주겠다며 양해를 구했다. 다음 순간, 그들은 나를 떠밀어 소더비에서 보이지 않는 주차장으로 데려가더니 현금 1,500파운드를 제시했다. "오, 소더비 관계자이신 줄 알았는데!" 나는 가짜로 놀란척하며 소리 질렀다. "하하하. 내가 소더비 관계자인 줄 아셨대!" 그 시골 신사가 웃으며 친구들에게 말했다. 그러더니 소더비에 그림을 맡기고 돈을 받을 때까지 몇 달을 기다리는 것보다 지금 현금으로 1,500파운드를 가져가는 게 훨씬 좋지 않으냐고 기분 좋게 설명했다. 그는 친구들이 기쁜 듯이 바라볼 때 한마디 덧붙였다. "게다가 소더비는 완전 도둑놈들이잖아요!" 20분 후, 현금 1,500파운드를 벌은 나는 마피아가 나를 쫓지 못할 것이라고 확신했다. 근처 주점에서 나는 점심으로 컴벌랜드Cumberland 소시지와 맥주를 즐겼다.

플로리다로 돌아온 호세와 나는 흥미로운 현상에 주의하기 시작했다. 우리가 그토록 힘들게 영국으로 가져가 경매회사에서 팔았던 그림들이 뜻밖에 미국에 출현했다! "이것 좀 봐!" 어느 날 아침 뒤뜰에서 아침을 먹으면서 훑어보고 있던 인테리어 잡지를 호세에게 건네며 말했다. "작년 겨울에 잉글랜드 입스위치Ipswich에서 팔았던 황소 그림이야! 맙소사, 북극하고 가까운 곳에 있던 그림이 지금은 텍사스Texas 백만장자의 집에 걸려 있다니!"

"그러게. 우리가 직접 텍사스로 가져다줄 수도 있었는데." 호세가 말했다. 영국에서 팔았던 다른 그림들도 뉴욕 경매회사에 나타나기 시작했다. 이 부메랑 효과는 우리에게 영국 화파의 세 번째이자 마지막 단계를 위한 영감을 제공했다.

작업실에 가서 뉴욕 경매장의 카탈로그를 잔뜩 가지고 돌아왔다. 런던에서 그랬던 것처럼 카탈로그 뒷면을 펼쳤다. 그리고 돋보기로 "판매 조건The Conditions of Sale"을 찾았다. 우리는 이 구절을 몇 번이고 보았다. "크리스티와 위탁자는 이 카탈로그에 제시된 어떤 작품의 작가나 진품 여부를 보증하지 않는다."

"맙소사, 여기서도 아무것도 보장하지 않아!" 내가 말했다.

"그러게. 좋네, 영국에 가는 수고를 덜고 여기서 바로 팔면 되겠다!"

호세가 말했다.

수일 내에 뉴욕 크리스티에 사진 꾸러미를 보냈다. 얼마 지나지 않아 그들은 "기꺼이" 곧 있을 다음 경매에 그림들을 넣어주겠다는 답변을 써서 보내왔다.

일주일 후, 우리는 차에 그림들을 싣고 뉴욕 어퍼 이스트 사이드로 향했다. 크리스티에 차를 세우고 내가 그림들을 가지고 들어가 있는 동안 호세가 차 안에서 기다렸다. 몇 분 만에 내가 계약서를 가지고 차로 돌아왔고, 우리는 캣츠Katz's 핫도그를 사먹으러 시내로 향했다. 이렇게 하여 내 영국 그림의 미국 국내 유통이 시작되었다.

이 운영 단계에서는 생산 라인을 갖추는 게 필요했고 우리의 개인적인 배달은 제한했다. 그 어느 때보다 열심히 일을 해서 보통 일주일에 두세 점을 완성했다. 작업실은 그림들로 꽉 차서 그림 하나하나를 옛날 액자에 넣는 것은 비현실적이었다. 우리는 미국 최고의 액자 제작자에게 고품질의 액자 몰딩을 주문하는 방식으로 문제를 해결하기로 했다. 진짜 금박으로 몰딩이 마무리된 단순하지만 우아한 18세기, 19세기 패턴의 액자를 주문했다.

"스크루 프레스 리라이닝"을 거친 후에는 그림에 맞게 각각 액자를 자르고 조립했다. 그 다음 단계는 완성된 그림의 사진을 전부 찍는 것이었다. 그러고는 사진 꾸러미를 뉴욕, 뉴올리언스. 필라델피아, 워싱턴, 런던, 바스에 있는 경매회사로 보냈다. 보내자마자 답변이 반드시 돌아왔고, 우리는 직접 만든 대형 나무 상자에 그림을 담아 보냈다. 채울 수 없는 수요로 인해 이내 우리는 대서양의 양쪽에서 일제히 그림을 팔았다.

전화벨이 쉬지 않고 울렸다. 뉴욕 크리스티에서 온 전화를 받고 나면 바로 런던 소더비에서 전화가 왔다. 가끔 그림의 출처를 밝혀달라고 부탁할 때도 있었다. "웃기네!" 내가 크리스티의 누군가와 전화를 끊고 호세에게 말했다. "'헤링' 그림의 히스토리를 밝혀줄 수 있는지 실제로 묻는 거야. 이 작업실을 그녀에게 보여줄 수도 없고!"

가끔 어느 경매회사에 어느 그림을 보냈는지 정확하게 기록하지 않아 난처했던 상황도 있었다. 추정가, 설명, 최저가 등의 세부 사항을 묻는 전화를 받았을 때, 언급되고 있는 그림들을 혼동하는 경우가 많았다. 문제를 바로잡기 위해 호세는 책상 위 벽에다 게시판을 설치했다. 커다란 색인 카드에 그는 크리스티 런던, 슬로언스Sloans DC, 필립스 뉴욕 등등을 사인펜으로 써넣었다.

게시판 맨 위를 가로질러 이 카드들을 압정으로 고정했다. 그러고는 현재 경매회사의 관리 하에 들어가 판매를 기다리고 있는 모든 그림의 사진을 해당 경매회사 아래에 압정으로 고정시켰다. 이렇게 하면 얼마나 많은 그림이 나갔고 어떤 경매장에 그림이 있는지 한눈에 볼 수 있었다. 그림이 팔리면 떼어내고 거기에 새로운 사진을 붙였다. 이러한 시스템은 또한 서신을 볼 필요 없이 경매회사 전문가와 스피커폰으로 통화하면서 그림을 계속 그릴 수 있게 했다.

80년대 후반에 이르러 우리의 유통 방식은 미세하게 조정됐다. 우리는 끝없이 늘어난 영국 그림의 레퍼토리에서 신중하게 선택해서 끊임없이 미국과 영국의 경매회사로 보냈다. 그 그림들은 제임스 베린저

James Barenger[47], 사무엘 스포드Samuel Spode[48], 제임스 세이무어, 조지 스터브스, 존 볼트비John Boultbee[49], J. E. 퍼넬리, J. F. 헤링, 존 노스트 사토리우스, 에드윈 헨리 랜드시어 경Sir Edwin Henry Landseer[50]과 그 밖의 수렵화 화가들, 토마스 휘트콤, 토마스와 제임스 버터스워스, 찰스 브루킹과 다른 해양화 화가들을 판에 박힌 듯이 위조했다.

호세는 모든 경매회사에 자신의 계좌를 만들었고, 그들에게 판매 금액을 그의 이름으로 개설한 수많은 영국과 미국의 은행 계좌로 송금해 달라고 했다. 우리는 언제나 쇼핑할 돈이 충분하도록 백화점 지하의 소규모 고급 시설인 해러즈은행Harrods Bank에 공동 계좌를 만들었다. 이제 런던을 여행할 때 더 이상 세관에 걸릴 위험이 없었기에 은행에서 현금을 찾아 흥청망청 쇼핑을 즐겼다.

언젠가 바스에 갔을 때 서커스Circus 1층의 아름다운 집을 보러갔다. 18세기에 지어진 서커스는 로열 크레센트에서 한 블록 밖에 떨어지지 않았고, 로마의 콜로세움에서 영감을 받은 건축술의 걸작이었다. 서커스라는 이름처럼 모두 32채에 이르는 타운하우스가 커다란 동그라미를 이루고 있다. 팔라디오풍 설계디자인으로 지어졌고 모든 하우스는 중앙의 잔디밭을 향한다. 서커스의 절제된 우아함은 로열 크레센트보다도 더 내 마음을 사로잡았다. 1층의 아름다운 집은 최근에 세상을 떠

---

47 **제임스 베린저**(1780~1831) 영국의 화가. 동물화와 상업화를 그렸다
48 **사무엘 스포드**(1825~1858) 영국의 화가. 경주마 등 동물을 주제로 한 풍속화를 그렸다.
49 **존 볼트비**(1753~1812) 영국의 풍속화 화가. 경주마 등을 주제로 한 수렵화를 많이 그렸다.
50 **에드윈 헨리 랜드시어 경**(1803~1873) 영국의 화가, 조각가. 동물, 특히 말, 개, 사슴 등을 그렸다. 가장 널리 알려진 작품은 영국 런던 트라팔가 광장의 사자 조각이다.

난 런던 마운트 스트리트의 유명 골동품 딜러인 바링Barling의 사유지의 일부였다. 그의 개인 주말 별장이었던 그곳은 응접실, 서재, 대리석 욕실, 숨겨져 있는 계단으로 이어진 발코니가 있는 낮은 부엌으로 이루어졌다. 하우스 전체가 훌륭한 건축의 디테일을 자랑했다.

우리가 그 집을 보고 마음을 정하기까지는 5분도 걸리지 않았다. 호세는 그날 당장 계약서에 사인을 했다. 비즈니스 관점에서도 여러 모로 잘된 행동이었다. 우리는 거금의 호텔비를 절약할 수 있고 구입한 골동품과 액자를 보관해둘 수 있었으며 당연히 작업실도 꾸밀 수 있었다. 현지 사무 변호사에게 나머지 일을 맡기고 바스에 우리 집을 가지게 된 것에 대해 흥분해서 플로리다로 돌아왔다.

그것은 모두 너무 좋아서 현실일 수 없었다. 플로리다로 돌아간 지 얼마 안 돼 모든 것이 무너져 내렸다. 호세는 건강 상태가 나빠져 의사를 찾아갔다. 그것은 최악의 소식이었다. 호세가 에이즈에 걸렸고 이미 심각한 단계로 진행되었다. 우리 둘 다에게 청천벽력 같은 소식이었다. 나는 가장 친한 친구를 절대로 잃고 싶지 않기에 끝까지 병마와 싸우자고 했다. 다음 일 년 동안, 우리는 온갖 시약을 모두 시도했다. 하지만 의사를 찾아갈 때마다, 혈액 검사를 할 때마다 더 나빠지는 것만 확인했다. 바스의 타운하우스 거래를 폐기하였고 작업실 문도 닫았다. 우리는 지푸라기라도 잡는 심정으로 신약을 이용한 에이즈 치료로 성공을 거두고 있는 클리닉이 있다고 보도된 자이르Zaire(콩고의 예전 이름)의 수도 킨샤사Kinshasa로 날아가기로 결정했다. 40일간의 치료 과정에서 일련의 약물을 주사하는 것으로 치료는 이뤄졌다.

치료는 예상대로 아무런 소용도 없었고 상황은 오직 나빠지기만 했다. 호세를 살리기 위한 마지막 싸움으로 메릴랜드Maryland 베데스다 Bethesda에 있는 국립건강연구소National Institutes of Health를 찾았다. 호세는 그들 저장고의 시약을 전부 시도했지만 그 무엇도 끔찍한 병의 진행을 막아줄 수 없었다. 우리는 결국 싸움에서 패한 채 집으로 돌아왔고 호세는 가족들이 지켜보는 가운데 자신의 방에서 눈을 감았다.

12

브라질의 보배

1863년, 미국 화가 마틴 존슨 히드는 브라질로 여행을 떠났다. 그곳에서 잘 자라는 꽃과 벌새를 연구하기 위해서였다. 그는 깊은 산속으로 들어가 벌새들의 서식지에서 많은 희귀한 종의 벌새를 관찰할 수 있었다.

히드는 아름다운 열대 지방을 배경으로 무지갯빛의 새들을 그린 소품 시리즈들을 창작하기 시작하였다. 어떤 그림에서는 아주 작은 벌새가 이국적인 꽃 주위에서 날개를 파닥이는 것을 보여주었고, 다른 그림에서는 그들의 귀중한 알과 둥지를 지키는 것을 보여주었다. 그는 20점 가까운 그림으로 이루어진 컬렉션에 《브라질의 보배The Gems of Brazil》라는 제목을 붙였다. 1864년, 리우데자네이루Rio de Janeiro에서 있었던 전시회에 그 중 12점의 그림이 나왔다. 그의 작품은 브라질 황제 돔 페드로 2세Dom Pedro Ⅱ의 극찬을 받았고, 히드는 장미기사훈장Order of the Rose을 받았다.

1865년, 히드는 이 그림 컬렉션을 가지고 미국으로 돌아왔다. 그림을 파는 대신에 그것들을 컬러 석판화로 복제해서『브라질의 보배』라는 제목의 책으로 엮고자 했다. 나중에 밝혀진 것처럼, 그는 그 계획을 위해 런던으로 가서 기꺼이 하려고 하는 출판업자를 찾아야만 했다. 하지만 다색 석판 인쇄술은 예술가가 만족할 정도로 새들의 아름다움을 잡아주지 못했기에 그 프로젝트는 결국 빛을 보지 못했다. 그럼에도 불구하고 런던에서 컬렉션을 선보이자 히드는『브라질의 보배』의 복제본 의뢰를 많이 받았으며 자신의 노력으로 이득을 얻었다. 그의 오리지널 작품들은 결국 브리스톨Bristol에 사는 유명한 미술품 컬렉터인 모튼 피토 경Sir Morton Peto이 구매했다.(그는 미국 화가 존 F. 피토와는 아무런 관계도 없었다).

나는 히드 스타일의 그림을 처음 그리기 시작할 때, 지미가 준『마틴 존슨 히드의 생애와 작품The Life and Work of Martin Johnson Heade』라는 책을 읽었던 적이 있다. 세계적인 히드 전문가이자 보스턴미술관Museum of Fine Arts in Boston의 미국 회화 큐레이터인 시어도어 E. 스테빈스 주니어 Theodore E. Stebbins Jr.가 쓴 책이었다. 히드가 잉글랜드에서《브라질의 보배》의 복제본을 만들었다는 줄거리를 읽었을 때, 나는 특별히 "잉글랜드에서《브라질의 보배》몇 점이 발견되었다."는 서술에 주목했다.

나의 가장 친한 친구를 잃었다는 것만으로도 이미 충분히 불행한데, 호세를 살리기 위한 싸움에 엄청난 돈을 쏟아 부었기 때문에 나는 거의 파산 직전이었다. 상황이 너무 절박해서 빨리 무슨 수를 내야만 했다. 잉글랜드에서 마틴 존슨 히드의 그림을 "우연히 찾았다"는 아이디어를 생각했던 게 이미 한 두 번이 아니었다. 여러 해 동안, 나는 관심을 끄는 화가나 상황이 있으면 그 대상의 자료 파일을 모아두는 습관이 있었다. 《브라질의 보배》의 사례가 경매 카탈로그에 보이거나 잡지에 나오는 대로 그것을 오려서 파일에 모아두었다. 지금 절실히 필요할 때에 모든 자료가 갖춰져 있었다.

야심차게 뭔가를 꾸미기 전에, 그래도 바로 현금을 마련할 수 있어야만 했다. 모두 옛날 재료로 재구성한 것들을 사용해서 "버터스워스", "찰스 버드 킹", "안토니오 제이콥슨", "피토", "워커" 등의 그림을 그렸다. FBI에 걸릴 뻔한 게 설사 10년 전이라고 할지라도 여전히 큰모험이라는 것을 알았다. 하지만 뭔가 해야만 했다.

오랜 친구인 발굴자와 여러 해 전에 나에게서 미국 그림을 샀던 몇몇 딜러들에게 전화를 걸었다. 싼 값에 높은 수준의 가짜 미국 그림을 상자로 제공할 수 있다고 말했다. 마지막으로 미국 그림을 그린 지 꽤 많은 시간이 흘렀지만, 나의 실력은 월등히 개선되어 그 어느 때보다 나은 신세대 그림들이 나왔다. 한 오랜 고객이 한 번에 한 작품에 1,000달러씩 10에서 20점의 그림을 샀다. 서서히 약간의 현금이 마련됐다. 하지만 분하게도 오래지않아 나는 내가 팔았던 몇몇 그림들이 경매회사에 10배 높은 가격으로 나타난 것에 주의했다.

그 동안에 비밀스럽게 《브라질의 보배》의 컬렉션을 체계적으로 작업했다. 그것들은 모든 면에서 완벽했다. 당장 어떤 경매회사든지 가서 어떤 전문가에게 그것들을 보여주어도 전혀 의심을 받지 않을 거라고 전적으로 자신했다.

1992년 봄, 《보배》를 가방에 챙겨 런던으로 갔다. 다음 날, 예전처럼 비커리지호텔에 묵었고 시차로 인한 피로가 해소될 때까지 루틴하게 쇼핑을 하고 노팅 힐 게이트를 돌아다녔다. 경매장으로 갈 준비가 되자 나는 붉은목벌새 두 마리가 나뭇가지에서 서로를 바라보고 있는 멋진 소품 그림을 버버리 쇼핑백에 넣고 노팅 힐 지하철역으로 향했다. 나는 미국인 여행객인 척하고 경매회사의 가치를 평가해주는 카운터에서 그림을 내놓을 계획이었다. 브리스톨 근처의 카 부트 세일car boot sale(차 트렁크에 물건을 넣어놓고 파는 벼룩시장-역주)에서 발견한 그림으로, 전에 한 번 집에 있는 미술 잡지에서 비슷한 걸 본 적이 있는 것 같다고 이야기를 날조할 참이었다.

센트럴 라인Central Line을 타고 본드 스트리트에서 내렸다. 필립스경매회사가 몇 발짝 거리에 있었다. 그들에게 한번 시도 해보기로 했다. 가치 평가 카운터로 가서 그림을 내놓았다. 회화 부문의 전문가가 호출되었다. 잠시 후, 지루해 보이는 젊은 남자가 나타나 자신을 소개했다. "카 부트 세일에서 산 그림인데 의견 부탁드립니다." 내가 그에게 말했다. 그는 우아하게 그림을 들어서 한두 번 빙글 돌리더니 분명하게 말했다. "이건 습작품이네요, 아마 50파운드 정도 될 거예요." 그러고는 마지막에 이렇게 모욕적인 말도 덧붙였다. "골동품 딜러를 찾아서 파는 게 좋겠네요."

그 그림이 얼마나 중요한 작품인지 그에게 설명해서 이해시켜주고 싶은 마음은 간절했지만, 소위 그와 같이 바보인 척 연기를 하고 있었기에 그럴 수도 없어 그냥 고맙다고 말하고 자리를 떴다.

본드 스트리트로 돌아온 나는 이 모든 생각이 터무니없다는 느낌에 사로잡혔다. 아마도 영국에는 전문가든 뭐든 《브라질의 보배》에 대해 들었던 적이 있는 사람이 단 한 명도 없을지 몰랐다. 그래도 크리스티에 한 번 가보자는 생각이 들었다. 그들은 뭘 좀 아니까. 크리스티의 가치 감정 카운터에서 그림을 내놓았다. 빈틈없어 보이는 여성이 카운터 뒤에서 그림을 들어 조심스럽게 살펴보았다. 다른 고객을 상대하고 있던 한 여성 전문가가 갑자기 끼어들었다. 그들은 서로 귓속말을 하더니 나에게 미국 작품인 것 같다고 말했다. 그녀는 미국 회화를 담당하는 상근전문가를 부르는 동안 나에게 잠시 앉아있으라고 권했다. 5분 후, 중요해 보이는 남자가 카운터로 와서 그림을 들고 보더니 말했다. "마틴 존슨 히드의 작품이네요." 그러자 여성은 전문가의 관심을 나에게로 돌렸다.

"저, 매우 흥미로운 그림입니다. 어떻게 갖고 계신 건지 말씀해주시죠." 그가 말했다.

"사실은 브리스톨의 카 부트 세일에서 발견했습니다." 나는 설명을 계속했다. "미국 집에 있는 미술 잡지에서 비슷한 걸 본 적이 있는 것 같아서요." 이는 모두 그에게 앞뒤가 맞는 말이었다. 그는 간단하게 마틴 존슨 히드가 누구인지, 《브라질의 보배》가 어떻게 모튼 피토 경의 컬렉션이 되었는지 설명해주었다. "그래요, 매우 가치 있는 작품입니다. 하지만 먼저 연구를 해봐야 정확한 추정가를 말씀드릴 수 있을 것

같습니다. 우선은 아무리 못해도 잠정적으로 만 파운드로 추정되는군요." 속으로는 사실상 그림을 알아본 사람이 있어 마냥 행복했지만, 겉으로는 기절초풍하는 척하며 나는 손을 내밀어 그와 악수를 했다. 그는 카운터 뒤에 있는 여성에게 계약서를 작성하라고 지시했다.

30분 후, 폰티스의 평소 앉던 자리에 앉아 카푸치노를 마셨다. 내 앞 테이블에 놓인, 해러즈백화점에 있는 내 은행계좌에 지불 설명이 되어있는 계약서를 살펴보면서 나는 영국이 참 좋다고 생각했다. 음, 내 생각에는 지금까지는 순조로웠지만 여전히 현금이 부족했다. 그리고 "히드" 작품이 언제 경매가 될지, 경매가 되기는 하는 건지 전혀 알 수가 없었다. 지금으로서는 집으로 돌아가 다시 작업을 하는 수밖에 없었다.

호세가 세상을 떠난 지 2년이나 지났지만 나는 여전히 아등바등 살고 있었다. 어느 날, 뉴욕에 사는 내 친구가 전화해 그가 아는 "묻지도 따지지도 않는" 골동품 딜러가 자신의 가게에 내 영국 그림 몇 점을 진열해 놓고 싶어 한다고 말했다.

폴 H.Paul H.는 젊은 영국 남자로 그의 어머니는 영국에서 가장 큰 골동품 비즈니스를 하는 사람 중 하나였다. 런던 외곽에 위치한 장원莊園 영주의 저택이 비즈니스에 사용되었는데 고급 고객들의 편의를 위해 헬리콥터 착륙장까지 갖추었다. 독립을 원했던 폴은 뉴욕으로 건너와 비즈니스를 시작했다. 불행히도 그의 빌리지Village에 있는 미술 골동품 가게는 그다지 장사가 잘 되지 않았기에 슬럼프를 벗어나고자 뭔가를 찾는 중이었다. 내가 11번가에 있는 그의 가게를 찾았을 때는 문 닫기

일보 직전이었다.

우리가 그림들을 걸자마자 팔리기 시작했다. 그 그림들은 그의 비즈니스가 돌아가도록 해주었고 급히 필요했던 2만 달러에 가까운 돈을 내 주머니에 넣어주었다. 새로운 판매처가 생기자 나는 바쁘게 그림을 그리며 뉴욕을 왔다갔다 여행했다. 거의 1년이 지났지만 여전히 나는 크리스티로부터 "히드" 그림에 대해 한마디 말도 듣지 못했다. 이유가 뭐든 거래가 안 될 거라 확신하고 낙담한 나는 폴에게 '히드' 그림까지 넣어서 내 미국 그림 몇 점을 보여주었다. 그는 즉각 흥미를 보이면서 현금으로 다른 그림들까지 사겠다고 했다. 폴과의 거래가 잘 풀린 덕분에 뉴욕에 머무르는 시간이 길어졌다. 그림들을 어떻게 처리하는지 그에게 묻지 않았다.

2월의 너무나 추운 어느 날 저녁, 빌리지의 6번 대로를 걷다가 나는 가던 길을 갑자기 멈추고 다시 돌아서 막 지나쳤던 신문 잡지 가판대로 갔다. 신문 1면에 실린 내 그림을 본 것 같았다. 역시나 내 '히드' 그림이 런던 『타임스』 1면을 장식하고 있었다. 헤드라인으로 "카 부트 세일에서 산 그림으로 3만 4천 파운드를 벌다"라는 표제가 달렸다. 보아하니 크리스티는 내 사연이 흥미로워서 언론에 제보한 모양이었다. 그 기사는 한 미국인 관광객이 어떻게 웨스트 컨트리의 카 부트 세일에서 그림을 운 좋게 찾았는지를 서술하였다. 몇 주 후 그림이 그들의 뉴욕 경매장에서 팔릴 예정이라고 밝혔다.

그림이 뉴욕으로 보내지리라고는 생각조차 못했다. 플로리다 집의 자동응답기에 전화를 걸어보니 크리스티에서 남긴 메시지가 몇 통이나 있었다. 그들은 나에게 그림은 뉴욕 경매에서 팔기로 예정되었으며 그들이 시어도어 스테빈스에게 감정비로 지불한 200달러를 보내달라는 내용이었다. 다음 날, 그림도 보고 카탈로그를 구입하기 위해 크리스티를 찾았다.

그들의 파크 대로에 있는 건물의 2층 전시실의 엘리베이터가 열리는 순간, 갑자기 정면으로 옛 친구와 마주쳤다. 바스의 필립스에서 일하던 근사한 젊은 경매사였다. 웨스트 컨트리에서 내 작품을 홍보해주던 바로 그 친구였다. 지금은 출세해서 뉴욕 크리스티에서 일하고 있었다. 하지만 우리 둘 다 오랜만에 회포를 풀 만한 상황이 아니었다. 대신 우리는 서로 미소를 띤 채 윙크하며 지나쳤다.

경매 당일, 히드의 그림은 추정가인 5만 5천 달러의 거의 두 배에 달하는 9만 6천 달러에 팔렸다. "운 좋은 발견"에 대한 이야기는 그림과 함께 대서양을 건너 AP통신사에 의해 보도되었다. 경매 현장이 지역 저녁 6시 뉴스에 나온 것은 물론이고 미국의 거의 모든 주요 신문사에 기사가 실렸다. 『뉴욕 포스트』는 "엄청난 몸값의 새들, 가로채기의 예술"을 제목으로 썼다. 플로리다에 사는 어머니조차 지역 신문에서 기사를 읽고서 "다음부터 영국에 가면 작은 벌새 그림을 찾아보라"라고 하셨다. 한 달 후, 실제로 나는 해러즈백화점에 있는 은행에 앉아 유행성 독감과 싸우며 현금 9만 달러를 찾았다.

"엄청난 몸값의 새들" 덕분에 적어도 한동안 금전적 압박을 덜었고 다음 프로젝트에 집중할 수 있었다.

어느 날 작업실에서 파일을 살피며 다음에 무엇을 그릴지 고민하고 있을 때, 문을 통해 바로 영감이 걸어 들어왔다. 오랜 친구이자 발굴자인 미스터 엑스가 한 번도 본 적 없는 너무도 아름다운 19세기 미국 액자를 가지고 왔다. 모서리마다 종려나무 장식이 있고 세로로 깊게 홈이 새겨진 액자였다. 미국 남북 전쟁 때까지 일반적으로 사용된 패턴이지만 수준 높은 조각과 칠의 아름다움, 액자의 무게감으로 볼 때 매우 뛰어난 예다. 중요한 그림을 위해 제작한 값비싼 액자가 분명했고 폭은 13cm 정도이며 30cm에 51cm 크기의 그림을 위한 것이었다.

조리 영감과 친해진 이후 골동품 그림 액자에 대한 나의 사랑은 쭉 이어져 내 그림 보다 빈 액자를 집에 걸어두는 경우가 더 많았다. 나는 골동품 액자에서 영감을 자주 얻었는데, 친구가 가져온 액자를 보는 순간 거기에 어떤 그림이 담겨야 하는지 정확히 알았다.

미스터 엑스는 그것이 훌륭한 액자라는 사실을 알고 있었고 그림과 맞바꾸고 싶어 했다. 나는 벽에 걸려 있던 작고 아름다운 "윌리엄 아이켄 워커"의 그림을 주었다. 그가 그림을 갖고 액자는 내 것이 되었다. 친구가 문밖으로 나가자마자 나는 서류 캐비닛으로 달려가 "시계초"라고 적힌 서류철을 꺼냈다.

히드가 그린 오리지널 《브라질의 보배》 컬렉션은 작품 각각의 크기가 거의 가로 25cm에 세로 30cm 크기의 작은 캔버스에 열대 지방을 배경으로 한 쌍의 벌새를 그린 시리즈이다. 시간이 지남에 따라 그는 시리즈를 확대하여 새에 이국적인 꽃도 덧붙였다. 그들 그림은 오리지널 《브라질의 보배》보다 더 컸고 몇몇 작품은 가로 46cm에 세로 61cm로 컸다. 히드는 서너 종류의 난초를 그림들마다 반복적으로 그려 넣었지만, 시계초는 단지 알려진 소수의 작품에만 있다.

시계초 시리즈는 많은 컬렉터 사이에서 히드의 가장 아름답고 희귀하고 신비로운 작품으로 평가받는다. 히드의 시계초 그림을 찾는 것은 모든 컬렉터의 꿈이라고 할 수 있다. 이들 아름다운 시계초 그림은 진한 붉은 색의 시계초가 초록이 무성한 배경과 극적인 대조를 이루고, 거기에 다시 다채로운 색깔의 작은 벌새가 나뭇가지와 덩굴에 조심스럽게 자리하고 있다.

나는 히드가 얼마간의 시계초 그림을 수직 형태로 그렸다는 사실을 알고 있었다. 내 앞에 있는 액자 크기와 비슷한 형태였으리라 짐작했다. 서류철을 열어 지난 10년 동안 수집한 모든 인쇄된 그림을 꺼내어 펼쳐놓았다. 얼른 크기를 살펴보니 내 짐작이 맞았다. 30cm에 51cm 크기의 캔버스에 그림을 그린 게 한 점 이상이었다. 이 초기 관측은 또한 다른 중요한 점을 드러냈다. 히드가 그림마다 같은 난초를 반복적으로 썼던 것처럼 시계초 또한 마찬가지였다. 그림마다 아주 작은 디테일마저 똑같이 그린 같은 붉은 색의 시계초가 보이는데, 스텐실을 이용해 그린 게 분명했다. 이러한 중복은 새의 경우도 마찬가지였다. 사실상 히드가 시계초를 연구하며 그렸던 것들 가운데 다행히 남겨진 스케치의 인쇄물로 인해 새에 대한 나의 선택이 한결 쉬워졌다. 히드는 반복해서 그렸던 아주 작은 진홍색 토파즈벌새를 시계초 부근 덩굴 위에 그렸다.

다음 단계는 내가 가진 골동품 그림의 재고를 체크하는 것이었다. 30cm에 51cm 크기의 캔버스는 19세기 그림에서 흔한 크기로, 재고 가운데 하나 이상을 선택할 수 있었다. 순식간에 모든 일이 척척 진행돼 좋은 징조로 여겼다. 그 다음 날, 나는 히드가 그랬던 것처럼 종이에서 꽃과 새를 잘라냈다. 스케치 패드에 캔버스와 똑같은 크기로 30cm에 51cm 직사각형 윤곽을 그렸다. 전형적인 히드 스타일로 열대 지방의 배경을 그린 후, 적당한 위치에 꽃과 새의 종이 조각을 배열하고 베껴 그렸다. 그러고는 얽힌 나뭇가지와 덩굴을 자유롭게 그려 모든 것을 연결했다.

일반적으로 내 '히드' 그림들 중 하나는 두 가지 과정으로 완성된다. 하루 동안에 하늘과 나뭇잎, 풍경으로 이루어진 배경을 작업하고 이게 다 마르면 꽃과 새, 덩굴 등 다른 디테일을 추가한다. 그 주가 끝나기 전에 나는 히드 그림 중에 가장 희귀한 그림을 완벽하게 그려냈다.

플로리다의 태양 아래 한 달을 건조시키고 나서야 오래된 것처럼 보이게 만드는 작업을 시작할 수 있었다. 하지만 액자에 넣어보고 싶은 유혹을 억누를 수가 없었다.

문을 잠그고 전화기도 꺼놓고 의자에 돌아가 앉아 벽에 걸린 그림에 빠져들었다. 어떤 그림이 액자에 끼워져 있었는지는 알 수 없었지만 아마도 150년 전에 만들어졌을 조각의 걸작인 이 액자가 바로 이 순간을, 이 그림을 기다려 온 것이라고 느꼈다.

내 그림이 끝나자 이제 나는 전략을 짜기 시작했다. "수리 복원된" 그림이라고 말하면 신빙성이 떨어질 뿐만 아니라, 이러한 그림이 과거에 카탈로그나 책으로 출판된 적이 없기에 의심을 불러일으킬 수도 있었다. 그래서 비록 위험 부담은 증가하지만, 나의 걸작을 그림이 그려진 이후 햇빛을 보지 못한 "오래전에 잃어버린 히드의 작품"이라고 하기로 결정했다. 요령 있는 미술품 딜러들이나 컬렉터들은 중요한 그림을 발견하면 누구에게도 보여주지 않은 채, 수리복원을 하지 않은 오리지널한 상태로 경매시장에 올리는 게 원칙이다.

많은 중요한 그림들은 먼지와 구멍, 찢김 등이 있는 수리복원이 되지 않은 상태일 때가 세척을 해서 아주 깨끗한 상태일 때보다 확실히 더 높은 가격에 팔렸다. 이러한 미술시장의 특이한 점은 세척되지 않은 상태일 때 먼지 가득한 낡은 다락에서 금방 꺼내온 듯한 "신선함"이 증명된다고 판단하는데 있다. 심리적으로 이러한 상태가 잠재적인 구매자를 흥분시켜서 더 높은 가격을 지불하게 만든다.

마침내 그림이 충분히 마르고 단단해졌다고 느꼈을 때, 나는 오래된 것처럼 보이게 만드는 작업을 즉시 시작할 수 있다. 내가 가진 모든 기술을 사용할 준비가 되었다.

크랙 작업은 완벽했다. 경험이 풍부한 최고의 전문가도 속일 수 있을 정도의 패턴이 만들어졌다. 몇 점의 19세기 그림 표면에서 벗겨낸 카라멜 색 바니시를 '히드' 그림으로 옮겨 비록 무겁지만 흠잡을 데 없는 피막 효과가 만들어졌다.

옛날 그림은 오랜 세월 동안 여러 번의 조잡한 수리 작업으로 살짝 찢기거나 구멍이 난 경우가 흔하다. 따라서 범죄 과학 수사의 전문가라고 자처하는 감정가들을 고려하여 그림 뒷면에 옛날 캔버스에서 잘라낸 두 조각을 작게 덧댔다.

빈틈없는 전문가라면 수리한 부분들을 조심스럽게 검사하고 그림 앞면의 손상을 다듬는 데 사용한 물감이 오래된 바니시의 위에 칠해졌는지, 아래에 칠해졌는지에 주의한다. 만약 리터치 물감이 바니시 위에 칠해졌고 수리복원 작업이 꽤 오래되었다면, 변색된 바니시가 화가가 칠한 오리지널 칠이라는 추가적인 증거가 될 수 있다.

지미 리코가 소장한 몇몇 그림들에서 파리똥 축적물을 처음 본 이후, 파리똥 또한 정규 교육을 받은 전문가의 눈에 그림이 오래되었음을 알려주는 또 다른 유력한 범죄 과학 수사의 증거가 될 수 있다는 사실을 깨달았다. 그림 표면에 있는 특이한 패턴의 파리똥 축적물이 육인으로 보이려면 75년 이상이 걸릴 수 있다. 흔히 볼 수 있는 집파리가 바니시의 당분에 끌려 그림 표면에 싼 똥은 처음에는 투명하지만 시간의 흐름에 따라 결국 갈색으로 변하고 그 다음에는 검어진다. 그 작은 덩어리는 궁극적으로 불용성이 되어 오직 날카로운 메스로 제거할 수 있다.

한동안 나는 이러한 파리똥의 흉내 내는 기술을 완성해가고 있었다. 에폭시 접착제 조금에 호박색 가루 물감을 섞은 후, 접착제에 담가서 접착제가 묻은 핀의 끝부분을 그림 표면에 댔다. 그러면 진짜 파리똥과 거의 구분이 불가능한 살짝 올라온 작은 방울이 생겼다. 지루한 작업이지만, 이런 식으로 파리똥 특유의 무리 지은 형태로 배치할 수 있었다. 검게 변색된 바니시와 함께 나타나는 파리똥의 얼룩은 다락이나 헛간에 오랜 세월 보관된 채로 잊히고 방치된 그림에서 주로 발견된다. 파리똥 얼룩을 넣으려고 준비했을 때, 마침 에폭시 접착제가 다 떨어진 것을 알았다. 하지만 옆에 마침 병에 담긴 걸쭉한 아마인유가 있었는데

에폭시 접착제와 점도가 비슷했고 오히려 다행스럽게 효과가 있었다. 일주일 후, "파리똥 얼룩"이 마르자 마지막으로 트리폴리석을 문질러서 먼지로 만들어 입으로 불고 일을 끝마쳤다.

그림을 액자에 넣고 19세기 못으로 고정하는 순간, 그림에 생명이 불어넣어졌다. 완벽한 위작이었다. 방의 벽난로 위에 걸어놓고 잠시 즐기기로 했다. 어느 날 저녁, 저녁식사를 하러 들른 친구가 그림에 커다란 감동을 받아 '팻 보이fat boy'라는 별명을 붙여주었다.

이제는 계획만 세우면 되었다. "벼룩시장에서 찾았다"는 표현은 무조건 제외하기로 했다. 또 언론에 실려서 누군가의 의혹을 사고 싶지가 않았다. 신중하면서도 그럴 듯한 이야기가 필요했다. 그런데 바로 이런 결정적인 상황에 쓰려고 남겨둔 "출처"가 하나 있었다. 지금이 바로 그 상황이었다. 지금이 마침 지미 리코라는 카드를 쓸 때였다.

1994년 6월, 담요에 싼 팻 보이를 자동차 뒷좌석에 묶고 뉴욕으로 출발했다. 뉴욕에 도착해서 빌리지에 있는 친구의 아파트 침대 아래에 그림을 쑤셔 넣고 나와서 시내를 돌아다니며 언제, 어떻게 계획을 실행할지 궁리했다.

하루는 오후에 매디슨 대로의 한 카페에서 점심을 먹으며 그림 사진을 쳐다봤다. 에라, 모르겠다. 일단 한번 해보자 싶었다. 음식값을 계산하고 72번가로 걸어가서 왼쪽으로 꺾었다. 소더비는 요크 대로York Avenue와 72번가 모퉁이에 위치한 유리와 금속으로 지은 멋없는 건물이었다. 문 위에 붙은 소더비라는 청동 문패와 언제나 그렇듯 건물 밖에 검은색 리무진들이 이중 주차된 것 말고는 바로 옆에 있는 뉴욕시병원과 다를 게 없었다. 유리문으로 걸어 들어가 엘리베이터를 타고 미국 회화부가 있는 3층 버튼을 눌렀다.

문이 열리자 이제 시작이라고 생각했다. 런던과는 많이 달랐다. 뉴욕은 쓸데없는데 시간을 뺏기지 않았고 더 이상 물건을 가져오도록 장려하는 가치 평가 카운터도 없었다. 안내실로 들어가 책상에 앉아 서류 작업을 하고 있는 젊은 남자에게로 갔다. 그의 책상에 팻 보이 사진을 올려놓으며 물었다. "이 그림에 대해 의견을 구할 수 있을까요?"

"앉아 계시면 봐주실 분을 데려오겠습니다." 그가 이렇게 말하고 사진을 들고 출입구를 통해 사라졌다. 몇 분이 지나자 그가 젊은 여자를 데리고 돌아왔다. 그녀는 자기소개를 하고는 말했다. "다라 미첼Dara Mitchell 씨가 그녀의 사무실에서 그림에 대해 당신과 이야기 나누고 싶어 하십니다. 같이 가시죠." 듣고 나자, 자리에서 일어나 그녀를 따라갔다. 그녀의 사무실에서! 놀라웠다. "참 흥미로운 그림을 가지고 계시는군요." 미소를 띠며 나에게 길을 안내하던 여성이 말했다.

경매 회사의 내부에 들어와 보기는 이번이 처음이었다. 우리는 레이아웃 테이블 너머로 몸을 구부리고 어쩌면 경매 카탈로그를 짜고 있는 사람들이 있는 오픈된 큰 공간을 지났다. 미로 같은 복도를 걸어 미스 미첼의 사무실에 도착했다. 미국 회화부의 부사장인 그녀는 큰 키에 금발의 매력적인 여성으로 뉴욕 상류층 기업 간부의 전형이었다. 책상 뒤에 선 채로 손을 내밀어 자신을 소개한 그녀가 말했다. "이런 그림은 1년에 딱 한 번 밖에 나오지 않죠!" 고맙다는 인사와 함께 나도 자기소개를 하고 그녀가 권한 푹신한 의자에 앉았다. 이때에 부문 사장인 피터 래스본Peter Rathbone이 합류했다. 서로 소개가 다 끝나고, 이제 비즈니스 할 시간이었다.

"음, 어떻게 이토록 놀라운 그림을 갖게 되셨나요?" 다라가 물었다.

"사실 선물로 받은 거예요. 몇 년 전 지미 리코가 줬어요. 그는 컬렉터인데, 혹시 아시나요?"

지미가 세상을 떠난 지 두 해 정도 되었을 때였다. 그의 소장품은 많은 미술관에 기증되었다. 참으로 아름다운 저택을 비롯한 나머지 재산은 들리는 소문에 의하면 "펜실베이니아 출신의 젊은 남자"에게 남겨졌다.

"지미하고 아는 사이였나요?" 피터가 물었다.

"네. 친한 친구였죠. 수년 전에 여름마다 지미의 집에 머물면서 집안일을 도와주곤 했죠."

"나이액이었죠, 아마?" 피터가 물었다.

"정확히는 피어몬트입니다. 저도 골동품을 수집하는데 제가 아는 모든 건 지미가 가르쳐주었어요. 이 그림은 지미가 선물로 준 건데 받아서 그냥 가지고만 있었어요. 지금 플로리다에 사는데, 눈독 들이고 있던 부동산이 마침 매물로 나와서 가능한 빨리 현금을 좀 마련해야 하거든요."

"네, 이거라면 당연히 가능하죠." 다라가 팻 보이 사진을 보며 말했다.

"그렇죠. 그래서 온 겁니다. 가격이 얼마나 할지, 팔리는 데 얼마나 걸릴지 알고 싶어요."

"확실히 매우 중요한 작품이지만, 아시다시피 상태를 조사해봐야 정확한 추정가를 말씀드릴 수 있어요. 하지만 적어도 30만에서 40만 달러, 혹은 그 이상일 거예요." 그녀는 잠시 멈추고 내 반응이 어떤지를 살피더니 나에게 물었다. "그림은 지금 어디에 있죠?"

"저기, 시내에 사는 친구 아파트에 있어요." 아무 생각 없이 내가 답하자 두 사람은 화들짝 놀랐다.

"안전한 곳이겠죠!" 다라가 약간 불안해하며 말했다.

"물론이죠. 침대 밑에 뒀거든요. 시간이 문제인데, 팔리는 데 얼마나 걸릴까요?"

"우리가 가장 빨리 경매에 올릴 수 있는 게 9월이에요." 다라가 이렇게 말하고 덧붙였다. "하지만 11월에 더 중요한 경매가 있는데 그때 더 좋은 가격을 받을 지도 몰라요."

이제 덫을 놓아도 된다는 확신이 생겼다. "글쎄, 생각을 좀 해봐야겠네요. 경매를 통할지 아니면 매디슨 대로의 미술품 딜러들에게 곧바로 팔지요."

다라는 몸을 움츠렸다. "저기, 그들에게서는 절대로 원하는 값을 못 받아요. 이봐요, 현금이 바로 필요해서 그러시는 거라면 선수금을 드릴 수 있어요. 10만 달러 어떠세요?" 실제로는 완전히 황홀한 상태였지만 나는 약간 감탄한 척했다.

"글쎄, 부동산 중개인에게 확인을 해봐야겠지만 그 정도면 괜찮을 것 같네요." 내가 말했다.

"그래요, 좋아요. 우린 여기서 즉각적인 만족감을 느끼는 비즈니스를 하고 있어요." 다라의 말과 함께 만남이 좀 더 유머러스한 분위기로 바뀌었다.

"그래 지미의 고택에 머무르셨다고요?" 피터가 확실히 흥미를 보이며 물었다.

"그 집의 먼지조차 19세기 것이라는 게 사실인가요?" 다라가 농담 삼아 물었다.

나는 동의했고, 이어서 30분 동안 지미 리코의 이야기로 그들을 즐겁게 해주었다. 외눈박이 검은 고양이에서부터 지하에 공동묘지의 묘비처럼 줄줄이 놓인 대리석 흉상까지 다 이야기했다.

"그래, 그림은 언제 가져오실 수 있나요?" 다라가 물었다.

"저, 원하시면 지금 바로 가서 한 시간 내에 돌아올 수 있어요."

"꼭 좀 부탁드립니다!" 다라가 흥분하며 힘주어 말했다.

악수를 한 후 다시 안내를 받아 미로 같은 복도를 나왔다. 진실성을 인정받아 10만 달러를 현금으로 받기로 약속했으니 지하철 쪽으로 걸어가는 동안 행복해서 어쩔 줄 몰랐다. 친구의 아파트에 도착해 침대 밑에서 팻 보이를 꺼내 검은색 비닐 쓰레기봉투에 싸서 블루밍데일백화점의 빅백Big Bag에 넣은 후 14번가 지하철역으로 다시 향했다.

짐을 들고 3층에 도착했을 때, 내 뒤로 엘리베이터 문이 닫히기도 전에 책상에 있던 젊은 남자가 전화를 하자 눈 깜짝할 사이에 나를 안내했던 예쁜 여직원이 더 환한 미소로 마중을 나왔다. 다시 한번 우리는 레이아웃 테이블을 지나갔고 이번에는 직원들의 시선이 나를 향했다.

다라가 그녀의 사무실 문 앞에서 나를 따뜻하게 맞이했다. 그녀가 전화를 하자 피터와 그의 조수로 보이는 또 다른 젊은 여성이 합류했다. 다라는 그녀 사무실의 캐비닛 위 작업대 갑판에 그림을 올려놓고 포장을 풀라고 제안했다.

나에게 있어서 진상을 밝히는 순간이었다. 일찍이 전문가는 그림을 처음 보는 순간 진짜인지 가짜인지를 안다고 읽었다. 만약에 그림의 구성과 기법, 미적인 면에서 어떠한 문제라도 있으면 그가 첫 눈에 알아차려 판매할 수 없는 결말에 이르게 할 것이다.

내가 작업대에 포장된 그림을 올려놓을 때, 나의 관객들은 내 뒤로 자리를 잡았다. 액자의 가장자리를 조심스럽게 느끼며, 내가 포장을 벗길 때 그림의 뒷면이 틀림없이 그들을 향하도록 했다. 그들이 옛날 캔버스 왁구와 캔버스, 덧댄 자국을 힐끔 봤다는 확신이 든 후에야 그림을 뒤집었다. 세 사람 모두 좀 더 가까이 보려고 다가와서는 말없이 감탄하며 팻 보이를 연구했다.

"지금까지 본 히드의 시계초 그림 중에 가장 멋지군요." 피터가 말했다.

나머지 두 사람도 고개를 끄덕이며 찬사를 보냈다. 나는 의자 쪽으로 다가가 편하게 앉았다. 다나는 그녀의 책상 뒤에 앉았고, 피터는 "히드" 그림에 시선을 향한 채 작업대에 편안하게 몸을 기댔다.

긴장감이 누그러지면서 피터가 입을 열었다. "이 작은 검은 점이 뭔지 아십니까?" 그림에 있는 아주 작은 무리를 가리키며 수사적으로 물었다. "파리똥입니다. 어떤 이유에서인지 파리들은 그림을 좋아해서 그들의 아주 작은 점을 남기죠. 어떤 그림은 이런 점 수천 개로 뒤덮여 있지요."

나는 저 작은 점들이 뭔지 몰라 혼란스러웠다고 고백하면서 흥미로운 지식을 나눠주어 고맙다고 했다. 그때 피터는 그림이 꽤 지저분하지만 상태가 아주 좋은 편이라는 견해를 밝혔다.

"자, 그러면, 며칠 내로 선수금을 준비해드릴 수 있을 거예요. 그럼 계약서를 쓸까요?" 다라가 말했다.

"그래야겠죠"라고 나는 대답했고, 우리는 모두 악수를 나눴다. 이어서 다라가 조수에게 메모를 건네더니 계약서를 준비하라고 했다.

"세척을 고려해보신 적 있나요?" 다라가 무심하게 물었다.

"아니요. 없습니다. 지미는 그림을 절대로 건드리지 말고 오리지널 상태 그대로 팔라고 항상 강조했거든요." 내가 대답했다.

"맞아요. 예전엔 그랬죠. 10년 전에 미술품 딜러들이 시장을 주도했을 때는 그랬지만 이제는 바뀌었어요." 그녀가 말했다.

"요즘은 미술품 딜러들과 정면으로 맞서는 돈 많은 개인 컬렉터들이 있죠. 그들은 모든 게 수리 복원된 상태를 원해요." 피터가 말했다.

"세척을 한다면 카탈로그 표지에 실을 수 있겠어요." 다라가 나를 설득하려고 덧붙였다.

"아니요, 아니요. 정말로 그렇게 장난치고 싶지 않아요. 그냥 저 상태로 두는 게 낫겠어요. 굳이 위험을 감수할 필요가 없잖아요? 그러다 만약 문제라도 생기면?" 내가 말했다.

두 사람 모두 수긍했다. 그것으로 문제가 해결되는 듯했지만 나도 모르게 말실수를 하고 말았다. "게다가 그림이 심하게 지저분한 것 같지도 않아요. 어쨌든 괜찮아서 그림이 수월하게 잘 보이잖아요."

"어, 아니요, 아니요, 아니요. 이 그림은 매우 지저분해요." 두 사람이 입을 모아 말했다. 내 생각이 얼마나 잘못되었는지를 그대로 입증하기 위해, 피터는 그림을 들더니 우리에게 "암실"로 따라오라고 말했다. 우리는 복도를 지나 중앙에 큰 작업대가 놓인 전문 기술자의 작업실처럼 보이는 곳으로 들어갔다. 피터는 테이블 위에 그림 앞쪽이 아래로 가도록 놓고 펜치로 옛날 못을 제거했다. 잠시 그가 옛날 못을 연구하는 것에 주목했다.

피터가 그림을 꺼내더니 옛날 그림들이 흔히 그렇듯이 그림의 가장자리가 얼마나 깨끗한지를 빠르게 지적했다. 내가 '옛날' 바니시를 뿌리기 전에 캔버스의 가장자리에 마스킹테이프를 간단히 붙여서 그렇게 만들었다.

테이블 위로 커다란 램프가 매달려 있었다. 피터는 그림을 테이블 위에 놓고 한쪽 벽을 가로지르는 거대한 커튼을 쳐서 창문으로 들어오는 빛을 막고 스위치를 켰다. 자외선을 비추자 팻 보이가 기이한 녹색 빛을 띠었을 때, 나는 난생 처음 그런 경험을 해보는 학구적인 초보자 역할 연기에 충실했다. 15분간, 나는 "자외선이 옛날 그림에 미치는 영향"에 대한 논문을 들어야했다.

피터가 오래되어 변색된 바니시가 잔뜩 발라진 그림이 필시 "히드가 직접 바른" 거라고 빈틈없이 논증한 후에 다라의 사무실에 돌아가 보니 계약서가 준비되어 있었다. 다행스럽게도 이게 세척 문제보다 더 중요했기에 그 문제는 다시 언급되지 않았다. 악수하고 웃는 가운데 계약서에 서명했다. 팻 보이는 잽싸게 옮겨졌고, 나는 며칠 내로 선수금을 받을 수 있다는 약속과 함께 자리에서 일어났다.

약속한 날 아침에 다라가 전화를 했다. "약속을 오후 2시로 미룰 수 있을까요?" 그녀가 물었다. "재무 담당자가 그때 와서 선수금 관련 상황에 대해 의논할 겁니다." 나는 그 시간에 가겠다고 하고 전화를 끊었다. 전화로 어떤 문제도 물어보고 싶지 않았지만 "상황"이라는 말이 마음에 걸렸다.

그날 오후 다라의 사무실에 도착했을 때, 브룩스 브라더스Brooks Brothers 양복에 가느다란 와이어 안경테 안경을 쓴 대머리 남자가 "상황"에 대해 나에게 명확하게 말했다. 피터도 그 자리에 있었다.

"다라 말로는 그림 선수금을 원하신다고요." 재무 담당자는 곧바로 본론으로 들어갔다. "물론 판매를 보장하는 선수금을 드리면 좋을 텐데요. 하지만 우리 방침이 좀 바뀌었어요. 구매 영수증이나 유언장 사본 등 소유권의 증거가 될 만한 게 있어야 선수금을 드릴 수 있습니다. 당신의 경우, 혹시 리코 씨가 선물로 주셨다고 인정할 만한 서신 같은 게 있나요?"

"있잖아요. 사실은 ……." 다라가 끼어들었다. "최근에 팔려고 그림 여러 점을 가져온 한 신사 분에게 20만 달러를 선수금으로 지급한 일이 있습니다. 그러고는 그림을 경매에 올렸는데, 그 분의 친척들이 그림 판매를 중지하라는 법원의 금지 명령을 냈습니다. 나중에 알고 보니, 실제로 그 분에게는 그림을 팔 자격이 없더군요." 그녀는 잠시 말을 멈추었다가 매우 심각한 얼굴로 덧붙였다. "20만 달러는 끝까지 회수를 못했고요."

피터도 침통한 표정으로 고개를 끄덕였다. 다라는 마치 그 일로 경매 회사가 파산 직전에 놓였다는 식으로 이야기했다. 나는 그 사건에 대해 혐오스럽다는 반응을 보였지만, 속으로 생각했다. "천재가 따로 없군!"

생각지도 못한 새로운 국면이었기에 나는 빨리 결정을 내려야만 했다. 내 그림을 위하여 가짜 서류를 만드는 것은 내 평소 원칙에 어긋나는 일이었다. 과거에 그림 위조자들이 아마추어 컬렉터들을 속이려고 가짜 문서를 만들었다는 내용을 책에서 읽은 적이 있었다. 그러다 결국 전문가가 면밀히 조사하면 가짜라고 판명 났다. 반대로, 나는 먼저 전문가의 정밀 조사를 거친 다음 자연스럽게 판매로 이어지는 쪽을 선호했다. 따라서 내가 그들에게 한 대답은 그럴 만한 서류가 없다는 것이었다.

"당신에게 써준 카드나 메모 같은 것도 없나요?" 다라가 간절히 물었다.

"없는 것 같아요." 나는 말했고, 그녀의 반응을 보려고 일부러 매우 심란한 표정을 지었다. 어쨌든 약속한 것은 그녀였으니까.

"그래요, 제공할 만한 게 없으시죠. 우리 쪽에서 판매 대금 30일 유예 후 지급 조건을 포기 하도록 할게요. 판매 대금을 받는 대로 바로 지급하죠." 다라가 제안했다.

소더비와 거래할 때는 "반드시 문서로 작성해야 한다!"는 것을 다시 한번 뼈저리게 배웠다. 마지못해 그녀의 제안을 받아들였지만, 이것이 나에게 큰 문제가 될 수 있다는 것을 그녀가 알도록 했다. 다라는 판매 대금을 받는 대로 바로 나에게 줄 거라는 말만 되풀이했다.

이렇게 그것이 마무리됐기 때문에 다라는 곧바로 다음 이슈로 뛰어들었고 세척 문제는 그 추한 머리를 다시 들었다. 눈앞에서 내 돈 10만 달러가 날아갔으니 전혀 거론하고 싶지 않았다.

"세척에 대해 생각해보셨나요?" 그녀가 물었다.

"아니요. 생각하고 있지 않아요." 약간 혼란스러운 표정으로 대답했다. "방금 말씀드렸듯이 어떠한 위험도 감수하고 싶지 않아서요."

다라는 그래도 물러서지 않았다. "그건 정말 손해 보는 거예요. 세척을 하면 10만 달러는 더 받을 수 있을지도 모르는데!"

"글쎄요, 잘 모르겠네요. 지미는 항상 귀중한 그림에 절대로 손대지 말라고 말했거든요." 내가 말했다.

"우리에게는 최고 실력의 복원전문가들이 있어요. 그들에게는 판에 박힌 일상이죠." 피터가 말했다.

"그래요, 꼭 고려해보세요." 다라가 말했다. "세척을 안 할 이유가 없어요. 무슨 문제가 있는 게 아니라면."

"무슨 문제라니." 나는 생각했다. 그녀가 정확히 무슨 뜻으로 말한 것일까? 지금 이순간 내가 매우 미묘한 상황에 놓였음을 알았다. 그림 세척을 계속 단호하게 거부한다면 "무슨 문제"가 아니라 완전한 의혹으로 바뀔 것 같았다. 내 본능은 초보인 척 연기하라고 말했다.

"이해해 주셔야죠. 이 그림을 판다는 게 나한테는 대단한 결심예요.

이런 돈을 벌 수 있는 기회가 다시는 없을 수도 있어요. 그렇다 보니 그림에 손을 댄다는 게 무섭게 느껴지네요. 정말이지 그냥 그대로 두고 싶어요." 다라는 이해한 듯 보였고 피터도 고개를 끄덕였다. 어떻게 되든 피터하고는 아무런 상관도 없다는 것을 나는 분명히 알았다.

"그리고요……." 나는 속으로 기발하다고 생각하면서 덧붙였다. "그림이 그려진 이래로 새 주인이 처음으로 세척한 후 느낄 흥분을 빼앗고 싶진 않네요."

피터는 이 말에 감동받은 듯 나에게 동조했다. 다라는 몹시 짜증을 냈다. 그녀는 결국 포기했고 그림의 경매 최저가를 논의하자고 했다. 그녀의 책상에는 히드의 시계초 그림에 관한 미국 회화부의 서류철이 놓여있었는데(내가 모은 것만큼 방대하지는 않았다) 거기에 경매 날짜와 판매가가 적혀 있었다. 최저가를 합의하고 나니 마침내 우리의 비즈니스가 끝났다. 모두와 다시 악수하고 나왔다.

선수금을 못 받아 의기소침했고 다라와의 의견 대립으로 마음이 편치 않았다. 근처 카페에 가서 와인을 마시며 일을 숙고했다. 갑자기 거래가 전혀 다른 형태로 바뀌어버렸다. 10만 달러는 날아가고 구매자가 지불하면 즉시 지급 받는다는 약속으로 바뀌었다. 판매 대금을 지급 받는 타이밍과 불가피하게 세척하는 타이밍이 모두 중대한 문제였다. 계획대로 그림 세척 전에 돈을 반드시 받아야 했다. 하지만 지금은 판매 전에 세척해야 한다는 다라의 고집이 모든 것을 위협했다.

보통 경매회사는 30일의 유예 기간을 거쳐 판매자에게 돈을 지급한다. 나에게 있어서는 그 기다림의 시간이 위험 지대였다. 구매자가 그림 값을 지불한 후에는 그의 소유물이 되었기에 그것을 마음대로 분석, 조사, 복원 등을 할 수 있는데, 그 과정에서 때로는 심각한 문제가 발생하기도 한다. 예를 들어 밝히지 않았던 광범위한 복원이 판매 후에 드러나거나, 경매 내용과 소유한 작품의 시대나 작가가 맞지 않거나, 소유한 작품이 완전히 가짜라고 밝혀지는 경우이다. 경매회사가 판매자에게 판매 대금을 지급하기 전에 구매자가 소유물을 반품한다면, 그 주장은 유효하여 판매가 취소가 되고 경매회사는 받았던 돈을 구매자에게 돌려준다. 경매회사가 판매자에게 대금을 지급한 이후에 구매자가 소유물에서 문제점을 발견했다면, 여전히 경매회사로부터 환불을 받을 수 있지만 훨씬 힘들고 때로는 불가능하다. 나는 마치 한 번도 세척을 하지 않은 것처럼 보이게 내 그림을 만들었기 때문에, 내 그림이 판매되면 경매회사에서 바로 복원전문가에게 가는 것은 피할 수 없는 결론이다. 내가 예견할 수 없는 딱 하나는 뒤이어 올 일들의 시간표이다. 드문 일은 아니지만 만약에 구매자가 내 그림 값을 지불하는데 2주가 걸렸다면, 30일의 유예 기간 내에 환불받으려면 구매자가 복원전문가를 찾아가 가짜라는 사실을 발견하는데 딱 16일이 남는다.

경매라는 게임에서 몇몇 씀씀이가 큰 사람은 판매 당일 금액을 지불하고, 다른 구매자들은 한 달을 기다린다. 개인에 따라 다르고 얼마나 빨리 소유물을 손에 쥐고 싶어 하는지에 따라 달랐다. 어떤 이들은 곧바로 세척을 맡기지만 영원히 그대로 놔두는 사람들도 있다. 어찌되었든 나는 바로 그림 값을 지불하고 바로 복원 작업을 맡기는 최악의 시나리오에 대비해야만 했다. 다라가 증명하고 싶어서 그렇게 안달했듯이 옛날 그림은 즉석에서 세척을 할 수도 있지만, 직업 의례의 규정을 어기는 것이다. 비록 한정적이라고는 하지만 실제로 그림에 위험 부담이 되는 것은 확실하다.

옛날 그림, 특히 귀중한 그림의 경우에는 복원 전문가의 손이 언제나 제일 먼저 그림을 캔버스 왁구와 분리시킨다. 캔버스 왁구 가장자리에 고정되어 있던 오래된 압정을 조심스럽게 빼면서 그림을 떼어낸다. 그 다음에 리라이닝 작업을 거친다. 리라이닝이 끝나야만 비로소 그림 세척을 위한 준비가 된 것이다.

이러한 순서로 작업하는 이유는 이해하기 쉽다. 복원전문가가 복원하는 전체 과정에서 작품에 될 수 있는 대로 피해를 주지 않도록 하는게 무엇보다 중요하다. 옛날 그림들을 세척하는 데에는 아세톤과 같은 강력한 용해 물질이 사용된다. 리라이닝을 하지 않은 그림 표면에 아세톤을 묻히면, 용해 물질이 그림의 크랙을 통해 곧바로 흡수되어 바싹 말라있던 오래된 캔버스를 흠뻑 적신다. 경우에 따라, 밑칠한 젯소에 좋지 못한 영향을 끼칠 수 있다. 젯소층이 불안정하게 되어 아주 작은 조각들이 오래된 캔버스에서 떨어져 나올 수 있다. 느슨하게 풀린 이들 조각들이 세척에 사용된 면봉들에 묻어 나온다. 이들 박락된 조각들을 "로스losses"라고 하는데, 로스가 많으면 그림에 심각한 손상을 입힌다.

리라이닝 과정은 새 캔버스를 뒤에 붙여 눌러주기 전에 오리지널 캔버스 뒷면 전체에 핫 왁스hot wax나 가열 접착제 등을 뿌려서 젯소 밑칠을 보강하고 안정시켜주므로 로스의 위험을 상당히 줄일 수 있다.

팻 보이에 칠해진 물감은 오래 계속되는 세척 작업을 버티지 못할 터였다. 진짜 옛날 유성 물감은 시간의 흐름에 따라 극도로 단단해져서 아세톤에 용해되지 않는다. 하지만 현대 물감은 아세톤을 묻힌 면봉에 빠르게 녹는다. 이는 복원전문가로 하여금 뭔가 잘못되었다는 사실에 경계할 것이다. 그러므로 나는 팻 보이가 팔리자마자 빠르게 복원 작업을 받도록 보내질 거라 가정하고, 어떤 세척 작업이든지 무기한 지연시켜줄 아이디어를 떠올려야만 했다.

팻 보이에 "옛날" 바니시를 칠한 후 캔버스 왁구와 캔버스 사이인 캔버스 뒷면에 에폭시 접착제와 송진 구슬을 피하주사기로 주입하였다. 캔버스 왁구에 숨겨진, 육안으로 거의 보이지 않게 그것이 캔버스를 캔버스 왁구에 문자 그대로 용접해 주었다. 잭 해머로 두드리지 않는 이상 캔버스 왁구로부터 캔버스가 다시는 분리될 일이 없었다.

드문 일이기는 하지만, 복원전문가들은 가끔 그림이 캔버스 왁구에 붙어버린 경우를 발견한다. 습기 찬 곳에 장기간 보관된 그림일 경우에 그렇다. 젯소에 사용된 토끼가죽 아교는 습한 상태에서 침출된다고 알려져 있는데, 특별히 어떤 외적인 수단에 의해 캔버스가 캔버스 왁구를 꽉 누른다면 캔버스가 캔버스 왁구에 붙을 수 있다. 때로는 캔버스와 캔버스 왁구 사이에 주걱을 넣어 아래로 미끄러지듯 미는 간단한 동작으로 그것을 밀어 내어 분리할 수 있지만, 가끔은 분리가 매우 어려울 수 있다. 경우에 따라서는 캔버스 왁구를 문자 그대로 뒷면에서 파내야 한다. 이처럼 복잡한 상황이라면 리라이닝과 그 다음 세척이 몇 달 동안 지연될 수 있다. 너무 이른 세척을 막아줄 또 다른 유일한 방어막은 팻 보이에 "옛날 바니시"를 마지막으로 칠하기 전에 촉매 광택제catalyzed lacquer를 뿌렸다. 촉매 광택제는 마르면 극도로 단단한 상태가 된다. 주로 상업적 용도로 사용되며 독성이 강하다. 그것을 쓸 때 사용자는 반드시 방독 마스크를 착용해야 하며 특수총을 사용해야 한다. 내 경험상 눈으로 탐지가 불가능하도록 얇게 칠하면 아세톤에 대한 저항력이 증가해 아래쪽 물감이 분해되는 것을 지연시킨다. 하지만 전적으로 의존할 수 있는 방법은 아니다.

만약에 다라가 30일의 유예 기간을 없애준다면, 그래도 내가 돈을 받기 전에 발각될 위험은 사실상 없어진다. 무엇으로도 10만 달러가 내 주머니에 있는 느낌을 대신할 수 없었지만, 실망을 극복하고 다시 생각해보니 30일의 유예 기간 동안에 무엇이든 다 발생할 수도 있다는 사실을 깨달았다. 어쩌면 진전된 새로운 선수금 방침과 그 후의 양보가 뜻밖의 좋은 결과를 주었다. 결국 그리 재수 없는 날은 아닐 거라고 생각했다.

다음번에는 다라로부터 그림 판매할 시간을 듣고 싶었다. "흥분되는 소식이 있어요!" 하지만 며칠 있다가 그녀가 나에게 전화를 해서 말했다. "내가 임의로 당신 그림 모서리의 작은 부분을 세척했는데, 얼마나 다른지 그야말로 믿기지 않아요!" 나는 그녀가 하고 있는 말만 믿기지 않았다. 그녀가 말했다. "이것을 보면 분명히 세척에 대한 생각이 바뀌실 거예요."

그래, 됐어! 나는 생각했다. 그날은 금요일이었는데, 그녀는 돌아오는 화요일에 내가 올 수 있는지 물었다. 나는 동의했고, 통화 내내 가능한 즐거운 척 했지만 전화를 끊고 나니 몹시 화가 났다.

그녀는 완전히 통제 불능이었고 이제 무슨 일이든 생길지 모른다고 결론 내렸다. 주말 내내 통화 내용을 떠올리며 극심한 고통에 시달렸다. 다라가 단지 내 반응을 시험해보려고 한 것일까? 아마도 화를 냈어야 했는지도 모른다. 아마도 그녀가 나의 안주를 녹색등이 켜진 것으로 보고 그림 세척을 끝냈을지도 모른다. 나는 주말 내내 한 손에는 아세톤 통, 다른 손에는 면봉으로 무장한 다라가 세척한다고 팻 보이를 망쳐놓는 시나리오를 상상했다.

화요일 아침, 약속된 시간에 소더비로 갔다. 다시 한번 미소 가득한 조수가 미로 같은 복도를 지나 곧바로 다라의 책임이 막중한 자리로 데려가주었다. 호화로운 액자가 벗겨진 상태의 팻 보이가 다라의 말끔하게 치워진 탁상 중간에 놓인 채 기다리고 있었다. 그녀는 승리의 미소를 지으며 나를 맞이했다. 매니큐어 칠해진 손으로 나한테 와서 보라고 손짓했다. 그림 오른쪽 상단 모서리의 아주 작은 동전만한 데가 또렷하게 세척이 되어 있었다. 활짝 갠 푸른 하늘이 주변 지역에 반하여 두드러졌다. 마침 때맞추어 문이 열리며 피터가 나타났다. "그래, 어떠세요?" 지나치게 밀어붙이는 다라가 물었다. "이렇게 하면 될까요?"

시간을 끌 속셈으로 세척한 데를 연구하는 척했지만, 내 머릿속은 해결책을 찾느라 빠르게 움직였다.

다라가 침묵을 깼다. 그녀가 말했다. "신중에 신중을 기했어요. 면봉하고 아세톤 약간을 사용했죠." 그러고는 뭔가 생각난 듯 피터 쪽을 보며 그녀가 말했다. "흥미롭게도 파리똥 자국도 녹더군요."

피터는 그저 어깨를 으쓱했다. 나는 못들은 척했지만 속으로는 심장이 멎는 듯했다. 다라의 전문 지식에 나는 깜짝 놀랐다. 파리똥은 실제로 용해되지 않는다. 메스로 하나씩 제거해야만 한다. 에폭시 접착제와 가루 안료를 사용해 파리똥을 만들었다면 아세톤의 공격을 견뎠을 것이다. 하지만 "용접 작업"에 내 접착제를 다 쓴 데다, 이렇게 하여 테스트 할 줄 상상도 못했기 때문에 순전히 편하고 싶은 유혹에 빠져 걸쭉한 아마인유로 파리똥을 만들었다. 불행하게도 걸쭉한 오일은 최근에 마른 오일 물감과 마찬가지로 아세톤에 분해된다.

나는 여전히 다라의 예술적 솜씨를 감상하는 척하면서 조심스럽게 세척된 모서리를 연구하며 손상 정도를 가늠하고 있었다. 정말로 모서리에 있던 파리똥 몇 개가 "옛날" 바니시와 함께 사라졌지만, 하늘의 파란색 물감은 온전했다. 광택제의 방어막이 제대로 역할을 했지만 간당간당했다. 광택제의 광택 있는 표면을 볼 수 있었으나, 세척된 곳 정중앙에서 이 보호막이 분해됐다는 확실한 증거인 버짐 또한 볼 수 있었다. 1초라도 더 썼더라면 그녀는 물감과 마주했을 것이다.

그 용해된 파리똥의 시대착오에 물감마저 잘못됐더라면 다라의 머릿속에는 의혹의 연쇄 반응이 일어났을 터였다.

다라가 세척한 모서리를 연구하다가 아이디어가 떠올랐다. 절대로 다라가 팻 보이를 세척하도록 놔둘 수가 없었다. 대신 나는 자구책을 강구했는데, 의혹을 불러일으키지 않으면서 내가 상황을 주도하며 직접 "세척"하는 것이었다. 위험한 도박이었지만 뭐든지 해야만 했다.

"그림의 하늘 부분을 시험 삼아 세척하면 어떨까요?" 내가 말했다. 경매장에서 풍경화의 하늘처럼 눈에 잘 띄는 곳에 50센트 동전만한 크기로 세척된 데를 보여주는 것은 드문 일이 아니다. 세척할 경우 어떤 차이가 있는지를 구매할 가능성이 있는 구매자에게 실례를 들어가며 보여주는 데 그 목적이 있다. 이러한 관례는 뉴욕보다는 런던에서 흔히 볼 수 있었다.

"이렇게 하면" 내가 말을 이어서 했다. "전부 세척하지 않아도 구매자에게 정확한 색깔을 보여줄 수 있잖아요." 다라는 탐탁지 않아했고 피터는 터무니없는 생각이 아니라고 동의했다. 기회를 포착하자마자, 다라가 이의를 제기하기 전에 곧바로 밀어붙이기로 했다. 내가 그녀에게 물었다. "여기 아세톤 갖고 계신가요?" 나는 속으로 용해 물질의 작용을 제어할 수 있다고 자신하며 말했다. "내가 직접 해볼게요."

다라는 그녀의 조수를 불러 아세톤 통을 가져오라고 했다. 긴장된 몇 분이 흘렀다. 마침내 조수가 돌아오자 다라는 시험 세척하자는 아이디어에 대한 불평을 늘어놓기 시작하였다. "찾을 수가 없네요," 그녀가 다라에게 말했다. 그러고는 이렇게 덧붙였다. "하지만 미네랄 스피릿 통은 있어요."

"아니, 아니, 아니, 계속 찾아봐." 다라가 말했다. "내가 며칠 전에 썼는데", 그러고는 다라는 조수에게 구체적으로 어떤 캐비닛을 찾아보라고 했다. 다시 몇 분이 지났고 조수가 돌아와서 보고했다. "거기에 없습니다, 미네랄 스피릿뿐입니다." 다라는 화를 내며 그녀에게 다른 캐비닛을 다시 한번 찾아보라고 지시했다.

그녀가 나가기 전에 나는 이 모든 것을 막았다. "잠깐만요, 미네랄 스피릿 가져다주세요. 그게 효과도 같아요." 내가 말했다.

다라는 나의 요구를 묵살하고 그녀에게 다시 가서 찾으라고 말했다. 다라는 그녀가 나가자마자 나에게 말했다. "미네랄 스피릿으로는 그림 세척을 할 수 없어요."

"어, 가능한데요." 내가 친절히 말했다. "예전에 지미하고 줄곧 그걸로 작은 그림들을 세척했거든요. 효과가 있었어요."

다라는 들으려고 하지 않았다. 사실상 다라의 말이 거의 맞았다. 일반적으로 말하면, 미네랄 스피릿은 오래된 바니시를 분해하기에는 너무 약한 용해 물질이지만 드물게 가능한 경우도 있다.

다라가 모르는 사실은 미네랄 스피릿이 펫 보이를 틀림없이 깨끗하게 한다는 거다. 나는 오래된 그림들의 표면에서 용해된 옛날 바니시를 아세톤으로 희석했다. 내 그림 표면에 분무를 하기 전에 나는 그것에 반드시 약간의 질감이나 점착성을 주어야만 했다. 그래서 나는 그것과 투명한 합성 바니시를 섞었다. 미네랄 스피릿을 섞어 합성 바니시를 묽게 만들었기에, 그것이 뿌려지고 마른 후에 미네랄 스피릿은 나의 "옛날 바니시"를 쉽게 희석할 수 있었다.

이점에 대하여 다시 다라를 설득하려 했지만 그녀는 좀처럼 수긍하지 않았다. 나는 위기에 봉착했다. 다라의 기술적인 문제에 대한 이해에 나는 다시 한번 충격을 받았다. 그녀가 이미 그림이 가짜라는 것을 알고서 그저 나를 고통스럽게 하는 거라는 생각이 순간 머릿속으로 들었다. 마침내 내 적수로 그녀를 만난 게 아닐까 생각을 하고 있는데 내 뒤쪽의 문이 열렸다. 길고 가느다란 팔을 내 어깨너머로 쑥 뻗더니 통 하나를 책상 위에 있는 펫 보이 바로 옆에 올려놓았다.

통의 앞부분을 가로질러 굵은 글씨체로 "미네랄 스피릿"이라고 쓰여 있었다. "다 찾아봤지만 이것뿐이에요." 조수가 말했다. 다라가 무슨 말을 하기 전에 나는 면봉을 좀 가져다달라고 부탁하고 통을 들었다.

너무 많은 기술적 경험을 발휘하지 않기 위해 조심했다. "아마추어 복원가"인 척하며 병을 열면서 설명했다. "미네랄 스피릿으로 지미가 줄곧 이렇게 하는 것을 자주 봤어요. 아세톤보다 시간이 좀 더 걸립니다." 다라는 회의적이었다.

면봉에 미네랄 스피릿을 흠뻑 적셔 하늘의 작은 부분에 작업을 했다. 솜으로 빙글빙글 돌려가며 닦았지만 아무런 변화도 일어나지 않았다.

"내가 말했잖아요!" 다라가 말했다. 하지만 마침내 옛날 바니시가 녹고 파란 하늘이 나타나자 솜이 호박색으로 변하기 시작했다. 작은 부분이 완벽하게 깨끗해졌다. 미네랄 스피릿은 방어막을 당할 수가 없었다. 마침내 다라는 밝아진 표정으로 내가 옳았다는 것을 인정했다. 하지만 그녀는 아직도 그림 전체를 세척하자는 자신의 요구를 받아들이지 않는 거에 대해 여전히 불만이었다.

"저, 그림 전체를 세척하지 않는다면 테스트 지점이 세 군데여야 해요. 하늘, 풍경, 그리고 꽃 부분이요." 다라가 정중하게 요구했다.

이것으로 그 문제에 대한 논란이 마침내 잠잠해질 거라 알았기에 분노를 숨기며 나는 선뜻 동의했다. 아무런 재촉도 없이 다라와 피터는 곧장 면봉을 하나씩 들고 미네랄 스피릿을 흠뻑 적셔 각자 한 군데씩 맡아 세척을 했다. 나는 의자에 앉아 의기양양하게 바라보았다.

72번가로 돌아왔을 때, 마치 단두대에서 막 탈출한 기분이었다. 나는 지노스로 직행해서 와인을 주문했다. 파리똥이 사라진 일과 다라의 아세톤 실험 사이에서 거의 들통 날 뻔했다! 두 잔째 와인을 마시고 나자, 아세톤을 찾지 못해 미네랄 스피릿을 가져다준 그녀가 변장한 천사였다고 확신했다.

남은 여름은 괴로울 정도로 느리게 지나갔다. 머리를 식히기 위해 작은 크기의 그림을 몇 점 챙겨서 런던으로 떠났다. 두 달 동안 박물관에 가고 친구를 사귀고 웨스트 컨트리로 드라이브를 하고 코츠월드 Cotswolds에서 액자를 헌팅 했지만 그 무엇으로도 불안을 떨쳐버릴 수가 없었다. 다라가 팻 보이를 어떻게 할지도 모른다는 생각에 나는 고통스러웠다. 지금이 여름이라는 사실을 떠올리려고 애썼다. 소더비가 한동안 문을 닫았으니, 다라는 아마 햄프턴에서도 디너파티를 즐기고 요트로 항해하고 있을 것이다.

그러더니 어느 날 밤 침대에 누워있는데, 너무나도 끔찍한 생각에 놀랐다! 지미의 오랜 친구인 "19세기 미국 회화 선생" 윌리엄 거츠가 소더비의 자문 위원이었다. 그전까지는 생각지도 못했다. 거츠의 지미와의 고결한 우정으로 보아, 소더비가 거츠에게 그림을 분명히 보여줬다고 판단했다. 거츠는 지미가 컬렉션으로 히드의 시계초 그림을 가지고 있으면서, 자신에게 한 번도 보여준 적 없다는 생각을 결코 받아들릴 리 없다. 그리고 거츠는 지미가 그런 그림을 누군가에게 줬다는 생각이 터무니없다는 것을 누구보다 잘 알았다. 설상가상으로 거츠는 시어도어 스테빈스와 친한 친구 사이이다. 스테빈스는 세계적인 히드 전문가로 판매 전에 그의 인증이 필요했다. 나는 8월에 집으로 돌아가면 나의 자동응답기에 다라가 남긴 불길한 메시지가 있을 거라 확신했다. 이런 복잡한 가능성을 미리 생각하지 못하고 선불로 10만 달러를 요구하지 못한 자신에게 화가 났다.

8월 말, 미국에서 가져온 작은 그림들을 여러 지역 경매회사에 내놨다. 적어도 팻 보이가 허사가 되어도 어느 정도 돈을 벌 수 있으리라 생각했다. 결국 플로리다의 집으로 돌아온 나는 살금살금 나의 자동응답기로 다가가 숨을 죽이고 버튼을 눌렀다. 다라가 남긴 메시지는 없었다. 좋은 징조였지만 거츠와 스테빈스와 관련해서 누군가 위험 경고를 울리지 않을 거라고 상상할 수 없었다.

다음은 쌓여있는 우편물 차례였다. 한 눈에 익숙한 소더비의 두꺼운 카탈로그 봉투가 들어왔다. 미친 듯이 봉투를 뜯고 카탈로그를 꺼내서 페이지를 빠르게 넘겼다. 두 번째 페이지를 넘기는데, 순식간에 팻 보이가 지나갔다! 그 페이지로 돌아가 보니 팻 보이가 정정당당하게 추정가 30만 달러로 거기에 있었다. 파리똥, 덧댄 자국 다 그대로였다! 팻 보이는 스테빈스에 의해 진짜임이 증명되었고, 출처는 "현재 소유자가 제임스 H. 리코로부터 얻었다"고 써져 있었다. 순간 크게 안도했다. 또 다른 중대한 장애물이 제거되었다. 하지만 다시 불안해졌다. 앞으로 그림 전시가 여전히 남았다. 모두의 정밀 조사로 그림과 출처가 드러날 것이다. 어떤 이유에서인지 아직 거츠가 그림과 연결되지 않았다지만, 이제 지미를 아는 누군가가 분명히 보게 되는 게 두려웠다. 누군가 의심을 품고 소문이 퍼지기 시작하면 판매가 취소될 수 있었다.

전시회는 열흘 동안 열렸다. 매일 하루가 영원처럼 느껴졌다. 전화가 울릴 때마다 다라일까봐 두려웠다. 걱정 때문에 정신이 어떻게 되는 게 아닌지 겁났다. 그림 한 점 때문에 이렇게 수많은 난관을 지나고 그런 위기일발을 겪었던 적이 한 번도 없었다. 운명이 나에게 가혹한 장난을 치는 것일까? 궁금했다. 온갖 시련을 헤치고 여기까지 와서, 돈 냄새를 맡기 직전에 팻 보이를 격추시키려는 게 아닐까?

경매 하루 전날, 나는 기괴망측한 꿈을 꾸었다. 꿈속에서 나는 친구와 식탁에 앉아 있었다. 우리 앞의 식탁에는 『타운 앤드 컨트리Town and Country』 잡지와 미키 마우스 시계가 수북했다. 친구와 나는 배꼽 빠지게 웃으면서 파텍 필립Patek Philippe 손목시계 광고를 찾아 잡지를 뒤적거렸다. 가위로 광고에 나온 고급 시계의 눈금판을 오렸다. 그러고는 마우스 시계를 열고 잡지에서 오려낸 종이 눈금판을 미키 마우스 시계 위에 붙였다.

"아무리 해도 소용없어!" 친구가 더 크게 웃으면서 말했다. 하지만 나는 성공할 것이라고 힘주어 말했고 우리는 열병에 걸린 것처럼 일을 계속했다. 꿈의 마지막 장면에서 우리는 시계가 가득 든 가방을 끌고 런던처럼 보이는 고급 주택가를 바삐 걸어서 지나갔다. 벨그라비아 Belgravia에 있는 타운하우스의 하얀색 정면을 지나 우리는 내가 찾고 있는 곳에 도착했다. "여기야." 친구에게 말하고 문 위로 75라고 눈에 잘 띄게 양각으로 새겨진 명판을 가리켰다.

다음 날 오후 3시가 되자 더 이상 긴장감을 참을 수가 없었다. 경매 결과를 자동으로 알려주는 소더비의 전화번호로 전화를 걸어 판매 부호와 작품 번호를 눌렀다. 감정의 기복이 없는 기계음이 작품 번호 22번은

71만 7,500달러에 팔렸다고 말했다.

일주일이 지났지만 소더비에서는 아무런 소식이 없었다. 그러더니 그림이 팔린 지 10일이 지났을 때 다라가 전화를 했다. 그녀는 구매자가 대금을 지불했다면서 약속대로 지불 담당자로 하여금 내 계좌로 돈을 송금하게 했다.

13

막다른 길

이 기회에 나는 과거 소더비에 가졌던 오해와 느꼈던 경멸, 나쁜 감정들을 다 잊기로 했다. 그렇다. 팻 보이에 대한 언론에 난 보도를 읽으면서 나는 쾌감을 느꼈다.

"정말 그랬다. 톰 콜빌Tom Colville에서 하워드 고델Howard Godel에 이르기까지 모든 미술품 딜러들이 아주 더럽고 크랙이 있는 손대지 않은 히드 최고 역작을 사려고 했다. 경매 입찰가는 빠르게 40만 달러까지 뛰었고 반스 조단Vance Jordan과 전화로 응찰한 익명의 컬렉터가 계속 경쟁을 벌인 끝에 결국 익명의 컬렉터가 717,500달러(구매 수수료 포함)로 이겼고, 추정가 20만~30만 달러의 두 배가 넘는 가격이다."(『메인 앤티크 다이제스트Maine Antique Digest』1994년 11월호)

소문에 따르면 구매자는 이 세상에서 마틴 존슨 히드의 가장 훌륭한 컬렉션을 소유하고 있는 억만장자 컬렉터 리처드 마누지언Richard Manoogian이라고 했다. 하지만 흥미롭게도, 팔린 지 1년 정도 지나서 "작년에 소더비에서 팔린 중요한 히드 그림이 복원 과정에서 분해되었다"라는 소문이 퍼졌다.

오, 그래, 그런 게 인생이야. 나는 생각했다. 나는 다만 나에게 환불해달라고 전화 오지 않기만을 바랐다. 나는 새로운 삶의 방식에 익숙해졌고 상당히 중독됐기 때문이다.

내가 가진 모든 것은 다 돈을 지불했고, 빚이 한 푼도 없었다. 마지막으로 판 그림 값과 모아둔 돈을 합치면 나에게는 현금으로 약 100만 달러가 있었다. 내 소유 주식을 포함하지 않은 액수다. 플로리다의 집에 들어가는 매월 공과금은 1년 치를 미리 납부했다. 그림 그리는 게 지겨우면 바로 문을 잠그고 택시를 타고 공항으로 가서 뉴욕이나 런던으로 떠났다.

뉴욕에서는 수년 전 토니를 통해 알게 된 여자와 같이 지냈다. 가끔 그림을 그리려고 뉴욕 웨스트 빌리지에 집을 사두었다. 런던에서는 여전히 비커리지호텔에 묵었다. 카페에 가거나 주식 정보를 읽었고 물론 경매장에 그림도 내놓았다. 하지만 나는 무엇보다 경매 세계의 분위기를 사랑했다. 그 매력은 결코 사라지지 않았다. 나는 편하게 경매장들을 돌아다녔다. 맞춤 양복을 차려 입고 전시장에서 컬렉터, 미술품 딜러들과 어울리는 것을 즐겼다. 익숙한 얼굴들과 이야기를 나눴고, 내 그림을 살펴보고 그들의 카탈로그에 표시하는 사람을 신중하게 관찰했다.

플로리다에서 23세의 아름다운 법대생 비벌리Beverly를 만났다. 우리는 함께 즐거운 시간을 보냈고 주말에는 사우스 비치South Beach로 여행을 떠났다. 우리는 한바탕 쇼핑을 질렀는데 베르사체 고급 여성복에 수 천 달러를 썼다. 그리고 밤에는 모든 고급 레스토랑과 클럽을 섭렵했다.

이 기간에 나는 마틴 존슨 히드의 수법과 스타일을 완전히 통달해서, 내가 믿기에 히드가 《브라질의 보배》를 그린 후에 얼마 있다가 히드 스스로 그러했을 거라는 쪽으로 《브라질의 보배》를 "진화"시키기 시작했다. 히드 그림의 오리지널 컬렉션에 변화와 개선, 혁신을 더했다. 그가 만약 내가 진화시킨 작품들을 본다면, 그의 예술세계의 발전을 이끌어낸 거에 대해 나에게 감사할 거라 확신했다. 신중을 기해서 "히드" 그림을 아직은 시장에 내놓지 않았다고 할지라도, 내가 위조한다는 것을 아는 컬렉터와 미술품 딜러들에게 그들을 은밀히 파는 것을 멈추지는 않았다.

나의 또 하나의 안건은 더 장기적인 프로젝트였다. 나는 또 다른 자아를 통하여 나를 표현해보겠다는 생각에 아직까지 발견되지 않은 완전히 새로운 19세기 초기의 화가 하나를 날조하고, 그 화가의 작품을 팔기 위한 내가 컨트롤할 수 있는 미술시장을 만드는 데 강한 흥미를 가졌다. 그 아이디어가 처음 떠오른 것은 18세기 최고의 장식화가인 지오반니 파니니Giovanni Panini[51]와 휴버트 로버트Hubert Robert[52]의 그림들을

---

51 **지오반니 파니니**(1691~1765) 이태리 로마의 화가이며 건축가. 로마의 유물 건축에 관심이 많았던 그는 장식적인 그림을 많이 그렸다. 그의 유명한 작품으로는 판테온의 내부 장식을 그린 그림과 로마의 풍경을 담은 작품들이 있다.

52 **휴버트 로버트**(1733~1880) 프랑스 화가. 이탈리아와 프랑스의 카프리치오, 즉 폐허가 된 도시 풍경을 그렸다. 상당히 많은 양의 작품과 스케치를 남겼다.

위조할 때였다. 그들은 이탈리아의 폐허를 아름답고 낭만적으로, 때로는 환상적으로 그린 그림인 카프리치오capriccio를 전문적으로 그렸다. 그랜드 투어로 로마를 방문하는 부유한 영국 귀족들에게 그들의 그림을 팔았다. 대부분의 작품들이 잉글랜드 웨스트 컨트리의 그들의 부자 후원자들이 지은 저택에 아직도 걸려 있다. 나는 거기서 그들의 그림을 처음 봤다. 나는 그 화가들을 무척이나 존경했고 그들의 기법을 독학했다. 나는 특별히 그들의 그림에서 매우 정교한 기법으로 그려진 석조물에 매료됐다. 고대 신전과 조각품 또는 여기저기 흩어진 공예품의 모양을 따라서 그린 것들이 가장 눈에 들었다.

석조물에 대해 생각하고 감상하는 법을 배우면서 아이디어가 떠올랐다. 어두운 배경에 밝게 트롱프뢰유trompe-l'oeil(실물로 착각할 정도로 세밀하게 묘사한 그림-역주) 스타일로 고대 로마 상원 의원의 대리석 흉상을 그리면 어떨까? 곧바로 내 머릿속으로 이런 그림의 이미지가 보였다. 맞아, 나는 생각했다. 당시 영국 여행자들이 그런 그림들도 구입했던 게 틀림없었다.

정말 흥분되는 프로젝트였다. 다음 런던 여행에 늘 하던 대로 판화 상점들을 싹 쓸고 다니면서 18세기와 19세기의 로마인 흉상 판화를 모아서 컬렉션을 만들었다. 그것을 전문적으로 연구하는 학자라면 모를까, 그중 많은 사람들이 이름도 잘 모르는 사람들이었다. 내 그림의 그럴듯한 모델로 더 좋은 예가 없다고 판단했다. 다음 단계는 대영박물관에 가서 실제 사례를 연구하고 색과 피막, 고대 돌에 있어서 빛의 영향과 같은 모든 디테일을 내 기억 속에 간직했다. 거기서부터 옥스퍼드로 가서 며칠 동안 애슈몰린미술관Ashmolean Museum을 방문했다. 영국의 귀족으로 고대 로마 조각품을 가장 많이 수집한 컬렉션의 하나로 지오반니 파니니의 그림 또한 소유한 애슈몰Ashmole 가문이 설립한 미술관이었다.

플로리다로 돌아와 판화를 모델로 사용하고 박물관에서 관찰한 것을 심미적 길잡이로 삼아 원형原型 작품들을 창조했다. 사람의 피부인 것처럼 그리는 초상화 대신, 좌대 위에 올려놓은 사람의 대리석 흉상에 손을 뻗으면 그것을 만질 수 있을 것처럼 극히 사실적으로 보이도록 인물을 묘사했다. 모든 면에서 19세기 초 작품으로 보이는 그림이었다. 각각의 그림들을 오래된 것처럼 만드는 작업을 거친 후 완벽하게 옛날 액자에 넣으면 여러 가지 의미로 그럴듯했다. 관찰력이 뛰어난 미술품 딜러가 출처가 모호한 산업화되기 이전의 원시 사회의 초상화를 한데 모아서 카탈로그를 만들고 다른 시간과 장소에서 다양한 방법으로 팔았다는 거를 읽었던 기억이 있다. 그는 지금까지 알려지지 않은 18세기 화가의 중요한 작품을 찾았다고 확신했다. 그 스토리를 염두에 둔 채, 내 계획의 다음 단계로 내가 만든 "미스터리한 화가"의 그림들이 미술시장에 들어가도록 전략적으로 내놓기 위한 프로그램을 시작했다. 그 그림들은 마침내 매의 눈을 가진 컬렉터 겸 학자의 주의를 끌 수 있었다.

나는 가명을 써서 미스터리한 화가를 발견한 학자인 척했다. 이런 상황은 영국에서 히드를 발견했던 것처럼, 완벽하게 그럴듯해서 미술계에서는 아주 자주 일어났다. 미술관련 학회지와 잡지들은 항상 흥미진진한 새로운 작품을 발견했다는 기사를 싣는 거에 관심이 있다. 그림의 주제가 진귀하고 그림이 고급이면 틀림없이 대단히 흥미로운 발견이 될 것이고 반드시 뉴욕이나 런던에서 보도가 될 터였다. 이러한 기사는 화가 작품의 진가를 인정하는 시장을 자연스럽게 창조한다. 미스터리한 화가가 일단 발견되고 인정되면 결국 다락에 방치되어 있던 그의 작품의 다른 예들이 어느 정도 우르르 쏟아지는, 립 밴 윙클Rip van Winkle(세상의 변화에 놀라는 사람-역주) 효과를 시장에 가져다주는 게 유일한 논리였다. 나에게는 더 이상 간단할 수가 없었다. 내가 해야 할 일은 이렇다. 내가 미스터리한 화가의 그림을 그려서, 내가 그것을 "찾아내고" 시장에 넣으면 됐다. 나는 판단했다. 일을 시작하는데 소더비보다 더 좋은 데가 있을까? 런던으로 돌아간 나는 소더비의 전문가가 이 그림을 "가장 흥미로운" 작품으로 생각하고, 기꺼이 "로마인 흉상이 그려진 프랑스 19세기 트롱프뢰유"로서 다음 경매에 포함시키겠다는 말을 듣고 마냥 행복했다.

몇 달 후, 가로 64cm에 세로 76cm 크기의 참으로 아름다운 그림 한 쌍을 궁정 액자Empire frame에 넣어 미국 서부의 대표적인 경매회사인 샌프란시스코의 버터필드 앤드 버터필드Butterfield&Butterfield로 보냈다. 세 점은 경매 카탈로그에 들어가기 위한 논의가 한창 진행 중이었고, 두어 점은 떠돌아다니도록 뉴욕과 런던의 골동품 시장에 별다른 생각 없이 팔았다. 나는 거기서 멈추었다. 그리고 1년쯤 지난 뒤에나 몇 점을 시장에 넣어보려고 계획을 세워 놓았다.

그림 그리는 일은 내 삶을 완전히 소모했다. 그림을 그리기 위해 사는 것 같았다. 더 많은 새로운 그림이 완성될 때마다 그림은 더 좋아져

갔고 이에 자극을 받아 더 그리고 싶었다. 끊임없이 또 다른 주제의 그림을 쫓으며 살았다. 아침에 다른 그림 그리는 것을 시작하고 싶어서 정작 밤에 깊이 잠들지 못했다.

어느 날 옛날 그림을 헌팅 하러 플로리다의 고물상 몇 군데를 돌아다니다 활용할 수 있는 완벽한 기회를 우연히 발견했다. 잔 다르크가 용을 물리치는 흉측한 19세기 그림을 구입하고 주인에게 값을 치르다가 카운터에 잔뜩 쌓여 있는 홍보용 무료 배포 잡지에 주의했다. 잡지를 훑어보니 특이한 미국 원주민 초상화가 눈길을 끌었다. 그 그림은 플로리다의 몇몇 미술관에서 전시될 예정이며 현지 컬렉터가 수집한 컬렉션 중 일부라고 소개돼 있었다.

그것은 19세기 세미놀Seminole 부족의 추장인 오시올라Osceola의 초상화였다. 그는 가슴에 은장식을 한 자수 예복을 화려하게 입었다. 머리에는 커다란 깃털 장식 하나가 튀어나온 형형색색의 반다나bandanna(목이나 머리에 두르는 화려한 색상의 스카프-역주)를 둘렀다. 한순간 나는 그림에 매료되어 그 그림의 짧은 역사를 읽었다.

그 초상화는 1830년대에 사우스캐롤라이나 찰스턴Charleston에서 살고 활동한 로버트 커티스Robert Curtis[53]라는 잘 알려지지 않은 화가의 작품이었다. 잡지에는 오시올라가 1838년에 물트리 요새Fort Moultrie에 구금되었다고 설명돼 있었다. 로버트 커티스는 유명한 인디언 지도자가 갇혔

---

53 **로버트 커티스**(생몰년 미상) 국가적인 명성을 얻지 못하고 찰스턴에서만 활동했던 화가이다. 오시올라(Osceola) 초상화를 그려 찰스턴에서 유명해졌다. 오시올라를 그린 세 명의 작가 중 한 명으로 조지 캐틀린(George Catlin), 윌리엄 랜닝(William Laning)과 이름을 나란히 했다.

다는 소식을 듣고 요새로 찾아가 오시올라의 굉장히 아름다운 자화상을 그렸다. 커티스의 최고 작품이 분명한 그 초상화는 많은 이들의 관심을 끌었다. 하지만 실제로 내 관심을 사로잡은 것은 그 다음 문장이었다. 커티스가 『찰스턴 크로니클Charleston Chronicle』에 한 점당 2.5달러에 그 초상화의 복제본을 그려주겠다고 광고를 냈다고 서술했다. 현재 전시 중인 초상화도 그 복제본 중 하나다. 잡지에 따르면 오리지널은 찰스턴 박물관Charleston Museum에 소장돼 있다고 했다.

오시올라가 세상을 떠난 지 156년이 지난 후, 나는 차를 몰고 물트리 요새로 여행을 갔다. 하지만 내가 할 수 있는 일은 오시올라의 무덤을 방문하고 커티스가 그린 원본을 감상하는 것뿐이었다.

찰스턴 박물관에서 초상화의 원본을 받을 때 나는 깊은 감명을 받았다. 그것은 플로리다의 전시회에 진열된 복제본보다 훨씬 우월했다. 공정한 전투에서 단 한 번도 패배한 적 없는 전사 오시올라가 화려한 옷차림으로 당당하게 밖을 내다보고 있었다. 위풍당당함이 풍기는 초상화를 보자마자 나도 저것과 꼭 닮은 그림을 그리고 싶어졌다.

무지 궁금해서 나는 오시올라를 그리기 전에 그의 생애에 대해 더 알아보기로 했다. 1835년에 미국 정부는 플로리다에 거주하는 세미놀 인디언이 귀찮은 존재라고 결론지었다. 세미놀 부족이 그곳에 먼저 도착했고 그곳이 그들이 땅이라는 사실은 정부에 아무런 의미도 없었다. 정부는 그들에게 미시시피 서부에 지정된 구역으로 떠나라고 요구했다.

도망친 노예를 받아주는 세미놀 부족의 관습으로 인해 문제가 더 악화됐다. 1830년대에 이르러 다수의 노예가 세미놀 부족에 통합되어 아내를 취하고 가정을 꾸렸다. 앤드류 잭슨Andrew Jackson 대통령은 조금도 그것을 받아들이려고 하지 않았고, 노예들을 주인들에게로 돌려보내라고 요구했다. 세미놀족은 그 명령을 준수할 마음이 없었다. 1835년, 잭슨 대통령은 문제 해결을 위해 군대를 보냈다. 세미놀 부족의 추장 오시올라는 카리스마 넘치는 성격의 용맹한 전사로 전술과 게릴라전의 귀재였다. 그는 1835년에 미국 정부가 보낸 군대를 몰살했다. 그렇게 하여 세미놀 전쟁Seminole Wars이 시작됐다.

잭슨은 더 많은 군대를 보냈지만 결과는 항상 똑같았다. 미국의 군대는 낮에는 습지에 숨어 있다가 밤에 공격해오는 오시올라의 용맹한 전사들과 도저히 상대가 되지 않았다. 이제 오시올라는 그의 부족을 넘어 이제 워싱턴에서도 전설이 되었다. 정부는 새로운 접근법을 갖기로 했다.

토머스 S. 제섭Thomas S. Jesup 장군이 휴전과 평화조약 협의를 위해 파견되었다. 1837년, 오시올라는 휴전 깃발 아래 사우스캐롤라이나의 물트리 요새에서 제섭 장군을 만났다. 하지만 제섭은 세미놀 부족의 지도자와 함께 앉아 평화를 논의하는 대신에 그를 체포해서 감옥에 가둬버리는 미국 역사상 가장 수치스러운 배신행위를 저질렀다.

명예 의식이 강하고 미국 육군 장군의 말을 믿었던 인디언들은 충격에 휩싸였다. 많은 미국인들 또한 제섭의 배신에 분노하고 오시올라를 동정했다. 머지않아 화가들이 오시올라의 초상화를 그리기 위해 물트리 요새를 여행하기 시작했다. 조지 캐틀린마저도 서부에서 하던 인디언 초상화 작업을 중단하고 위대한 전사를 그리기 위해 달려왔다. 화가들이 사방에서 그의 포로를 그리려고 달려오고 정작 자신은 무시했으니 제섭이 얼마나 큰 굴욕과 동시에 부러움을 느꼈을까 싶었다. 불행하게도 오시올라는 감옥에 수감된 지 3개월 만에 말라리아로 세상을 떠났고 요새의 성벽 밖에 묻혔다.

제섭 장군은 국가와 군인의 역사에 불명예로 남았지만 오시올라는 존경을 받았고 그의 이름을 딴 도시와 지역, 거리, 학교가 생겨났다.

이제 이 주목할 만한 남자의 이야기에 대해 알고 나니 나는 더 이상 예전과 같은 관점에서 이 프로젝트를 보지 않았다. 그저 돈 버는 데 이용할 만한 또 다른 기회로 보는 것이 아니라, 인류 역사의 위대한 자유 투사에게 보내는 경의로서 전성기의 그를 다시 그리고 싶었다.

플로리다로 돌아와서 찍어온 초상화 사진을 인화하고 작업을 시작했다. 열흘 후, 오리지널의 복제본 두 점을 완성했다. 둘 다 19세기 초기 초상화의 표준 규격인 가로 61cm에 세로 76cm 크기의 캔버스에 그렸다. 오시올라를 기념하기 위해 내가 가지고 있는 가장 훌륭한 초상화 액자 중 하나를 사용하기로 했다. 오래 전 영국 시런세스터Cirencester의 한 가게에서 구한 것으로 특별한 그림을 위하여 아껴두었다. 마지막으로 경의를 표하기 위해 그림을 오직 워싱턴 DC로 가져가는 게 적절했다. 오시올라도 자신의 유명한 초상화가 그곳에서 팔리는 것을 고마워할 거라고 확신했다.

애덤 웨슐러 앤드 선Adam Weschler&Son은 워싱턴 DC에서 가장 오래된 경매회사이고 미국 의회Capitol Hill와 가깝다. 그림과 무거운 금박 액자를 경매회사로 나르는 수고를 덜어주기 위하여 담당 책임자인 20대 예쁜 여성이 굳이 내 차 가까이로 나와주었다. 우리는 함께 차 뒷문으로 그림을 미끄러뜨리듯 내려서 경매회사 건물 바로 앞 인도에 받쳐두었다. 눈부신 황금색 액자로 장식한 그런 특이한 초상화는 순식간에 그림 값을 알기 위해 몰려든 행인들을 끌어들였다. 아이러니하게도 이 일이 진행되는 동안 고개를 들어 보니 바로 길 건너에 있는 FBI 본부에서 몇 사람이 사무실 창문으로 그 광경을 내려다보고 있었다. 웨슐러의 전문가는 오시올라의 그림에 별 감명을 받지 않았지만 액자의 가치는 인정했다. 그러더니 한동안 그림에 대해 숙고하더니 물었다. "1,200달러를 드리면 만족하시겠어요?"

"물론이죠!" 대답과 함께 곧바로 계약서 작성이 이루어졌다. 그녀의 호출을 받은 짐꾼이 초상화를 옮기려고 나왔다. 나는 화물 엘리베이터 문이 닫힐 때 마지막으로 오시올라의 눈을 바라보았다. 그는 그렇게 영영 떠났다.

아무리 많은 그림을 그리고, 아무리 많은 그림을 팔고, 아무리 돈을 많이 벌어도 내 인생에는 여전히 큰 구멍이 뚫려 있었다. 언제나 해결해야만 하는 미완의 일이 있었다. 어쩌면 시간과 자유가 다 갖춰진 지금이야말로, 게다가 내 오랜 친구인 오시올라의 호의로 은행통장에 7,500달러가 늘어난 것은 말하지 않더라도, 유니언 스퀘어의 로프트에서 시작해 잃어버렸던 나의 컬렉션 작업을 다시 한번 시작해 예술가가 되겠다는 내 평생의 포부를 이룰 때다.

그 생각을 하자 나는 고무됐고 힘을 얻었으며 신이 났다. 초조함과 당장 시작하고 싶은 욕구로 밤에 잠을 잘 이루지 못했다. 또 다른 미래의 또 다른 인생으로 다시 태어난, 나는 다시 새로운 사람이 됐다고 느꼈다. 나는 컬렉션을 완성할 수 있다. 나는 뉴욕에 친구들이 있다. 그리고 나는 마침내 전시회를 열 수 있다.

나는 이 과제를 위해 그 어떤 방해도 받고 싶지 않았다. 전화기를 뽑아놓고 몇 주 동안 계속해서 사람들과 연락을 끊었다. 플렉시글라스와 판금 상자를 제작하는 것은 말할 것도 없고 물감과 붓, 캔버스, 캔버스 와구를 준비하는 것만으로도 엄청난 일이었다.

마침내 그림 그릴 준비가 됐을 때 이상한 느낌을 체험했다. 예전에 그만뒀던 거기서 바로 이어서 시작했다. 마치 유니언 스퀘어에서 막 나온 것처럼. 유니언 스퀘어에서 지금까지 아무 일도 일어나지 않은 것처럼. 컬렉션이 형태를 갖추어가자 내가 항상 마음속에 그렸던 형태, 퍼거슨 클럽에서 실려 나갔던 그들 작품의 마지막 형태 바로 그것들이었다. 수개월에 걸쳐 컬렉션 작업은 계속 진행됐다. 하지만 지금은 그때처럼 베이글과 햄버거로 연명하지 않는다. 그릴에 구운 두툼한 스테이크와 와인으로 저녁 식사를 하고 해변에서의 긴 산책으로 하루를 마감한다.

∾

30년 동안 그림을 그려 뉴욕과 런던에서 팔았고, 30년 동안 내가 그린 그림들에 대해 잊어버리는 데 길들여졌기에 나는 미술품 경매 업계에서의 내 비즈니스가 다른 누군가의 비즈니스처럼 합법적이라고 믿게 되었다. 그래서 1998년 어느 봄 날, FBI의 몬티 몽고메리Monty Montgomery(실명이다) 특별 수사관과 조수가 내 문 앞으로 찾아왔을 때 나는 순간적으로 이렇게 반응했다. 도대체 무엇 하러 나를 찾아온 거지? 몽고메리 요원이 내 얼굴에 빛나는 배지를 내밀고 몇몇 그림에 대해 이야기를 나누려고 왔다는 말을 듣고서야 감이 잡혔다.

"걱정 안 하셔도 됩니다." 몽고메리 요원이 충격으로 멍해진 내 얼굴을 보며 말했다. "당신은 문제될 게 없어요. 몇 가지만 여쭤보고 갈 거예요." 그가 거실에 앉으며 나를 안심시켜주었다. 그래, 좋아! 나는 생각했다.

이야기를 들다보니, 몇 달 전에 뉴욕에서 흥미로운 일이 생긴 것처럼 보였다. 한때 플로리다에 살았다는 내가 들어본 적 없는 한 비양심적인 미술품 딜러가 가짜 그림들을 판 죄로 체포되었다.(내가 그린 게 분명한) "버터스워스" 두 점도 그가 팔았던 그림 목록에 들어가 있었다. 그 후 조사 결과 그 "버터스워스" 두 점이 대략 10년 전에 하나는 런던 소더비, 다른 하나는 크리스티에서 팔렸던 다른 두 점과 거의 동일하다는 사실이 밝혀졌다. 더 조사한 결과 두 그림 모두 켄 페레니가 위탁한 그림이었다. 이 놀라운 우연의 일치는 설명이 필요했다.

나의 손님들은 집에서처럼 편안하게 앉아 사악해 보이는 검은색 가죽 서류가방을 열더니 "버터스워스" 두 점의 사진이 실린 경매회사 카탈로그 페이지의 복사본을 꺼내서 펼쳐 놓기 시작했다. 다행히 나는 집을 오랫동안 비우는 일이 많은 데다 수년 전 강도 사건 때문에 집에는 그림을 몇 점 놓아두지 않았고 안전한 보관 창고에 쌓아두는 것을 선호했다. 우리가 함께 앉아 있는 거실의 벽난로 위에는 "길버트 스튜어트" 그림이 반대편 벽에는 "안토니오 제이콥슨" 그림이 걸려 있고 작은 수렵화 두어 점이 여기저기 흩어져 있었으나 사실 신경 쓰이지는 않았다. 이유는 그들이 미술 분야에 조예가 깊지 않다는 사실이 곧 분명해졌기 때문이다.

하지만 그들이 아무리 이쪽 분야에 문외한이라 할지라도 바로 2층 침실 침대 옆으로 아름다운 "버터스워스" 두 점이 걸려있었고 작업실로 쓰는 다른 방 문 뒤로 명화 몇 점이 작업 중이라는 게 여전히 나를 불안하게 만들었다. 적어도 당분간 연방 수사관들은 소파에 앉아 있었다. 그들은 끔찍한 서류가방에서 펜과 서류를 꺼내 설명했다. "몇 가지 사실을 적어야 합니다. 그냥 형식적인 절차예요. 금방 갈 거예요." 그러고는 그들은 30분 동안 친근한 대화를 가장하여 수사를 하였는데, 고향은 물론 치질 발병 여부까지 내 인생의 모든 것을 샅샅이 조사했다.

"자, 페레니 선생? 정확히 무슨 일을 하시나요." 그들이 물어봤다. 내가 스스로를 한갓 골동품 딜러이자 주식 투자자일 뿐이라고 설명하자 그들은 "버터스워스" 두 점에 관련된 난감한 상황에 대한 설명을 요구했다. 어떻게 해서 그림 두 점을 수집하게 되었고, 어떻게 해서 그 작품들이 런던의 경매회사에 맡기게 되었는지를 알고 싶어 했다. 판매한 날짜를 보자 그중 하나는 거의 10년 전 일로 순간 나는 놀란 척을 했다.

"어디에서 샀는지 기억나지 않네요." 나는 마치 그들의 질문 자체가 터무니없다는 듯이 대답했다. "저는 영국 전역을 다니면서 그림과 골동품을 사들여요. 그러고는 곧바로 경매에 내서 즉석에서 차익을 챙기죠. 아마 런던의 미술시장 몇 군데 또는 지방의 골동품 전람회에서 구입했을 거예요."

한 사람은 내 말을 하나도 빠짐없이 기록하고 다른 한 사람은 끼어들며 물었다. "구매 영수증을 보여주실 수 있습니까?" 말도 안 되는 질문이라고 일축하고 골동품 시장에서는 무조건 "현금 거래cash-and-carry"라고 말해주었다.

그래도 그들은 교묘하게 나로 하여금 그림들이 똑같은 것은 특별한 우연의 일치라는 것을 알게 했다. 그러더니 나를 뚫어져라 쳐다보면서 명단을 가리키며 뉴욕 시내 미술품 딜러의 이름을 대더니 내가 그를 아는지 물었다. 그런 이름을 가진 사람으로 아는 이가 없다고 단호히 대답했다. 명단을 훑어가며 다른 이름을 계속 댔지만 모르기는 마찬가지였다. 그러다 나의 오랜 친구인 미술품 발굴자 미스터 엑스의 이름이 나왔다. 등줄기가 서늘해졌지만 다시 한번 그를 아는 것을 부인했다. 나도 그들처럼 당황했다고 자백했지만 더 이상 아무것도 제공할 수 없었다. 그들은 내가 그림에 대해 더 이상 언급할 수 없거나 혹은 언급하지 않을 것이라고 확신했는지, 내가 영국에서 그림을 사고파는 거에 매료된 척하면서 대화를 이어갔다.

마침내 그들이 서류를 챙겨 떠나려고 일어났다. 이제 우리 모두는 좋은 친구가 됐고 나는 문 앞까지 그들을 배웅했다. 하지만 거실을 나가기 직전 둘 중 한 명이 발걸음을 멈추더니 방을 휙 둘러보더니 말했다. "여기 가지고 계시는 그림들이 멋지네요. 그런데 직접 그림을 그리시나요?"

"사실 그렇습니다." 나는 인정했다. "하지만 엄밀히 말하면 아마추어지요."

그들이 가고 나서 생각할 게 많았다. 나는 나 자신에게 물어 보았다. 그들은 어떻게 "버터스워스" 두 점을 추적했을까? 그들은 이 두 점이 뉴욕의 가짜 그림처럼 가짜임을 발견했을까? 오래 전에 판 그림들이고 게다가 몇 년간 미스터 엑스를 보지 못했다는 사실이 다행이라고 생각했다. FBI가 얼마나 의심을 하든, 믿을 수 없을 만큼 놀라운 우연의 일치로 그림들이 똑같든 아무런 증거도 될 수 없었다. 내가 할 일은 그저 내가 밝힌 입장을 계속 고수하는 거라 판단했다.

하지만 그들이 어떻게 연결점을 찾은 것일까? 뉴욕에서 발견된 가짜 그림 두 점과 일치한다는 거를 아는 것은 오직 경매에서 팔린 버터스워스의 작품을 추적한 버터스워스 전문가만이 가능하다. 누군가 FBI를 도와주고 있는 게 분명했다. 게다가 뉴욕에서 지휘하고 있는 수사였다. 이번 면담만으로 끝날지, 계속 이어질지는 오직 시간만이 말해 줄 것이다. 하지만 한 가지는 틀림없었다. 이 불안하게 하는 사건이 내 비즈니스 방식을 철저히 바꿔놓았다는 것이다. 만약을 위해 나는 바로 현지 로펌의 변호사들과 연락했다.

당장에 더 이상의 그림을 경매회사에 넣는 것을 중단했다. 대신 은밀하고 기술적으로 합법적인 판매를 했다. 늘 그렇듯 나는 사업상 "엄밀히 장식 목적"으로만 내 그림을 사고 싶어 하는 미술품 딜러, 컬렉터, 이제는 고급 장식 디자이너들까지 몇 명의 친구들이 있었다.

1년 가까이 지나도록 FBI로부터는 더 이상 어떠한 소식도 들리지 않았다. 통제 불가능한 제3자를 통한 내 그림 판매가 계속되지 않았다면 어쩌면 그들을 다시 볼 일이 영영 없었을지도 모른다. 1970년대 그때 위기와 마찬가지로, 또 다른 임계 질량이 점점 커지면서 두 번째 붕괴를 위한 무대가 마련됐다. 지구 반 바퀴 떨어진 두 나라에서 일어난 별개의 두 사건이 이 상황에서 기폭제로 작용했다.

본햄스는 그들의 나이츠브리지 경매장에서 열릴 영국 해양화의 판매 홍보를 위하여 한 미국 여성이 위탁한 제임스 E. 버터스워스의 사랑스러운 작은 그림을 선정했고 이를 홍보용 엽서로 다시 제작하여 전 세계 고객들에게 보냈다. 한편 미국 서부 해안에서는 장식 디자이너인 척하는 실패한 배우이자 왕실(영국 왕실)과 인연이 될 사람이 "가보"(유화) 몇 점을 거액에 팔려고 했다. 문제는 그 버터스워스 그림이 몇 년 전 소더비에서 판 것과 매우 유사했고, 엘리자베스 여왕의 "조카"가 팔러 다니는 영국 그림들은 좀 너무 좋아서 믿어지지 않았기에 누군가 당국에 알렸다.

누가 도왔는지는 모르지만 연방 수사관은 머지않아 연결점을 이어서 범인을 찾아냈다. 그러나 이번에는 그 그림들이 나와 직접적, 간접적으로 연관 있을 뿐 아니라 내가 그림을 그렸다는 사실까지도 알아냈다. 연방 수사관들이 나를 기소하기 위해서는 그 그림들을 판 악당들과 나 사이에 공모가 있었다는 사실을 증명해야만 했다.

연방 수사관들이 무슨 증거를 발견하건 그들은 여전히 딜레마와 마주했다. 공모는 의심하기는 쉽지만 증명하기는 어렵다. 협조적인 증인의 증언만으로는 부족하다. 대개 그들도 발을 빼기 위해 거짓 증언을 한다. 수사 대상의 진술과 도청 장치나 몰래 녹음기로 수집한 유죄를 입증하는 진술은 사건을 법정에 세울 만큼 강력하게 만드는데 필요하다.

그런 식으로 팔리는 한, 가짜 그림을 창작하거나 파는 것이 불법이 아니라는 사실 또한 그들은 잘 알고 있었다. 수색 영장으로 내 집을 급습해봤자 더 많은 그림들로 그들의 컬렉션을 키울 뿐이지 어떤 것도 입증하지 못한다. 따라서 연방 수사관들은 그 대신에 내가 음모에 참여했다고 확신하거나, 없는 죄를 나에게 덮어씌우기 위하여 누구라도 TV에서 지겹게 봤던 속임수에 의존하기로 한다.

몇 달 전에 나에게서 그림을 구입했고 영국 왕실과 인연이 될 그 장식 디자이너와 공모한 사람의 전화를 받자, 나는 그가 그림을 더 사려고 하는 줄 알았다. 하지만 그가 초조한 목소리로 말했다. "그림들에 문제가 좀 있어요." 나는 곧바로 경계 태세를 갖추었다. 그의 설명에 따르면 FBI가 그림에 대해 이야기하고 싶다며 그와 접촉했다고 한다. 그러더니 그가 물었다. "뭐라고 말해야 되죠?" 함정이라는 것을 단번에 알아차린 나는 이렇게 말했다. "사실대로 말하세요. 나는 당신이 그 그림들로 사기 치진 않았기를 바랍니다."

본햄스의 엽서에 실린 '버터스워스' 그림에 대해 말하자면, 나와 뉴욕에서 같이 지낸 여자에게 고마움의 표시로 준 것이었다. 얼마 전에 소더비에 판 그림을 똑같이 다시 그려서 그녀에게 준 것이었다. 그러니까 그녀가 런던으로 여행을 가면서 나 모르게 그 그림까지 가져가 본햄스에 위탁했다. 엽서가 퍼지자 사람들이 두 작품을 맞춰본 것이다.

이제 더 이상 뉴욕에 가지 않으니 연방 수사관들이 나에게로 그녀를 보냈다. 마치 "우연히 근처에 볼일이 있어 왔다가 들른" 것처럼 내 문 앞에 나타났는데, 그녀는 말도 안 되는 모자를 쓰고 있었다. 어느새 그녀는 내 유죄를 입증하기 위해서 분명히 연방 수사관에 의해 써진 각본 대로 부자연스러운 대화를 시작했다. 하지만 나에게는 소용이 없었다. 무엇보다 먼저, 나도 본햄스가 엽서를 보낸 고객 명단에 있었다. 경매에 참석하라고 초청하는 엽서를 이미 받았다. 엽서에 실린 그림을 알아본 나는 그녀가 한 일을 알고 경계하고 있었다. 그리고 두 번째로 그녀는 내가 무슨 말을 할 때마다 모자로 내 얼굴을 겨누었다. 그 빌어먹을 모자에 도청기가 설치되어 있다는 것을 단번에 알았다.

나를 함정에 빠뜨리려고 한 그들의 초반의 시도가 실패하자 연방 수사관들은 곧바로 다음 행동으로 돌입했다. 검은 양복을 입은 남자를 보내는 대신에 이번에는 상냥한 여성 요원이 나를 찾아와 예의 바르게 배지를 보여주었다. 그녀 또한 이전에 방문했던 요원들 마냥 내 집에 들어와 잠깐 차를 마시며 이야기를 나누고 싶어 했다. 불행히도 나는 내 변호사의 명함을 주고 그녀의 면전에서 문을 쾅 닫아버렸다. 미스 마플Miss Marple54 같은 여성 요원의 방문이 있은 지 불과 며칠 후, 내가 미리 선임해둔 현지 최고의 변호사 두 명으로부터 그들의 사무실에서 만나자는 전화를 받았다. 내가 도착해서 변호사들과 회의실에 앉자마자 그

---

54 **미스 마플** 미스 마플은 애거사 크리스티의 소설의 등장인물인 제인 마플(Jane Marple)이다. 그녀는 소설에서 뜨개질을 하는 늙은 노부인으로 묘사되며, 뛰어난 기억력과 예리한 관찰력으로 사건을 해결한다.

들은 본론으로 들어가 무슨 일인지를 나에게 이야기해주었다.

"뉴욕 남부 지검 검사의 사무실에서 수사가 이루어지고 있습니다." 한 변호사가 말을 시작했다. "듣자하니 검사 사무실에 당신 '친구들'이 판 가짜 그림들이 잔뜩 있는데 당신이 그들과 어떤 관계인지 알고 싶어 해요. FBI 요원 제임스 와인James Wynne이 수사 담당자예요. 그의 사무실이 퀸즈 국Queens Bureau에 있어요."

이런 제길! 나는 생각했다.

"며칠 전에 통화를 했어요. FBI 미술품 수사부문 책임자예요." 변호사가 설명했다.

"알아요. 어디서 읽은 적 있어요. 그가 미국 최고의 미술 경찰이라고." 내가 말했다.

좋은 소식이 아니었다. 그리고 시작 부분으로 특별 수사관 와인은 압수한 그림도 많고 하고 싶은 질문도 많았다. 하지만 그 사안을 다루기 전에, 내 변호사들이 와인 요원과 대화를 시작하기 전에 내가 어떤 입장을 취할지 우리는 결정해야만 했다.

우리는 사실대로 말하는 것이 최선의 행동 방침이라는 데 동의했다. 그림을 그린 사람이 나라는 사실을 부인할 수 없는 시점이었다. 정확히 수십 년 동안 가짜 그림을 그리고 팔아왔지만 전부 다 사기는 아니었다. 사실상, 생각하면 생각할수록 사기로 판매한 적은 단 한 번도 없었다. 어쨌든 젊은 시절에 위작을 그려 판 것은 다 옛날이야기이고, 경매에 내 그림을 파는 게 문제가 될 줄 몰랐다. 크리스티와 필립스, 소더비, 본햄스가 그 그림들을 판 것은 내 잘못이 아니었다.

"게다가," 내 변호사에게 말했다. "전 그들에게 그림이 진품이라고 말한 적이 한 번도 없어요. 그리고 도대체 와인은 왜 런던에서 팔린 '버터스워스' 그림을 조사한 거죠? FBI 관할권 밖이잖아요!"

내 변호사들도 내 말에 전적으로 동의했고, 곧바로 "페레니 선생은 미술계의 존경받는 일원입니다. 오랫동안 고품질의 복제본을 만들어왔으며 절대로 그것들을 왜곡한 적이 없습니다"라는 취지의 서신을 와인에게 보냈다. 그 서신에는 내가 사기 친 컬렉터들과 절대로 공모하지 않았으며 내 자신도 피해자라는 내용도 기술하였다. 나아가 사기를 저지른 사람들이 마땅한 벌을 받도록 기소할 때 기꺼이 증인으로 참석하겠다고 했다.

와인 요원이 믿을 가능성은 희박하지! 변호사 사무실을 나오면서 생각했다. 하지만 적어도 이런 대응을 통해 나를 방어할 수 있고 와인에게도 순순히 물러나지 않겠다는 의지를 보여줄 수 있었다. 만약에 그가 나의 결백을 믿지 않는다면, 그는 그렇지 않다는 것을 입증해야만 한다.

얼마 지나지 않아 변호사들에게서 또 전화가 왔다. 예상했던 것처럼, 연방 수사관들은 내 이야기를 믿지 않았다.

그들은 내가 모의에 가담했다고 확신했을 뿐만 아니라, 실제로 그들의 말에 따르면 "국제 조직"을 관리하고 있었다. 변호사 사무실에서 나를 기다리는 것은 한 무더기의 사진이었다. 위조자라는 내 신분을 밝히는 것은 특별 수사관 와인에게는 로제타석Rosetta Stone을 발견하는 것과 같았다. 나의 숙고를 위해 제출된 사진들은 수년 간 축적된 연방 정부의 페레니 컬렉션의 일부로 작품 확인을 기다리고 있었다. 와인 감독관은 내가 그것들을 보고 순순히 내 손으로 그린 작품이라고 인증해주기를 전적으로 기대했다.

"이런 제길!" 변호사들이 책상에 내 그림의 사진을 회고하듯 펼쳐 놓은 것을 보고 이렇게 말할 수밖에 없었다. 사진들과 특별 수사관 와인의 개인적인 초청도 함께 보내왔다. 퀸즈에 있는 그의 사무실을 방문해 "의논"하자고 했다.

이것은 나를 향한 와인의 첫 번째 큰 반격이었다. 그는 틀림없이 내가 사진 속 그림들을 전부 다 그렸다는 것을 알았지만 문제는 똑같았다. 그중에서 내가 직접 판 그림은 하나도 없었다. 그의 초청은 협박 전술이 분명했다. 하지만 자백을 하려고 뉴욕까지 뛰어가는 것은 미안하지만 그를 실망시킬 수밖에 없었다. 대신 중요한 사실을 바탕으로 하는 답변을 보내야 했다. 만약 그들이 말하는 바 내가 "모의"한 증거를 가지고 있다면, 나에게 보라고 사진 무더기를 보내는 대신에 수갑을 찬 연방 보안관들을 보냈을 것이다. 지금은 답을 하건 그야말로 거절을 하건 둘 중 하나였다.

나는 변호사들에게 힐러리 클린턴Hillary Clinton이 수년 간 연루된 법률 사건인 화이트워터Whitewater 게이트 때 연방 수사관들의 질문에 그녀가 기억나지 않는다는 답변으로 피해갔던 사실을 상기시켰다. 그렇다면 내가 그렸을 그림들을 왜 기억할 거라고 기대하지?

이것으로 문제를 해결했다. 우리는 완벽한 논리로 설명하는 한 페이지에 꽉 들어차는 분량의 의견서를 이렇게 작성해서 특별 수사관 와인에게 제출했다. "페레니 선생은 수년 간 많은 그림을 그렸기에 그것들을 그가 그렸는지 기억할 수 없다."

이제 와인이 어떤 반응을 보일지 그냥 기다려보는 수밖에 없었다. 그 다음 주, 나는 새벽 4시에 연방 수사관들이 영장을 들고 내 문을 두드릴까 두려워 밤에 잠을 이루지 못했다. 하지만 시간이 지나도 아무런 일이 생기지 않았다. 압수한 그림은 많아도 분명히 기소가 불가능한 것으로 판단되었다. 적어도 지금으로서는.

불길한 침묵이 계속되었다. 이윽고 변호사들도 사건이 마무리된 것 같다고 했다. 하지만 나는 내 전화가 도청당하고, 연방 수사관들이 플로리다와 런던의 내 지인들을 만나고 다녔다는 사실을 알고 수사가 계속되고 있음을 알았다. 내 지인들의 이름은 틀림없이 전화 통화 기록이나 연방 수사관들이 이미 확보한 두 명의 "공모자들"을 통해 수집되었다.

마피아를 보거나 신문에서 폭력배의 생활을 읽는 것은 뉴욕에서 제일 좋아하는 취미 생활이다. 그러한 기사를 읽을 때마다 자주 궁금했다. FBI가 그들의 목 부근에서 숨을 내쉬는데 어떻게 생활하는지? 내가 배운 대답은 "길들여지다"이다. 처음에는 두려웠지만 시간이 지날수록 또 다르게 귀찮고 성가실 뿐이다.

다모클레스의 칼Sword of Damokles(절박한 위험-역주)이 내 머리 위로 달려 있는 바로 그 순간에도 나는 새로운 비즈니스 모델을 고안했다. 입소문을 통해 "복제본"인 내 그림을 사려고 하는 고객들이 계속해서 늘었다. 그들 중에는 의사, 변호사, 팜 비치의 장식 디자이너, 골동품 딜러, 세 명의 CEO, 개인 컬렉터 등이 포함됐다. 실제로 새로운 현상이 발전하고 있었다. 사람들이 내 가짜 그림들을 수집하기 시작한 것이다.

FBI의 수사는 특별 수사관 와인이 그토록 간절히 원하는 대로 체포하는 대신에 오히려 내 직업을 새로운 단계로 진출시켰다. 수백 점의 고품질의 새로운 위작이 세상으로 나갔다. 결국 그 위작들이 간 곳을 누구도 말할 수 없지만.

새천년이 지났으나, 여전히 와인은 새로운 사실을 발견할 때마다 변호사를 통해 나에게 답변을 요구했다. 그림이 됐든 한때 나와 거래를 했던 사람들이 됐든 관련된 일이라면 나는 언제나 최선을 다해 협조했다. 그것은 언제나 "기억나지 않는다"를 의미했다.

특별 수사관 와인의 수사는 9·11 테러에도 수그러들지 않았다. 하지만 이제 수사가 다른 단계로 접어들었다. 틀림없이 그가 주장해왔던 음모설을 입증할 수 없었기에 와인은 전술을 바꾸고 다른 사안인 내가 경매회사에 판 그림들을 문제 삼았다. 경매 카탈로그의 면책 사항에 의지하여 나를 보호할 수 없었다. "그들이 해야 하는 모든 것"을 변호사가 나에게 알려주었다. "사기 목적의 행동 패턴을 만들어서" 그들이 나를 끝장낼 수 있었다.

수년 전에 알았거나 거래를 했던 사람들로부터 수상한 규칙으로 걸려오는 전화를 받기 시작했다. 그들의 공통점은 모두가 나에게서 합법적으로 가짜 그림을 구입했다는 것이다. 그들은 대부분 그 가짜 그림들을 다른 이들에게 진품으로 팔았을 터였다. 전화한 사람들은 모두 분명하게 대본을 따랐다. 그들은 먼저 반갑게 안부 인사를 건넨 후, "버터스워스"나 "히드" 그림 몇 점을 살 수 있는지 알고 싶어 했고 과거 내가 그들에게 판 그림에 대해 회상하고 싶어 했다.

와인 요원은 조사 과정에서 나온 사람들 중에서 겁을 먹거나 협조를 약속한 이들을 이용하여 유죄를 입증하는 진술로 날 잡아넣으려는 또 다른 어설픈 시도를 했다. 이렇게 해서 와인이 무엇을 알아냈는지 나는 잘 모르겠지만, 그가 모르는 것은 그의 "정보원" 중에 이중 스파이가 있다는 사실이다.

나는 특별 수사관 와인이 기필코 남은 여생 철창에 갇힌 나를 보고자 지칠 줄 모르고 헌신하는 이유를 이해하지 못했으나 어느 날 누군가의 갑작스러운 방문으로 설명이 되었다. 어느 날 밤에 빨래를 널고 있는데 마치 과거의 유령이라도 되는 듯 바람에 날리는 침대 시트 사이로 나의 오랜 친구이자 발굴자인 미스터 엑스가 나타났다. 나는 즉시 이게 수사와 관련된 일이라는 것을 알았다. 과거에 알던 사람들의 전화나 방문을 계속 경계해오기는 했지만 내 오랜 친구이자 든든한 사람인 그가 FBI의 꼭두각시가 되었다는 사실을 믿을 수 없었다. 따라서 그가 귓속말로 나에게 정보를 조금 주었고 함께 방파제 근처 테이블에 앉았다.

미스터 엑스가 1980년에 버터스워스의 위작에 연루된 일이 FBI의 수사 파일에 기록이 있는 데다 현 수사와 결부된 버터스워스의 위작에 연루됨으로써, 두 사건이 연결되어 특별 수사관 와인의 수사망에 걸렸다. 연방 수사관들은 우리가 공범이라고 의심했다. 다행히 그것은 사실이 아니다. 적어도 당시 상황은 그러했다. 만약 연방 수사관들이 1980년 발굴자가 연루된 사건의 진상을 밝혀낸다고 해도 지금은 그것에 대해 뭔가를 하기에 너무 늦었다. 나의 친구는 특별 수사관 와인을 두려워할 이유가 없었다.

어느 날, 나의 친구 집에 FBI 요원 두 명이 찾아왔는데 그들이 뉴욕 사무실에서 왔다고 믿었다. 그들은 앞서 나에게 했던 것과 판에 박힌 듯 똑같이 "아무 문제없어요." "어떤 잘못도 하지 않았어요"라고 그를 안심시키기 시작했다. 그들은 그를 안심시키려고 "몇 가지 질문"만 하러 온 것이라고 했다. 불행히도 FBI 수사관에게 있어서 미스터 엑스는 교묘함의 대가였다. 심문하는 FBI에게 아무런 정보를 주지 않으면서 그들로부터 정보를 얻어내는 것쯤은 그에게 식은 죽 먹기였다.

"네 그림 때문이라는 걸 단번에 알 수 있었지." 그가 아주 즐거워하며 말했다. 사실상 그는 그동안 경매 카탈로그에서 내 작품을 알아보거나 미술품 딜러들의 비밀 정보망을 통해 소문을 들으면서 내 움직임을 주시하고 있었다. 그가 말했다. "그들이 말했어. 스테빈스는 1980년에 위작이 나타난 후로 제정신이 아니었대. 전적으로 너 때문에 보스턴 미술관에 100만 달러를 들여서 최첨단 범죄 과학 실험실을 만들었지."

"과찬이야." 내가 대답했다. 하지만 보아하니 그 연구실은 스테빈스에게 아무런 도움도 되지 못했다. 내 오랜 친구가 나에게 뭔가를 보여주려고 가져왔다. 사람들이 오래 기다리던 최근에 출간된 시어도어 스테빈스의 히드 작품 『카탈로그 레조네catalogue raisonné(작가의 진짜 작품과 그와 관련된 믿을 수 있는 자료들을 연대순으로 정리하고 기록한 작품 목록-역주)』였다. 내 친구는 그 책에 실린 작품 두서너 점이 내 그림이라고 제대로 믿었을 뿐만 아니라, 무엇보다 놀라운 것은 스테빈스 교수가 위작의 문제점에 대해서 책에서 두서너 페이지를 할애했다는 점이다. 스테빈스는 "업계 최고의 미술품 딜러들조차 속아 넘어간" 두 위조자의 그림에 대해 상세하게 묘사했다. 그들이 속아 넘어갔다는 점에 있어서는 그의 말이 맞을지 몰라도, 두 명의 다른 위조자라는 표현은 틀렸다. 거기에서 묘사되거나 참고 도판으로 들어간 그림들은 모두 다 분명히 내 그림이었다.

하지만 나의 친구 미스터 엑스의 진짜 용건은 나에게 현재 상황에 대한 경고를 해주려는 거였다. "그들이 나한테 한 질문으로 봤을 때," 그가 말을 계속했다. "네가 그동안 히드와 버터스워스 위작을 팔아온 사실을 알고 있고 1980년 위작들을 그린 게 너라는 것도 아는 것 같아."

"와인이 전쟁을 벌일 태세로 나오는 것도 이해가 되네." 내가 말했다. "그리고 그 외에, 그의 FBI 요원 두 명이 내 집에 앉아서 나에게 버터스워스 위작에 대해 물어봤었어."

"마침내 그가 진실을 깨달았을 때," 내 친구가 말했다. "틀림없이 분해서 방방 뛰었을걸."

FBI가 발굴자인 미스터 엑스에게 요원들을 보내 온갖 질문을 했지만 그들이 들을 수 있는 답이라고는 "몇 년째 켄을 못 봤는데 무슨 말씀을 하시는지 모르겠군요."뿐이었다. 그렇기는 하지만 FBI는 앞으로 그를 증인으로 호출할 수 있다고 했고, 나와 연락하는 것은 "연방 수사 방해"로 간주될 수 있음을 암시했다. 그는 안전해질 때까지 이틀을 기다렸다가 곧장 나를 찾아온 것이었다.

놀랍게도 4년 6개월이 지나도록 나의 숙적인 특별 수사관 와인은 나를 포기할 수도 체포할 수도 없었다. 가끔 뭔가 앞뒤가 안 맞는다는 생각이 들었다. 지금쯤 수색 영장을 들고 내 집을 급습해야 하는데, 왜 그러지 않는 것일까? 특히 계속해서 새로운 정보를 수집하고 있는데. 그리고 내 그림을 진짜로 속여서 판매한 죄로 처음에 붙잡힌 두 사람은, 왜 기소하지 않았을까? 나는 곤혹스러웠다. 와인의 다음 행보가 분명히 답이 될 수 있었다.

어느 날 오후, 휴대폰으로 급한 전화가 왔다. 변호사 사무실이었다. 다음 날 아침 최대한 빨리 오라는 것이었다. 심각한 일이 생겼음을 직감할 수 있었다. 잠을 거의 이루지 못하고 다음 날 아침 변호사 사무실을 찾아갔다. 그들의 심각한 표정으로 미루어 와인이 곧 나를 기소하겠다는 연락이 온 것이라고 확신했다.

하지만 변호사들이 받은 것은 와인의 최근 발견 중 지원 서류가 동반된 또 다른 목록, 내 답변을 듣기 위한 더 많은 질문, 그리고 최후통첩이었다.

그들이 나에게 확인해달라고 보내온 것은 런던 은행 계좌 사본과 경매회사의 송금 목록 사본, 경매 카탈로그 표지 사본, 경매회사 계약서 사본, 『뉴욕 포스트』에 실린 "엄청난 몸값의 새들" 기사 사본이었다.

그리고는 와인은 내가 제임스 E. 버터스워스, 마틴 존슨 히드, 안토니오 제이콥슨, 토머스 스펜서, 존 F. 헤링 등의 미국과 영국 화가들의 그림 그리는 방식을 모방해서 그린 것이 확실한지, 그 그림들을 경매회사에 진품이라고 팔았는지 여부를 물었다. 그는 마지막으로 내가 1998년에 그의 수사관들에게 거짓말을 했다는 사실도 다시 한번 알려주었다.

"와인은 당신이 뉴욕으로 오기를 바라고 있어요." 변호사 한 명이 말했다. "자백하는 조건으로 거래를 제시하고 싶은 것 같아요. 하지만 기이한 점은 공소 시효가 곧 끝나간다는 말실수를 했다는 겁니다." 변호사는 그가 의도적으로 말실수를 한 것 같다고 했다. "하지만 그러고는 그가 경고했어요." 변호사가 말을 계속했다. "이게 페레니 선생에게 마지막 기회라고 하더군요." 와인이 나의 답변을 들으러 곧 전화를 할 것 같았다.

5년마다 와인은 자신이 나를 앞으로 30년 또는 더 긴 세월동안 감옥에서 지내도록 할 충분한 증거를 가지고 있다는 것을 나에게 알도록 했다. 실제로 변호사들조차 카리브해 섬으로 이주하는 방법을 고려해봐야 할 것 같다고 넌지시 말할 정도였다. 그의 연락이 확실히 겁을 주었지만 몇 가지 의문이 들었다. 만약 와인이 나에게서 자백을 받아내려고 한다면, 왜 FBI에 거짓 진술을 한 것 같은 작은 범행으로 간단하게 기소를 시작하지 않는 걸까? "와인이 이른바 범죄를 다 밝혀냈다면," 내가 변호사들에게 물었다. "그가 자신이 묻는 질문의 답도 분명히 알고 있다면, 제 자백을 왜 원하는 거죠?" 이 질문은 우리에게 한 가지 결론을 가져다주었다. "거물들이 협조를 안 해주는 거죠." 한 변호사가 결론 내렸다. 가능할까, 나는 생각했다. 뉴욕의 "친구들"이 내가 기소되지 못하도록 수사를 방해하고 있는 것일까? 터무니없는 생각이었다. 나는 벌써 연방 수사관들이 경매회사들을 방문한 것을 알고 있었다. 내 자신에게 물었다. 도대체 무슨 이유로 와인은 내 자백이 필요한 것일까? 그리고 무엇보다 가장 의심스러운 점은 왜 그가 수사할 범죄 목록에 포함하지 않았느냐는 거다. 팻 보이가 누락된 데는 계산된 이유가 있는 걸까?

나는 뉴욕으로 가서 와인의 생각이 무엇인지 알아보고 싶었지만 변호사들이 반대했다. "연방 수사관과 얘기하는 건 결코 좋은 방법이 아니에요." 그들이 말했다. "거래 약속을 해놓고 항상 배신하거든요." 게다가 나에게 이로울 게 전혀 없다는 것이 변호사들의 의견이었다. 실제 변호사들은 공소 시효가 얼마 남지 않아 와인이 너무 늦기 전에 기소하려고 하고 플로리다까지 와서 체포하려는 수고를 덜려는 거라고 의심했다. 반면에 나는 그가 여전히 나를 기소할 수 없는 상황이라는 데 희망을 걸었다. 만약 그게 사실이라면 그는 나에게 자백을 조건으로 매우 솔깃한 제안을 해야만 할 거라고 판단했다. 공소 시효가 가까워오니 협상 테이블에 감형 조건이 올라오지는 않을 것이다. 나는 와인이 고위층 사람들을 수사 방해 혐의로 기소하기 위해 아마도 내 자백이 필요한 것이라고 가설을 세웠다. 만약 그렇다면 특별 수사관 와인은 대단한 혁명을 일으킬 수 있는 것이다! 세계적인 그림 위조자를 붙잡았다고 주장할 수 있을 뿐만 아니라 경매회사들을 기소할 수도 있을 것이다!

아무리 생각해도 그 가설에는 문제가 있었다. 만약 경매회사들이 와인의 수사를 방해하고 있다면, 그가 그들이 협력하도록 설득하는 데에는 확실히 여러 가지 방법이 있었다. 그가 이미 붙잡은 "공모자" 두 명을 공개적으로 기소하려고 한다고 경매회사에 알려주기만 하면 될 터였다. 그렇게 재판이 이루어지면 미술시장에서의 나의 활동이 폭로될 뿐만 아니라, 경매회사들이 내가 만든 위작을 판 사실도 밝혀질 것이고, 더욱더 나쁜 것은 기소로부터도 나를 보호한다는 것이다. 나는 궁금했다. 여기서 무슨 일이 벌어지고 있는 건가요?

변호사들의 조언을 따라 와인을 만나지 않기로 했지만, 여전히 기회를 놓치고 있는지도 모른다고 걱정했다. 로이가 살아 있다면 얼마나 좋을까 몹시 아쉬웠다. 그는 이 상황을 어떻게 처리해야 하는지 알았을 것이다.

어쨌든 얼마 지나지 않아 특별 수사관 와인이 마침내 패를 보였다. 최후통첩을 보내고 나서 이틀 후에 그는 변호사들에게 전화해서 내 답변을 요구했다. 와인 요원은 확실하게 다음 사실을 전달 받았다.

A) 페레니 선생은 뉴욕에 갈 의사가 없으며
B) 더 이상 진술할 내용이 없으며, 그리고
C) 기소당할 경우 항소할 준비가 되어 있습니다.

우리의 답변에 대한 와인 요원의 대답은 변호사들과 나를 어리둥절하게 만들었다는 말로는 너무 부족했다. "그가 페레니 선생을 기소할 의도가 없었다고 말하더군요." 변호사가 말했다. "그러고는 나의 도움에 고맙다고 하고 작별 인사를 했어요." 우리는 와인이 내 체포 영장을 발부하면서 비꼬는 게 아닐까 생각했다. 오직 시간만이 말해 줄 것이다.

마침내 5년에 걸친 수사로 수집된 증거는 산처럼 쌓였으나 두 명의 "공모자"도 나도 누구도 죄를 물어 기소되지 않았다.

나 자신에게 물었다. 이번 수사는 위장일 뿐이었나? 수사 방향이 거물들에게로 향하자 어떻게 해서든 타협이 이루어진 걸까? 기소하지 않고 공소 시효가 지나도록 계획했던 것인가? 어쨌든 다 끝났다. 이제야 나는 다음 프로젝트에 집중할 수 있는 자유를 얻었다.

켄 페레니는 가짜 그림을 계속 그리고 있다. 정보공개법에 따라 FBI
에 수사 자료를 수차례 요청했지만 여전히 그의 사건 자료는 비공개 자
료로 분류돼 있다.

지금은 이 세상에 없는 톰 달리에게 감사하고 싶다. 톰은 나를 예술의 세계로 이끌었고 모든 게 가능하다는 사실을 알려준 사람이다. 물론 내 인생을 변화시킨 토니 마사치오와 그 우연한 만남에 감사한다. 그리고 내 정신세계에 큰 영향을 끼친 바버라 R.에게 감사를 전한다.

언제나 나에게 큰 사랑을 주고 따뜻한 가정에서 자랄 수 있게 해준 부모님에게 감사한다.

이 책이 출판될 수 있도록 쉬지 않고 컴퓨터로 작업을 해준 나의 친구 데니스 도노반에게 감사하고 싶다.

내 원고를 읽느라 내려야 할 기차역을 지나쳤을 정도로 내 이야기에 뜨거운 열정을 보여준, 완벽한 출판사인 페가수스 북스의 클레이본 핸콕과 인연을 맺어준 트라이덴트 미디어의 내 에이전트 돈 페르에게 감사한다.

편집자들, 블레어 케니와 필 개스킬에게도 감사한다. 인내심과 기량을 갖춘 그들과 함께 일하는 것이 정말 즐거웠다. 디자인과 조판 작업을 맡아준 마리아 페르난데스와 이 프로젝트를 위해 일한 페가수스 북스의 모든 팀에게 감사를 전한다.

마지막으로 아직까지도 멀쩡한 모델 #5 타자기를 만들어준 언더우드 타이프라이터 컴퍼니에 감사한다.

위: 뉴저지 포트 리의 캐슬, 1967년. 발코니에 있는 사람은 톰 달리.
아래: 캐슬 내 톰 달리의 작업실에서 라이오넬 골드바트, 1967~1968년경.

위: 토니 마사치오와 톰 달리, 1967년.
옆 페이지 위: 〈안녕! 맨해튼〉 포스터, 1967년.
옆 페이지 아래: 안드레아 펠드먼과 제랄딘 스미스.

CIAO! MANHATTAN

Speed. Madness. Flying saucers.

옆 페이지 위: 켄의 군용 지프, 1973년 5월.
옆 페이지 아래: 켄의 벤틀리.
위: 맥시스에서 토니 마사치오, 프로스티 마이어스, 데이비드 버드. 사진 제공 안톤 페리치.

OZ 46 January/February 1973 25p

『오즈』 1973년 2월호 표지.

Welcome to OZ 46, a rich, juicy,
bumper stew, which won't win
friends or influence anyone, but
tastes fingerlickin' fantastic. It spans
1930 to, well, eternity . .

You can singalong with Cole Porter
while trudging through the long
line of little red bookshops with
John Hoyland. You can Squat in it
Yourself, with our street talking
guide, and increase your word power
with our lexicon for screaming
queens. What else ? There's the
cut-out sensation to end them all
(save it and make a fortune), a sad
inside account from PROP, the
prisoners' union, a true confessions
putdown of prick piggery, a portrait
of Paris for those who think the
Commune will make a comeback,
Richard Neville on his favourite
subject, himself, a call for an
amnesty for all dope offenders, and
a full colour flashback to the Great
Moments of Rock .·. who says that
Oz has lost its sting? And there's
all the stuff we haven't even told
you about. Now read on.

Cover painting by Ken Pereniy
Page opposite: Illustration by Roger Hughes
              Photograph by Joseph Stevens

OZ is printed and published by OZ Publications
Ink Ltd. 19 Great Newport Street, London WC2.
01-836 2857 (main lines)
01-836 3951 (mail order and subscriptions)

『오즈』 1973년 2월호 표지의 안쪽.

위: 켄이 퍼거슨 클럽에 있는 자신의 방 창문에서.
아래: 뉴욕시 이스트 68번가 35번지, 퍼거슨 클럽.

위, 아래: 플로리다의 작업실에서 조각품 복원 작업을 하고 있는 켄, 1978년.

위: 플로리다의 작업실에서 작업 중인 호세, 1978년.
아래: 제임스 H. 리코의 저택, 뉴욕 피어몬트, 1979년.

위: 켄이 그린 제임스 E. 버터스워스 위작, 1979년경.
아래: 켄이 그린 제임스 E. 버터스워스 위작, 1990년경.

위: 켄이 그린 마틴 존슨 히드의 〈브라질의 보배〉 위작, 1980년경.
아래: 켄이 그린 마틴 존슨 히드의 〈브라질의 보배〉 위작, 1980년경.

위, 아래: 켄이 그린 찰스 버드 킹 위작, 1979년경.

옆 페이지 위: 켄이 그린 마틴 존슨 히드 〈브라질의 보배〉 위작, 1990년경.
옆 페이지 아래: 켄이 그린 마틴 존슨 히드 위작, 1990년경.
위: 켄이 그린 안토니오 제이콥슨 위작, 1980년경.

위: 안토니오 제이콥슨, 1990년경.
아래: 켄이 그린 길버트 스튜어트 위작, 1997년경.

위: 켄이 그린 윌리엄 A. 워커 위작, 약 1980년경.
아래: 켄이 그린 윌리엄 A. 워커 위작, 1978년경.

위: 켄이 그린 존 F. 피토 위작. 1978년경.
아래: 켄이 그린 제임스 E. 버터스워스 위작. 1990년경.

위: 켄이 그린 존 F. 헤링 위작, 1987년경.
아래: 켄이 그린 19세기 영국 회화 위작, 1987년경.

위: 켄이 그린 제임스 세이모어 위작, 1988년경.
아래: 켄이 그린 존 노스트 사토리우스 위작, 1986년경.

위: 켄이 그린 19세기 영국 회화 위작, 1987년경.
아래: 켄이 그린 존 F. 헤링 위작, 1989년경.

위: 켄이 그린 토마스 휘트콤 위작, 1988년경.
아래: 켄이 그린 찰스 브루킹 위작, 1991년경.

아래: 켄이 그린 19세기 영국 회화 위작, 1988년경.
아래: 켄이 그린 위작을 포장하고 발송하기 전에 찍은 사진, 1988년.

1993년의 켄 페레니.

30년 넘게 모은, 켄이 그린 위작이 실린 경매 도록 샘플.

GERSHWIN
A new musical
... 60 years on
Arts, page 33

OFF THE WALL
Uproar as a college
sells its treasures
Page 3

CAPITAL CRIME
Two days on the
London frontline
Page 15

THE TIMES

No. 64,576 WEDNESDAY FEBRUARY 24 1993

Car boot painting set to make £34,000 profit

BY ALAN HAMILTON

SOMETIMES it happens on *The Antiques Roadshow*. Some dusty and unregarded artifact that has languished for generations in the family attic is identified as being a genuine Stradivarius or Hepplewhite or Constable. Sharp intake of breath by gobsmacked owner. Dream come true. Envy of neighbours.

But car boot sales? Hardly. A nationwide Sunday morning institution for the exchange of naught but the dregs of family junk. Trios of flying ducks, and yet another framed print of that ghastly green woman from Boots.

There had, by the law of

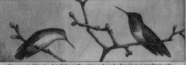
Unexpected booty: detail from the picture bought for £2 at a car boot sale

averages, to be a gem among the dross sooner or later. An anonymous American holidaymaker found it recently on offer from a car boot near Bristol. He bought it for £2. Cheap at the price. But some-

where in the back of the American's mind, an alarm clock went off. Something distantly familiar about the painting. 12in by 10in, of humming-birds. Had he not seen something vaguely simi-

lar in, oh where was it, a gallery in Washington perhaps? Dammit, he couldn't remember. So he went back to London and took it to Christie's.

Aha, said Nicholas

Lambourn, the auctioneers' resident American art expert. This is *Ruby Throats with Apple Blossoms*, by the American painter Martin Johnson Heade, 1819-1901.

The picture goes up for sale in New York next month, and is expected to make more than £34,000.

"This gentleman was driving down there and told me he just happened to come across a boot sale. He wandered round and spotted this picture, which rang a bell with him but he didn't know why," Mr Lambourn said yesterday. "I saw him and was able to say it came from a series of humming-bird pictures, all of which are similar. I expect he

would have seen one of them when he was somewhere like the National Gallery in Washington."

Heade specialised in humming-birds. He brought his paintings to London in the 1860s, but could not find a printmaker equal to the task of reproducing his brilliant colours, so he sold his originals to Sir Morton Peto, whose descendants five near Bristol. Only four prints were published.

Another Heade original, *Brazilian Humming-birds I*, was also discovered near Bristol recently. It will appear in the same sale, with an auctioneers' estimate of between £62,000 and £82,000.

Long-term jobless goes over a million

BY PHILIP BASSETT
INDUSTRIAL EDITOR

JOHN MAJOR acknowledged yesterday that long-term unemployment is now too high as the number of people out of work for more than a year rose above a million for the first time in five years.

The passing of the million barrier marks a doubling of long-term unemployment since it began to rise again in 1990.

In reply to an accusation in

Art of the steal: $3 becomes 96G

By CHARLES CARILLO

A man in England is kicking himself, a New York City real-estate developer is doing cartwheels, and an art collector is $96,000 lighter.

It's all happening because of a little painting of two

BIG-BUCKS BIRDIES

hummingbirds.

The Englishman is kicking himself because one day, while selling what he thought to be a load of junk from the trunk of his car, he let the real-estate guy have the painting for about $3.

The developer is doing

cartwheels because he had a funny feeling that it might be valuable — and he was right.

He took it to art experts at Christie's, who told him it was the work of 19th century American painter Martin Johnson Heade.

"It's worth about $50,000," they told him.

They were wrong.

"Ruby Throats with Apple Blossoms" went on the auction block yesterday, and after a flurry of bidding, the gavel came down at $65,000.

Add the buyer's premium, and the price tag comes to $96,000, which was shelled out by a private collector.

So the real-estate guy's original investment had a return of approximately 32,000 percent — but who is he?

All Christie's will say is that he's a 42-year-old man "who had a lucky day."

And who's the guy who sold the painting to him?

Actually, for all anybody knows, he still thinks he got the better of that dumb tourist who paid $3 for a dusty old painting.

Great $cott! One for the books

A first edition of F. Scott Fitzgerald's "The Great Gatsby" sold for $19,800 at an auction yesterday. A carbon typecript of Alex Haley's "The Autobiography of Malcolm X" sold for $3,775. The sales were at an auction of modern literature at Swann Galleries.

The first edition, first printing of Fitzgerald's book, in its original pictorial dust jacket, was bought by New York book dealer Glenn Horowitz, said a Swann spokeswoman. "It was as fresh as when it was published in 1925," Horowitz said.

The book had a presale estimate of $10,000 to $15,000. Haley's carbon typescript of the Malcolm X autobiography apparently had been submitted to The Saturday Evening Post for serialization or condensation.

FITZGERALD

위: 『런던 타임스』 1993년 2월 24일자 헤드라인.
아래: 『뉴욕 포스트』의 '엄청난 몸값의 새들' 기사.

위 오른쪽과 왼쪽: 켄이 그린 마틴 존슨 히드의 〈브라질의 보배〉 위작, 1992~1993년경.
아래: 켄이 그린 〈브라질의 보배〉 위작 중 한 점의 뒷면, 1992~1993년경.

위: 켄이 그린 〈팻 보이〉 위작, 1994년.
아래: 위 〈팻 보이〉 위작의 뒷면, 1994년.

켄이 그린 허구의 19세기 프랑스 화가 작품 〈고대 로마 상원 의원〉 위작. 1997년경.

WESCHLER'S
March 1997 Newsletter

Come see two of Weschler's many faces: each month we display a different countenance of fine objects in each of our catalogue auctions. In March we feature *American & European Paintings, Drawings and Sculpture*, including this splendid portrait of Osceola of the Seminole Indians, as well as a wonderful selection of exquisite *Jewelry & Watches*. Show *your* face at Weschler's: the preview for these auctions begins on March 2.

Circle of Robert John Curtis. *Portrait of Osceola of the Seminole Indians*, painted c. 1838-1845, oil on canvas, 30 x 25 in (76.2 x 63.5 cm). Estimate $4,000-6,000.

켄이 그린 〈오시올라(Osceola)의 초상화〉 위작.

위: 켄이 그린 제임스 E. 버터스워스 위작, 1997년경.
아래: FBI 수사를 촉발한 본햄스(Bonhams) 경매회사가 보낸 홍보 엽서.

켄이 그린 19세기 영국 회화 위작, 1987년경.

이 책을 다 읽고 나니 '꼭 필요한 책이다'라는 생각이 들었다. 몸소 경험할 필요가 없다면 책을 통한 간접적인 체험도 좋다. 이 책은 거의 50년을 미술시장에서 왕성히 활동한 위조자가 쓴 자신의 이야기다. 1994년부터 미술품 감정 공부를 하며 미술시장을 지켜봤던 역자로서는 현재 진행형인 '위작과 미술시장의 콜라보레이션'을 현장감 있게 느낄 수 있었다.

위조자인 이태리계 미국인 켄 페레니Ken Perenyi(b.1949)는 그림 위조와 사기로 엄청난 부를 이루고 화려한 삶을 살고 있다. 그는 2012년에 미국에서 『Caveat Emptor(구매자 위험 부담 원칙)』라는 제목으로 이 책을 냈다. 제목에서 말하듯, 위작 매매의 책임을 전적으로 구매자에게 돌린다. 위조자에게는 책임이 없다는 거다.

위조 기술과 위작, 위작을 둘러싼 미술품 딜러와 컬렉터, 감정가, 미술시장의 감정선까지도 세심하게 기술했다. 특히 자신이 위조한 그림이 먼저 최고의 전문가들의 정밀 검증을 거쳐 자연스럽게 판매로 이어지도록 한다. 그는 과학 수사의 전문가라고 자처하는 감정가들을 고려하며 그림을 위조해왔다.

'위조'라는 단어는 위조자나 사기꾼들 사이에 다툼이 일어났을 때만 잠깐 나온다. 위조자들은 절대로 그들의 생업을 노출하지 않는다. 감춰져왔던 미술시장의 내막을 엿볼 수 있는 좋은 기회다. 평소 그림과 미술시장에 관심을 가진 독자의 지적 호기심을 만족시켜주리라 기대해본다.

지루했던 번역이 드디어 끝났다. 번역하면서 출판사는 물론 여러분들의 아낌없는 도움을 받았다. 깊이 머리 숙여 감사의 말씀을 올린다. 열심히 한다고는 했지만 여러모로 부족하다. 너그러이 용서를 구한다. 앞으로 우리나라 미술품 감정학과 미술시장에 도움이 되도록 더 노력하겠다.

4차 산업혁명과 함께 하루가 다르게 세상이 급변하고 있다. 어느 날 아침, 뉴스를 통해 '인공지능^AI 미술품 감정가'가 나왔다는 소식을 접할 것 같다. 기존의 지식이 배제된 채 인공지능 스스로 수없이 가짜와 진짜를 만들고 이를 비교·검증하면서, 알파고 제로처럼 '미술품 감정 제로'가 곧 나오리라 확신한다. 가짜가 가짜 되고, 진짜가 진짜 되는 세상을 위하여!

✧ 당신은 언제나 옳습니다. 그대의 삶을 응원합니다. — 라의눈 출판그룹

위작 × 미술시장

초판 1쇄 2018년 3월 23일

지은이 켄 페레니
옮긴이 이동천
펴낸이 설응도
펴낸곳 라의눈

편집주간 안은주
편집장 최현숙
편집팀장·책임편집 김동훈
편집팀 고은희
영업·마케팅 나길훈
경영지원 설동숙
전자출판 설효섭

출판등록 2014년 1월 13일(제2014-000011호)
주소 서울시 서초구 서초중앙로29길 26 (반포동) 낙강빌딩 2층
전화번호 02-466-1283
팩스번호 02-466-1301
e-mail 편집 editor@eyeofra.co.kr 마케팅 marketing@eyeofra.co.kr
경영지원 management@eyeofra.co.kr

ISBN 979-11-88726-15-8 03840